Auf Samtpfötchen kommen sie daher, unaufgeregt, beiläufig, ja bescheiden: Monika Geiers präzise Einblicke ins ganz Normale, ins unspektakulär Menschliche haben so gar nichts von flammenden Anklagen, und doch treffen sie stets auf entlarvende Weise ins Schwarze.

Kriminalkommissarin Bettina Boll hat durchaus eine finstere Seite, bedenkt man den sanften, aber rabenschwarzen Humor und die leise mitschwingenden düsteren Töne, die ihre Geschichte begleiten und untermalen wie die dunklen Noten eines Kontrabasses. Doch es gibt in Geiers Kosmos keine »mean streets«, keine hektischen urbanen Schusswechsel oder Gangsterkriege, keine Gewaltorgien und wenig Verschwörung. Die handelnden Personen (ich mag sie gar nicht Figuren nennen, das würde ihnen irgendwie nicht gerecht) entspringen in geradezu unfassbarem Maße der so komplexen und diversen und dabei so banalen Wirklichkeit. Bei jeder von ihnen denke ich: Ja, diesen Menschen gibt es tatsächlich, das ist echt. Die Dicken, die Dummen, die Gestörten, die Selbstherrlichen, die Missgünstigen und die Scheiternden: Monika Geier erweckt sie aufs Zärtlichste zu literarischem Leben, zieht sie aus dem Dunkel ihrer peinlichen Gewöhnlichkeit ins warme Licht des Erzählenswerten und stellt sie uns vor. Sie ist eine Künstlerin, die das von ihr souverän beherrschte Genre Kriminalroman nutzt, um das Profane bedeutsam zu machen, das Stumpfe bedrohlich und das Traurige beschmunzelbar.

Kurt Tucholsky soll gesagt haben: »In der Kunst gibt es nur ein Kriterium: die Gänsehaut. Man hat es, oder man hat es nicht.« Sicher ist: Monika Geier hat es.

Else Laudan

Monika Geier, Jahrgang 1970, wurde in Ludwigshafen geboren. Nach dem Abitur folgte eine Ausbildung zur Bauzeichnerin. Für ihr Debüt *Wie könnt ihr schlafen* wurde Geier mit dem *Marlowe* geehrt. Inzwischen ist sie Diplomingenieurin für Architektur, Mutter von drei Jungs, freie Künstlerin und Schriftstellerin.

Monika Geier

Die Hex ist tot

Ariadne Krimi 1216
Argument Verlag

Ariadne Kriminalromane
Herausgegeben von Else Laudan
www.ariadnekrimis.de

Lektorat: Ulrike Wand

Monika Geier bei Ariadne:

Die Bettina-Boll-Serie
Wie könnt ihr schlafen (Ariadne Krimi 1110)
Neapel sehen (Ariadne Krimi 1136)
Stein sei ewig (Ariadne Krimi 1150)
Schwarzwild (Ariadne Krimi 1174)
Die Herzen aller Mädchen (Ariadne Krimi 1184)
Die Hex ist tot (Ariadne Krimi 1216)

Müllers Morde (Ariadne Krimi 1200)

Deutsche Originalausgabe
Alle Rechte vorbehalten
© Argument Verlag 2013
Glashüttenstraße 28, 20357 Hamburg
Telefon 040/4018000 – Fax 040/40180020
www.argument.de
Umschlag: Martin Grundmann, Hamburg
Motiv: Tattoo, Künstlerin unbekannt,
gefunden bei Fat-Acceptance-and-Tea (Facebook)
und myhappyfat.tumblr.com
Satz: Iris Konopik
Druck und Bindung: CPI books GmbH, Leck
Printed in Germany
ISBN 978-3-86754-216-6
Zweite Auflage 2016

Hänsel und Gretel verirrten sich im Wald
Es war so finster und auch so bitterkalt
Sie kamen an ein Häuschen von Pfefferkuchen fein –

Eins

»Was meinst du, was der wiegt?« Kriminalkommissarin Bettina Boll stellte sich probehalber auf den Kanaldeckel, der vor ihr im Boden eingelassen war, und hüpfte ein wenig hin und her. Der Deckel war ein ganz gewöhnlicher, wie er in jeder Straße vorkommt: gusseisern und mit einem Betonkern. Er bewegte sich nicht.

»Tja.« Ackermann blickte kurz über seine Fliegersonnenbrille. Er war ein Berg von einem Mann, seine Stirn eine Spur zu hoch, seine Hände etwas schwielig. In Uniform würde er vermutlich überaus eindrucksvoll wirken, doch Bettina hatte ihn noch nie in einer gesehen. Meistens trug er irgendwelche staubigen khakifarbenen Klamotten, als käme er direkt von einer Bundeswehrübung. »Einen halben Zentner bestimmt«, sagte er.

»Wie macht man die normalerweise auf? Wenn man wirklich an den Kanal muss?«

Ackermann zuckte die Achseln und kritzelte etwas in seinen Ordner. »Eisenstange«, sagte er. »Man steckt sie in eins von den Löchern und zieht mit viel Schmackes.«

»Wir sollten es mal ausprobieren«, sagte Bettina.

Ackermann blickte auf.

»Um zu sehen, wie schwer es ist.«

»Das ist nicht schwer.«

»Dann waren das vielleicht einfach nur Kinderstreiche. Lasst uns die Gullideckel in der Straße vom ollen Herrn Meier aufmachen, der brüllt immer so.«

»Nee«, schwenkte Ackermann um, »Kinder kriegen das nicht auf.«

»Also mein Enno ist zwölf und mindestens so stark wie ich. Und ich packe diesen Kanaldeckel, da wette ich.«

»Diese *Schachtabdeckung*«, korrigierte Ackermann und ließ überheblich die Sonnenbrille blitzen.

»Ach komm.«

»Tina. Das war eine Serie.« Ackermann hielt Bettina den Schnellhefter entgegen. »Jedes Blatt eine Anzeige, jede Anzeige eine illegal geöffnete Schachtabdeckung. Und sicher gibt es noch eine hohe Dunkelziffer. Das war ein Kranker.«

Bettina verschränkte die Arme. »Okay. Was hältst du davon: Irgendwo auf Facebook existiert eine geheime, superangesagte Gruppe, bei der du für einen offenen Kanaldeckel hundert Freunde kriegst. Ein Juxforum. Eine Art Flashmob, weißte? Und damals vor vier Jahren war halt Ludwigshafen dran.«

Ackermann starrte sie durch seine halbverspiegelten Brillengläser an.

»Ein Flashmob«, sagte Bettina heiter, »ist eine übers Internet organisierte spontane Zusammenkunft vieler Menschen, die –«

»Weiß ich«, ranzte Ackermann und ließ seinen Blick über die Gärten schweifen. Je länger sie hier standen, desto stiller schien es zu werden. Niemand kam vorbei, weder Fußgänger noch Autofahrer, die Gegend lag brütend im gleißenden Vormittagslicht. »Mag sein, dass du recht hast«, sagte der Kollege schließlich. »Andererseits ist es über Monate gegangen. Verdammt lang für einen Flashmob. Und außerdem hat es *hier* angefangen.«

Ein Rasenmäher schnurrte plötzlich los, ganz in der Nähe, es war ein behagliches, absolut nicht flashmobartiges Geräusch. Bettina meinte sofort auch das frisch geschnittene Gras zu riechen. Zwei der Häuser hatten sogar noch alte Fernsehantennen wie Drahtgeweihe auf dem Dach. »Hm«, machte sie.

»Tja«, sagte Ackermann.

»Wer hat die Sache angezeigt?«, fragte Bettina schließlich.

Ackermann blickte in seinen Ordner. »Herr Föck, Hainbuchenweg 22.«

Herr Föck war etwas angesäuert, weil es vier Jahre gedauert hatte, bis sich endlich jemand der Sache annahm. Glücklicherweise konnte er sich aber noch genau erinnern, wie er eines schönen Frühsommermorgens seinen Fritz Gassi geführt und den geöffneten Schacht auf dem Wendehammer nur um Haaresbreite verfehlt hatte. Herr und Hund waren mit dem Schreck davongekommen, aber ebenso gut hätte einer von beiden in die Tiefe stürzen können. Es war ein Angriff auf die allgemeine Sicherheit. Für diese Tat kam nur jemand aus dem Haus gegenüber infrage, das war nämlich ein Mietshaus.

Ackermann und Bettina drehten sich gemeinsam zu dem Gebäude um, das nicht aussah wie ein Mietshaus und erst recht nicht wie eine Brutstätte der Anarchie, voller Typen, die ihre Bürgerpflichten den Hausbesitzern aufhalsten und in der Straße offene Kanaldeckel hinterließen.

»Können Sie uns einen Namen nennen?«, fragte Bettina und zückte ihr Notizbuch.

»Tun Sie das weg«, antwortete Föck, tätschelte ihre Hand und verschwand ohne Erklärung in seinem kühlen Flur. Die Tür ließ er offen, und sofort nahm ein Terrier den Platz auf der Schwelle ein. Das Tier knurrte exakt ein Mal, dann wartete es stumm.

»Lass uns gehen«, sagte Ackermann.

»Moment«, sagte Bettina. »Ich glaube, er holt was.«

»Was denn?«, fragte Ackermann.

»Weiß nicht.« Bettina versuchte ins Haus zu spähen. Der Hund bellte.

»Nicht so schnell, nicht so schnell, ich bin ja gleich da«, rief Föck von drinnen. Er kam keuchend heraus und reichte Bettina drei aneinandergeheftete DIN-A4-Seiten. Auf die erste war mit Bleistift maßstabsgetreu ein Grundriss des Hainbuchenwegs mit allen Häusern gezeichnet. Der Schacht, der einst so lebensgefährlich offen gelegen hatte, war rot eingetragen, und alle Häuser waren mit Namen beschriftet. Auf den beiden folgenden Blättern stand eine Liste dieser Namen mit Alter, Familienstand, Familienangehörigen, Beruf und Gewohnheiten der zugehörigen Personen.

»Das wird Ihnen helfen«, sagte Föck stolz.

Bettina starrte die Papiere an. »Oh«, brachte sie heraus. »Oh. Vielen Dank.«

»Es ist der Stand von vor vier Jahren«, erklärte Föck. »Die mit der Multiplen Sklerose«, er tippte sich an die Stirn, »aus 34 ist ein Jahr später ins Heim gekommen. Ihre Tochter hat das Haus dann vermietet, ging ja nicht anders.« Achselzucken. »Und die Familie von gegenüber ist danach auch bald weggezogen, jetzt wohnen da schon die dritten in Folge. Scheidungshaus. Ansonsten leben alle noch hier.«

»Das ist – unglaublich«, sagte Bettina.

»Danken Sie mir nicht, finden Sie diesen Verbrecher«, sagte Föck kernig.

»Oh«, wiederholte Bettina. »Oh – ja.«

»Hör dir das an!« Sie saßen in Ackermanns Ulysse, unterwegs in die Nachbarstraße zum nächsten Kanaldeckel. »Fräulein Flickinger, Hainbuchenweg 34, Parterre, 10. Semester Architektur, Master, in der ersten Statikprüfung durchgefallen. – Wie hat der Föck *das* rausgekriegt?«

Ackermann zuckte die Achseln.

»Oder hier. Herr Schmitt aus Hainbuchenweg 43, Frührentner, hat bei der BASF gearbeitet, Frau heißt Simone, Tochter Alisha.«

»Aha«, machte Ackermann.

»Warte. Frau Simone hat seit zehn Jahren ein Verhältnis mit Herrn Zander aus 45, der als einer der Letzten in dieser Straße nach wie vor arbeitet. Für die Firma Opel.«

»Siehst du«, sagte Ackermann, »was ich immer sage: Frührente ist Mist. Man verliert sein ganzes Mojo.«

Bettina ließ Föcks Bespitzelungsliste sinken. »Man verliert *was*?«

Charmanterweise wurde der große Ackermann rot. »Na das Mojo, du weißt schon – da wären wir.«

Die Fahrt war tatsächlich sehr kurz gewesen. Sie hielten auf einem Wendehammer, alles war still und friedlich und heckengesäumt, keine Kinder, kein Straßenverkehr, die Sonne strahlte, die Luft duftete, und irgendwo bellte ein Hund.

»Grundbirngarten«, las Ackermann aus seinem Ordner vor. »Und wo ist der Schacht? Ah, dort vorn. Guck.«

Bettina guckte. Sie stieg aus und machte Fotos, sie klingelte den Anwohner heraus, der damals die Anzeige erstattet hatte, sie hörte sich seine Geschichte an und fuhr mit Ackermann in die nächste Straße. Und die übernächste. So arbeiteten sie sich von Wendehammer zu Wendehammer, von Hecken zu Gartenzäunen, von neuen Reihenhäusern zu alten Villen und sogar durch ein paar Industriebrachen, einen ganzen Tag lang.

Am Ende der Tour hatte Bettina Kopfschmerzen und Ackermann schlechte Laune. »Ich hoffe, das reicht dem Chef«, sagte er mürrisch, als er seinen fetten Van im Hof hinter der Ludwigshafener Dienststelle parkte.

»Hoffe ich auch.« Bettina knetete ihre Stirn. »Eins ist seltsam, du hast recht: dass nie jemand diesen Typen gesehen hat. Irgendwer *müsste* doch mal was bemerkt haben. Bei so vielen Kanaldeckeln.«

»Sag ich doch«, sagte Ackermann fatalistisch. »Das ist ein Psychopath.«

»Nein.«

»Siebenundzwanzig geöffnete Schachtabdeckungen, die zur Anzeige gebracht wurden, das heißt, mit der Dunkelziffer sind's vermutlich fünfzig Fälle insgesamt, und acht davon haben Unfälle verursacht. Ein Psychopath, sag ich dir.«

»Aber es waren nur Mini-Unfälle«, hielt Bettina dagegen.

»Es sind Menschen zu Schaden gekommen.«

»Autos«, widersprach Bettina.

»Menschen in ihren Autos. – Auf wessen Seite stehst du eigentlich?«

»Seite …?« Bettina öffnete die Klappe von Ackermanns Handschuhfach und schloss gleichzeitig ihre Augen, um den Schmerz kurz zu vertreiben. Blind tastete sie in dem Fach herum. »Hast du irgendwo noch Aspirin?«

»Vertrag ich nicht. – Also, wer schreibt?«

»Du bist dran«, sagte Bettina, klappte das Fach wieder zu und sah auf die Uhr. »Aber weißt du was, ich hab noch Zeit, die Kinder sind ja im Ferienlager. Na komm, weil du's bist. Gib mir den Ordner.«

Ackermann reichte ihr mit strenger Miene die Kopien. »Schreib aber rein, dass wir das Muster erkannt haben, obwohl wir nicht an allen Schächten waren, sonst müssen wir das am Ende alles noch mal machen.«

Bettina seufzte. »Ich versteh sowieso nicht, wieso die Grad-auspolizei uns braucht, um eine Serie geöffneter Kanaldeckel aufzuarbeiten. Noch dazu von vor vier Jahren.« Sie angelte nach ihrer Tasche, die auf dem Rücksitz lag.

»Wir sind eben Spezialisten.«

»Wofür? Die Unterwelt?«

»Serien.«

»Nur weil wir Kapitalverbrechen bearbeiten? Jetzt mal ganz ehrlich, wann hatten wir denn die letzte Serie? Ich glaube, da sind die Verkehrsfritzen von der PI 1 mit ihren Reifenschlitzern selbst viel näher dran als wir.«

»Aber wir haben die Ausbildung«, sprach Ackermann blasiert. »Und das sollte in unserem Bericht auch rüberkommen. Also keine Larifari-Formulierung, sondern richtig deutlich, Männer-sprache, klar? Dass das jetzt das endgültige und schlüssige Profil des Täters ist, dass wir vom K11 Erfahrung mit so was haben und die von der Einser Polizeiinspektion sich darauf hundertpro stützen können. Dass wir kompetent sind.«

»Wir haben das Mojo«, sagte Bettina ernst.

»Genau. Schreib, dass der Täter sich von eher Mitte Ludwigs-hafen, also Mundenheim, bis Friesenheim vorgearbeitet hat, und zwar fast systematisch, und dass es jetzt in Lautringen gerade erst anfängt. Dass er nur in Wohngebieten agiert, dass er in den frühen Morgenstunden aktiv wird, dass er das Abfallsieb immer mit rausnimmt, dass er keinen Deckel je zweimal gehoben hat, und vor allem, dass er noch nie gesehen wurde, was tatsächlich für krankhaftes Verhalten spricht.«

Bettina seufzte und legte Ackermann den Ordner auf den

Schoß. »Wo ich so drüber nachdenke«, sagte sie, »schreibst doch besser du den Bericht.«

»He!«

»Hier.« Sie platzierte ihre Kamera auf dem Armaturenbrett. »Du weißt wenigstens, was wir sagen wollen.«

»Moment mal!«, rief Ackermann ihr hinterher, doch da war Bettina schon ausgestiegen und hielt auf ihren Taunus zu.

* * *

Bist aber spät, heute nicht direkt von der Schicht, Mandy? Noch aus gewesen? Hm? Dabei brauchst du gar keinen Mann, Mandy, hast doch das Essen! Der Sex des Alters. Ja, du bist ein ganz heißer Feger, Mandy – nur vorzeitig gealtert. Joke. So, jetzt aber pronto. Hach, aus dem Auto kommen ist wieder mal nicht leicht. Wie auch, wenn man mit den Brüsten lenkt. Weißt du was, Mandy, ich sag's nicht gern, denn die Dinger sind Mist, aber ich glaube, so ein paar Oxys würden dir auch nicht schaden. Das ist die einzige Abnehmpille, die wirklich wirkt –

Okay. So ist's fein. Schwabbel dich zu unserem Haus, ja, du kannst mir trauen, das Geld ist wie immer im Briefkastendeckel. Ach Gott, so fest hab ich es nicht geklebt, dass du dermaßen zerren musst. Ja, zähl nach, Mandy. Zähl ruhig. Und dann her mit den Oxys. Wie gut, dass du im Krankenhaus schaffst.

Was für eine Scheiße, dieses blöde Zeug. Dreißig Euro weg. Ja, kauf dir was Schönes, Mandy, fette Sau. Für dreißig Euro Chips mit Sahnetörtchen. Verdammt, ich hör damit auf. Ich hör auf!

Ich muss.

Zwei

»Tina!«

»Was?«

»Wir sollen zum Chef.« Ackermann erschien und füllte die Tür mit seinen breiten Schultern. »Morgen, Ladys«, flötete er, ohne vorher zu gucken, wer alles da war. Dann linste er nervös auf den leeren Platz von Nessa Kaiser, Bettinas Zimmerkollegin.

»Ich bin's nur«, sagte Bettina. »Nessa kommt heute später.«

Der Kollege entspannte sich und lächelte Bettina verlegen zu. »Du siehst gut aus«, sagte er.

Bettina grinste. »Ich werde es ihr ausrichten.«

»Also echt«, sagte Ackermann. »Ich meine dich.«

Bettina warf ihm eine Kusshand zu. »Was will der Chef?«

Ackermann zuckte die Achseln. »Schachtabdeckungen«, sagte er. »Wir haben Besuch von der Polizeiinspektion Eins, die wollen reden.«

»Die Verkehrspolizei? Wieso?«

»Mehr weiß ich auch nicht«, sagte Ackermann. Sein Gesicht verfinsterte sich. »Hoffentlich haben sie nichts an unserem Bericht auszusetzen.«

»Tja, als Dank hätte eine Mail gereicht.« Bettina schüttelte ihr Haar und drehte es im Nacken zusammen. »Haben sie Uniformen an?«

»Es ist nur einer.« Ackermann musterte Bettinas viel zu lässige Aufmachung, sie trug wie immer Cowboyboots, schwarze Hosen und ein verwaschenes dunkles T-Shirt. Von Enno. Ein *Wilde Kerle*-Schriftzug prangte darauf.

»Wer?«, fragte sie, Ackermanns kritischem Blick folgend. Eigentlich hätte sie nicht einmal auf einer Polizeischule so erscheinen dürfen.

»Ihr Boss. Und ja, er ist in Uniform.«

Es war sogar die auffälligste aller Uniformen, die neue blaue Kraftradlederkombi, mit passenden Stiefeln und einem silbernen Helm, den hatte der »Boss« der Ludwigshafener Polizeiinspektion Eins in Reichweite auf Härtings Schreibtisch gelegt. Er sah aus wie ein Stuntman. Bettina hätte beinahe eine Bemerkung über sein rasantes Outfit gemacht. Nur das verdrießliche Gesicht ihres Vorgesetzten Härting und die warnende Miene Ackermanns hielten sie davon ab.

»Erster Hauptkommissar Tomas von der PI Eins«, stellte Härting vor. »Wegen der Kanaldeckelsache.« Was er von dem silbernen Helm auf seinem Schreibtisch und überhaupt dem ganzen Tomas hielt, konnte Bettina deutlich sehen. Härtings Meinung nach waren Uniformen nur was für Schupos und Antiterroreinheiten, also für notdürftig für den Umgang mit Zivilisten geschulte Wilde. Ein Beamter von Rang dagegen, ein einigermaßen denkender Mensch und Entscheidungsträger konnte unmöglich ernsthaft in himmelblau glänzendem Leder herumlaufen. So etwas irritierte den Chef mindestens ebenso sehr wie Bettinas offenes Haar und ihr T-Shirt mit Spruch drauf. Härtings Blick glitt von dem Kollegen zu Bettina, dann lehnte er sich in seinem Sessel zurück und sagte trocken zu Tomas: »Das ist sie.«

Bettina setzte sich. »Was kann ich für Sie tun?«

»Wir haben Ihre Analyse bekommen«, antwortete Tomas.

»Ich hoffe, wir konnten Ihnen helfen«, sagte sie verbindlich.

»Nein.« Tomas hatte tiefliegende, schmale Augen, scharfe Falten um den Mund und ein sarkastisches Dauerlächeln auf den Lippen. »Ehrlich gesagt sind Sie auf unsere wichtigste Frage gar nicht eingegangen.«

»Welche Frage?« Ackermann nahm auf der Rückenlehne des letzten freien Sessels Platz. Dieser Sessel war ein schweres Möbel und stand seit Eröffnung der Dienststelle mit der Sitzfläche zu einem kleinen Tischchen gewandt, an dem nie jemand saß. Den Sessel da rauszuholen wäre ohne Aufforderung ein Akt grober Unverschämtheit gewesen. Also begnügte Ackermann sich mit der Lehne und sah sofort wie der Sitzungsleiter aus: locker und alle anderen überragend.

Härting funkelte ihn an, und Tomas wandte sich ihm übertrieben ehrerbietig zu. »Es geht uns hauptsächlich um die Verbindung zum Fall Bräunig.«

»Der Fall Bräunig«, wiederholte Ackermann und warf Bettina einen schnellen Blick zu.

Die setzte sich gerader hin und klaubte rasch Erinnerungsfetzen zusammen. Hatten sie irgendetwas Wichtiges überlesen? Oder vergessen? »Warte. Bräunig. Doch, doch, ich weiß. Bräunig, das war diese alte Dame, die ewig vermisst wurde, nachdem sie mit Unbekannten in Dürkheim in der Spielbank war. Vor etwa fünfzehn, zwanzig Jahren?«

»Genau«, sagte Tomas. »Und die –«

»Und der Herr Tomas«, unterbrach Härting gereizt, »wollte eine unvoreingenommene Analyse von dieser Kanaldeckelsache, die haben Sie ihm gegeben, oder?«

Bettina sah Ackermann an. Der hob ganz leicht die Schultern.

»Ja«, sagte Bettina vorsichtig.

»Sind Sie der Meinung, Frau Boll«, schnarrte Härting weiter, »dass Sie dabei das Werk eines gemeingefährlichen Psychopathen vor sich hatten? Sie als Frau?«

»Ich als Frau?«, fragte Bettina überrascht.

»Ja, der Herr Tomas hat extra die Analyse eines erfahrenen Beamten angefordert, am besten die einer Frau. Und am allerliebsten Ihre ganz persönlich.«

»Echt?«, sagte Bettina geschmeichelt und blickte Tomas an, der ihr schief zulächelte.

»Ja, weil Sie, Frau Boll, angeblich ein besonderes Gespür fürs Verbrechen haben.«

Ackermann erlitt einen leichten Hustenanfall. Bettina wagte nicht, ihn anzusehen. »Hm«, machte sie. »Ich fühle mich geehrt, aber mehr als unseren Bericht kann ich im Moment leider nicht anbieten. Und ob der Täter krankhaft gestört war, kann ich Ihnen so aus der Lamäng auch nicht –«

»Moment mal«, unterbrach Ackermann da plötzlich, »jetzt erinnere ich mich! Die Bräunig hat in einem offenen Abwasserschacht gelegen!«

Genau, sagte Tomas' Miene. Sein Lächeln zeigte Erlösung. Dazu applaudierte er tonlos und ließ sich knarrend in seinen Stuhl zurücksinken. Härting betrachtete ihn kalt.

»Dann besteht da ein Zusammenhang mit den offenen Kanaldeckeln!«, rief Bettina.

»Nein«, sagte Härting giftig.

»Vielleicht doch«, sagte Tomas. »Vor vier Jahren im April wurde uns die erste offene Schachtabdeckung gemeldet, Hainbuchenweg in Mundenheim. Es folgten sechsundzwanzig weitere Anzeigen. Und vor vier Jahren im August wurde Frau Bräunig in einem offenen Schachtbauwerk in Friesenheim gefunden. Danach brach die Serie ab.«

Ackermann machte große Augen und nickte. Bettina überlegte bestürzt, wieso sie die Verbindung von Bräunig zu den offenen Schächten nicht selbst gezogen hatten. Da hatten sie ja offenbar ganz übel gepennt, das gesamte K11.

Doch Härting sah nicht schuldbewusst aus. Er verschränkte die Arme. »Und wissen Sie was? Vor gerade mal zweieinhalb Jahren im Januar haben wir hier im K11 zum ersten Mal von dieser berühmten Serie gehört. Gut anderthalb Jahre danach! Als unsere Kollegen aus der Polizeiinspektion Eins zufällig mal einen Blick auf den Polizeibericht vom letzten Jahr geworfen hatten! Da dachten Sie: Lange genug gewartet, wir haben unser Exklusivwissen ausgekostet, jetzt lasst es uns weitergeben.«

»Eigentlich war es die Jahresbilanz der nicht aufgeklärten Fälle«, gab Tomas gelassen zurück. »Und da erinnerten wir uns klugerweise an eine Serie kleiner Ordnungswidrigkeiten und dachten: Man hilft, wo man kann.«

»Ach«, knurrte Härting, der unaufgeklärte Fälle als persönliche Niederlagen betrachtete. »Sie irren, der Fall Bräunig ist klar. Die Täter sind bekannt, wir konnten ihnen nur nichts nachweisen, weil sie sich gegenseitig decken. Spuren und Zeugen konnten wir vergessen. Viel zu viel Zeit zwischen Tötungsdelikt und Auffinden der Leiche. Wenn wir immer alle Infos gleich kriegen würden, wäre unsere Arbeit viel leichter.«

»Sehen Sie, und aus dem Grund bin ich heute hier«, sagte

Tomas glatt. »Denn in Lautringen beginnt die Serie gerade erst.«

»Lautringen!« Härting schnaubte. »Serie!«

»Sieben geöffnete Schächte. Selbes Muster. Und Sie kennen die neuen Direktiven.« Tomas zuckte die Achseln. »Wir sind im besonderen Maße angehalten, die Kommunikation zwischen den Polizeibezirken zu verbessern.«

»Wissen Sie was, die Lautringer melden sich, wenn sie was wollen, das ist denen noch nie schwergefallen.«

»Es geht doch nur darum, den Informationsfluss zu beschleunigen«, sagte Tomas sanft.

Härting erhob sich. »Wir haben aber immer noch eine eindeutige Rechtslage zur Unschuldsvermutung!«, rief er. »Leider kann ich nicht wie Sie jede Information einfach dann weitergeben, wann es mir gerade in den Kram passt. Wenn's nicht gerichtstauglich ist, was soll ich da machen? Vermutungen rumposaunen? Bürger beschuldigen, die niemals verurteilt werden können? Ja, hier so unter uns kann ich Ihnen ganz genau sagen, wer die Frau Bräunig getötet hat!«

»Ach ja?«

»Was glauben Sie denn? Das waren drei Herren aus Friesenheim, ehemalige Stammgäste der Löwenplay-Spielothek an der Ecke zum alten Brunnen, genau wie Frau Bräunig selbst. Ich könnte Ihnen Namen, Adressen und Telefonnummern nennen!«

Tomas grinste, eine winzige Spur unsicher.

»Und ich kann Ihnen auch sagen, was passiert ist!« Härting begann dem himmelblauen Kollegen vor der Nase rumzufuchteln. »Einer von den Friesenheimern hat an diesem Abend im Löwenplay einen Automatenjackpot geknackt. Sein Gewinn betrug fünfhundert Mark. Das war damals für ein Automatenspielgerät eine große Summe. Zwei seiner Freunde haben auch gewonnen, nicht so viel wie er, aber sie dachten, sie hätten gemeinsam eine Strähne. Da beschlossen sie, nach Bad Dürkheim ins Casino zu fahren und dort ihr Glück auszureizen. Frau Bräunig war an dem Abend auch im Löwenplay und hat sich an die Gruppe drangehängt, sie galt dort als Maskottchen, und die Herren hatten noch einen Platz im Auto frei. Im Casino aber hat dann nur sie gewonnen. Knapp dreitausend Mark. Nicht allzu viel, doch ihre Begleiter hatten alles verspielt. Und im Gegensatz zu ihr konnten die sich nicht leisten zu verlieren, das waren hoch verschuldete Arbeitslose, außerdem war es kurz vor Weihnachten. Am Ende musste Frau Bräunig in einem Auto mit drei frustrierten Halbstarken und dem ganzen Geld nach Hause fahren. Dabei ist es passiert. Ich habe die jungen Männer hier sitzen gehabt, ein halbes Jahr danach, die waren schuldig, für mich gab es keinen Zweifel. Die drei haben genau das Gleiche gesagt. Im selben Wortlaut.«

»Aber es hat kein Verfahren gegeben«, sagte Tomas. »Das heißt, so zweifelsfrei sicher kann die Geschichte auch wieder nicht gewesen sein.«

Härting holte Luft. »Wir hatten Zeugen.«

»Der Croupier aus dem Casino konnte sich an keine Begleiter von Frau Bräunig erinnern«, sagte Tomas, hob die Schultern und fügte an: »Hab ich gelesen. In Ihrer Akte.«

»Akte!«, fauchte Härting. »Die wirkliche Zeugin steht nicht in der Akte! Das ist es ja! Die Spielhallenaufsicht aus dem Löwen-play, die wusste sofort, was passiert war. Hat alle vier gekannt und mitbekommen, wie sie nach Dürkheim aufgebrochen sind. Konnte mir noch im Mai nach Frau Bräunigs Verschwinden den gesamten Ablauf schildern, mit Namen und Zeiten und Kraftfahrzeugkennzeichen. Das hätte sogar für eine Verurteilung gereicht, obwohl die Leiche fehlte. Diesen Trumpf hatten die Täter ja.« Härting beugte sich vor. »Aber dann hat irgendwer dem Sohn der Spielhallenaufsicht, der war damals acht, nach der Schule aufgelauert und ihn bedroht. Zumindest vermuten wir was in der Art, vielleicht war's auch auf dem Sportplatz, was weiß ich. Dem Kleinen ist dabei nichts passiert, aber sie hat ihre ganze schöne Aussage zurückgezogen, und wenn sie das nicht gemacht hätte, dann hätte ich einen von denen gehabt, der war kurz vorm Geständnis.« Härting warf Ackermann einen kurzen Blick zu. »Der dicke Franzen.«

»Ach«, sagte Ackermann.

»Ja. Wir mussten ihn aus der U-Haft entlassen, und das war's.« Härting funkelte Tomas feindselig an. »Elf Jahre danach haben wir die Leiche gefunden. Und anderthalb Jahre später kamen Sie mit Ihren Kanaldeckeln hinterher wie die alte Fassenacht, und jetzt sind Sie schon wieder da!«

»Tatsache ist aber, dass Frau Bräunig in einem offenen Schacht gefunden wurde, und niemand weiß, wer den aufgemacht hat. Selbst Sie müssen doch zugeben, dass diese Frage interessant ist: Wer hat die siebenundzwanzig Schachtabdeckungen geöffnet?«

»Jemand, der die Bräunig finden wollte«, sagte Härting gefährlich ruhig. Er ließ sich auf seinen Stuhl zurückfallen und breitete die Arme aus. »Die Spur war kalt«, dazu konnte der EHK sich einen anklagenden Blick nicht verkneifen, »und jetzt kommen wir wirklich in den Bereich der Spekulation, aber wenn Sie meine professionelle Vermutung hören wollen: Es war der Sohn.«

Tomas warf Bettina einen unsicheren Blick zu. Die hatte auch keine Ahnung, wen Härting meinte.

»Der Sohn?«, fragte Ackermann über sie hinweg.

»Von der Spielhallenaufsicht«, erwiderte Härting ungeduldig. »Elf Jahre nach Bräunigs Verschwinden war er neunzehn. Da wurde die Leiche gefunden. Und damals haben wir ihn auch kurz vernommen, routinemäßig, weil er ja schon als Kind in dem Fall eine gewisse Rolle gespielt hat. Gesagt hat er nicht viel, und er hat auch keinen auffälligen Eindruck gemacht, aber er ist gestört.« Härting warf Bettina einen leicht provozierenden Blick zu, vermutlich weil seine Ausdrucksweise nicht übermäßig korrekt war.

»Gestört?«, sagte Tomas prompt in scharfem Ton.

»Er hat irgend so eine psychische Macke. Ist in Behandlung. Oder war in Behandlung. Das ist praktisch das Einzige, was wir von ihm erfahren haben. Wir haben das nicht weiterverfolgt, aber bei dem hatte ich immer das Gefühl, wir haben nicht tief genug gebohrt. Der hatte so was – ich weiß auch nicht.« Härting hustete trocken, was bei ihm so viel wie ein Seufzen war. »Seine Mutter ist eine Furie, die war immer dabei. Hat ihn abgeschirmt.

Und damals waren geöffnete Schächte kein Thema bei uns. Wir mussten die Lösung für dieses Problem nicht finden, und anderthalb Jahre später konnten wir uns auch nicht vorstellen, was er mit den geöffneten Schächten hätte bezwecken wollen.«

»Und jetzt können wir uns das vorstellen?«, fragte Ackermann.

Härtings strenger Blick traf ihn sofort. »Ich hab noch ein, zwei Mal über diesen jungen Mann nachgedacht«, entgegnete er kühl. »Ich sag ja: Bei dem hab ich im Lauf der Zeit das Gefühl gekriegt, dass er tiefer in der Geschichte drinhing. Manchmal sieht man das nicht sofort. Mag sein, dass es nur an seiner Störung liegt. Diese Kranken sind schwer einzuschätzen.«

»Und warum hat er die Schächte geöffnet?«, fragte Bettina.

»Weil er die Bräunig finden wollte«, sagte Härting und blickte Tomas unfreundlich an. »Die sogenannte Serie ist abgebrochen, nachdem die Tote gefunden wurde. Das spricht dafür, dass jemand nach ihr gesucht hat. Aber die Täter waren es nicht. Als Frau Bräunig gefunden wurde, saß der dicke Franzen wegen eines Banküberfalls in Frankenthal ein, und seine beiden Mittäter sind vor Jahren schon ausgewandert, die betreiben jetzt einen Schnellimbiss auf Mallorca, einer von denen ist Pole mit spanischen Wurzeln, was weiß ich. Jedenfalls haben die garantiert keine Kanaldeckel hier in Ludwigshafen gehoben.«

»Aber wieso wollte dieser Junge die Bräunig finden?«, fragte Ackermann.

Härting zuckte die Achseln. »Aus demselben Grund wie wir auch. Um abzuschließen und die Täter endlich dranzukriegen.«

»Ausgerechnet zu diesem Zeitpunkt?«, fragte Tomas zweifelnd.

Härting hustete wieder. »Ich weiß nicht, vielleicht hatte er neue Infos. Was soll ich sagen? In seinem Leben ist was Besonderes passiert. Sein Psychologe hat ihn ermutigt. Keine Ahnung! Er wusste womöglich schon immer, dass die Bräunig in einem Kanal liegt. Vielleicht haben die Täter eine Bemerkung gemacht, als sie den Achtjährigen bedrohten. Dann war er erwachsen und sie keine Bedrohung mehr, weil hinter Gittern und auf einer Insel, da wurde er aktiv. Und weil er nicht mit uns reden wollte, hat er sich allein auf die Suche gemacht. Dann hat er sie gefunden und das war's.«

»Meinen Sie?«, fragte Tomas skeptisch. »Und wie erklären Sie sich dann die Fälle in Lautringen?«

»Zufall«, sagte Härting unwillig. »Dumme Jungen. So was gibt's. Aber Sie konstruieren sich lieber eine Serie und wollen meine beiden besten Beamten eine Woche lang durch die Kanalisation robben lassen, damit Sie was richtig Tolles haben, um den Lautringern einen Schrecken einzujagen. Weil Sie normalerweise erst anderthalb Jahre pennen, bevor Sie wichtige Informationen herausgeben, und jetzt mal schnell den Kommunikator zwischen den Bezirken spielen wollen.«

Bettina linste zu Ackermann hinüber. Er grinste ihr schwach zu und verschränkte die Arme.

Tomas' Lächeln war verschwunden. Er erhob sich. »Wie Sie meinen. Ich werde in meiner Mitteilung an die Lautringer schreiben, dass Sie kein Interesse an einer Zusammenarbeit haben.«

»Sie können schreiben«, sagte Härting darauf in einem unwirklich heiteren Ton, »dass ich mit Freuden meine beiden Spezialisten hier nach Lautringen schicke. Wenn's sein muss, für ein halbes Jahr. Sobald dort die erste Leiche in einem Kanal auftaucht. Ach wissen Sie was, ich schreib es den Lautringern selbst.«

Sie starrten sich an.

»Ich nehm Sie beim Wort«, knirschte Tomas.

»Gut«, sagte Härting und hätte ganz sicher gelächelt, wenn seine Mimik so etwas wie ein Lächeln hergegeben hätte. »Frau Boll, Herr Ackermann, möchten Sie noch etwas beitragen?«

Bettina und Ackermann schüttelten stumm die Köpfe.

»Frau Boll? Eine weibliche Stellungnahme?«

»Ich persönlich glaube an Unisex-Deutsch, Herr Hauptkommissar.«

Der Blick, den Härting ihr zuwarf, war eine winzige Spur heller als sonst. »Herr Tomas? War das alles?«

Doch Tomas hatte schon seinen Helm gepackt und hielt grußlos auf den Ausgang zu.

Als er weg war, sagte Härting: »Schicken Sie mir die Frau Kaiser, wenn sie da ist, die hat ein Händchen für diese alten Sachen. Die soll sich den Fall Bräunig noch mal angucken. Wäre schön, wenn wir ihn doch noch abschließen könnten, allein für die Statistik. Und Frau Boll, Sie kennen ja jetzt die – Brisanz dieser Angelegenheit. Sie gehen mit der Frau Kaiser raus, falls irgendwelche Besuche oder Begehungen notwendig werden sollten.«

»Und wenn in Lautringen tatsächlich eine Leiche im Kanal gefunden wird?«, fragte Bettina.

Ackermann stieß sie unsanft mit der Fußspitze an.

Härting aber hatte für heute genug geschimpft. Er machte nur sein übliches verdrießliches Gesicht und sagte: »Raus jetzt. Wir haben auch übertage genug zu tun.«

Draußen auf dem Flur sagte Ackermann: »Dass man es ihm immer so ansieht.«

»Was?« Bettina blieb beim Kaffeeautomaten stehen und öffnete ihr Portemonnaie.

»Wenn er jemanden nicht mag. Ich meine, glaubst du, der kommt jemals wieder, der Tomas? Wenn mal wirklich was ist?«

»Er wäre schön blöd«, sagte Bettina. In Bezug auf Härting war sie illusionslos und abgestumpft. »Magst du auch Kaffee? Ich hab nur noch ein Zwei-Euro-Stück, und der gibt mal wieder nicht raus.«

»Cappuccino«, sagte Ackermann.

Bettina wählte für Ackermann eine Tasse mit vielen rosa Röschen und für sich selbst Willenbachers alten Humpen mit der Aufschrift *Quiet, please*.

»So was ist heute eigentlich nicht mehr tragbar«, orakelte Ackermann derweil. »Ich meine, unser EHK hat schon seinen Ruf. Der Tomas hat's probiert und ist trotzdem gekommen. Um mal gut Wetter zu machen und die Lage zu sondieren. Er hat das Gespräch gesucht. Und wurde voll zur Sau gemacht. – Oh, wie hübsch. Danke.« Ackermann nahm das zarte Tässchen in seine Pranken und nippte am Cappuccino.

»Merkwürdig ist es tatsächlich«, sagte Bettina über das Gurgeln des Münzautomaten. »Siebenundzwanzig offene Schächte, und im letzten liegt eine tote Frau. So ganz astrein war das wirklich nicht, dass der Härting uns die Verbindung zum Fall Bräunig verschwiegen hat, nur weil er eine möglichst nichtssagende Analyse wollte. Klar, wenn wir besser aufgepasst und uns alle Akten besorgt hätten, dann hätten wir das auch wissen können. Wir hätten es wissen *müssen*. Peinlich, so was.«

»Genau das meine ich«, sagte Ackermann. »Das ist einfach keine Art. Informationen zurückhalten.«

»Na ja, wir hätten sie selbst nachlesen können«, sagte Bettina. »Wir haben den Auftrag zu wenig hinterfragt.«

Ackermann schüttelte den Kopf. »Der Tomas«, sagte er leise und verschwörerisch, »war vielleicht ein Tester.«

»Tester wofür?«

Ackermann sah sich um und blickte dann Bettina über den Cappuccino hinweg tief in die Augen. »Drüben in Mannheim«, flüsterte er, »da hatten die so einen beim Diebstahl. Beutelspacher, hast du von dem gehört?«

Bettina schüttelte den Kopf und vergaß vor lauter Konspiration ihren Kaffee.

»Der war so ähnlich, wusste alles, hat seine Abteilung tadellos geführt, zwanzig Jahre lang die allerbesten Aufklärungsquoten. Aber er hat nicht kommuniziert. Ein kleiner Geheimniskrämer. Den haben sie zum LKA versetzt. Er wollte nicht, muss sich mit Händen und Füßen gewehrt haben. Aber er hatte keine Chance. Jetzt haben sie einen, der jeden Morgen eine Stunde lang Konferenz macht.«

»Und ist das besser?«, fragte Bettina, gebannt von Ackermanns spürbarer innerer Anteilnahme.

»Ich weiß nicht, ich glaube, die meisten sind froh, dass sie den alten Feldwebel los sind. In Trier gab's das auch. Da haben sie sogar zwei Abteilungschefs kurzfristig versetzt.« Ackermann nippte am Kaffee und leckte sich die Lippen.

Bettina betrachtete ihn fasziniert. »Ich verstehe. Du siehst einen Posten frei werden.«

Ackermann hob die Brauen. »Räuber und Gendarm spielen mit den schweren Jungs aus deiner Stadt, das war gestern. Heute sind die weltweit vernetzt, da braucht man andere Strukturen und Leute, die damit klarkommen. Die Welt ändert sich.«

»Wenn das stimmt, dann wirst du trotzdem nicht Chef.«

»Wer weiß, ich –«

Bettina schüttelte den Kopf. »Wenn sie jemand Kommunikatives suchen, dann nehmen sie einfach eine Frau.«

Jetzt machte Ackermann ein so entsetztes Gesicht, dass Bettina grinsen musste. »Wer hätte das gedacht, die Welt ändert sich wirklich«, sagte sie heiter. »Na komm, lass uns Nessa suchen gehen.«

Nessa saß unübersehbar an ihrem Platz in dem Zweierbüro, das sie mit Bettina teilte. Aber sowie sie die offene Tür erreicht hatten, war Ackermann verschwunden. Einfach vom Erdboden verschluckt. Bettina blickte sich irritiert um, dann trat sie ins Büro und sagte: »Ich hatte so ein Gefühl, als ob mir jemand gefolgt ist.«

Nessa blickte auf. »Ein Stalker? Hier im Büro? – Morgen.«

»Morgen. Nee, Ackermann«, sagte Bettina kopfschüttelnd. »Der war eben noch da.«

Nessa machte ein unbeteiligtes Gesicht und zuckte die Achseln.

»Hattet ihr Krach?«, fragte Bettina unumwunden.

Nessa hob die Brauen. »Krach?«, fragte sie gedehnt. »Nein.«

Alles klar, dachte Bettina. »Du sollst zum Chef. Altlastenbeseitigung.«

»Aha?«

»Das ist der Hammer, hast du gewusst, dass da jemand siebenundzwanzig Kanaldeckel –«

»Der Fall Bräunig?«

Bettina stellte ihre Tasse ab. »Woher wusstest du das?«

»Dachte ich mir, als ihr zwei rausmusstet, nach den Schachtabdeckungen suchen.« Nessa tippte gelassen noch etwas in ihren

Computer, schaltete ihn aus, warf das rot gefärbte Haar zurück und erhob sich.

Bettina starrte die Kollegin an. »Das hast du alles gewusst?« Von wegen kommunikativ, dachte sie, diese Tusse würde sich die Zunge abbeißen, ehe sie mir einen kleinen Tipp gibt.

»Ich hab es vermutet«, sagte Nessa hochnäsig.

»Und wer ist der Mörder?«, rief Bettina ihr nach.

»Na der dicke Franzen«, sagte Nessa über die Schulter und verschwand.

* * *

So. Mandy. Gar nicht da heute, was? Hast der Welt deinen Anblick erspart. Wär nicht schlecht, wenn sich andere von deinem Kaliber ein Beispiel daran nehmen würden. Ich weiß nicht, kennst du dicke Menschen, die schön sind? Oder zu irgendwas nütze? Schau mal, der Kanaldeckel da vorn. Ich frag mich ja: Wenn man dich da reinstopft, bleibst du dann drin stecken?

Drei

An diesem Morgen kam Nessa später als Bettina und baute sich als Allererstes breit im Türrahmen auf. Warf sich in Pose. Und da sie das offenbar wollte, betrachtete Bettina die Kollegin genauer. Eine attraktive, sehr große und schlanke Frau. Sie war schwarz gekleidet, langhaarig, rot gefärbt, mit derselben hellen Haut wie Bettina. Nicht ganz so dünn wie ich, dachte Bettina, denn sie raucht nicht. Das Gesicht etwas voller und strahlender, weil sie keine Kinder hat und morgens länger schlafen kann. Die Brauen etwas schmaler gezupft, keine Sommersprossen. Falten um den Mund, die ich nicht habe. Fingernägel, so lang, wie meine nie werden. Schuhe schicker, geputzter, aber ein bisschen schief getreten. Meine Absätze sind gerade. Ausladenderer Gang, ausladenderes Wesen. Augen, die immer Vergleiche ziehen. Triumphierender Gesichtsausdruck. Irgendetwas war passiert.

»Der Chef hat dir gesagt, dass du mir assistieren sollst?«

Ach das. Bettina nickte.

»Was nimmst du normalerweise, Block oder Computer?«

Normalerweise assistiere ich nicht, dachte Bettina, jedenfalls kriege ich es nicht unter die Nase gerieben. Die anderen Kollegen sagen einfach: Tina, komm. »Block«, sagte sie und dachte: Stimmt, ich hatte schon ewig keinen eigenen Fall mehr. Am Ende kickt einen die Halbtagsarbeit eben doch raus. Man ist einfach zu selten da.

»Gut –« Nessa schaute sich im Büro um, »was machst du gerade?«

»Nichts Wichtiges«, sagte Bettina glatt.

»Könnten wir dann – hast du deinen Block? Äh –«

»Ja, meinen Stift hab ich auch. Wir können.«

»Gut. Ach so, ich brauche noch –« Nessa begann in ihrer

Schreibtischschublade zu kramen. »Du könntest schon mal – nein, warte, hast du ein Auto? Ich bin mit dem Fahrrad da, und die Dienstwagen sind alle schon weg.«

Glaub ich nicht, dachte Bettina boshaft, dir hat nur keiner seinen Schlüssel gegeben. »Ja, ich habe ein Auto«, sagte sie.

»Ich vergaß, der Taunus«, sagte Nessa, als sie auf dem Parkplatz vor Bettinas Auto standen.

»Wir hätten auch noch dein Fahrrad«, sagte Bettina.

Nessa zog eine Grimasse. »Ich finde das ja eigentlich toll«, sagte sie mit angewidertem Gesicht. »Wirklich! Es ist echt schick, kommt auch wieder, diese Siebziger-Jahre-Industrieromantik. Waagrechte Linien, keine störenden –« Nessa hielt inne. »Du hast keine Kopfstützen!«

»Ja.«

»Das ist aber Vorschrift!«

»Ist es nicht.«

»Das muss Vorschrift sein, es gibt keine Autos ohne Kopfstützen.« Nessa zog am Griff der Fahrertür.

»Doch, siehst du ja. – Moment, ich muss von innen aufmachen.«

»Ach ja.« Nessa verschränkte die Arme. »Krass. Keine Kopfstützen. Wie kommst du damit über den TÜV?«

»Das ist denen egal, du brauchst die wirklich nicht«, sagte Bettina. »Ist halt nur schwierig, ein Auto ohne Kopfstützen zu verkaufen. Die haben miese Crashtest-Ergebnisse.« Sie öffnete die Fahrertür, setzte sich auf den Sitz und entriegelte von innen die Beifahrertür. Nessa zog gleichzeitig von außen, aber leider zu früh und zu kräftig, so dass das Türschloss sich verhakte.

»Mist!«, fluchte Bettina. »Mach mal bitte gar nix. Okay. Warte.« Sie drückte feste gegen die Tür, aber die wackelte bloß ein bisschen. »Verdammte Scheiße!«

Nessa gestikulierte bedauernd von außen. Bettina stieg aus. »Du musst über den Fahrersitz einsteigen.«

»Nein.«

»Das da krieg ich jetzt nicht auf. Dauert viel zu lang.«

Nessa blickte argwöhnisch. »Hat er das öfter?«

»Nur wenn man von außen zieht, während innen gerade entriegelt wird.« Bettina lächelte kurz. »Ich muss die Türverkleidung abmachen, um das wieder zu richten, und –«

»Nächstes Mal besorge ich das Auto«, sagte Nessa und umrundete den Wagen.

Umso besser, dachte Bettina und trat zurück, um die Kollegin einzulassen. »Bitte sehr.«

Nessa wurschtelte sich mit ihrer unförmigen Handtasche über den Schaltknüppel auf den Soziussitz. Dort ruckelte sie erst einmal erfolglos an der Tür, blickte dann aufs Armaturenbrett und konnte sich ein kleines Naserümpfen nicht verkneifen. Das Auto war alt. Und schmutzig. Es roch nach Rauch, nach Sand und irgendwie süßlich nach Motorenöl und altmodischen Tankstellen. Bettina ließ sich auf den Fahrersitz fallen und schloss ihre Tür. Jetzt blickte Nessa plötzlich erschrocken. Vermutlich dachte sie an die Crashtest-Ergebnisse. »Aber wenn du, ich meine, wenn du – ich komme ja hier aus eigener Kraft gar nicht mehr raus, falls du –«

»Falls ich was?« Bettina startete den Wagen und ließ die Räder durchdrehen. Dann löste sie die Handbremse.

»Einen Unfall baust!«, quietschte Nessa.

»Ich baue keinen Unfall«, sagte Bettina und schoss rückwärts auf die Straße.

»Wohin?«

»Hast du kein Navi?«

Selbstverständlich besaß Bettina ein Navi. Das lag unterm Beifahrersitz. Aber es hätte das Bild gestört: ihr romantisches Bild von der patenten Einzelkämpferin, die immer noch hartnäckig die Mechanik liebte, während alle anderen vor den billigen Annehmlichkeiten der Elektronik und Informationstechnik kapituliert hatten. Bettina war die Coole mit dem öligen Schraubenschlüssel und dem verschwitzten Rippenshirt. Also sagte sie: »Na, sag doch erst mal, wohin.«

Nessa nannte eine Adresse in Mannheim.

»Wir ermitteln in Mannheim?«

»Die wohnt da, soll ich etwa für ein einfaches Gespräch Amtshilfe in Baden-Württemberg beantragen?«

»Wer wohnt da?«, fragte Bettina, während sie sich Richtung Rheinbrücke einfädelte.

»Die Frau Schröck.«

»Und warum reden wir mit der?«

»Das ist die Zeugin im Fall Bräunig.«

»Oh«, sagte Bettina. »Die Spielotess, die ihre Aussage zurückgezogen hat.«

»Genau«, sagte Nessa mit einem Blick von Bettina zu deren zugemülltem und dreckigem Armaturenbrett. »Die Spielhallenaufsicht. Am besten hältst du dich Richtung Neckarstadt. Gut, dass dein Auto nicht gerade neu lackiert ist. Wer weiß, wo die wohnt.«

Bettina fand es sofort, weil sie sich an den Namen der Straße erinnerte. Die lag keineswegs in der verrufenen Neckarstadt, sondern in der Nähe des Luisenparks, dort ging Bettina öfters mit den Kindern spazieren. Und sie wusste auch, was das für eine Gegend war: Die hatte nicht die geringste Ähnlichkeit mit Bettinas Auto und besaß selbst jede Menge frischen Lack. Und Parkplätze.

»Nummer dreiundsiebzig. Da ist es«, sagte sie und schaute auf eine große Gründerzeitvilla, in die locker drei bis fünf Familien passten. Bettina parkte, stieg aus und sah nach. Tatsächlich waren da mehrere Wohnungen, und in einer wohnte laut Klingelschild Hilli Schröck. Sie winkte Nessa herauszukommen und sah sich in der Straße um. Platanen säumten das gegenüberliegende Trottoir, die Autos auf der Straße fuhren zügig, aber leise, die Passanten trugen schicke Schuhe und offene Einkaufskörbe mit Gemüse ohne Plastik drum herum. Oder sie führten Hunde spazieren.

»Hier wohnt eine Spielhallenaufsicht«, sagte Nessa, als auch sie dem Auto entkommen war und die Fahrertür zuhieb.

»Die einen Mörder schützt«, sagte Bettina.

»Verbrechen lohnt sich eben doch«, sagte Nessa, und es klang unerwartet bitter. Dann stiefelte sie heran und drückte auf den Klingelknopf.

Hilli Schröck öffnete sofort. Sie war eine nervöse Person um die fünfzig, klein, schmal und auf flirrige Art apart. Sie trug keine Schuhe, dafür einen eng gegürteten petrolblauen Kimono und um ihre dunklen Locken einen leuchtend orangeroten Seidenschal. Zu Nessa musste sie etwa zwanzig Zentimeter aufblicken. »Mein Gott«, waren die ersten Worte, die sie an sie richtete, »haben Sie eine Aura!«

Damit wäre dann schon geklärt, wer der gute Bulle ist, dachte Bettina, betrat hinter Nessa die Wohnung, schloss leise die Tür und versuchte auramäßig mit dem Hintergrund zu verschmelzen. Der war von einem düsteren Samtrot, die Wohnung schattig, kühl, mit wunderbaren Holzdielen, alten Möbeln, knorrigen Topfpflanzen, hohen Stuckdecken und einer Küche voll goldenem Sommerlicht. Darin wartete auf einem dunklen Tischchen ein überaus anmutiges und substanzloses Frühstück: eine halbe Grapefruit auf dünnem weißem Porzellan neben einer Tasse Milchkaffee. Hilli Schröck zog Nessa energisch dorthin, während sie Bettina glatt ignorierte. Dabei sprach sie über die Farbe Magenta, die, soweit Bettina es verstand, irgendwas Tolles mit Nessas Aura machte. »Spiritualität!«, sagte Hilli Schröck mit tiefem, geheimnisvollem Ernst. »Grundschwingung! Unbewusstes! Göttliche Liebe!«

Bettina sah sich um. Designerküche, dachte sie. Auf altmodisch gemacht. Sauteuer. »Arbeiten Sie immer noch als Spielhallenaufsicht?«, fragte sie in das sich anbahnende Therapiegespräch hinein.

»Schätzchen«, sagte Hilli Schröck darauf ein wenig derber, »in der Spielo kann man viel lernen. Ist gar nicht schlecht, auch die Dreckecken zu kennen.« Sie wandte sich ab und tippte geziert auf ihrer glänzend weißen vollautomatischen Kaffeemaschine herum.

»Und was machen Sie jetzt?« Bettina zog ihren Block heraus.

»Ich leite eine Versicherungsagentur«, sagte Schröck. »Kaffee?«
Mit der Frage war Nessa gemeint.

»Gern«, sagte die erfreut.

»Adresse?«, fragte Bettina knapp.

Schröck nannte eine Adresse in Mannheim-Schönau und nahm eine hübsche Tasse von einem hübschen Wandhaken.

»Haben Sie noch Kontakt zu Ihren damaligen Bekannten aus dem Löwenplay?«, fragte Bettina.

Schröck schüttelte den Kopf. Locken flogen, orangerote Seide flog, die kleine barfüßige Frau wirkte, als würde sie gleich abheben, und stand doch mit beiden Beinen sehr fest auf ihrem wundervollen dunklen Holzboden.

»Gab es dort irgendwen, der sich besonders für die Kanalisation interessiert hat? Der vielleicht beruflich damit zu tun hatte? Als Tiefbauer?«

Schröck blickte über die Schulter. »Keine Ahnung.« Das klang ehrlich überrascht. »Also von allen Polizisten, die ich hier hatte, hat mich das noch keiner gefragt.«

»Vielleicht gab es junge Leute, die Kanaldeckel aufgemacht haben? So als Sport?«

»Nicht dass ich wüsste.«

»Aber Sie können sich daran erinnern, was an dem Abend geschah, als Frau Bräunig verschwand?«

Die Zeugin drehte sich um, blickte Bettina tief in die Augen und sagte: »Nein.«

»Immerhin wissen Sie, von wem ich spreche.«

»Natürlich.« Schröck stand bewegungslos da, und ohne ihr Geflatter wirkte sie viel gewöhnlicher, so als wäre all das Zarte, Aparte, Orangefarbene nur eine optische Täuschung, ein Wirbel, der bewusst in Bewegung gehalten werden musste, um das Bild einer anmutsvollen Frau zu erzeugen. So im Ruhezustand war sie eine andere. Eine misstrauisch aussehende Person, die schon einiges erlebt hatte.

Und Nessa, die trotz ihrer magentafarbenen Aura eine gute Polizistin war, sah das auch. Sofort ergriff sie das Wort. »Mord«, sagte sie, »verjährt nicht. Mord reißt eine Wunde, die niemals heilt, wenn er nicht gesühnt wird. Sie müssen uns helfen, den Mord an Frau Bräunig zu beweisen. Das können Sie. Sie müssen es tun. Nicht für uns, sondern für sich selbst.«

Schröck starrte sie an. »Das war kein Mord.«

»Es war grausame Heimtücke«, sagte Nessa. »Erbarmungslose Gewalt. Eine alte Frau zu erschlagen. Für nicht mal anderthalb-tausend Euro.«

»Sie haben die Bräunig nicht gekannt. Die war –«

»Selbst schuld?«, fragte Bettina ätzend, schließlich war sie hier die Böse.

Schröck funkelte sie an. »Unmöglich war sie, eine stroh-dumme geizige alte Kuh. Dass sie reich war, wusste jeder, aber die konnte keinen graden Satz sagen. War allein schon mit dem Anziehen überfordert, ist rumgelaufen wie aus dem Kleidercon-tainer. Verschiedene Socken. Die Art. Das Einzige, was ihr Spaß gemacht hat, war Zocken. Weil sie damit ein paar junge Männer reizen konnte, weil die anfingen zu sabbern, wenn sie Geld in die Automaten reingeschmissen hat, und erst recht, wenn wieder welches rauskam. Bei ihr hat es irgendwie immer ausgesehen, als ob sie gewinnt. Und sie hat sich extra nur benutzte Spielgeräte gesucht.«

»Benutzte Spielgeräte?«, fragte Bettina.

»Ja, Automaten, an denen gerade einer gesessen hatte, verste-hen Sie? Da steckt manchmal ein ganzer Monatslohn drin. – Und wenn sie dann gewonnen hatte, ist sie zu ihrem Vorgänger hin-gegangen und hat gesagt: Die dreihundert Mark, die du deiner Frau vom Haushaltskonto geholt hast, die sind jetzt mir. Das hat sie genossen. Alles mitgenommen, was sie kriegen konnte. Hat die Pflanzen aus den Kübeln gerissen und eingesteckt. Werbege-schenke. Bonbons, Streichhölzer, die hat sie ganz offen mitsamt dem Teller in ihre Handtasche gekippt. So eine war das.«

»Frau Bräunig hat sich also über die verzweifelte finanzielle Lage der anderen Spieler gefreut?«, fragte Nessa von der Seite.

»Total!«

Bettina klickte gespielt lässig mit dem Kuli. »Was finden Sie eigentlich fieser, ein bisschen Schadenfreude oder sich aktiv am

Ruin dieser Menschen zu beteiligen?« Die Böse zu sein war ein sicheres Zeichen für beginnenden Abstieg. Den gemeinen Bullen spielte immer der, der es musste. »Sie selbst haben ja immerhin dort gearbeitet und den Jungs geholfen, das Haushaltsgeld zu verspielen.«

Schröck schnaubte. »Wir haben ja kaum was verdient.«

»Umso schlimmer«, versetzte Bettina.

»Sie brauchten die Arbeit, Sie hatten ein Kind zu versorgen«, half Nessa.

»Genau.« Schröck drehte sich von Bettina weg. »Ach so, Ihr Kaffee, Liebe. Moment.« Sie stellte die Tasse in die Maschine und drückte einen Knopf. Das Gerät begann zu brummen. »Es war nicht leicht für mich, damals als Alleinerziehende. Ist es immer noch nicht.« Sie lachte schwach.

Nessa legte den Kopf schräg. »Sicher fühlten Sie sich überfordert als Hauptzeugin in einem Mordfall. Und wenn man ganz allein für das Wohlergehen eines Kindes verantwortlich ist, dann sieht man die Dinge auch etwas anders.«

»Wem sagen Sie das.« Schröck gewann ein Stück ihrer alten Agilität wieder, als sie Nessa den Kaffee reichte. »Es ist ein bisschen Kardamom drin, das neutralisiert Umweltgifte.«

Der Köder Umweltgifte war geschickt eingeworfen, denn er führte gewöhnlich zu moralischen Verbrüderungen und langen, innigen, nutzlosen Gesprächen. »Sie haben damals eine umfassende Aussage zuungunsten dreier Stammgäste aus dem Löwenplay gemacht«, sagte Bettina darum schnell und streng. »Dann haben Sie alles widerrufen.«

»Das kann man ja verstehen, mit einem achtjährigen Kind, das eine leichte Beute für Gewalttäter ist«, fügte Nessa an und nippte an ihrer dampfenden Tasse. »So ein Achtjähriger, der läuft eben auch viel allein draußen rum. – Hmmm. Wunderbar. Danke. – Wie geht es eigentlich Ihrem Sohn? Was macht er so?«

»Studiert«, sagte Schröck mit schlecht verhohlenem Stolz. »Es geht ihm hervorragend. Und er wurde nie bedroht.«

»Was studiert er?«

»Raum- und Umweltplanung.«

»Hat irgendwer von Ihren damaligen Bekannten aus dem Löwenplay später noch einmal versucht, zu Ihnen oder Ihrem Sohn Kontakt aufzunehmen?«

»Nein.«

»Das wäre auch unwahrscheinlich«, sagte Nessa sanft, »denn der Franz Dick, Sie erinnern sich bestimmt an ihn, sitzt seit fast fünf Jahren in der JVA Frankenthal und wird dort noch eine Weile bleiben. Die anderen beiden leben momentan auf Mallorca, außerdem sind das Memmen, die richten ohne Anführer nicht viel aus. Und Ihr Sohn, Frau Schröck, ist erwachsen und führt ein eigenes Leben. Jetzt wäre es an der Zeit zu reden.«

Ein warmes, einladendes Schweigen umfing sie. Lichtflecken tanzten auf dem Tisch, der Sommer draußen roch nach Stadt und ferner Kindheit und großen Parks. Vögel waren zu hören. Wir sind gerecht und gut, sangen sie, sei du es auch. Bettina wagte kaum zu atmen.

Schließlich hob Schröck das Kinn. »Ich hab keine Angst«, sagte sie.

Bravo, Nessa, dachte Bettina.

»Ich hatte auch damals keine Angst. Ich habe eine Aussage gemacht, das stimmt, aber da war die alte Bräunig schon ein halbes Jahr verschwunden. Die hat ja keiner vermisst! Wir von der Spielo dachten, die wär vielleicht in ein Heim gekommen oder Verwandte hätten sie zu sich genommen. Ich weiß noch, wie überrascht wir waren, als der Kommissar kam. In die Spielo, morgens um zehn Uhr, wir hatten gerade geöffnet, und er sagte: Wir suchen die Frau Bräunig, die war ein halbes Jahr nicht zu Hause. Da hab ich spontan erzählt, wann ich sie zum letzten Mal gesehen hab. Praktisch im selben Moment, als ich erfahren habe, dass sie verschwunden war. Aber schon in der Nacht drauf ist mir alles, was ich zu Protokoll gegeben habe, ganz unglaubwürdig vorgekommen. Ich hatte es einfach so aus dem Bauch heraus gesagt, aber als ich richtig drüber nachdenken konnte, war ich plötzlich überhaupt nicht mehr sicher. Bei gar nichts! Ich dachte sogar, ich hätte die Personen verwechselt. Darum hab ich die Aussage zurückgezogen. Nicht, weil ich Angst hatte.« Sie blickte Bettina finster an. »Und jetzt nach über fünfzehn Jahren kann ich Ihnen erst recht nichts Sicheres mehr sagen.«

Bettina ließ den Block sinken. »Also meiner Einschätzung nach sind Sie eine Frau, die auf ihr Bauchgefühl hört. Und Sie haben Erfolg damit.« Sie streifte die teuren Küchenmöbel mit einem gedankenvollen Blick. »Übrigens hat unser Chef die Theorie, dass Ihr Sohn Felix eventuell zum Fund der Frau Bräunig beigetragen hat. Indem er vor vier Jahren drüben in Ludwigshafen ein paar Schächte aufgemacht hat.«

»Unsinn.« Schröck betrachtete sie feindselig. Dann tastete sie ihre Frisur ab, blickte auf die Uhr und sagte: »Ich muss mich jetzt fertig machen.« Und zu Nessa gewandt: »Es tut mir leid, dass ich Ihnen nicht helfen kann.«

»Wir hätten gerne die Adresse Ihres Sohnes«, sagte Bettina.

»Die geb ich grundsätzlich nicht raus«, entgegnete Schröck giftig.

Nessa seufzte und zauberte eine Visitenkarte hervor. »Sie sollten sich von dieser Last befreien«, sagte sie eindringlich zu Schröck. »Ich schreib Ihnen meine Privatnummer auf. Sie können mich jederzeit anrufen. Es wird Ihnen besser gehen, glauben Sie mir.«

Schröck nickte. Sie stand da, barfuß, höflich beeindruckt vom Ernst, mit dem Nessa sprach. Fast verlegen nahm sie die Karte und sagte »Gut« und »Jetzt muss ich aber wirklich« und begann wieder zu rotieren wie ein Kreisel, ganz Farben, Seide und dringende Termine. Aber obwohl sie versuchte, sich zu geben wie zuvor, strahlte sie jetzt mehr Leichtigkeit aus. Hilli Schröck wirkte auf einmal jünger und hübscher. Nicht triumphierend, aber befreit. Und Bettina fragte sich plötzlich, wie oft die Schröck ihre Geschichte wohl schon erzählt hatte. Das hier war vermutlich ihre Routinedarbietung gewesen. Am Ende, dachte Bettina, schweigt diese Zeugin nur, weil sie es gewöhnt ist.

* * *

Weißt du was, ich hatte mal eine Zeit, da konnte ich fasten, Mandy.
Fasten: nichts essen. Kennst du vom Hörensagen, Mandy. Joke.
Jedenfalls, das ist das Größte. Ich sag dir, Mandy, Fasten, das ist
die Unschuld. Es ist wie Tauchen. Du isst etwas, ein letztes Mal, du
nimmst einen Atemzug und dann treibst du so weit, wie du kommst.
Du verlängerst den Augenblick. Dann tauchst du wieder auf, und
was auch immer du jetzt zu dir nimmst: Es ist köstlich.

Keine Ahnung, wie das umgeschlagen ist. Eines Tages hab ich
angefangen zu fressen.

* * *

»Du warst gut«, sagte Bettina draußen.

»Nicht gut genug«, sagte Nessa.

»Sie hat deine Telefonnummer.«

»Die ruft nicht an.«

Das glaubte Bettina auch nicht. »Und jetzt?«

»Was war das eigentlich eben für eine Ansage, dass Schröcks Sohn die Kanaldeckel aufgemacht haben soll?«

»Theorie von Härting. Kann er aber nicht beweisen.«

»So«, sagte Nessa nachdenklich. »Komisch, dass sie seine Adresse nicht rausgeben will, die muss doch wissen, dass wir sie ganz einfach nachgucken können.«

»Sie wollte halt unfreundlich sein«, sagte Bettina.

»Hmm«, machte Nessa. Dann fügte sie hinzu: »Ich würde ja gern mal mit EHK Tomas über seine Schachtabdeckungen reden.«

Bettina sperrte die Fahrertür ihres Taunus auf. »Das solltest du Härting aber nicht auf die Nase binden.«

»Wieso?«

»Er und Tomas, die lieben sich.«

»Ich weiß.«

»Er hat den Tomas voll abgeschmettert, das war echt peinlich. Der will nie wieder was mit uns zu tun haben.«

»So schlimm?«

Bettina hielt ihr die Tür auf. »Das Problem ist, wahrscheinlich hat Härting recht und die Lautringer Kanaldeckel haben nix mit der Sache zu tun, aber du hast dann trotzdem diesen supersauren Tomas an der Backe.«

»Vielleicht haben die Kanaldeckel aber doch was damit zu tun«, sagte Nessa über die Schulter und beugte sich in den Taunus.

Stimmt, vielleicht doch, dachte Bettina.

Sie fuhren zurück nach Ludwigshafen zu ihrer Dienststelle, setzten sich in ihr Büro und nahmen sich einen nagelneuen Stadtplan vor, in den sie sämtliche einstmals geöffneten Kanaldeckel eintrugen. Das brachte nichts. Sie nummerierten sie chronologisch. Auch das schenkte ihnen keine neue Erkenntnis, obwohl der Täter in gewisser Weise mit System vorgegangen war, er hatte sich eher gerichtet als im Zickzack bewegt, aber das war ja bekannt, und was sollte man daraus Neues schließen?

Endlich hängte Nessa die Karte an die Wand, setzte sich auf ihren Stuhl, lehnte sich zurück und verschränkte die Arme. »Merkwürdig ist, dass es aufgehört hat, nachdem Frau Bräunig gefunden wurde.«

»Finde ich auch«, sagte Bettina, »aber Härting sagt, wenn es Felix Schröck war, dann hatte er ja, was er wollte: die Leiche der Bräunig.«

»Und wenn es doch nicht der kleine Schröck war?«

»Hm«, machte Bettina. »Gut, aus der Sicht eines Freaks wäre es auch logisch, aufzuhören, wenn er zufällig eine Leiche findet, denn er weiß dann, dass jetzt eine Menge Leute mit ihm reden wollen. Und wenn er sich weiter auffällig benimmt, Ordnungswidrigkeiten begeht, sich in den Vordergrund spielt, dann zieht er nur ungewollte Aufmerksamkeit auf sich.«

Nessa nickte.

»Eigentlich ist es doch interessant«, sagte Bettina. »Warum hat der Finder die Leiche nicht gemeldet? Nicht einmal anonym?«

Nessa zuckte die Achseln. »Wie du selber sagst: Er wollte nicht mit uns reden.«

»Wir sollten uns den Fundort noch mal ansehen.«

»Hab ich gestern schon«, winkte Nessa ab. »Ich war sogar unten drin in diesem Ding, ein Riesenbauwerk, groß wie eine Einzimmerwohnung.«

»In was für einem Ding?«

»Na dem Schacht, unter dem man die Bräunig gefunden hat. Das ist kein normaler Kanalschacht, der führt in einen Fettabscheider.« Nessa wies auf den rotesten Punkt ihrer Karte. »Ehemaliges Firmengelände einer Firma Südwest-Sauer, die haben vor zwanzig Jahren die Niederlassung hier geschlossen und sind in ein Niedriglohnland gezogen. Rumänien, glaub ich. Das Gelände lag lange brach, jetzt ist ein IT-Berater in dem Haus. Aber der benutzt die Produktionsanlagen logischerweise nicht mehr.«

»Was ist ein Fettabscheider?«

»So eine Art unterirdisches Becken. Funktioniert wie eine Soßenkanne: Oben fließt die Brühe rein, dann sammelt sich alles, das Fett setzt sich ab, und der Abfluss sitzt anderthalb Meter tiefer. Wie die Tülle von der Kanne. Von da aus fließt das geklärte Wasser dann weiter.«

»Und das gehört einer Firma? Nicht der Kommune?«

»Ja natürlich, was glaubst du denn, die BASF hat sogar eigene Kläranlagen!«

»Dann war es Spezialwissen. Das konnten nur ehemalige Mitarbeiter von – wie heißen die – Süd-Sauer wissen.«

»Südwest-Sauer.« Nessa seufzte und schüttelte den Kopf. »Laut Akte wurden die vor vier Jahren befragt, soweit sie noch auffindbar sind. Da hat sich nichts ergeben, und das Gelände liegt ziemlich zentral, das war lange Zeit Jugendtreff und ist dann ein bisschen heruntergekommen zum Stricherquartier –«

Bettina beugte sich über die Karte. »Ach Gott, das ist die alte Sodafabrik!«

Nessa warf Bettina einen tiefen Blick zu. »Genau.«

»Haargenau der Platz, an den jeder Friesenheimer seine Leiche bringen würde.«

»So ist es.« Nessa hielt inne. »Aber – Moment, jetzt muss ich doch mal was gucken.«

»Was?«

»Die Bräunig. Wenn die wirklich so reich war, wer hat sie dann beerbt?« Nessa drehte sich zu ihrem Schreibtisch, tippte etwas in den Computer und sagte: »Da ist die Akte. Okay. Mal sehen … Frau Bräunig besaß ein Einfamilienhaus in Friesenheim, mehrere landwirtschaftlich genutzte Grundstücke und ein Barvermögen von umgerechnet etwa hunderttausend Euro.«

»Das sind mehr als dreitausend Mark Casinogewinn«, sagte Bettina.

»Ja.« Nessa las eifrig, doch sank schnell wieder enttäuscht in den Stuhl zurück. »Aber wie ich hier sehe, hat niemand das Erbe eingefordert. Frau Bräunig lebte allein und hatte nur entfernte Verwandte, zu denen kaum Kontakt bestand. Während der gesamten elf Jahre, in denen sie als vermisst galt, hat keiner versucht, sie für tot erklären zu lassen. Sie hat auch kein Testament hinterlassen. Bekommen hat das alles vor vier Jahren eine Erbengemeinschaft, hoch versteuert, viele Begünstigte, da ist wahrscheinlich für niemanden richtig was hängen geblieben.«

»Und wer hat sie als vermisst gemeldet?«

Nessa blickte auf den Bildschirm. »Die Nachbarin.«

»Hm«, machte Bettina. »Dann war's wohl wirklich der dicke Franzen.«

»Tja, ehrlich gesagt, glaub ich das auch«, sagte Nessa. »Wenn man seine Akte so liest – große moralische Bedenken hatte der wohl nie.«

»Ha! Erwischt! Ihr redet doch über mich!«, trompetete es da und eine große, bullige Gestalt füllte den Türrahmen aus.

Nessas Gesicht verschloss sich sofort. Sie saß stocksteif, Blick auf den Bildschirm, das rote Haar vor den Augen wie ein stählernes Visier.

»Herr Ackermann!«, sagte Bettina heiter. »Klar, Thema moralische Bedenken, da fehlst du natürlich.«

»Dabei hab ich gar keine«, flötete Ackermann. »Und? Fortschritte?« Er sah ziemlich rötlich im Gesicht aus.

»Nicht wirklich«, antwortete Bettina. Nessa schien sich aus dem Gespräch raushalten zu wollen. Sie ruckelte mit steinerner

Miene an ihrem Computer herum, stöpselte irgendwas ein, fuhrwerkte mit der Maus herum und starrte gebannt auf den Bildschirm.

»Ich glaube, das Einzige, was wirklich was bringen würde«, sagte also Bettina, »wäre, den dicken Franzen zu foltern, damit er den Mord an Frau Bräunig gesteht.«

»Na das ist doch für euch gar kein Problem«, sagte Ackermann. »Da müsst ihr nur eure ganz gewöhnlichen –«

Nessa blickte auf.

»... supereffektiven Starermittlermethoden einsetzen«, schloss Ackermann.

»StarermittlerINNENmethoden!«, versetzte Nessa.

Ackermann schaute Bettina an.

Die versuchte, ernst zu gucken. »Was ja auch noch ginge«, sprach sie sachlich, »wäre, die Lautringer direkt anzuhauen und gemeinsam nach dem Kanaldeckeltypen zu suchen. Denn vielleicht ist der Täter, der jetzt die Schächte in Lautringen aufmacht, wirklich derselbe, der sich auch hier betätigt hat. Da müssen wir gar nicht den Tomas bemühen, das machen wir ganz allein mit den Lautringern aus, und wenn wir den Typen haben, dann fragen wir ihn einfach, was das für ein Gefühl war, als er die Leiche fand.«

»Also.« Ackermann warf Nessa einen langen Blick zu, trat ins Zimmer und setzte sich in einiger Entfernung zu ihr auf Bettinas Tisch. »Wenn das wirklich dieselbe Person ist«, sagte er mit leicht trotzigem Ton in der Stimme, »dann ist sie krank und handelt zwanghaft.«

»Meinst du?«, fragte Bettina. »Und was ist mit der Pause? Immerhin liegen vier Jahre zwischen den Fällen in Ludwigshafen und denen jetzt in Lautringen.«

»Ach was«, sagte Ackermann. »Da gibt's Hunderte Erklärungen. Vielleicht war der Typ einfach woanders.«

»Ist fremdgegangen?«, fragte Nessa kalt.

Ackermann verschränkte die Arme. »Ist er nicht.«

»Geht mich ja auch nichts an«, sagte Nessa und verschwand hinter Computer und Haarvorhang.

»Nein, er hatte einfach was anderes vor«, sagte Ackermann. »Vielleicht hat er Kinder, oder wollte welche –«

Bettina stützte die Ellenbogen auf den Tisch und das Kinn auf die Hände und blickte Ackermann an wie einen Märchenonkel. Das ließ ihn verstummen. Und dann stand eine peinliche Stille im Raum. Nur Nessa klapperte überlaut mit der Tastatur, es hörte sich aggressiv und hilflos an.

Bettina wusste, dass sie irgendetwas tun musste, damit es hier weiterging und sie nicht bis in alle Ewigkeit im Kreis schwiegen, doch mit einem Mal war ihr Kopf ganz leer und es fiel ihr absolut nichts ein. Direkt wäre ja am besten, dachte sie. Frag doch einfach, was los ist. Habt ihr Krach? Seid ihr noch ein Paar? Wer kriegt den Drachenbaum, wenn Nessa kündigt …?

Schließlich räusperte sich Ackermann, und Bettina holte Luft, um zu sagen, dass sie mal kurz an die Luft müsste, und da klingelte das Telefon. Nessa stürzte sich darauf wie eine Ertrinkende. »Kaiser? Bitte? Wer? – Ach so. Ja. Ja. Moment.« Sie reichte Bettina den Hörer. »Für dich. Elfriede Boll aus Grünstadt.«

Bettina war so erleichtert über das Ende der Schweigepause, dass ihr kein bisschen Zeit für Erstaunen blieb und sie automatisch »Boll?« sagte.

»Auch«, sagte Tante Elfriede. Ihre Stimme klang kratzig und weit entfernt. »Hör mal, ich brauche Polizeischutz.«

»Tante Elfriede?«

»Die gehen nicht von meiner Tür weg, diese – Schweine!« Beim letzten Wort schraubte sich ihre Stimme hoch zu einem Wimmern.

»Wer geht nicht von deiner Tür weg?«

»Ich halte das nicht aus«, nuschelte Tante Elfriede undeutlich.

Bettina fragte sich, ob sie getrunken hatte. »Ich komme«, sagte sie.

»Bring den Schlüssel mit«, sagte Tante Elfriede und legte auf.

Bettina ließ den Hörer sinken.

»Was ist?«, fragte Ackermann

»Ich muss nach meiner Tante gucken.« Bettina erhob sich.

»Soll ich mitkommen?«, erbot sich Ackermann sofort.

»Nein danke.«

»Du siehst total geschockt aus«, sagte Ackermann. Er blickte zu Nessa, die nickte unwillig.

»Wahrscheinlich war nur eine fremde Katze in ihrem Garten.«

»So kenn ich dich aber gar nicht. Du springst sofort auf und willst losfahren. Mitten im Dienst. Der ist dir doch heilig. Wenn du erst mal da bist.«

Bettina zog eine Grimasse und zuckte die Achseln, doch so lässig, wie sie tat, fühlte sie sich nicht. Tante Elfriede hatte noch nie, niemals bei Bettina auf der Arbeit angerufen.

Noch nie.

Die Klingel schrillte in dem großen, dunklen Haus, man hörte es deutlich, auch von außen. Doch niemand reagierte darauf.

»Tante Elfriede! Ich bin's, Tina!« Bettina hatte den Schlüssel nicht dabei. Das Ding musste irgendwo in einer Schublade ihrer Wohnung liegen, aber es hätte sie Stunden gekostet, ihn zu finden. Schlimm genug, dass sie während ihrer Arbeitszeit hierher musste.

Ihr wurde etwas unheimlich zumute. Das Gartentor war überwuchert und angerostet, die Treppe schmutzig und voll mit Laub aus dem letzten Herbst, der Briefkasten überfüllt, und das alte Haus sah aus, als stünde es schon lange leer.

Bettina klingelte wieder.

Wie zur Antwort raschelte es in einem Baum. Bettina erspähte ein Eichhörnchen, das durch den tiefen Schatten einer Eibe sprang, um nach oben, Richtung Sonnenlicht zu klettern. Dieser ganze verwachsene Garten wirkte grotesk gegen all die kleinen gepflegten Rabatten in der Nachbarschaft. Dort hatte sich einiges getan. Wo früher eine Wäscherei auf einem unübersichtlichen Gelände gewirtschaftet hatte, prangten nun mehrere Züge Reihenhäuser mit bunten Fenstern und winzigen Gärten. Tante Elfriedes Anwesen war dagegen ein echtes Dornröschenschloss, umgeben von einer hohen Mauer und undurchdringlichem Gestrüpp. Selbst die Haustür schien schon ewig nicht mehr geöffnet worden zu sein. Bettina hämmerte dagegen. »Tante Elfriede! Ich bin's, Tina! Mach auf, ich hab den Schlüssel nicht dabei!«

Im Sonnenschein auf der Straße vor der Gartenpforte sammelten sich Kinder. Sie trugen bunte Helme, saßen auf glänzenden Fahrrädern und kicherten. »Die Hex ist tot!«, rief einer von ihnen. Bettina wandte sich um, worauf die Kinderschar lachend davonstob. Jetzt schrien sie alle im Chor: »Die Hex ist tot, die Hex ist tot!«

Von wegen Fernsehen, Playstation, Wii oder exzessive Begabungsförderung: Die Kinder aus den Reihenhäusern hingen auf der Straße rum und ärgerten die böse alte Nachbarin wie Generationen vor ihnen. Bettina hätte fast gelächelt. Wenn die böse Nachbarin nicht Tante Elfriede gewesen wäre. Sie klingelte wieder.

Nichts.

Da rannte sie die Eingangstreppe hinunter und quetschte sich durchs Gebüsch, zur Kellertür.

Im Keller war es kühl und roch nach Moder und alten Äpfeln. Alles war aufgeräumt, kalt und leer, so wie immer. Bettina befiel die übliche Beklemmung. Hier in diesem Haus hatte sie die Zeit nach dem Tod ihrer Eltern abgesessen, hier hatte sie gemeinsam mit ihrer Schwester überleben müssen. Bettina war so bald wie möglich ausgezogen, doch Barba hatte oben in einem kahlen Zimmer gewohnt, in einem harten Bett geschlafen und sich ausgemalt, wie sie es der fiesen Tante zeigen würde, wenn sie nur endlich hier weg wäre. Sie beide waren nicht willkommen gewesen, waren immer zu laut, zu vorwitzig, zu hungrig. Und Barba hatte nie einen Fernseher haben dürfen. Teufelszeug.

»Tante Elfriede?«

Bettina stieg die alten Holztreppen hinauf, es war dunkel, sie sah wenig. Das Licht funktionierte nicht, der Schalter war tot oder die Birne kaputt. So stapfte sie im Finsteren die knarrenden Stufen hoch ins Erdgeschoss, auch dort herrschte Dämmer.

»Tante Elfriede, ich bin's, Tina!«

Keine Antwort. Bettina ging durch die große Halle am Klavierzimmer vorbei nach hinten hinaus zur Küche. Dort war es wenigstens hell. Aber auch da saß keine Tante Elfriede. Überall lag Staub, als sei hier seit Wochen niemand mehr gewesen.

Jetzt wurde es Bettina mulmig. Sie hatten doch vorhin erst telefoniert! Sie schrie laut: »Tante El-frie-de!«, und lief hoch in den ersten Stock. Niemand. Eine Flucht unbewohnter Zimmer im Dämmerlicht. Wo sollte sie jetzt noch suchen? War die Tante vielleicht am Telefon zusammengebrochen? Und wen hatte sie mit den Schweinen gemeint? Die Fahrradkinder, hoffentlich. Vermutlich fühlte Tante Elfriede sich von ihnen belästigt. Sie fühlte sich oft belästigt. Bettina stellte sich in die große Halle und lauschte. War da kein Atmen, kein Laufen, kein Laut? Nein. Kein Geräusch …

– aber ein Geruch. Bettina schnupperte. Es roch süßlich abgestanden aus Richtung der Garderobe. Falsch, dem Telefonzimmer. Das war eine Art Minibüro, ein Raum, in dem Tante Elfriede zu Bettinas und Barbaras Zeiten das Telefon fest verschlossen gehalten hatte und in dem ganz früher vielleicht ein Hausdiener untergebracht gewesen war –

Gestank schlug Bettina entgegen wie aus einem Hinterhalt. Vor Schreck ließ sie die Tür los, die sie soeben geöffnet hatte. Vorsichtig spähte sie in das Zimmerchen hinein. Müll, überall Müll. Auf dem Telefontisch: geöffnete Kekspackungen. Der Boden: bedeckt von Papieren und schmutzigen Kleidungsstücken. Schmieriger Unrat in einer Ecke, faulende Essensreste auf jeder freien Fläche, dazu benutzte Teller und undefinierbares schimmelbedecktes Zeugs. Und daneben an der Wand stand eine Couch, die eigentlich zu klein war, als dass man darauf liegen konnte, doch dort lag krumm und dürr Tante Elfriede.

Bettina drückte die Tür weiter auf und machte einen Schritt in den Raum. Sie versuchte durch den Mund zu atmen, aber das half nicht viel. Der Geruch war entsetzlich, und Bettina dachte, ihre Tante sei tot. Die alte Frau sah aus wie eine Leiche. Das Gesicht war blass und völlig eingefallen, die Haare klebten ihr strähnig am Kopf, und die Hände sahen weiß und verkrampft aus. Ihre Decke war voller Flecken, die Kot oder Essensreste oder beides sein mochten. Bettina schluckte mehrere Male heftig und schmerzhaft und sagte dann: »Tante Elfriede?«

Die Tante öffnete die Augen. Sie hob den Kopf, starrte Bettina kurz und glasig an und stammelte: »Tina. Hast wieder geraucht. Riecht man.« Damit ließ sie sich auf das widerliche Lager zurücksinken und sah lebloser aus denn je.

Hast wieder geraucht. Waren das etwa Tante Elfriedes Abschiedsworte? War Bettina hierher geeilt, nur um sich ein allerletztes Mal ihre Laster vorwerfen zu lassen? Nein, die alte Frau schmatzte plötzlich laut. Ein ekliger Spuckefaden rann ihr aus dem Mund. Sie war nur eingeschlafen.

Bettina spürte, dass sie weinte, vor Ekel und auch aus unerwartetem Mitleid. Sauberkeit war für Tante Elfriede stets das Höchste gewesen. Sie hatte ihr ganzes Leben lang geputzt. Was war sie gemein geworden, wenn irgendwer ihre heilige Ordnung durcheinanderbrachte! Welch schreckliche Strafe, dass sie jetzt in so einem Müllhaufen vegetieren musste. In einem Haus voll sauberer Zimmer und großer Betten auf einer winzigen Couch im kleinsten Räumchen zu campieren, von trockenen Keksen zu leben und in ihrem einzigen, verzweifelten Anruf bloß über irgendeinen Klingelstreich zu lamentieren und nicht ehrlich um Hilfe zu bitten.

Bettina vergaß einen Moment den Gestank, schniefte, holte tief Luft und hätte sich fast übergeben. Rasch stakste sie durch den Müll am Boden, öffnete Fenster und Läden und atmete die kühle, weiche Gartenluft ein.

Eine Viertelstunde zum Aufräumen. Höchstens. Dann musste sie den Krankenwagen rufen.

»Messie«, urteilte einer der Sanitäter ziemlich großspurig, er war um die zwanzig. Bettina klärte ihn nicht auf, sagte nicht, dass Tante Elfriede das genaue Gegenteil war. Die alte Frau wirkte winzig auf der Krankenliege und sah nicht aus, als ob eine psychische Störung für sie noch von Bedeutung wäre. Und sie hatte auch absolut nichts mehr von der niederträchtigen Stiefmutter, die sich mit Bettina und vor allem der jüngeren Barbara einen bösartigen kalten Krieg geliefert hatte. Nein, Tante Elfriede war kaum mehr als ein vertrocknetes Gerippe, selbst der Schmutz an ihr schien zwischen den weißen Laken der Liege geschrumpft zu sein, ein paar unbedeutende Flecken, nicht so entsetzlich faulig und verwesend, wie sie auf der stinkenden Couch gewirkt hatten.

Bettina setzte sich zu ihr in den Krankenwagen. Kurz bevor die Tür zum Laderaum geschlossen wurde, flitzten die Reihenhauskinder auf ihren bunten Fahrrädern heran. Sie warfen neugierige Blicke in den Wagen, auf Bettina und die weiße Liege. Als die Ambulanz abfuhr, hörte Bettina sie draußen schreien: »Die Hex ist tot, die Hex ist tot …!« Und sie lachten.

Sie blickte Tante Elfriede an, die jetzt an einen Tropf und einen Herzfrequenzmesser angeschlossen war und schlief. Tränen schossen plötzlich in Bettinas Augen, sie schniefte, und der Sanitäter, der neben ihr saß, reichte ihr wortlos ein Papiertaschentuch.

»Danke.« Sie nahm es und schnäuzte sich. Siehst du das, Barba?, dachte sie dabei nach oben, nach dem Ort, an den sie sich immer wandte, wenn sie ihrer verstorbenen Schwester Barbara etwas mitteilen wollte. Guck mal runter zu mir, Schwesterherz, kannst du sie sehen? Die Hex ist tot, Barba, die Hex ist tot!

Ein Ende hat jetzt unsre Not.

Als sie eben die Einfahrt zum Krankenhausgelände erreichten, klingelte Bettinas Handy. Der Sani blickte auf, schüttelte den Kopf und brummte: »Ausmachen!«, da war sie schon drangegangen.

»KK Boll, K11 Rheinpfalz, guten Tag.«

»Tomas hatte recht«, sagte Kollege Ackermann ohne Gruß durch den Äther.

»Womit?«, fragte sie.

»Tötungsdelikt in Lautringen, das Opfer steckte in einem geöffneten Revisionsschacht fest.«

»Es steckte fest?«

In der Leitung kratzte es, Ackermann sprach offenbar mit jemandem, der neben ihm stand, dann wieder ins Telefon. »Ja. Sie ist – dick.« Er räusperte sich. »Wie schnell kannst du in Lautringen sein?«

»Morgen«, sagte Bettina.

»Schaff dich sofort hierher, Tina«, rief Ackermann, »die haben uns beide namentlich angefordert im Rahmen der Amtshilfe, der Härting dreht jetzt schon durch, weil er uns selbst angemeldet hat und vielleicht für ein halbes Jahr los ist, was meinst du, was der sagt, wenn du noch Theater machst und nicht kommst!«

»Ich kann nicht«, antwortete Bettina. »Geh allein.« Der Krankenwagen hielt vor der Notaufnahme.

»Rate mal, wo ich bin«, sagte Ackermann. »Aber die wollen auch die attraktive Rothaarige mit dem schlechten Ruf.«

»Ich höre immer schlechten Ruf.«

»Den hast du.«

»Dann werden sie nicht überrascht sein, wenn ich sie versetze. Sag ihnen, ich wäre bei einem Notfall.«

»Tina –«

»Ackermann, ich *bin* bei einem Notfall. Im Krankenhaus. Meine Tante. Ich – ich hab sie gefunden.«

»Was?«

»Sie ist fast tot. Sie stirbt.«

»Oh Mann. Tina, das tut mir leid.«

Muss es nicht, hätte Bettina beinahe gesagt. »Danke«, sagte sie stattdessen. »Tja, spiel du den Profiler, okay? Und wenn sie eine Ermittlungsgruppe zusammenstellen wollen, kannst du Härting und den Lautringern sagen, dass meine Kinder zwar im Feriencamp sind, ich jetzt aber meine Tante notversorgen muss. Wenn das glattgeht, komme ich natürlich gern.«

»Alles klar«, sagte Ackermann. »Mann, Tina, Kopf hoch. – Was ist denn, ich meine mit deiner Tante?«

Die Tür des Krankenwagens wurde aufgerissen.

Sie hat gekriegt, was sie verdient, dachte Bettina, bevor sie sich selbst daran hindern konnte. »Sie ist so was wie ein Messie«, sagte sie laut. »Nur in ganz alt.«

»Verwahrlost«, nannte es der Chefarzt der Inneren Station, zu der Tante Elfriede gebracht worden war. Dort lag sie jetzt in einem ziemlich heruntergekommenen Krankenzimmer. Der Arzt hatte sich vor ihrem Bett aufgebaut und blickte Bettina streng an. »Dazu verwirrt und lebensgefährlich dehydriert. – Ist das Ihre Mutter?«

»Nein«, verteidigte sich Bettina.

Die Augen des Arztes wurden um einen winzigen Schimmer wärmer. »Schwiegermutter?«

Bettina schüttelte den Kopf. »Meine Tante. Wir hatten keinen regelmäßigen Kontakt. Ich hab sie vor Jahren das letzte Mal gesehen.« Bei Barbaras Beerdigung. Bettina verscheuchte den Gedanken an diesen Tag.

»Hm«, machte der Arzt. »Aber Sie sind ihre nächste Angehörige?«

»Ja.«

Der Doktor sah wieder griesgrämig aus. »So. Dann haben Sie der Schwester vorn am Eingang Ihre Telefonnummer gegeben?«

»Ja.«

»Wir wenden uns in ein, zwei Tagen an Sie wegen der Entlassung.«

»In ein, zwei *Tagen*?«, wiederholte Bettina entgeistert.

Der Arzt schnaubte. Er war ein müde aussehender älterer Herr, vermutlich kurz vor der Pensionierung, und sein Gesicht sah grau und illusionslos aus. »Natürlich. Wir werden Ihre Frau Tante behalten, bis sich ihr Zustand stabilisiert hat. Also höchstens drei Nächte. Im äußersten Fall.« Er blickte Bettina verächtlich ins Gesicht. »Wir sind voll belegt, und wir sind kein Pflegeheim. Ihrer Tante fehlt nichts als Wasser, sowohl innen wie außen. Wenn sie außer Lebensgefahr ist, muss sie nach Hause.«

»Das ist nicht Ihr Ernst!«

»Doch, absolut«, sagte der Arzt und reichte Bettina eine schlaffe Hand. »Bis bald, Frau, äh.« Und er drehte sich weg, noch bevor sie ihren Namen nennen konnte.

* * *

Mandy, Liebelein. Du bist nicht da. Das hörst du sicher gern: Ich vermisse dich. Ja dich, Mandy, DEINE hundertdreißig Kilo, und zwar jedes einzelne davon. Siehst du, und da wirst du mengenmäßig viel mehr vermisst als eine dünne Frau. Heidi Klum kann sich umgucken. Heidi hat aber auch keine Oxys. (Obwohl – wer weiß.) Auf jeden Fall macht sie keinen Lieferservice.

Oh Scheiße, ich hab nur noch drei Stück. Die Notreserve. Ich muss damit aufhören, aber doch nicht so!

Ich bin so dumm. Ich bin so saublöd. Wieso hab ich nur mit dieser Scheiße angefangen?

* * *

Als Bettina nach Hause kam, fand sie die Wohnung zu leer. Sie vermisste die Kinder, ganz plötzlich und sehr heftig. In die Garderobe war Ennos Winterjacke geknautscht, die musste er noch kurz vor seiner Abreise aus der Winterkiste geholt und dann hier einfach hingepfeffert haben. Aber Bettina ärgerte sich nicht darüber, sondern nahm die Jacke und strich über den grauen Stoff. Sie hängte das Teil ordentlich auf, ihre Lederjacke daneben, und war gerührt darüber, dass Ennos Ärmel aus dem letzten Winter genauso lang waren wie ihre eigenen. Dann legte sie die Schlüssel auf den Spiegeltisch, klappte ihr Handy auf und klickte sich durch zu Sammys Nummer. Doch die hatte ihr Telefon ausgeschaltet. Gut, dann eben Enno. Der ging nach dreimal Klingeln dran. »Hi, Tina!« Er war kaum zu verstehen, im Hintergrund klapperte und klirrte es ganz entsetzlich.

»Enno, mein Schatz!«

»Au! Tschuldigung! Tina, wir haben doch jetzt Küchendienst!«

»Oh.« Sie sah auf die Uhr. Kurz vor sechs. »Tut mir leid, hab wieder die Zeit vergessen. Geht's euch gut?«

»Ja. Wir haben heute Feuer gemacht, dabei ist die Scheune vom Jugendzentrum abgebrannt.« Enno begann wie toll zu kichern. »Beinahe jedenfalls.«

Aha. »Aber du lebst noch und Sammy auch?«

»Also bei Sammy weiß ich's nicht so genau«, sagte Enno. »Ich

hab sie schon mindestens zehn Minuten nicht mehr gesehen –
Au! Ja, das ist Tina, aber jetzt bin ich dran! – Nein! – Sie lebt«,
verkündete er dann großspurig. »Aber nicht mehr lange!«

»Lass sie in Ruhe!«, sagte Bettina automatisch. »Und sonst?
Was habt ihr gemacht außer zündeln? Wart ihr am Meer?«

»Wir sind jeden Tag am Meer, Tina, wir wohnen am Meer! –
Ich muss jetzt Schluss machen. Hier ist Sammy.«

»Hallo, Süße«, sagte Bettina.

Das Klirren im Hintergrund wurde heftiger. »Hi, Tina!«

»Geht's dir gut, Schatz?«

»Ja.«

»Du passt schön auf dich auf, vor allem wenn ihr Feuer macht
und so, ja?«

»Ja.«

»Geht's dir gut?«

»Das hast du schon gefragt, Tina. Tschüss, Tina!«

»Tschüss, Sammy«, sagte Bettina. Es klirrte noch einmal, danach war die Verbindung unterbrochen. Sie sah auf das Handy,
dann in den winzigen Flur. Er war dunkel und schrecklich eng.
Niedrig. Unordentlich. Schäbig. Selbst wenn man ihn aufräumte,
sah er klein und armselig aus. *Wir wohnen am Meer, Tina.*

Bettina nahm ihre Jacke, ihr Handy und ihre Schlüssel und
verließ die Wohnung wieder.

»Ich wusste es«, sagte Ackermann, als Bettina ihn anrief und
sagte, dass sie auf der Autobahn kurz vor Lautringen sei. Irgendwie hörte es sich erleichtert an.

»Wer leitet die Ermittlungen?«, fragte Bettina.

»Oskar Schwartz«, sagte Ackermann. »Kennst du den?«

»Nein.«

»Aktionist«, sagte Ackermann mit wenig Begeisterung, »na
ja, als Kollege wahrscheinlich ganz okay. Und er hat auch recht,
wenn er gleich viel Unterstützung anfordert, denn der Fall
ist merkwürdig, Tina. Wie die arme Frau da in dem Schacht
hing …«

»Gibt's einen Tatverdächtigen?«

»Nein.«

»Ähnlichkeiten zum Fall Bräunig?«

»Da muss erst mal die Biografie geklärt werden, aber so vordergründig eher nicht, die Frau hat hier in der Nähe gearbeitet und ist wahrscheinlich auf dem Weg zur Arbeit überfallen worden.«

»Hm.« Bettina verließ die Autobahn und passierte das Stadtschild. »Welchen Arzt haben sie?«

»Zwei. Einen Psychologen aus Lautringen und unseren Freund Dr. Lee.«

»Oh wie nett.«

»Ja, er hat dich schon vermisst, hat er gesagt.«

»Der Gute«, sagte Bettina erfreut. Jetzt hörte sie Gemurmel durchs Telefon. »Hier ist es zu voll«, murrte Ackermann etwas unzusammenhängend.

»Wo muss ich hin?«, fragte Bettina.

»Innenstadt«, sagte Ackermann. »Krankenhausgelände. Ist nicht ganz einfach zu finden, am besten parkst du im Klinikparkhaus und rufst mich dann noch mal an.«

Doch Bettina brauchte nicht anzurufen. Auf dem riesigen Lautringer Klinikgelände angekommen, musste sie nur den kreuz und quer geparkten Polizeifahrzeugen nachgehen. Zwischen den einzelnen Krankenhausgebäuden wimmelte es von Polizisten. Bettina wurde von mehreren Uniformierten überprüft und näherte sich auf diese Weise automatisch dem Zentrum des Geschehens. Im Schatten eines struppigen Gebüschs neben dem Menschengewühl um den Tatort fand sie Ackermann. Er trug den weißen Overall der Spurensicherer, dessen Oberteil er heruntergerollt und um die Hüfte verknotet hatte. Sein Gesicht erhellte sich, als er Bettina erkannte. »Tina!« Er küsste sie auf die Wange. »Also? Was ist mit deiner Tante?«

Bettina fand ihn eine Spur zu herzlich, das war sie von Ackermann nicht gewöhnt. »Sieht nicht gut aus«, antwortete sie ausweichend.

»Du bist bei ihr aufgewachsen, oder?«

»Nein. Ja. Eigentlich nur meine Schwester, aber ich war öfter dort. Mann, hier ist ja die Hölle los.«

»Tja. Und wie.« Ackermann roch ein bisschen nach Schweiß, vermutlich stand er schon lange mit dem synthetischen Overall in der Hitze herum. An diesem beengten Ort kochte die Luft. Die Gerüche der vielen Menschen mischten sich mit dem zweifelhaften Gestank nach Müll und dem Duft einiger später Linden, die ganz in der Nähe blühten. Für große Versammlungen war der Ort denkbar ungeeignet: eine schmale Zufahrt zu einem tiefer liegenden Hof hinter einem siebenstöckigen, hässlichen Gebäude aus Betonplatten und langen Fensterbändern.

»Das ist ein Labor«, sagte Ackermann mit Blick auf das Haus. »Geschickte Wahl vom Täter, denn da wird nur von sieben bis fünf gearbeitet, und der Hof ist hier vom Teerweg aus nicht einzusehen. Er liegt dort hinten, wo es runtergeht, auf Ebene des Kellers. Da hält sich nie irgendwer auf. Unten ist nur der Revisionsschacht, in dem das Opfer gesteckt hat, und der Zugang zu so einer Art Garage, in der drei große Müllcontainer stehen. Die werden täglich benutzt, aber vom Keller aus, also von innen. Das Tor zum Hof bleibt dabei geschlossen. Dorthin kommt nur alle zwei Wochen jemand, um die Container hoch auf die Straße zu rollen, für die Entsorgungsfirma.«

»Also ist der Täter jemand vom Krankenhaus«, sagte Bettina. »Ein Ortskundiger.«

Ackermann schüttelte den Kopf. »Nicht unbedingt. Dies ist ein öffentliches Gelände. Alle möglichen Leute benutzen es als Abkürzung, um von einem Stadtteil in den anderen zu kommen. Dahinten verläuft ein Trampelpfad über den Rasen, von dort aus kann man in den Hof runtergucken, wenn man will. So ist die Leiche auch gefunden worden. Allerdings befindet sie sich schon länger dort, Dr. Lee rechnet mit einer knappen Woche.«

»Sie ist von einem Spaziergänger entdeckt worden?«

»Einem Kioskbesitzer, der hier in der Nähe seinen Laden hat.«

»Aha – au!«

Ein Typ im schwarzen Anzug zog rasch den Fuß zurück, den er auf Bettinas Stiefelspitze gestellt hatte, entschuldigte sich, ohne sie anzusehen, und rief in sein Telefon: »... ja, ich wär dann so weit, ja, ja, bestimmt ein Bezug zur Unterwelt, es hat so was Chthonisches, schreib das! Chthonisch? Das bedeutet unterirdisch, der Erde verbunden, C-H-« Rasch eilte er weiter.

»Ich glaube, das war der Psychologe«, sagte Ackermann düster. Bettina rückte näher zu ihm hin, um nicht wieder angerempelt zu werden. »Wozu brauchen die uns?«, fragte sie halblaut. »Es sind doch ohne uns schon zu viele.«

»Das ist wahrscheinlich nur zur Vorsicht«, sagte Ackermann im selben Ton. »Ich sag ja, der Fall ist fies, und der Schwartz, der Chefermittler, will sichergehen, dass er gleich genug Leute beisammenhat. Die Sache hat was von einem Serienmord.«

»Oh«, sagte Bettina. »Aber Opfer gibt es nur eins?«

»Wenn du unsere Frau Bräunig nicht mitzählst. – Achtung.« Unerwartet fasste Ackermann sie um die Schulter und schob sie vor.

Ein weiß verpackter Mann eilte geradewegs auf sie zu und ergriff zielstrebig Bettinas Hand. Seine vorstehenden Augen blickten eher klug als aufgeregt, aber sein Gesicht unter der weißen Haube zeigte hektische rote Flecken. »Frau Boll?«, rief er laut. »Oskar Schwartz. Wunderbar, dass Sie doch noch gekommen sind, wollen Sie gleich den Tatort sehen?«

Bettina drehte sich zu Ackermann um, der schaute ziemlich mürrisch und sagte halblaut: »Wir sind die Spezialisten für Schachtabdeckungen.« Laut fügte er hinzu: »Ich war schon.«

»Er war schon«, bestätigte Schwartz und zog Bettina von Ackermann fort. »Kommen Sie, Sie brauchen einen Overall.« Und er schubste Bettina vorwärts, stellte ihr Leute vor, zog ihr praktisch eigenhändig den Overall und die Handschuhe und diverse Überzieher an und redete ununterbrochen über Kanaldeckel und den Kollegen Tomas von der Ludwigshafener Verkehrsdirektion, der Bettina als Fachfrau vorgeschlagen hatte, wobei deren Umsicht und Fähigkeit, über den eigenen Bezirk hinaus zu denken, jetzt hoffentlich zur schnellen Aufklärung dieses Verbrechens beitragen würde.

Mal sehen, dachte Bettina. »Mein Kollege hat gesagt, das Opfer steckte in dem Schacht fest?«, sagte sie zu Schwartz, das war ihr erster wirklicher Satz nach mindestens zwei Dutzend reinen Erwiderungen wie »Ah« und »Danke«, »Hallo, freut mich« und »Erstaunlich«.

Schwartz antwortete zurückhaltend. »So ist es«, sagte er. »Deshalb gehen wir auch jetzt schon von einem Tötungsdelikt aus.«

»Moment mal.« Bettina blieb stehen. »Sie wissen gar nicht, ob sie getötet wurde? Woran ist das Opfer denn gestorben?«

Schwartz wandte sich zu ihr um und sagte ergeben: »Tja. Vielleicht wird Dr. Lee *Ihnen* das verraten. Ich höre, Sie können mit ihm.«

»Ja«, sagte sie vorsichtig.

»Gut«, sagte Schwartz und zog sie weiter zu einem Geländer, das die Zufahrt zu dem tiefer liegenden Hof umschloss. »Dann kommen Sie mit nach unten. Da ist er.«

Der schmale Hof, in den Bettina geführt wurde, war kaum mehr als eine etwas breitere Tiefgaragenzufahrt, auf der einen Seite begrenzt von einem sieben Stockwerke hoch aufragenden Laborgebäude, auf der anderen eingefasst von einer nüchternen Betonmauer. Hier unten war die Luft kühl und die Atmosphäre stiller und düsterer als oben bei den vielen Menschen. Schatten lag über dem gesamten Hof, und dieser Schatten wirkte umso tiefer, weil gerade mal drei Meter höher noch kräftiger Abendsonnenschein strahlte. Es war ein Ort, dem man ansah, dass niemand freiwillig dort hinging. Nicht, weil der Hof besonders schmutzig oder schäbig war. Er war nur leer, still und abweisend, selbst jetzt, als hier gearbeitet wurde. Niemand redete laut, alle waren weiß vermummt. Dr. Lee stand in der Mitte und dirigierte die Leute mit wenigen Gesten und Blicken.

»Frau Boll«, brach er sein Schweigen, als sie bei ihm ankam.

»Herr Doktor«, sagte Bettina.

Er fragte nicht, was sie herführte, warum sie extra aus Ludwigshafen gekommen war, sondern sagte ganz einfach: »Opfer ist weiblich, weiß, eins zweiundsechzig groß, etwa hundertdreißig bis hundertfünfzig Kilo, achtundvierzig Jahre laut Personalausweis, leichte Verbrennungen am Oberkörper, sonst keine Spuren von Gewalt, Eintritt des Todes vor etwa sechs Tagen.«

Bettina warf Schwartz einen verlegenen Blick zu, denn dass der Doktor so mit ihr redete, bevor er wusste, was sie hier im fremden Revier eigentlich suchte, war ein Affront gegen den leitenden Ermittler. »Kollege Schwartz sagt, Sie wüssten nicht, wie das Opfer getötet wurde?« Sie schaute in Richtung der Bahre, die an der Hauswand stand. Ein trauriger weiß verhüllter Hügel war darauf zu sehen.

»Die Sache ist schwierig«, sagte Dr. Lee ernst.

Schwartz seufzte.

»Wieso?«, fragte Bettina.

»Der Täter«, sagte Dr. Lee mit einer Heftigkeit, die sie überraschte, »ist böse.«

Sie starrte den Gerichtsmediziner an und dachte, dass der jetzt auch langsam abbaute – *böse!* –, dann lief ihr unwillkürlich ein Schauder über den Rücken. Denn Dr. Lee schaute sie so eindringlich aus seinen schrägen dunklen Augen an, dass er unter all dem weißen Plastik wie ein altertümliches und fremdartiges Orakel wirkte.

Er wies in eine Ecke, wo der bewusste Schacht von mehreren geisterhaft vermummten Spurensicherern untersucht wurde. »Das Opfer«, sagte Dr. Lee, »steckte da drin.«

»Habe ich gehört«, sagte Bettina.

»Kopf nach unten«, sagte Dr. Lee.

Sie nickte.

»Also mit Hintern nach oben«, präzisierte Dr. Lee. »Der guckte noch raus.«

Bei diesen Worten begann Schwartz nervös an seinen Handschuhen herumzuzupfen, und da verstand sie plötzlich seine Unruhe und die vielen Helfer und Spezialisten, die er angefordert hatte. Eine Frau kopfüber in den Revisionsschacht eines Abwasserkanals zu stopfen, so dass sie stecken blieb und nur noch mit dem Po herausragte, das war in der Tat grausam und niederträchtig. Böse.

»Wer ist das Opfer?«, fragte sie, jetzt Richtung Schwartz.

»Mandy Brandtstätter, achtundvierzig, geschieden, ein Sohn von vierundzwanzig, der in Landau studiert, arbeitete in der Krankenhausküche im Schichtbetrieb als Kaltmamsell, wohnte in der Lautringer Innenstadt in einer Mietwohnung, wollte vermutlich zu ihrem Auto, das etwa fünfhundert Meter Luftlinie entfernt von hier auf einem Parkplatz steht, lebte allein, polizeiliches Führungszeugnis ist unauffällig«, ratterte Schwartz herunter.

»Und sie war auf dem Weg nach Hause?«

»Ja«, sagte Schwartz. »Am letzten Samstag, also vor sechs Tagen, war sie das letzte Mal bei der Arbeit, und vermutlich ist sie auf dem Weg zum Parkplatz angegriffen worden. Um sechs Uhr kam sie von der Schicht und muss da vorne vorbeigelaufen sein. Sie hat noch Flecken auf dem T-Shirt von der Arbeit in der Küche. Tomatensaft.«

Dr. Lee nickte.

»Gibt es einen Verdächtigen?«

»Nein«, sagte Schwartz grimmig. »Wir können bislang noch nicht einmal sagen, wie sie überhaupt getötet wurde.« Er starrte Dr. Lee feindselig an.

Bettina sagte schnell: »Also Frau, äh, Brandtstätter kam von der Arbeit, das heißt, sie hat den Täter noch hier auf dem Gelände getroffen. Vielleicht hat er auf sie gewartet?«

»Anzunehmen«, sagte Schwartz, »aber ihre Kollegen haben niemanden gesehen. Sie hat auch nichts von einer Verabredung gesagt.«

»Dann ist er ihr heimlich gefolgt.«

»Sieht so aus.«

»Und hat sie hierher gelockt.« Bettina schaute sich zweifelnd in dem unwirtlichen Hof um.

»Er hat sie genötigt«, sagte Schwartz.

»Mit einem Viehtreiber«, sagte Dr. Lee.

Bettina starrte ihn an.

»Elektroschocker«, sagte Dr. Lee. »Eindeutig. Und sehr stark. Import, würde ich sagen. Oder selbst getunt. Die Verbrennungen. Wollen Sie sehen?«

»Nein danke«, sagte Bettina hastig und blickte hinüber zu dem Schacht, der das Ende dieser Geschichte darstellte. »Ist sie vergewaltigt worden?«

»Nein«, antwortete Schwartz und wandte sich an Dr. Lee. »Nicht wahr?«

»Keine Anzeichen für Verkehr«, bestätigte der.

»Hm«, machte Bettina.

»Das finde ich auch«, sagte Dr. Lee. »Ihre Position war unglaublich obszön. Warum die Mühe, wenn man es nicht ausnützt?«

»Der Täter ist vorsichtig«, sagte Schwartz.

Dr. Lee schüttelte den Kopf. »Nein.«

»Vielleicht finden wir ja noch Spuren«, sagte Schwartz hilflos.

»Aber woran ist sie denn nun gestorben?«, fragte Bettina.

Die beiden Männer sahen sich an. »Er weiß es nicht«, sagte Schwartz anklagend.

»Ich weiß es *noch* nicht«, sagte Dr. Lee. »Aber ich gebe jetzt Tipp ab. Für Sie beide.« Er sah Bettina an. »Wenn ich wetten müsste, würde ich sagen: Todesursache war Überkopfhängen.«

Schwartz verschränkte die Arme. Diva, sagte sein genervter Blick.

»Meinen Sie das ernst?«, fragte Bettina.

Dr. Lee sah Schwartz mit unergründlicher Miene an, dann sagte er: »Ja. Frau Brandtstätter hat keine äußeren Verletzungen außer Verbrennungen vom Elektroschocker. Täter hat sie hier runtergetrieben und in den Schacht gestopft, so dass sie sich nicht mehr rühren konnte. Sie war geschockt von Stromschlägen und hatte eventuell kein gutes Herz. Überkopfhängen«, er sah Bettina streng an, »ist ungesund.«

»Aber doch nicht tödlich.«

»Sicher. Ich könnte Ihnen Fälle nennen, von Sportlern, von Bergsteigern, von Folteropfern –«

»Folteropfern«, wiederholte Bettina.

»Genau«, sagte Dr. Lee mit einem stählernen Glanz in den schwarzen Augen.

»Wie lange dauert so ein Tod?«

»Das ist abhängig von der Konstitution. Bewusstlos wird man in der Lage sehr schnell, aber Tod selbst«, Dr. Lee zuckte die Achseln, »spätestens nach vierundzwanzig Stunden bei einem Sportler. Bei ihr die Hälfte. Und Koma noch früher.«

Sie sahen sich an.

»Das ist arrogant«, sagte Bettina schließlich.

»Ja«, sagte Dr. Lee.

»Nicht vorsichtig.«

»Nein«, sagte Dr. Lee mit einem Seitenblick in Richtung des Ersten Hauptkommissars Schwartz.

»Und man muss das alles wissen, um jemanden so töten zu können.«

»Schon«, sagte Dr. Lee hart, »aber vielleicht war Tod gar nicht das primäre Ziel.«

Dann zog Schwartz sie weg und brachte sie zu dem Schacht. Bettina erzählte von Kollege Tomas, der einen Todesfall vorausgeahnt hatte, aber Schwartz interessierte sich mehr für die Lebenden. »Ist er immer so?«, fragte er.

»Wer?«

Schwartz rollte die Augen in Dr. Lees Richtung.

»Er ist gut«, sagte Bettina.

»Der macht mich nervös«, sagte Schwartz.

»Er hat meistens recht«, warnte Bettina.

Schwartz seufzte. »Vielen Dank für Ihre Mitarbeit«, sagte er dann etwas abrupt, und Bettina brauchte eine ganze Sekunde, um zu merken, dass sie entlassen war.

»Darf ich mit dir heimfahren?«, fragte Ackermann, als Bettina in EHK Schwartz' Schlepptau in den äußeren Höllenkreis um den Tatort zurückgekehrt war. »Ich bin mit unseren Spurensicherern aus Ludwigshafen gekommen, du weißt schon, die Biologen aus der Gentechnik, aber die brauchen noch ewig.«

»Na klar«, sagte Bettina, und: »Wie, Spusi-Verstärkung hat der Schwartz auch angefordert?«

Ackermann hob die Achseln, pfefferte seinen Overall in eine

Mülltonne und stapfte hinter Bettina her ins Parkhaus, wo ihr Taunus stand. Bettina erinnerte sich an die launische Beifahrertür ihres Wagens und sagte: »Du musst über die Fahrerseite einsteigen.«

»Wieder das Schloss verhakt?«, fragte Ackermann.

Bettina nickte.

»Gib mal den Schlüssel.«

»Nein, du machst mir das Schloss nur noch mehr kaputt.«

»Ach komm schon, Tina, ob ich jetzt hier dranhaue oder du nachher mit dem Schraubenschlüssel, ist doch egal. Ich kann es viel sanfter als du.«

»Ich brauch das Auto noch.«

»Klar.« Ackermann nahm den Autoschlüssel, steckte ihn ins Schloss, ruckelte ein paarmal vorsichtig, dann hieb er einmal mit aller Kraft gegen den Schließmechanismus – und die Tür ging auf. »Keine Ursache.« Er ließ sich auf den dreckigen Beifahrersitz fallen.

»Toll, wenn man stark ist.« Bettina setzte sich neben ihn und schloss die Tür.

»Tina, es liegt nicht daran, wie doll man draufhaut, sondern am Schloss. Du musst es ganz vorsichtig kommen lassen.«

»Danke«, sagte Bettina schlicht, um sich einen längeren Vortrag zu ersparen. »Weißt du, was unser Dr. Lee gesagt hat?«

»Was?«

Sie ließ den Motor an und stieß zurück, etwas langsamer als morgens mit Nessa. »Er sagte: Der Täter ist böse.«

Ackermann grinste. »Ich glaube, manchmal schwächelt die Übersetzung aus dem Koreanischen bei ihm ein bisschen.«

»So naiv, wie das klingt, ist es gar nicht«, sagte Bettina und lenkte den Taunus die Rampe des Parkhauses hinab.

Ackermann hob die Hände. »Hab ich auch nicht gesagt.«

»Der Schwartz mag ihn nicht«, sagte Bettina.

»Er hat Angst vor ihm.«

»Vor Dr. Lee?«

»Ja, der ist ein Intellektueller. Das macht normalen Leuten Angst.«

Bettina kurbelte ihre Scheibe runter. »Spinnst du? – Parkschein.«

Ackermann reichte ihr die kleine Pappkarte, und Bettina steckte sie in den Automaten.

»Der Herr Doktor ist nicht zu allen so freundlich wie zu dir.«

»Aber –«

»Dr. Lee«, sagte Ackermann mit Nachdruck, »mag dich.«

»Ich mag ihn auch«, sagte Bettina und fuhr los.

Ackermann warf ihr einen langen Blick zu.

»Du etwa nicht?«

»Doch, natürlich«, sagte Ackermann, lehnte sich zurück und schloss die Augen.

Sie verließen in einmütiger Stille die Stadt und fuhren bis fast nach Grünstadt. Als sie die Abfahrt dorthin erblickte, seufzte Bettina unwillkürlich, und Ackermann sagte: »Hier lebt deine Tante, oder?«

»Ja«, sagte Bettina und gab Gas. Sie war Ackermann dankbar, dass er nicht weiter darauf einging. In Höhe Schifferstadt rutschte plötzlich er unbehaglich auf seinem Sitz herum. Nessa wohnte in Schifferstadt. »Soll ich hier abbiegen?«, fragte Bettina.

»Wieso?«, fragte Ackermann.

»Vielleicht möchtest du zu Nessa.«

»Jetzt fang du auch noch an«, sagte er.

»Entschuldigung, war nur so ein Gedanke.«

»Nein, besten Dank«, sagte Ackermann.

Also brachte Bettina ihn bis vor seine Haustür, er wohnte in Mundenheim. Sie hielt mit laufendem Motor, Ackermann blieb sitzen. »Kann ich dir ein Bier anbieten oder so?«, fragte er.

»Lieb von dir, aber ich muss noch nach Altersheimen googeln. Und eigentlich ins Bett.« Bettina lächelte Ackermann zu, dann schaute sie genauer hin und schaltete den Motor aus. »Was ist mit dir?«

Er zuckte die Achseln.

»Du und Nessa?«, fragte Bettina. »Habt ihr euch so sehr – gestritten?«

Ackermann seufzte.

»Das braucht vielleicht einfach Zeit«, sagte Bettina, »manche Frauen sind halt ein bisschen komplizierter.«

»Ich weiß«, sagte Ackermann in merkwürdigem Ton.

»Tja – mit Sicherheit geht mich das alles gar nichts an. Und ich kann euch sowieso nicht helfen. Also –«

Ackermann seufzte wieder und griff nach dem Türriegel. »Mist, klemmt wieder«, sagte er nervös. »Ist jetzt wohl ganz hinüber.«

»Rede mit ihr, geh mit ihr einen trinken, lade sie einfach ein«, sinnierte Bettina, die sich von dem Thema doch nicht ganz losreißen konnte.

»Hab ich.«

»Und sie wollte nicht?«

»So ungefähr.« Ackermann hieb gegen den Türgriff. »Ich krieg das von innen nicht auf.«

»He, das ist ein Oldtimer, du weißt doch: ganz langsam kommen lassen.«

Ackermann resignierte, sank in den Sitz zurück und schloss die Augen. »Sie versteht mich nicht«, flüsterte er.

Auweia, dachte Bettina und beugte sich über ihn, um nach dem Türriegel zu sehen. »So schlimm?«

Er schlug die Augen auf und sah sie an. Sie schnappte nach Luft, das half gar nichts. Ackermanns Geruch, in den sie so unbefangen getaucht war, dieser herbe, salzige, verbrannte Eisen- und Schweißgeruch schloss sich um sie und zog sie näher. Seine Hand lag plötzlich an ihrer Wange, sein Blick sagte: Komm. Braune Augen mit grauen Sprenkeln und verheißungsvollem Glanz. Komm, Tina. Spring. Fall. Lass los. Doch das konnte sie nicht, da schaltete sich ihr Gehirn ein und schickte hysterische Botschaften. Nein, dachte sie, nein, nein – und zuckte zurück, stieß sich an seinem Arm, dem Schaltknüppel, dem Lenkrad, dem Dach. Du bist doch mein Kollege, mein Freund, mein – »Ackermann?«

»Tina, ich kriege diese Tür nicht auf«, sagte Ackermann in fast demselben Ton wie zuvor, nur schaute er jetzt starr durchs Fenster, hielt die Hände fest im Schoß verschränkt und klang nervös. »Echt jetzt.«

»Du hattest doch noch nie Probleme … auszusteigen.«

»Die Dinge ändern sich.«

»Aber wie …? Wann …?«

»Jeden Tag«, sagte er da rau, »bist du mit mir unterwegs, jeden Tag! Ich kenne dein Auto, ich kenne deine Kinder, ich kenne dich besser als du selbst. Und du bist *wunderbar*.«

Bettina schluckte hart. »Ich sehe aus wie Nessa«, sagte sie, »das magst du an mir.«

»Nein, sie sieht aus wie *du*«, widersprach Ackermann tonlos.

»Sie will dich nicht.«

»Ich will *sie* nicht.«

»Ihr streitet euch, also habt ihr was miteinander.«

»Wir streiten uns, also mögen wir uns nicht«, erklärte Ackermann.

Nein, dachte Bettina, nein, das ist nicht richtig, kein Kollege, nicht Ackermann, bitte nicht.

»Tina, hilf mir mit der Tür«, bat Ackermann indessen eindringlich. Er drückte sich in seinen Sitz und biss sich auf die Lippen. Seine Hände waren zu Fäusten geballt.

Bettina stieg aus, draußen merkte sie, dass ihre Knie zitterten. Ein Golf fuhr vorbei und hupte, weil er ausweichen musste. Sie umrundete den Taunus, schloss die Beifahrertür mit dem Schlüssel auf und zog. Das Schloss klemmte tatsächlich, aber nicht ganz so doll, einmal drangehauen und es ging auf.

Ackermann stand so schnell neben dem Wagen, wie sie kaum gucken konnte. »Vergiss das alles, Tina«, sagte er barsch.

»Ja.«

»Gute Nacht.«

Bettina hieb die Tür zu. Sie konnte nicht ein Wort mehr sagen. Nicht eins.

»Gute Nacht«, wiederholte Ackermann. Er stand einen Moment abwartend da, dann bewegte er sich langsam Richtung Haus.

Bettina verschwand in ihrem Auto, ließ den Motor an, trat aufs Gas und ließ die alte Karre so laut aufheulen, wie sie nur konnte. Dann fuhr sie los. Aber am Ende schaute sie doch zurück und sah, wie Ackermann ihr nachblickte.

Als Bettina heimkam, schien ihr die Wohnung unglaublich klein. Sie hätte angefangen, die Möbel rauszuschmeißen, wenn sie gezwungen gewesen wäre, länger drinnen zu bleiben. So knallte sie ihre Sachen auf den Küchentisch und ging zum Rauchen auf den Balkon. Von dort aus konnte sie über eine kleine Grünanlage rüber ins Nachbarhaus gucken. Nicht sehr weit. Immer noch zu eng. Bettina tigerte von hier nach da, drei Schritte, dann war der Balkon zu Ende und sie musste umkehren. Noch mal drei Schritte und noch einmal. Sie brauchte einen Hund, brauchte etwas, das sie hier rausbrachte, einen Sinn, anderswo. Du hast es gewusst, sagte eine Stimme in ihr, und du hast es gewollt. Du hast ihn gereizt, aus purer Langeweile. Du hast geflirtet.

Irgendwann wurde sie müde. Und schließlich sehnte sie sich einfach nur noch nach ihrem ehemaligen Kollegen Willenbacher.

Mit Willenbacher wäre das nicht passiert.

* * *

Also, du kommst nicht mehr, Mandy. Gut. Das ist großartig. Jetzt muss ich aufhören. Jetzt geht es gar nicht mehr anders. Das ist gut, wirklich gut. Mal was Positives. Wird mich weiterbringen. Ich komm runter von den Oxys, weil ich runterkommen muss. Super. Echt toll. Wirklich, find ich gut. Doch. Das ist die beste Nachricht seit langem.

Vier

Die Morgenbesprechung am nächsten Tag war ein Alptraum. Es begann damit, dass Bettina wie so oft zu spät kam und der einzige noch freie Platz am Konferenztisch der neben Ackermann war.

Dein angestammter Platz, sagte ihre innere Stimme. Da sitzt du immer. Du. Nicht Nessa. Die Kollegen wissen das und halten dir dort frei. Sie brachte die Stimme zum Schweigen, blieb stehen und drückte sich mit dem Rücken gegen die Wand. So lehnte sie finster neben der Tür, blies Dampf von ihrem Kaffee, stemmte ihre schweren Cowboyboots in den Boden und sah mit den schwarzen Hosen und dem übernächtigten Gesicht wahrscheinlich so aus wie der Todesschütze aus einem Italo-Western, und das konnte Chief Härting natürlich nicht zulassen.

»Frau Boll, wollten Sie gleich losreiten oder nehmen Sie noch an der Teambesprechung teil?«, fragte er launig und hatte ein paar Lacher auf seiner Seite. Bettina nickte verlegen, stapfte zum Tisch und setzte sich neben Ackermann. Dabei achtete sie darauf, nur ja nicht spontan von ihm abzurücken, denn das hätte den Kollegen zu denken gegeben. Sie guckten ja jetzt schon so komisch. Ackermann sagte keinen Ton zu ihr und starrte stur geradeaus. Bettina stellte ihre Kaffeetasse auf den Tisch und setzte sich so hin, dass sie seine Schulter gerade nicht berührte. Heute Morgen roch er intensiv nach Fichtennadelseife, als hätte er sich gründlicher gewaschen als sonst. Und am Kinn hatte er einen Schnitt, vermutlich vom Rasieren. Er war nervös. Geschah ihm recht, fand Bettina.

Dann mussten sie über ihren gemeinsamen Einsatz in Lautringen Bericht erstatten, das überließ sie Ackermann, der redete sowieso gern für sie beide. Der Kollege berichtete knapp und holprig. Männersprache, dachte sie.

Härting nickte und sagte zu Ackermann: »Die Lautringer haben Sie mit der Frau Boll für ihre Soko angefordert. Ich habe gestern Abend noch mal mit Schwartz geredet und Sie beide heute Morgen ganz offiziell nach Lautringen abgestellt. Die Frau Kaiser arbeitet auch für die Lautringer, allerdings von hier aus, denn der Fall Bräunig ist ja auch noch offen, der muss jetzt ganz schnell aufbereitet werden. Boll und Ackermann, Sie melden sich heute im Laufe des Vormittags direkt bei EHK Schwartz, der setzt Sie dann ein. Die Fahrten nach Lautringen machen Sie bitte mit Ihren Privat-PKWs, das müssen Sie nämlich mit den Lautringern abrechnen, aber Sie werden ja gemeinsam fahren –«

»Ich brauche Urlaub«, unterbrach Bettina heiser.

Sie räusperte sich. Härting starrte sie ungläubig an.

»Tut mir leid, Herr Hauptkommissar«, sagte sie rasch. »Ich sag es lieber gleich, bevor Sie lang weiterreden, meine Tante ist überraschend zum Pflegefall geworden, ich muss mich um einen Heimplatz für sie bemühen, und –« Sie brach ab.

Härting stemmte die Fäuste in die Seiten und schimpfte los: »Frau Boll, sind Sie denn wirklich die einzige Person in Ihrer umfangreichen Familie, die sich um sämtliche Kinder und Kranke kümmern muss?«

Die Kollegen murrten, Bettina konnte nicht erkennen, ob der Unmut ihr oder Härting galt.

»Ja«, sagte sie schlicht.

Härting schaute sie sekundenlang ausdruckslos an. »Dann klären Sie das mit den Lautringern«, sagte er kalt und wandte sich Ackermann zu. »Bis spätestens elf sollen Sie beide dort sein.«

Als Bettina dann in ihrem Büro Nessa gegenübersaß, wurde es nicht besser. Sie traute sich kaum, die Kollegin anzusehen. Denn was immer zwischen Ackermann und Nessa vorgefallen war, die neueste Wendung würde ihr nicht gefallen. Sie wird mich hassen, dachte Bettina. Sie muss mich hassen.

»Also wenn du ein Heim suchst«, sagte Nessa in diese Gedanken hinein, »dann ruf doch mal hier an. – Moment.« Sie zog eine etwas verknickte Visitenkarte aus einem Visitenkartenordner (so etwas besaß Nessa wirklich) und schob sie über den Tisch. *Haus Bethesda,* stand darauf, *wir sind für Sie da.* »Da haben wir damals meinen Vater untergebracht«, sagte sie. »Ist wirklich hübsch.«

»Danke«, sagte Bettina unbehaglich.

Nessa lächelte.

»Nessa, ich muss dich was fragen.«

Ein mitleidiger Ausdruck breitete sich über Nessas Gesicht. »Also echt – der Härting hat sich unmöglich benommen«, sagte sie laut. »Diese Gutsherrenart geht heute gar nicht mehr. Du solltest dich beschweren.«

»Ich geh zur Personalstelle«, sagte Bettina vage. »Du, also –«

Nessa beugte sich vor. »Ich weiß, das nimmt einen total mit. Ist mir auch so gegangen. Du kannst diesen Menschen ganz aus den Augen verloren haben, du kannst ihn sogar hassen – wenn er plötzlich so hilflos vor dir sitzt, dann fühlst du dich einfach schrecklich.«

Bettina schluckte. »Danke«, wiederholte sie.

»Und du siehst wirklich übel aus«, sagte Nessa gefühlvoll.

»Ja«, sagte Bettina tonlos.

»Lass besser Ackermann fahren.«

»Ich glaube, ich fahr allein«, sagte Bettina schwach. »Dann kann ich zur Not schnell heim.«

Nessa blickte sie prüfend an und legte den Kopf schräg. »Ich glaube, zur Not würde er mit dir zurückkommen«, sagte sie so freundlich, dass es Bettina ganz heiß wurde.

»Tja –«, sagte sie, da stürmte Ackermann ins Zimmer.

»Fertig?«, herrschte er Bettina an.

»Was ist denn mit dir los?« Nessa wirkte nicht mehr halb so befangen wie gestern. »Hast du auch eine kranke Tante?«

»Nein«, sagte Ackermann kurz angebunden, und zu Bettina: »Wir kommen zu spät.«

Bettina erhob sich. »Ich möchte allein fahren«, verkündete sie.

Ackermann guckte biestig. »Von mir aus.« Er drehte sich um.

»Ich hab ihr gesagt, dass du sie mitnimmst und im Notfall zu ihrer Tante fährst«, rief Nessa ihm hinterher.

»So, hast du?« Ackermann drehte sich langsam um und blickte mit dunklen Augen von Nessa zu Bettina.

»Schau, die kann doch so niemals fahren«, sagte Nessa.

»Bei ihr sieht man es nur mehr als bei anderen«, sagte Ackermann.

»Ts«, machte Nessa. Und zu Bettina sagte sie: »Na los. Ihr habt es doch eilig.«

Sie fuhren also mit Ackermanns Ulysse, und das Schweigen, das sie bis Lautringen umgab, war anders als jedes andere Schweigen zuvor. Dabei hätte Bettina geschworen, dass sie mit Ackermann schon alle Arten erlebt hatte: gleichgültiges, freundschaftliches, kollegiales, sogar ärgerliches und angespanntes Schweigen. Doch nie war es so schmerzhaft und anstrengend gewesen, nie hatte jede Bewegung, jedes Geräusch so voll heimlicher Bedeutung gesteckt, nie hatten sie die Musik ausmachen müssen. Das Musikangebot in Ackermanns Auto bestand hauptsächlich aus seinen Lieblings-CDs, und die waren voller Fallen. Selbst auf dem Pulp-Fiction-Soundtrack lauerten mehrere fiese Balladen, und bei *Girl, you'll be a woman soon* schaltete Ackermann abrupt aus. Danach schwiegen sie ohne Musik weiter.

Schließlich forderte die Anspannung ihren Tribut und ließ Bettina in eine Art Dämmerschlaf fallen. Als sie aufwachte, waren sie in Lautringen, und das Radio lief.

»So«, sagte Ackermann.

So, dachte Bettina. Arbeiten. Jetzt.

* * *

Ich geh jetzt rauchen. Ich geh rauchen, echt. Ich tu's. Ich fang wieder an. So. Siehst du, Mandy? Ich hab hier ganz frische Kippen. Der Automat kennt mich noch. Ich brauch deinen Mist nicht.

* * *

Das Lautringer Kommissariat für Kapitalverbrechen befand sich im dritten Stock des neuen Präsidiums. Von der Tiefgarage aus musste man durch mehrere düstere und bewachte Gänge, dann mit einem stahlverkleideten Aufzug nach oben und wieder durch Gänge und Treppenhäuser, bis man schließlich in einem wunderbar hellen, glasgefassten Gebäudetrakt stand. Das war das neue Lautringer K11: ein offener Hightech-Saal voller Grünpflanzen, robusten Möbeln und sauberem Teppichboden. Rundherum lagen repräsentative Einzelbüros, an den Wänden hing großformatige Kunst.

Ackermann pfiff durch die Zähne. »Ich dachte, Lautringen wär pleite?«

»Nicht ganz«, sagte eine mollige und sehr bunt angezogene junge Frau von einem Schreibtisch am Fenster des Großraumbüros aus. Sie erhob sich und kam lächelnd auf Bettina und Ackermann zu, blinzelte unter ihrem überlangen Pony hervor, strich ihn aus der Stirn und grinste. »Wer sind Sie?«, fragte sie rundheraus.

Ackermann stellte sie beide vor.

»Paulus«, antwortete die Frau. »Ich koordiniere die Akte ›Kaltmamsell‹. Die Morgenbesprechung haben Sie jetzt natürlich verpasst und alle sind schon weg.«

»Kaltmamsell«, wiederholte Ackermann stirnrunzelnd.

Paulus lächelte. »Meine Erfindung. Passt, wie? Tja, Sie sind spät, aber ich bin auf Sie vorbereitet.«

»Aha?«

Sie zauberte einen Datenstick hervor und hielt ihn Ackermann hin. »Sie verlinken sich mit mir, am besten hier sofort. Dann haben Sie Zugriff auf die Akte und können immer den aktuellen Stand der Ermittlungen abgreifen. Ihre Ergebnisse schicken Sie mir zeitnah, ich pfleg sie dann ein. Adresse und alles ist da drauf.« Sie lächelte wieder, und Ackermann nahm zögernd den Stick.

»Wo ist Ihr Gerät?«, fragte Paulus unverfroren anzüglich. Eine Pause entstand.

Ackermann tippte auf Bettinas Tasche.

»Oh«, sagte Bettina. »Klar, hier. Das Laptop. Sicher. Hab ich.«

Etwas linkisch holte sie den flachen Computer heraus und legte ihn auf einen leeren Tisch. Dass sie an das »Gerät« gedacht hatte, war reiner Zufall. »Okay, den Datenstick rein und dann?«

»Machen Sie ihn erst mal an«, sagte Paulus leicht von oben herab. Offenbar spürte sie Bettinas Unsicherheit.

Die klappte den Computer auf und drückte den On-Knopf.

»Also, wenn wir vernetzt sind, haben Sie Zugriff auf die Akte«, sagte Paulus. Sie setzte sich umstandslos neben das Laptop auf den Tisch, was mit ihrem orange und blau geblümten Minirock reichlich unelegant aussah, aber das schien sie nicht zu stören. Und irgendwie hatte es auch was, all die Blumenmuster ihrer knappen Kleidung, das grell gefärbte blauschwarze Haar, all die kleinen Rundungen und Schwünge ihres Körpers und dazu grob genähte Schuhe aus rotem Leder mit orangefarbenen Blümchen darauf. Sie übernahm ohne Umschweife den Computer, steckte den Stick hinein, klickte sich durch ein paar Seiten und sagte: »Da wären wir. Das ist die Akte der Soko ›Kaltmamsell‹ mit allen vorläufigen Untersuchungsergebnissen. Die müssen Sie natürlich regelmäßig lesen, aber Sie werden auch immer benachrichtigt, wenn sich was geändert hat. Und hier«, sie öffnete ein Eingabefeld, »tragen Sie Ihre Ergebnisse ein. Die kommen dann direkt zu mir in die Warteschleife, und ich aktualisiere den ganzen Tag, so dass alle immer auf dem gleichen Stand sind.«

»Okay«, sagte Bettina.

»Und was sollen wir heute machen?«, fragte Ackermann.

Paulus schenkte ihm einen formvollendeten Augenaufschlag aus ihren düster mit Tusche, Khol und Eyeliner umrahmten Augen. »Sie begutachten gemeinsam mit zwei Kollegen von der Spurensicherung die Schächte, die hier in Lautringen in den letzten Wochen offen gefunden worden sind. Die Kollegen sind schon vor Ort, die rufen Sie einfach an und treffen sich dort. Bis jetzt sind die Schächte nur teilweise dokumentiert, es gibt aber eine Liste mit Straßennamen und Koordinaten. Sie verschaffen sich einen Überblick, machen eine vorläufige Analyse mit Bildern, Zeitangaben und Zeugenaussagen, und wenn Sie irgendwas Relevantes finden, schicken Sie mir das mit Dringend-

Vermerk und melden sich außerdem sofort bei Herrn Schwartz. Seine Nummer steht in der Akte. Am besten geben Sie immer alles gleich ein, wir haben hier auch ein Formular für Befragungen, Moment.« Sie rief es auf. »So sieht es aus. Einfach das Protokoll eingeben, auf Senden drücken und fertig, kommt direkt bei mir an. Wenn es nicht möglich ist, gleich mitzuschreiben, holen Sie es bitte zeitnah nach, morgen früh spätestens alle Zusammenfassungen.« Sie blickte comichaft lächelnd zu Ackermann hoch. »Und vielleicht haben Sie ja Glück und es hat doch jemand den Täter gesehen, dann schicken Sie ihn einfach als Attachment.«

»Natürlich«, sagte Ackermann ernst.

Paulus grinste. »Viel Erfolg«, wünschte sie, hüpfte plump, aber mädchenhaft vom Tisch und ging zu ihrem Platz zurück.

»Kaltmamsell«, murmelte Ackermann ihr hinterher.

Ackermann fuhr, Bettina las währenddessen die Akte. Die Bilder von Mandy Brandtstätter machten sie traurig. Das Gesicht der Toten war schrecklich blau und kaum als menschlich zu erkennen, die Passbilder der lebenden Mandy dagegen zeigten eine sorgfältig zurechtgemachte Frau mit großen braunen Augen und einem etwas misstrauischen, aber nicht unsympathischen Blick. Dass sie über hundertdreißig Kilo gewogen hatte, sah man dem Foto nicht an, sie wirkte höchstens ein bisschen rundlich um die Wangen und sehr hübsch frisiert, wenn auch etwas dünnhaarig. Eine Frau, die auf ihr Äußeres achtete, dachte Bettina. Anders als die alte Bräunig, die mit verschiedenen Socken herumgelaufen war. »Weißt du, was komisch ist«, brach sie das Schweigen, an dem sie bis jetzt eisern festgehalten hatte, »unser Opfer aus Ludwigshafen war angeblich sehr ungepflegt bis verwahrlost. Wie konnte sie da spontan ein Casino besuchen, wo doch strenge Kleiderordnung herrscht?«

Ackermann sprach erst nach einer Schrecksekunde. »Hab ich mich auch schon gefragt.« Er räusperte sich, es klang irgendwie erleichtert. »Kommt, glaube ich, drauf an, wo man spielt im Casino. Die haben da auch so Automatenhallen, wo jeder hindarf. Und ihr Frauen kommt sowieso überall rein.«

»Außer man hat verschiedene Socken an«, sagte Bettina.

Ackermann warf einen Blick auf ihre Füße, die trotz des Sommertags wie immer in ihren Cowboyboots steckten.

»Dafür war die Frau Bräunig bekannt.«

»Ach so. Hm.« Ackermann hielt an, schaltete den Blinker ein und begann, seinen riesigen Ulysse in eine enge Parklücke vor einem kleinen Stadtteilspielplatz zu manövrieren.

»Tja, vielleicht war sie an dem Abend zu ihrem eigenen Pech zufällig anständig angezogen«, sagte Bettina und schaute in ihre Tasche. Sie hatte plötzlich eine ganz unbändige Lust zu rauchen. Er redete wieder mit ihr. Ganz normal!

»Wahrscheinlich war es so«, sagte Ackermann, schaltete den Motor aus und wies auf den Spielplatz. »Da drüben ist der erste?«

»Genau. Neben dem Kastanienbaum. – Und wo ist die berühmte Spusi?«

»Wir werden sie finden«, sagte Ackermann. »Schließlich sind wir ausgebildete Detektive.«

Sie fanden sie nicht, vorerst jedenfalls. Der Spielplatz lag verlassen da, jetzt um die Mittagszeit waren auch keine Kinder unterwegs. Der Schacht am Kastanienbaum war verschlossen. Über ihren Köpfen glitt langsam und erstaunlich nah eine silbergraue Herkules-Turboprop heran. Als sie direkt über ihnen war, schaltete mit mordsmäßigem Kreischen und Dröhnen die Schubumkehr ein. Ein weiteres Flugzeug folgte in kurzem Abstand, und noch eins. Währenddessen war es Bettina unmöglich, irgendetwas zu sagen oder zu denken, der schrille Lärm zerschnitt einfach alles. Danach wirkten die Häuser ringsum ein wenig geduckter auf sie, der Spielplatz etwas kleiner und schmutziger. Was merkwürdig war, denn gestern am Krankenhaus mussten Dutzende Flugzeuge in gleicher Nähe und Lautstärke über sie hinweggebraust sein, ohne sie zu stören oder auch nur einen bleibenden Eindruck zu hinterlassen. Ackermann schien sich auch jetzt nicht sehr behelligt zu fühlen. Er stand auf dem Kanaldeckel unter dem Kastanienbaum und sah sich nach allen Seiten um. Die Spielanlage war hübsch, mit vielen grünen Büschen, einer Wasserpumpe und modernen Spielgeräten. Aber keine Spusi weit und breit.

»Vielleicht ist das der falsche Spielplatz«, sagte Ackermann.

»Ich ruf an«, sagte Bettina.

Sie erreichte einen ungeduldig klingenden Kollegen namens Mackenbacher. »Machen Sie nur«, sagte er in ironischem Ton. »Lassen Sie sich nicht bei der Arbeit stören. Aber wissen Sie, sieben Schächte aufnehmen, bis heute Abend, da dachten wir, wir ziehen mal weiter. Wir haben Familie.« Er klang, als hätte Bettina sich diese schikanöse Gemeinschaftsaufgabe ausgedacht.

»Alles klar«, sagte sie. »Wir folgen Ihnen dann, sobald wir hier fertig sind.«

Mackenbacher murmelte etwas, das verdächtig nach »Mussnichtsein« klang, und unterbrach die Verbindung.

»Doch, wir sind richtig«, sagte Bettina nach einem Blick auf ihr Laptop. »Dies ist der erste Kanaldeckel. Geöffnet vor drei Wochen, gemeldet von einer Frau Rüther, wo die wohnt, müsste ich nachgucken.«

»Wahrscheinlich eine Mutter«, sagte Ackermann.

Soeben zwängte eine schlanke Frau einen schwer bepackten Kinderwagen durch das Eingangstor des Spielplatzes. Ein kleines Mädchen hüpfte vor ihr her und rannte dann schnurstracks zur großen Schaukel. »Schubs mich an, schubs mich an!«, schrie sie.

Die Frau antwortete ihrer Tochter nicht, sondern beäugte Ackermann und Bettina misstrauisch. Dann begann sie Sandförmchen auszuräumen, danach Plastikdosen mit Apfelschnitzen und Reiskeksen, Trinkflaschen und schließlich noch eine riesengroße Wickeltasche, aus der sie eine Flasche Sonnenmilch holte. »Sophie! Einreiben!«

»Mag ich nicht«, rief Sophie von der Schaukel. Die Mutter starrte sie kurz an, dann ließ sie sich erschöpft auf eine Bank sinken. Krieg doch Sonnenbrand, sagte ihr Gesicht. Kaum saß sie, wackelte der Kinderwagen, und ein schwaches Weinen ertönte. Die Frau begann, den Kinderwagen vor- und zurückzuschieben. Das Baby beruhigte sich.

Bettina nutzte die Pause, um sich ihr zu nähern und vorzustellen. »Guten Tag, mein Name ist Boll, Kriminalpolizei.«

Die Frau ließ vor Schreck den Kinderwagen los und Bettina wünschte, sie hätte »Ordnungsamt« gesagt.

»Ich hätte eine kurze Frage.«

»Ja?«

»Es geht um die Schachtabdeckung dort vorn.« Bettina wies auf den Kanaldeckel, auf dem immer noch Ackermann stand. Jetzt machte er Fotos in alle Richtungen. »Ist Ihnen irgendwann aufgefallen, dass die geöffnet war?«

»Ja, vor kurzem«, sagte die Frau und starrte mit großen Augen an Bettina vorbei auf Ackermanns Kamera.

Bettina setzte sich neben sie. »Wann war das?«

Das Baby meldete sich erneut, die Frau erschrak und begann wieder am Kinderwagen zu wackeln. »Also vierzehn Tage ist es bestimmt her.«

»Ist das schon öfter vorgekommen?«

»Nein.«

»Haben Sie eine Idee, wer den Schacht geöffnet haben könnte?«

»Das müssen die Jugendlichen gewesen sein, die hier abends rumhängen.« Die Frau seufzte und blickte zu einem Mülleimer, vor dem schön säuberlich zwei grüne Bierflaschen nebeneinanderstanden. »Die Scherben sind das Schlimmste«, sagte sie. »Die einen stellen ihre Flaschen hierher, die anderen schmeißen sie kaputt. Und unsere Kinder sind die Leidtragenden.« Ihre Miene wurde so schnell vorwurfsvoll, wie sie zuvor erschrocken ausgesehen hatte. »Zeit, dass da mal einer was unternimmt, das ist echt lebensgefährlich.«

»Stimmt«, sagte Bettina ernst. »Können Sie mir Namen nennen?«

»Nein.« Jetzt wirkte die Frau leicht indigniert.

Also ließ Bettina sich stattdessen Namen und Anschrift der Frau geben. »War der Schacht länger offen?«, fragte sie, als sie aufstand.

»Zwei Tage, glaub ich.«

»Haben Sie das irgendwo gemeldet?«, fragte Bettina. Am Himmel baute sich wieder die Lärmwand eines Flugzeugs auf.

»Nein«, sagte die Frau, als das Flugzeug fort war. »Wir sind einfach in den Entenpark gegangen.«

* * *

Germany's Next Topmodel: Wenn man weiß, womit diese Figuren, diese Teints, diese Nägel und Haare erkauft sind, dann sind die Kommentare fast lustig: Heidi, wie viele Kalorien hat eigentlich Sperma?

Wenn es die Sendung nicht gäbe, wäre die Welt dann besser? Weiß nicht. Ich glaube eher, die Welt wäre besser, wenn es keine Dicken gäbe. Dicksein ist ansteckend. Ist erwiesen. Wer dicke Freunde hat, wird selber dick, dicke Ehepartner machen sowieso dick, und sogar dicke Kollegen und Nachbarn sind gefährlich. Es müsste eine Möglichkeit geben, sie deswegen zu verklagen. Bei Rauchern geht das ja schließlich auch.

* * *

»Spielplatz«, sagte Ackermann, als sie wieder vor dem Ulysse standen, die Türen geöffnet hatten und die heiße Luft aus dem großen Auto ließen.

»Ja, das hatten wir in Ludwigshafen nicht«, sagte Bettina, die ihr Laptop mit der geöffneten Akte auf den Beifahrersitz gelegt hatte und unschlüssig war, was sie jetzt eintragen sollte.

»Gut, da waren diese Wohnstraßen«, sagte Ackermann. »Das sind ja schon auch Spielbereiche, wenn man so will.«

»Aber es ist nicht so mittendrin«, widersprach Bettina. »Dieser Platz hier ist ja auch aus allen möglichen Richtungen einsehbar.« Sie blickte vage in Richtung der vielen Fenster, die sie umgaben. Der Spielplatz lag in einem Geviert aus Wohnblocks von mittlerer Höhe, etwa vier, fünf Stockwerke hatte jedes Haus. »Da kann man jederzeit beobachtet werden. Auch mitten in der Nacht.«

»Und so ein gefährliches Loch auf einem Spielplatz, das wird gemeldet.« Ackermann schüttelte den Kopf. »Wenn dieser offene Schacht einen tieferen Sinn hatte, dann ein Statement abzugeben. Hallo, ich bin's, ich bin wieder da.«

»Stimmt«, sagte Bettina. »Aber wie schreib ich das jetzt da rein?«

»Schreib – ach.« Ackermanns Telefon klingelte. Er blickte aufs Display, runzelte die Stirn und ging dran. »Ackermann«, sagte er grantig. »Hör mal, Nessa, wir – was? Okay, sag.«

Bettina begann zu tippen, konnte aber nicht verhindern, dass sich ihre Ohren spitzten.

»Echt?«, sagte Ackermann. »Wer? Der Sohn? Na so was. Na ja, wenn du meinst – Nein …! Ja, schick's her. An Tina. Natürlich.« Er grinste Bettina zu, senkte aber schnell den Blick, als sei ihm zu spät eingefallen, dass er ja befangen war. Rasch sprach er weiter in sein Telefon. »Wie hast du das denn rausgekriegt? Facebook? Ach so. Ja. Ja, ich schreib's auf. Nein wirklich, ich finde es interessant. Ja. Gut. Danke. Okay. Nein, warte, ich brauch einen Stift.« Er klopfte seine Hemdtaschen ab.

Bettina griff ins Seitenfach der Autotür und holte einen Kuli und eine Pizzaquittung hervor.

Ackermann nahm ihr beides aus der Hand, legte das Papier aufs Autodach und notierte etwas. »Gut. Wir geben es weiter. Okay. Ciao, Nessa.« Er schaltete sein Telefon aus und steckte es weg.

»Eine interessante neue Info?«, fragte Bettina.

»Kann sein.«

»Erzähl.«

»Sie hat jetzt das Vernehmungsprotokoll von Felix Schröck rausgesucht, du weißt schon, der Sohn. Dieser kranke Typ, von dem Härting meint, er hätte die Schächte in Ludwigshafen aufgemacht, um die Bräunig zu finden. Als vor vier Jahren deren Leiche entdeckt worden ist, wurde er ja vernommen. Ich glaube, das hat damals der Schuster gemacht, den müssten wir mal anhauen, wie der Junge so drauf war.«

»Wieso, was sagt denn die Akte?«

»Dass er verstört gewirkt hat. Er war auch tatsächlich, wie Härting sagt, in psychiatrischer Behandlung, seit seinem sechzehnten Lebensjahr. Das hat er damals angegeben.«

»Weswegen eigentlich?«

»Essstörung.«

»Oh«, sagte Bettina.

»Kennt man ja eigentlich nur von Mädchen«, sagte Ackermann und seufzte. »Ich hab das jedes zweite Wochenende. Immer wenn Kati da ist, verwüstet sie meine Küche, aber glaub nicht, dass man dieses Zeug essen kann, was sie dort macht. Alles irgendwie mit Stevia und rohem Gemüse und Knäckebrotkrümeln …« Er rollte die Augen. Kati war Ackermanns Tochter, auf die er unglaublich stolz war, ein blondes, langbeiniges und ziemlich vorlautes Mädchen von jetzt gerade fünfzehn Jahren. »… aber egal«, schloss er. »Jungs kriegen das auch, und gar nicht mal so selten. Auf jeden Fall gibt es dieses kurze Befragungsprotokoll, steht nichts wirklich Interessantes drin, außer dass der Junge einen ängstlichen Eindruck gemacht hat. Aber das Seltsamste ist: Felix Schröck hat immer bei seiner Mutter in Ludwigshafen oder Mannheim gewohnt, also relativ nah an den Schächten, die man offen fand.«

Bettina starrte ihren Kollegen an. »Und?«

»Jetzt wohnt er in Lautringen. Seit knapp einem Jahr.«

»Das kann Zufall sein«, sagte Bettina.

»Das ist sogar sehr wahrscheinlich Zufall.«

»Wir sollten trotzdem mit ihm reden.«

»Wir müssen die Schächte aufnehmen«, sagte Ackermann rechtschaffen.

»Schon.« Bettina lächelte schief. »Aber du hast dir seine Adresse geben lassen. Du willst da auch hin.«

Ackermann seufzte. »Ich guck mal, wo er wohnt.« Er beugte sich ins Auto, holte sein Navi heraus, zog den Zettel zurate und tippte die Adresse in das Navigationsgerät. Es dauerte. Wieder lärmte ein Flugzeug vorüber. Bettina klickte sich in ihr Mailprogramm, um Nessas Nachricht aufzurufen, doch auch die ließ auf sich warten.

Dann sprach Ackermanns Navi. Es sagte: »Sie haben Ihr Ziel erreicht.«

Ackermann fluchte. Er tippte erneut, wartete wieder, bekam das Gleiche zu hören. Aber diesmal fluchte er nicht. Er sagte: »Hammer.«

»Was ist?«, fragte Bettina.

Ackermann blickte suchend auf zu den Fenstern der umstehenden Häuser. »Felix Schröck«, sagte er und wies auf ein vierstöckiges Gebäude, »wohnt genau hier.«

Es war eins dieser billigen weißen Apartmenthäuser, deren einziger Luxus in den großen Fenstern bestand, die aber, sobald Mieter in die kleinen Hasenkästchen zogen, sofort zugestellt und überklebt und verhängt wurden, weil man den einen Raum, in dem sich alles abspielte, unmöglich offen nach außen präsentieren konnte und weil man außerdem Platz für sein Zeug brauchte. Dementsprechend blind und bunt und zugemüllt sah alles aus. Ein enormer Metallschrank mit lauter schmutzigen Briefschlitzen stand vor der Tür, die Klingelleiste am Haus war beeindruckend lang. Wenn alle Wohnungen belegt waren, mussten in dem Gebäude mindestens vierzig Menschen wohnen. Doch sehr viele Schilder waren unbeschriftet oder überklebt. Der Name Schröck aber war sehr ordentlich ausgedruckt und auf hübsch weißem Papier neben dem passenden Klingelknopf angebracht. Felix Schröck schien hier tatsächlich zu leben. Bettina klingelte. Kurz darauf knackte es in der Gegensprechanlage. »Ja?«

»Guten Tag«, sagte sie mit ihrer freundlichsten, harmlosesten, weichsten Stimme, um schon im Voraus abzumildern, was jetzt kam: »Kriminalpolizei. Dürften wir kurz mit Ihnen sprechen?«

Schweigen. Immerhin hielt Schröck die Verbindung, das hörte man an dem leichten Knistern in der Gegensprechanlage.

»Herr Schröck?«, sagte Bettina sanft. »Herr Schröck, bitte lassen Sie uns rein, sonst müssen wir Sie vorladen.«

Immer noch Schweigen.

»Herr Schröck«, sagte Ackermann mit seiner tiefen Stimme, »bitte öffnen Sie die Tür.«

Augenblicklich hörte das Knistern aus der Gegensprechanlage auf. Die Verbindung war unterbrochen.

Bettina und Ackermann sahen sich an. Ackermann hob schon die Hand, um ein paar andere Klingeln zu betätigen, da summte es an der Tür.

Felix Schröck hatte sie eingelassen.

Er war dünn. Alles an ihm: seine Stimme, sein Körper, sein Haar. Seine Augen glänzten unnatürlich, der magere Rest von ihm sah matt aus. Das Zimmer, in das er sie mit einer kraftlosen Geste bat, wirkte fast lebendiger als er selbst, es war freundlich, ja fröhlich eingerichtet, die Wände in verschiedenen Blautönen, eins der beiden Fenster mit einem üppig bestückten Blumenregal verziert. Grün schimmernde Sonnenpunkte tanzten davor auf dem gemachten Bett, das andere Fenster stand offen. Obwohl es schwach nach Rauch roch, waren nirgends Kippen zu sehen, der Boden war frei und die Ecken ordentlich gefegt.

Schröck wies auf das Bett und setzte sich selbst auf seinen Schreibtischstuhl. Bettina nahm etwas zögernd auf der Schlafstatt des jungen Mannes Platz. Ackermann blieb stehen. »Herr Schröck, können Sie sich vorstellen, warum wir mit Ihnen sprechen wollen?«, fragte er in dem ruhigen und aufmerksamen Ton, der seine furchterregende Breite und Größe vergessen ließ.

Schröck nickte, sagte aber nichts. Die Blickrichtung seiner hellen Augen war nur schwer zu erkennen, weil er aus dem Fenster ins Licht schaute. Er wirkte, als warte er ergeben auf eine schlechte Nachricht.

»Wieso?«, fragte Bettina sanft.

»Wegen Frau Bräunig«, sagte Schröck tonlos. »Mutti hat mich angerufen und es mir gesagt.«

»Können Sie sich denn noch an irgendetwas erinnern, die Frau Bräunig betreffend?«

Schröck schüttelte den Kopf.

»Herr Schröck, wir haben eine Aussage von Ihnen, in der Sie sich zu dem Fall äußern«, sagte Bettina, öffnete ihre Tasche und holte das Laptop heraus.

»Ja«, sagte Schröck, jetzt gesenkten Blicks, und damit geriet das Gespräch wieder ins Stocken.

»Als wir die Leiche der Frau Bräunig gefunden haben«, sagte Bettina, »da wurden kurz zuvor im Ludwigshafener Stadtteil Friesenheim etwa dreißig Schachtabdeckungen geöffnet.«

Schröck nickte. Er sah aus, als fürchte er sich.

»Herr Schröck, haben Sie diese Schachtabdeckungen geöffnet?« Er zögerte. Er blickte Bettina an. Er schluckte. Dann schüttelte er den Kopf. Es sah vollkommen unglaubwürdig aus.

»Herr Schröck, würde es Ihnen etwas ausmachen, unsere Fragen sprechend zu beantworten?«

»N-ein«, stammelte Schröck.

»Haben Sie in Ludwigshafen oder hier in Lautringen irgendwann einmal eine Schachtabdeckung gehoben, aus welchem Grund auch immer?«

»Nein.«

»Kennen Sie eine Frau Brandtstätter?«, fragte Ackermann. Er stellte sich ans offene Fenster und blickte kurz hinaus, dann begann er im Zimmer auf und ab zu gehen. »Mandy Brandtstätter?«, fügte er hinzu.

»Nein.«

»Sie war eine ziemlich korpulente Frau«, sagte Bettina und blickte Schröck scharf an, doch der reagierte nicht, weder auf die Vergangenheitsform noch auf das ›korpulent‹. Bettina seufzte. »Haben Sie eine Freundin?«, fragte sie rundheraus.

Schröck schüttelte den Kopf.

»Sie haben bei Ihrer letzten Vernehmung vor vier Jahren angegeben, Sie wären in psychologischer –« Bettina unterbrach sich, weil Ackermann plötzlich eine überraschte Bewegung machte.

»He!«, rief er. »Was ist das denn?« Er stand vor einem winzigen Klapptisch, der an der Wand zur Kochnische festgemacht war. Auf dem Tisch befanden sich eine Ausgabe von *Men's Health* und ein umgedrehtes Wasserglas.

»Was?« Bettina stand auf.

»Das ist Victoria Beckham«, sagte Schröck.

Bettina und Ackermann drehten sich gleichzeitig zu ihm um.

»Victoria Beckham«, wiederholte Schröck stur.

Bettina näherte sich ebenfalls dem Tisch. Dort unter dem Trinkglas hockte eine kleine braune Kakerlake und wackelte matt mit ihren Fühlern.

»Hat Frau Beckham irgendeine Bedeutung für Sie?«, fragte Ackermann in angewidertem Ton. »Ich meine – die echte?«

»Nein. Außerdem, den Namen hat sie erst seit letzter Woche«, antwortete Schröck. »Da war sie nämlich genau einen Monat ohne Essen.«

Bettina starrte das kleine Insekt an. Es lebte, zweifellos.

»Und Trinken«, setzte Schröck hinzu. »Eher untypisch für VB, ich weiß, aber ich kann ihr nichts geben. Wenn ich das Glas hebe, ist sie weg.«

»Sie halten seit fünf Wochen eine Kakerlake auf Ihrem Esstisch?«, polterte Ackermann los.

»Na ja, ich hab sie erwischt, und dann wollte ich sehen, wie lange sie's aushält. Ich meine: ohne Essen.«

»Das ist Tierquälerei«, erklärte Ackermann.

»Ich könnte sie auch einfach totschlagen oder vergiften«, sagte Schröck nüchtern. »Nach einer Woche hieß sie Heidi Klum, nach vierzehn Tagen Nicole Richie, und jetzt ist es Victoria.« Er zuckte die Schultern. »Und lebt immer noch.«

Bettina starrte ihn an. »Wie lange wollen Sie das noch fortführen?«

Schröck zuckte die Achseln und sagte nichts.

»Sind Sie eigentlich immer noch in psychologischer Behandlung?«

»Nein.«

»Nicht?«, fragte Bettina.

Da schlug der junge Mann plötzlich ohne jede Vorankündigung mit der Faust auf den Schreibtisch. Wegen seiner fehlenden Kraft war es mehr ein schmerzhaftes Krümmen als ein Aufbegehren. Er schaffte es nur, sich selbst wehzutun.

Ackermann warf Bettina einen vielsagenden Blick zu.

Schröck hieb noch einmal auf den Tisch, diesmal wirkte es nur noch hilflos, auf geduckte und verkrampfte Art, dann blieb er so gebeugt sitzen, verspannt, verzogen und in sich gekehrt. »Ich war ein ganzes Jahr bei ihr«, sagte er tonlos. »Ich hab ihr alles erzählt, ich habe noch nie –« Er brach ab.

»Ja?«, sprach Ackermann sanft.

»Ich hatte noch nie so ein Vertrauen. Ich habe noch nie jemandem so viel erzählt wie ihr.« Schröck schniefte – und schmolz. Es war, als würde ein Eis im Zeitraffer zerfließen, so sank er plötzlich von seinem Schreibtischstuhl zu Boden und hing dann dort.

Bettina wollte ihm sofort aufhelfen, doch Ackermann packte sie am Arm und hielt sie zurück. »Was ist passiert?«, fragte er.

»Sie hat die Therapie beendet«, flüsterte Schröck.

»Warum?«

»Ich bin eine Nummer zu groß für sie«, hauchte der junge Mann. »Sagt sie.« Dann schlug er mit einer seltsam flachen Bewegung seinen linken Arm gegen ein Bein des Tisches, vor dem er saß, und plötzlich erschien ein Blutfleck auf seinem Ärmel. Er war nicht groß, aber unheimlich, fand Bettina. Wie konnte dieser Junge sich mit einem einzigen Schlag so verletzen?

Sie schüttelte Ackermanns Griff ab und kniete sich neben Schröck. »Alles in Ordnung?«, fragte sie.

Jetzt blickte er Bettina direkt ins Gesicht, und seine Augen waren kalt und wässrig und schwachgrün, ohne eine klare Trennung zwischen der Iris und dem Weißen. Es waren ängstliche Augen, die starr nach innen zu blicken schienen, in einen Abgrund aus tiefer Bitternis und Verletztheit. »Das wird sie bereuen«, murmelte er. »So einen Fall wie mich kriegt die nie wieder.«

»Was sind Sie denn für ein Fall?«, fragte Ackermann aus dem Hintergrund.

Schröck antwortete: »Anorexia.«

»Das ist Magersucht, nicht wahr?«

»Ja.«

»Haben Sie das schon lange?«

»Seit zehn Jahren.«

»Das ist lange.«

»Es hört nie auf«, sagte Schröck müde.

»Wer ist Ihre Therapeutin?«

Er blickte auf. »Ich hab keine.«

»Verzeihung. Wer war Ihre Therapeutin?«

»Sie heißt Joschko. Maggie Joschko. Es wird ihr noch leidtun.« Letzteres klang überraschend entschlossen, obwohl es eigentlich nur hingehaucht war.

Bettina erhob sich und reichte dem jungen Mann die Hand. Er wirkte völlig erschöpft, ließ sich ohne Gegenwehr aufhelfen und auf sein Bett setzen. Bettina verkniff es sich, ihm kurz die schmale Schulter zu tätscheln.

»Was tun Sie eigentlich hier in Lautringen?«, fragte Ackermann vom Fenster aus in leichterem Ton.

»Ich studiere. Raum- und Umweltplanung.«

»Müssten Sie da jetzt nicht an der Uni sein?«

Schröck lächelte. Zum ersten Mal, schwach. »Semesterferien«, sagte er nur.

»Oh. Verstehe. Herr Schröck, wo waren Sie am Morgen des einundzwanzigsten Juli gegen sechs Uhr?«

»Hier.« Er blickte auf seine Hände, sie sahen knotig und mager aus. Die langen Hosen, die er trug, schlotterten um seine Knie, das langärmlige Poloshirt war sportlich geschnitten, wirkte aber aus einem unbestimmten Grund wie aus der Kinderabteilung. Wahrscheinlich, weil es aus der Kinderabteilung ist, dachte Bettina. Den Blutfleck am linken Ärmel schien er bemerkt zu haben, denn er hatte das Hemd so gezogen, dass man ihn nicht mehr sehen konnte.

»Haben Sie Zeugen?«

»Nein.«

»Haben Sie mit irgendwem gechattet, telefoniert?«

»Mit meiner Mutter.«

Natürlich. »Um welche Uhrzeit?«

»Sie ruft immer um acht Uhr an«, sagte Schröck.

»Auch an diesem Tag?«

»Immer«, sagte Schröck.

»Danach waren Sie hier allein und hatten zu niemandem mehr Kontakt?«

»Ich habe ferngesehen.«

»Herr Schröck, besitzen Sie Waffen?«

»Waffen?«

»Zum Beispiel einen Elektroschocker?«

»Bestimmt nicht.«

»Zur Selbstverteidigung?«, sagte Ackermann. »Das ist oft sinnvoll. Wenn man unbeleuchtete Wege entlanggehen muss, wenn man in einer unsicheren Gegend lebt, wenn man Angst vor seinen Nachbarn hat –«

»Haben Sie Angst vor irgendwem, Herr Schröck?«, fragte Bettina.

»Nein«, sagte Schröck.

Und von all seinen Neins hörte sich dieses am ehrlichsten an.

»Man möchte ihm sofort eine Suppe kochen«, sagte Bettina, als sie wieder draußen in Ackermanns Ulysse saßen und überlegten, was dieser Besuch ihnen gebracht hatte. »Der Typ ist echt fertig, der war ja zu schwach, um nur Ja oder Nein zu sagen.«

»Ich finde, er hat sich verdächtig benommen«, sagte Ackermann und wischte sich ein paar Schweißperlen von der Stirn. Sie hatten die Fenster oben gelassen, damit sie in Ruhe reden konnten, aber im Auto war es schrecklich heiß.

»Also dass dieses kranke Jüngelchen Kanaldeckel aufstemmt, kann ich mir beim besten Willen nicht vorstellen«, sagte Bettina. »Der hat wahrscheinlich gerade mal genug Kraft, um morgens aufzustehen.«

»Er ist dreiundzwanzig«, sagte Ackermann. »In dem Alter kann man Mordskräfte mobilisieren, wenn's drauf ankommt.«

»Auf mich hat er völlig verzweifelt und erschöpft gewirkt.«

»Aber nicht um die Augen«, sagte Ackermann.

»Stimmt, die Augen waren seltsam«, sagte Bettina.

»Und Victoria Beckham.« Ackermann schüttelte sich. »Da weiß man gar nicht, wo man anfangen soll, allein dass es in der Wohnung Kakerlaken gibt …!«

»Victoria Beckham ist eine Nummer«, gab Bettina zu.

Ackermann begann zu gestikulieren. »Also in Katis Klasse hatten sie einen schweren Magersuchtfall, das Mädchen hat fünfunddreißig Kilo gewogen, bei einem Meter sechzig Körpergröße. Die ist jetzt in einem Sanatorium, aber sie hat bis vor kurzem noch am Unterricht teilgenommen und jeden Abend eine Stunde Lauftraining gemacht. Wir hatten zwei Elternabende wegen ihr. Diese Kinder entwickeln eine unglaubliche Energie. Das ist genau das Verrückte an dieser Krankheit.«

»Du meinst im Ernst, der Schröck lauert einer Frau auf, die doppelt so alt und dreimal so schwer ist wie er?«

»Sie war sein Feindbild. Sie war fett.«

»Oh Gott«, sagte Bettina und knetete sich die Stirn, die jetzt auch feucht wurde. Normalerweise spürte sie Hitze kaum, doch plötzlich wurde selbst ihr die dumpfe und stickige Atmosphäre in dem Auto zu viel. »Kannst du die Klimaanlage anmachen?«, bat sie.

Ackermann startete den Motor, und sofort blies ihnen staubige Luft entgegen. Immerhin war sie kalt. Bettina entspannte sich etwas und sagte: »Du – hast du das mit dem Blut gesehen?«

»Was für Blut?«

»Na, als er da unten lag, hat er doch so gegen den Tisch ge- hauen und sofort angefangen zu bluten. Auf jeden Fall war da plötzlich ein roter Fleck am Ärmel.«

»Dann war er dort schon verletzt«, sagte Ackermann nüchtern.

»Weswegen haut er dann noch mal dran?«

»Bestrafung«, sagte Ackermann. »Geißel. Vielleicht ist er ein Ritzer und musste das in dem Moment tun, weil er es sonst nicht mehr ausgehalten hätte.«

»Ein Ritzer?«

»Einer, der sich zwanghaft mit der Rasierklinge schneidet.«

»Lass mich raten, das hast du auch beim Elternabend gelernt.«

Ackermann nickte. »Pass auf«, sagte er, »wir müssen mit der Therapeutin reden. Geheilt ist dieser Typ definitiv nicht. Deswe- gen kann sie ihn nicht aus der Therapie entlassen haben. Wieso aber sonst? Das ist strange.«

»Sie wird es uns nicht verraten«, sagte Bettina. »Die wird nicht mal zugeben, dass er ihr Patient war, allein das verstößt schon gegen ihre Schweigepflicht. Außerdem, wer weiß, warum die

Therapie beendet wurde. Vielleicht hat er einfach ein Zeitkontingent überschritten. Das ist doch so, Therapieplätze sind rar, und die Kasse zahlt nicht ewig.«

»Nee«, sagte Ackermann. »»Eine Nummer zu groß für mich‹, wenn seine Therapeutin das wirklich gesagt hat, dann ist er am Ende kränker und gefährlicher, als er aussieht.«

Bettina blickte ihn an, holte ihren Computer heraus und klappte ihn auf. »Okay. Ich google mal ihre Adresse.«

»Und wenn *sie* die Therapie beendet hat, wird sie eventuell auch reden.« Ackermann schaltete den Blinker an, bog links auf die Hauptstraße und gab Gas. »Sieh es doch mal so«, setzte er hinzu, »der befragte Zeuge kommt als Täter infrage, hat sich verdächtig benommen und eine Drohung ausgesprochen.«

»Echt?«

»Ja doch. Sie wird es bereuen, hat er gesagt. Es wird ihr noch leidtun, dass sie ihn rausgeschmissen hat. Im Prinzip sind wir verpflichtet, jetzt sofort nachzusehen, ob diese Maggie Joschko noch lebt.«

Die Praxis von Maggie Joschko lag in der Fußgängerzone gegenüber einem abgeschieden wirkenden Garten, dessen mittelalterliche Anlage aus vier Beeten mit Kreuzgang nur mit Lavendel und Efeu bepflanzt war. Ansonsten sah die Gegend nicht einsam aus. Ein Jugendzentrum und ein Eine-Welt-Laden befanden sich in Sichtweite. Die Passanten hier waren nicht ganz so eilig unterwegs, ein paar Jugendliche übten in der Nähe mit ihren Skateboards, es roch schwach nach frisch gemahlenem Kaffee, und in der Luft lag ein vages Summen, das ein fernes Radio oder aber die Klimaanlage des China-Imbisses sein konnte.

»Irgendwie sind es immer dieselben, die es dahin zieht, wo man mit dem Auto nicht hinkommt«, sagte Ackermann mit einem mürrischen Blick auf eine Frau in Flattergewändern, die aus dem Eine-Welt-Laden kam und geradewegs auf das Jugendzentrum zuhielt. »Da vorn ist es.«

Bettina betrachtete nachdenklich den China-Imbiss. »Hast du Hunger?«

»Nein«, sagte Ackermann nach einem verächtlichen Blick auf die zwei goldenen Löwen vor dem Laden. »Komm, sonst dauert das hier noch ewig.« Er hielt auf ein schmales Haus zu, an dessen Wand ein Schild hing mit der Aufschrift: *Maggie Joschko, Psychotherapeutin*, dazu die Sprechzeiten. Weiter unten war noch ein größeres Schild angebracht: *Das Freihaus befindet sich Kneippweg 2, auf dem Erbsenberg, Ende Barbarossastraße. Vorsprachen und Spenden sind willkommen, aber nur im Freihaus selbst.* Eine Telefonnummer stand auch dort.

Und dann die groß geschriebene Mahnung: AUCH IN NOTFÄLLEN BITTE NICHT HIER VORSPRECHEN – NUR AUF DEM ERBSENBERG!

Ackermann sah auf seine Uhr. »Okay. Sprechstunde hätte jetzt gerade wieder angefangen. Und da steht nicht, dass sie zuhat.«

»Also dann«, sagte Bettina. »Geh vor.«

Jetzt zögerte Ackermann.

»Was ist eigentlich ein Freihaus?«, fragte Bettina.

»Keine Ahnung.« Ackermann stieß die Tür zu dem Haus auf. »Irgendein soziales Projekt.«

»Freihaus«, wiederholte Bettina träumerisch. Es klang hübsch, ein freies Haus. Sie trat in das kühle Gebäude. Der Eingang war niedrig, weiß gefliest und roch nach dieser undefinierbaren Mischung aus Zigarettenrauch, Putzmittel und Küche, die in den Mauern von alten Stadthäusern hängt. Maggie Joschkos Praxis lag im zweiten Stock und war offen. Bettina und Ackermann traten ein. Der erste Eindruck war: leer.

»Hallo?«, sagte Ackermann laut. »Frau Joschko?«

Bettina sah sich um. Die Praxis wirkte kleiner und bunter, als sie erwartet hatte. Die Räume waren angelegt wie eine Wohnung, mit einem langen dunklen Flur, der in eine Reihe geschlossener Türen mündete. Auf dem Boden lag heller Teppich, linkerhand befand sich ein offenes Zimmerchen, in dem ein Schreibtisch vor einer Wand voller Aktenschränke stand. Alle freien Wandflächen waren mit Postern behängt, die für irgendwelche Selbsthilfegruppen warben oder vor Tabak, Alkohol, Gewalt in der Familie und Aids warnten. Über alldem prangte eine ganze Reihe gleichartiger Plakate mit der Aufschrift: *Ja zum Freihaus!* Insgesamt sah der Raum nicht sehr exklusiv aus, dafür aber so, als wären hier engagierte Menschen am Werk.

»Hallo?«, wiederholte Ackermann.

Da hörten sie ein Geräusch, eine der hinteren Türen öffnete sich und eine große, grauhaarige Frau erschien.

»Frau Joschko?«

Sie gähnte. »Pardon. Ja? Ich muss geschlafen haben.«

»Dürfen wir Sie kurz sprechen?«

Joschko musterte Ackermann interessiert. »Wer sind Sie?«, fragte sie.

»Kriminalpolizei. Kommissarin Boll, Kommissar Ackermann«, stellte Ackermann vor.

Joschko hob die Brauen, musste aber wieder gähnen, was sie zum Lachen brachte. »Furchtbar«, sagte sie. Jetzt betrachtete sie Bettina mit diesem durchdringenden Blick. »Kriminalpolizei?«

»Genau.«

»Na, dann kommen Sie besser mal rein.«

Joschko führte die beiden in ein dunkles Büro und Behandlungszimmer, an dessen Längswand eine große, bequem aussehende Couch stand, über die eine Wolldecke geworfen war. Der Rest des Zimmers bestand aus Bücherregalen, einem Schreibtisch, einem Rollwagen mit ein paar medizinischen Instrumenten und mehreren abgewetzten Sesseln. Auf einer Fensterbank stand etwas versteckt ein kleiner Aschenbecher. Die Einrichtung war zweckmäßig und fast schäbig, die Bücherregale billig, der Schreibtisch abgestoßen. Trotzdem wirkte der Raum gediegen. Vermutlich wegen der vielen Bücher, dachte Bettina, als sie sich in einem Sessel niederließ. Clubatmosphäre. Und weil das hier keine Wellness-Oase war. Nichts in diesem Zimmer wirkte übermäßig freundlich. Keine Bilder an den Wänden, keine Kissen auf dem Sofa, kein Yuppie-Spielzeug auf dem Schreibtisch. Alle Gegenstände sahen aus, als wären sie nach ihrem Nutzen ausgewählt worden und würden auch benutzt. Sogar die Decke auf der Couch. Joschko legte sie erst zusammen, bevor sie sich hinter ihren Schreibtisch setzte. Von dort aus musterte sie Bettina und Ackermann prüfend. »Was kann ich für Sie tun?«

»Wir haben eben mit einem von Ihren Patienten gesprochen«, sagte Ackermann.

Joschkos Gesicht wurde sofort abweisend. Sie verschränkte die Arme und holte Luft.

Ackermann hob begütigend die Hand. »Es ist uns klar, dass Sie keinerlei Auskunft geben werden«, sagte er ruhig. »Es ist nur so, dass der Herr Schröck sich etwas merkwürdig zu Ihnen geäußert hat. Er sagte, Sie hätten ihn aus der Therapie entlassen, weil er eine Nummer zu groß für Sie sei. Er war ganz außer sich deswegen, und jetzt möchten wir wissen, ob er Sie eventuell bedroht hat.«

Joschkos Gesicht entspannte sich. Ein bisschen zumindest. Sie hatte ein langes, kluges Gesicht unter flaumigem grauem, sehr kurzem Haar. Ihre Augen waren dunkel und groß. Einerseits wirkte sie noch etwas verschlafen, andererseits aber viel zu energiegeladen für dieses kleine Zimmer. Sie sah aus, als könnte sie es mit drei kräftigen Atemzügen einfach sprengen und herausplatzen, als seien frische Luft und ein weiter Horizont für sie jederzeit sofort erreichbar und auch notwendig. Wahrscheinlich ist sie eine super Therapeutin, dachte Bettina.

»Ich fühle mich absolut nicht bedroht«, sagte die super Therapeutin jetzt mit warmer, vielsagender Stimme.

»Wieso haben Sie Herrn Schröck aus der Therapie entlassen? Ist er gefährlich? Er hat gesagt, dass er an Anorexie leidet.«

Joschko verschränkte wieder die Arme. »An dieser Stelle muss ich das Gespräch aus Gründen der Schweigepflicht beenden. – Weshalb interessiert sich eigentlich die Kriminalpolizei für ihn?«

»Das können wir Ihnen nicht sagen«, sagte Ackermann ernst.

Joschko lächelte hübsch. Patt.

»Dürften wir Sie vielleicht ganz allgemein zur Anorexie etwas fragen?«, sagte Bettina schnell.

»Sie können mir eine Frage stellen«, antwortete Joschko zurückhaltend. »Ob ich antworte, werde ich sehen.«

»Anorexie ist Magersucht, oder?«

»Anorexia nervosa. Wird im Volksmund Magersucht genannt, ja.«

»Haben das viele Männer? Man hört es ja immer nur von jungen Mädchen, die Models werden wollen.«

Joschko lehnte sich im Stuhl zurück. »Ein Viertel sind Männer, würde ich sagen. Tendenz steigend. Wobei, so 'ne leichte Essstörung hat heutzutage praktisch jedes Mädel, das können Sie nicht vergleichen. Eine echte Anorexia nervosa ist eine tödliche Krankheit. Und das haben auch Männer, ja.«

»Gibt es bestimmte Auslöser dafür?«

Joschko seufzte, dachte nach, seufzte wieder. »Ja und nein«, sagte sie schließlich. »Es ist wie bei vielen seelischen Krankheiten, es gibt eine Disposition. Bestimmte Persönlichkeiten sind anfälliger, ein bestimmtes Umfeld begünstigt die Krankheit, und oft ist da auch ein Auslöser, ja.«

Bettina beugte sich vor. »Was könnte das sein?«

»Ein traumatisches Ereignis«, sagte Joschko sofort. »Ein erschütterndes Erlebnis oder die wiederkehrende Erfahrung von totaler Machtlosigkeit den eigenen Körper betreffend. Oft eine sexuelle Belästigung.«

»Wirklich Missbrauch? Kann nicht auch was anderes der Auslöser sein?«, fragte Bettina.

»Natürlich.« Joschko musterte Bettina fast belustigt. »Es geht auch wesentlich subtiler. Viele Anorexiefamilien funktionieren schlicht über Kontrolle. Dominante Mütter. Manche Patienten bauen sich sogar selbst eine innere Kontrollinstanz. Das sind die, die den Werbebildern und Castingshows zum Opfer fallen.«

»Hm«, machte Bettina. »Nehmen wir mal den hypothetischen Fall: Ein kleiner Junge von etwa acht Jahren wird auf der Straße von einem oder mehreren Erwachsenen bedroht. Kann das später eine Magersucht auslösen?«

Joschko hob die Brauen und lächelte schwach. »Es kommt darauf an, wie sehr ihn das Erlebnis erschüttert hat. Wenn dadurch sein ganzes Leben auf den Kopf gestellt wurde – ja, absolut.

Aber die meisten Achtjährigen sind unglaublich robust, und es ist nicht leicht, sie nachhaltig zu traumatisieren, wenn ihr Umfeld einigermaßen intakt ist.«

»Und wie ist es umgekehrt?«, mischte Ackermann sich ein. »Ich meine: Wie gefährlich ist so ein Anorexiepatient? Macht die Krankheit aggressiv?«

Joschko sah plötzlich wachsam aus. Sie spitzte die Lippen und dachte nach. Dann sagte sie: »Ich habe mal eine rein hypothetische Zwischenfrage. Wenn ein psychisch Kranker irgendwie in einen Kriminalfall verwickelt wird, steht er ja gewöhnlich mehr unter Verdacht als andere Personen.« Sie hob die Hand. »Oder nicht?«

»Nein«, sagte Bettina.

»Kommt drauf an, was er hat«, sagte Ackermann.

Joschko beugte sich plötzlich zu ihm vor und fragte rundheraus: »Was ist passiert? Warum sind Sie hier?«

»Wir ermitteln im Tötungsdelikt Mandy Brandtstätter«, antwortete Ackermann so prompt, dass Bettina ihn etwas scheel von der Seite anblickte. Aber eine Geheimhaltungsdirektive gab es nicht. Jedenfalls hatte sie keine gesehen, und so etwas versteckte man nicht in den Anhängen der Akte.

Joschko sank in ihren Sessel zurück. »Tötungsdelikt«, murmelte sie.

»Ganz recht«, sagte Ackermann. »Kannten Sie Mandy Brandtstätter? Haben Sie den Namen schon mal gehört?«

»Also«, begann Joschko und machte dann eine beredte Pause. Sie stand auf. »Tut mir leid, ich glaube, unter diesen Umständen sollte ich nicht mit Ihnen sprechen.«

»Wieso? Erkennen Sie einen Bezug zu Felix Schröck?«

»Wie ist Frau Brandtstätter gestorben?«, wich Joschko aus.

Ackermann blickte zu Bettina hinüber.

»Das können wir erst nach der Obduktion sagen«, sagte die.

»Woher wissen Sie dann, dass sie getötet wurde?«

»Sie steckte in einem Abwasserschacht.« Jetzt war es Bettina, die schnell antwortete, denn sie wollte die Wirkung studieren: Kam Maggie Joschko das bekannt vor? Reagierte sie erschrocken?

Hatte sie vielleicht einen Patienten mit einer Abwasserschacht-Anomalie?

Ja, dachte Bettina. Es war sehr undeutlich und unterdrückt, aber die Psychologin zuckte definitiv leicht zurück und ihre Lider flatterten. »Bitte gehen Sie jetzt«, sagte sie.

»Nur noch die Frage zur Anorexie«, sagte Ackermann. »Macht die jetzt die Leute aggressiver oder nicht?«

Joschko betrachtete ihn aus dunklen Augen. Sie schien verschiedene Antworten sehr schnell abzuwägen. Schließlich entschied sie sich für die provozierendste. »Ja, Anorektiker sind hochgradig aggressiv«, sagte sie und ließ das lange sacken. »Allerdings hauptsächlich gegen die eigene Person.«

»Und es kann niemals kippen und sich gegen andere wenden?«

Joschko schüttelte langsam den Kopf. »Das ist unwahrscheinlich«, sagte sie. »Wobei die Frage zu pauschal gestellt ist. Anorektiker sind Menschen, und Menschen sind verschieden. Die Welt ist bunt. Und mit der Aggression ist es so eine Sache, wissen Sie? – Konrad Lorenz hielt sie für die Grundvoraussetzung zur Freundschaft. Da ist vielleicht was dran. Sie kann gut oder schlecht sein und sich ihre Bahn in verschiedene Richtungen brechen.«

»Und das heißt …?«

Joschko erhob sich. »Nehmen Sie einen Hund.« Sie kam hinter ihrem Schreibtisch hervor und trat auf Ackermann zu, so dass der auch aufstehen musste, wenn er nicht grob unhöflich sein wollte.

Er tat es. »Einen Hund?«

Joschko lächelte. »Genau. Einen großen Hund, sagen wir, einen Bernhardiner. Oder eine Deutsche Dogge.«

»Und?«

»Der hat einen Jagdtrieb, der hat Zähne, der ist kein ungefährliches Tier.«

»Ja?«

»Aber Sie können ihn trotzdem bedenkenlos mit in die Stadt nehmen und die Kinder mit ihm spielen lassen.«

»Und was –«

»Und jetzt nehmen Sie stattdessen eine Katze. In derselben Größe, mit ähnlich großen Zähnen und Ernährungsgewohnheiten.« Joschko lächelte noch mehr. »Das wäre dann ein Tiger.«

Ein Tiger, dachte Bettina, schauderte plötzlich und stand auch auf.

»Es kommt nicht auf die Waffen an, die einer hat, sondern auf seine Bereitschaft, sie einzusetzen«, sagte Joschko. Und das war zwar nun wirklich keine neue Erkenntnis, aber aus dem Munde der Psychologin klang sie großartig, stand da wie in Granit gemeißelt, in Gold gegossen.

So wie es die Worte der Erleuchteten eben zu tun pflegen.

»Soll ich dir mal was sagen: Der Vergleich hinkt. Erstens mal sind Hunde nicht unsozial und gleichgültig, und zweitens sind sie so harmlos nun auch wieder nicht«, schimpfte Ackermann, als sie draußen im gleißenden Sonnenschein standen und Bettina entschlossen den China-Imbiss ins Visier nahm. »Wie oft hört man, dass ein Kind von einem Tiger angefallen wurde? Nie! Unfälle mit Hunden dagegen gibt es ständig.«

»Ja, weil in einer mittleren Großstadt mehr Hunde leben als Tiger auf der ganzen Welt.«

»Es gibt diese Zwischenfälle«, ranzte Ackermann. »Auch mit Familienhunden! Statistisch gesehen sind Hunde gefährlicher als Tiger!«

Bettina blieb stehen und drehte sich zu ihm um. »Du bist doch nur sauer, weil dieser alte Haudegen dich so professionell rausgeschmissen hat.« Sie grinste, doch das Grinsen erstarrte ihr auf dem Gesicht, als sie in Ackermanns Augen blickte.

Herrgott, du flirtest, dachte sie. Du machst ihn an, und dann tust du so, als wäre nix gewesen, hör auf damit.

»Möchtest du jetzt wirklich essen?«, fragte Ackermann grimmig.

»Ja.« Bettina drehte sich rasch von ihm weg in Richtung der goldenen Löwen. »Magst du auch was?«

»Ich hasse chinesisch«, knurrte Ackermann.

»Na komm. Ich geb dir was aus. Eine Frühlingsrolle?«

»Nein, wenn schon, dann die sieben Glückseligkeiten«, sagte Ackermann unwirsch. »Extrascharf.«

Auf Bettinas Glückskeks stand: »Sie erhalten Besuch von einem verschollenen Verwandten«. Da sah sie mit einem Schreck auf die Uhr. »Mist. Schon halb vier.«

»Und wir haben noch keine einzige Schachtabdeckung vollständig aufgenommen«, sagte Ackermann kauend. Dafür, dass er kein chinesisches Essen mochte, aß er mit großem Appetit.

»Wir haben wichtige Zeugenaussagen zu der ersten gesammelt«, sagte Bettina. »Du, ich muss langsam heim. Meine Tante. Zumindest ein Nachthemd muss ich ihr bringen und ihren Personalausweis holen und dann mal mit den Ärzten über ihre Unterbringung reden.« Dass sie nicht die blasseste Ahnung hatte, was sie mit Tante Elfriede machen sollte, verdrängte sie sofort wieder.

Ackermann blickte in die Pappbox, in der seine sieben Glückseligkeiten serviert worden waren. »Deine Tante ist ein heikles Thema, wie?« Er stocherte sehr angelegentlich mit der Gabel in seinem Essen.

Sie standen an einem wackeligen Bistrotisch in der prallen Sonne, und Bettina brach ganz plötzlich der Schweiß aus. Immer diese Stiefel mitten im Sommer, schalt sie sich. Du bist selbst schuld. »Ja«, sagte sie zu ihrer eigenen Überraschung und klopfte ihre Taschen nach den Zigaretten ab.

»Warum?«, fragte Ackermann.

»Weil ich sie halbtot gefunden hab«, sagte Bettina. »In ihrem eigenen Dreck. Weil sie aussieht wie ein Gerippe mit Haut außenrum.«

Ackermann nickte. »Nein, ich meine, was war vorher? Also mit ihr und mit dir?«

»Nichts.«

»Echt?«

»Sie hat meine Schwester Barbara aufgenommen, als unsere Eltern verunglückt sind«, sagte Bettina und fand, dass sie sich zu zittrig anhörte. Darüber sollte man nach über zwanzig Jahren doch reden können. »Barba war noch klein. Ich selbst bin ins Internat gekommen und nur in den Ferien zu Tante Elfriede gefahren.«

»Du magst sie nicht.«

Bettina holte ihre Zigaretten raus und steckte sich eine an, egal ob Ackermann noch aß oder nicht. »Eigentlich ist es umgekehrt«, sagte sie. »Sie mag mich nicht. Und Barba hat sie gehasst.«

»Warum?«

Bettina blies lange Rauch aus. »Weil Barba jung und süß war und das Kind meiner Mutter.«

»Deine Tante war eifersüchtig«, sagte Ackermann.

»Kann sein.« Bettina blickte auf, erstaunt darüber, dass es einen so naheliegenden und banalen Begriff für die Situation zwischen Barba und der Tante gab. Ganz passte er aber doch nicht. »Nein«, sagte sie. »Es war so: Barba war der einzige Mensch, den sie je in die Finger kriegen konnte. Tante Elfriede hat keine eigenen Kinder, nicht einmal einen Mann. Hat sie auch nicht gewollt. Aber als Barba kam, muss sie gedacht haben: Du gehörst mir. Du wirst nichts glauben, nichts lernen und nichts tun, was ich nicht auch kann.«

»Eifersucht.«

»Besitzanspruch. Aber Barba hat sich nicht die Bohne drum geschert. Ich glaub, das war das Schlimmste: dass sie Tante Elfriede einfach nicht ernst genommen hat. Sie war klein, aber sie war Besseres gewöhnt. Und wenn sie irgendwas nicht durfte, ein Buch lesen, einen Film gucken oder auch nur Fahrrad fahren, dann ist sie in die Nachbarschaft gegangen und hat sich das Nötige ausgeliehen. Das hat natürlich mit der Zeit ein merkwürdiges Licht auf unsere Familie geworfen, und damit konnte meine Tante überhaupt nicht umgehen. Am Ende hat sie Barba einfach nur noch gehasst und schikaniert.« Bettina seufzte. »Und ich war nicht da.«

»Dafür kannst du doch nichts.«

»Ich hätte Elfriede bitten können, mich auch aufzunehmen«, sagte Bettina, warf ihre Zigarette fort und trat sie aus. »Ich bin sicher, das hätte ihr gefallen.«

Ackermann stellte sein Essen hin. »Du kannst niemanden retten«, sagte er in nüchternem Ton.

Bettina sah ihn an. »Und wenn doch?«

»Also –«

»Es ist schon sehr lang her«, unterbrach Bettina rasch und schaute auf ihre Uhr. »So. Ich mach dir einen Vorschlag: Du fährst mich zum Bahnhof, dann nehme ich die S-Bahn nach Ludwigshafen, und du kannst hier weiterarbeiten.«

»Ach Quatsch.«

»Oder wir gucken jetzt noch maximal zwei Kanaldeckel an, dann ist aber Feierabend, damit ich wenigstens noch im Hellen zum Krankenhaus komme.«

»Okay.« Ackermann nahm die Pappbox, schaute hinein, seufzte und warf sie in den Abfalleimer unter dem Tisch. »Also los.«

»Wohin?«, fragte Ackermann.

Bettina hantierte mit dem Laptop auf ihrem Schoß und antwortete nicht.

»Wir könnten die Spusi anrufen und fragen, wo die gerade sind.«

»Nein«, sagte Bettina. »Die waren so scheißfreundlich.«

»Gut, dann schlag was anderes vor.«

»Ich finde, wir sollten intelligent auswählen«, sagte Bettina und scrollte eifrig den Text der Akte hoch.

»Dann musst du das machen«, sagte Ackermann liebevoll.

Bettina blickte auf, aber nicht zu lange. Er flirtete auch, dieser Mistkerl. Er wusste, dass sie das mochte. »Genau«, sagte sie trocken. »Aber das geht nicht hopphopp. Wir brauchen die interessantesten von den sechs übrigen Kanaldeckeln.« Sie las.

Ackermann schaute sie an.

»Fahr schon mal los«, sagte sie von der Seite.

»Wohin?«

»Egal, Hauptsache, du guckst auf die Straße.«

»Ich finde, wir sollten intelligent fahren«, sagte Ackermann und rührte sich nicht.

»Tja«, machte Bettina, auf ihren Bildschirm blickend. »Ich

weiß nicht – ich seh da nix. Obwohl, das hier vielleicht: Einer der Deckel liegt an einem Parkplatz Barbarossastraße Ecke Erbsenberg.«

»Und?«

»Da war doch vorhin dieses Schild mit der Aufschrift *Freihaus* an Maggie Joschkos Tür? Ich mein, da standen diese beiden Straßen drauf.«

»Kann sein«, sagte Ackermann.

»Und dieser Deckel ist sogar von zwei Personen gemeldet worden, von einer Frau Horst, Imbissbesitzerin, und kurz davor schon, jetzt kommt's: von einem männlichen anonymen Anrufer. Vorletzten Samstag. Nachts.«

Ackermann pfiff durch die Zähne. »Der sollte dann wohl gefunden werden.«

»Könnte sein.«

»Wie kommen wir dahin?«

»Moment, Barbarossastraße 57, Barbarossa-Grill, das scheint der Imbiss zu sein, hier steht – Was denn?«

»Barbarossa-Grill?«, wiederholte Ackermann. »Imbiss? Und du lässt mich chinesisch essen?«

»Hat's dir etwa nicht geschmeckt?«

»Chinesisches Essen«, sagte Ackermann kategorisch, »ist was für Mädchen und Vegetarier.«

Der Barbarossa-Grill befand sich am Rande eines großen Parkplatzes an einer breiten Ausfallstraße, die einen alten Park linkerhand von einem tief eingewachsenen Schrebergartengelände samt Sportplatz auf der rechten Seite trennte. Dort bildete ein alter Bahndamm einen malerischen Rahmen für den Imbiss, und noch weiter hinten ging das Freizeitgelände nahtlos in Wald über. Der Parkplatz selbst war riesig, aber im Moment völlig menschenleer. So weitab von jeder Laufkundschaft schien er ein eher ungünstiger Ort für einen Imbissbetrieb zu sein, aber möglicherweise lebte das Geschäft von Parkbesuchern und Nachtschwärmern, die hauptsächlich eine Parkmöglichkeit brauchten. Frau Horst, die Dame am Grill, schloss an Wochenenden erst um drei Uhr nachts, dabei öffnete sie jeden Tag um sechs Uhr früh. In der Nacht zu dem fraglichen Samstag hatte sie folglich nur drei Stunden Pause gehabt.

»Ich seh den Kanaldeckel von hier aus«, sagte sie und wischte mit einem schmuddeligen Lappen über ihre saubere Theke. Sie wirkte mütterlich und robust, höchstens ein bisschen grau im Gesicht wie von chronischem Schlafmangel. »Ich hätte es sofort gemerkt, wenn da einer vor drei Uhr was dran gemacht hätte.«

»Waren Sie nie abgelenkt? Vom Kochen vielleicht?«, fragte Bettina.

»Na ja, ich guck natürlich nicht ununterbrochen dahin, aber beim Absperren spätestens hätte ich es gesehen. Ich hab ja dann das Loch auch sofort bemerkt, als ich um sechs wiederkam. Und ich hab gleich die – Bullen gerufen.« Sie schaute Bettina mit gespielter Beschämung an. »Nix für ungut. – Ich mit meinem Rücken kann so was wirklich nicht wieder zumachen, und wenn mir da einer reinstürzt – nee. Aber wie ich höre, ist das sowieso passiert, kurz nach drei schon, und ihr habt nix unternommen, also was soll jetzt das Theater von wegen wann das genau war?«

Bettina ging nicht darauf ein und fragte: »Haben Sie an diesem Freitag hier jemanden gesehen, der sich irgendwie komisch benommen hat? Der vielleicht mehrmals vorbeikam? Der hier rumgestanden hat ohne Grund?«

Die Imbissbesitzerin fing an zu lachen. »Soll ich Ihnen eine Liste machen?«

»Ja bitte«, sagte Bettina freundlich und wandte sich Ackermann zu, der ihr Laptop auf einen der Stehtische gelegt hatte und das Gesprächsprotokoll des anonymen Zeugen studierte. Der hatte um 3:23 Uhr in der fraglichen Nacht von einem Mobilfunkgerät mit Rufnummerunterdrückung aus die 112 angerufen. Er hatte alkoholisiert geklungen und seinen Namen nicht angegeben, sich aber bitter über das Loch im Boden beklagt, in das er vermutlich hineingestürzt war, ohne sich jedoch groß zu verletzen. Der Anruf war routinemäßig aufgezeichnet worden. Die unterdrückte Nummer würden sie ausfindig machen können – müssen –, aber vielleicht ging es schneller, wenn sie einfach die Imbissbesitzerin fragten.

»Gut zwanzig Minuten«, sagte Ackermann mit einem kurzen Blick auf Horst, die jetzt mit großer Geste drei verschrumpelte Bratwürste wendete. »Von ihrem Feierabend bis zu dem Anruf des anonymen Zeugen.«

»Hat er gesagt, dass er in den Schacht reingefallen ist? So richtig?«

»Er hat jedenfalls geschimpft«, sagte Ackermann und scrollte als Beweis das Protokoll auf und ab. »Der stand, glaube ich, noch im Schacht und hat gemeint, er wär entführt worden.«

»Gut«, sagte Bettina und trat zur Theke zurück.

»Hören Sie mal«, rief Horst ihr über das Zischen ihrer Würste hinweg zu, »also Listen oder so – das kann ich jetzt nicht machen. Ich hab schließlich auch was zu tun hier. Und Namen kenn ich sowieso nicht, also –«

»Aber Sie wissen, wer in den Schacht gefallen ist«, sagte Bettina und schenkte der Frau ein sattes Grinsen.

Die konnte nicht widerstehen und fing an zu lachen. Ihre haselnussbraunen Augen tanzten hübsch und lustig. »Ja, klar.«

»Und wer?«

»Der Heiko, das ist echt typisch, der würde noch in den Suppentopf fallen, wenn der groß genug wär.«

»Heiko«, sagte Bettina. »Wie noch?«

Horst verschränkte, zu spät, die Arme.

Bettina hob die Brauen und lächelte. Na komm, jetzt brauchst du dich auch nicht mehr zu zieren, dachte sie.

»Nachnamen kenn ich nicht«, machte die Imbissbesitzerin nun einen Rückzieher.

»Er soll ja nur *Ihre* Aussage bestätigen«, sagte Ackermann ernst.

Bettina lächelte noch mehr.

»Metzmann«, gab Horst auf. »Heiko Metzmann. Der schafft oben im Freihaus. Wenn er jetzt nicht dort ist, finden Sie ihn in der Spielo da vorn am Park.«

Bettina beugte sich vor. »Freihaus«, sagte sie. »Was ist das?«

Horst verdrehte die Augen. »Fragen Sie mich nicht, wie man

so was in echt nennt. Bei den Leuten aus der Gegend hier«, sie blickte zu den nächsten Häusern, die weit entfernt jenseits der breiten Straße hinter großen alten Parkbäumen hervorlugten, »heißt es die Hanfburg.«

»Aha?«

»Junkieschloss. Drogenbunker.«

»Tatsächlich?«, fragte Ackermann über die Schulter. »Ich dachte, es wäre ein öffentliches Sozialprojekt?«

»Ist es auch«, sagte Horst. »Ist es. Die haben Betreuer und alles. Wenn sie wollen, kriegen sie dort ein warmes Essen und was Sauberes zum Anziehen. Und die meisten von da sind in Ordnung, wirklich, ich kenn alle, die sind –« Sie brach ab und blickte wieder zu den Häusern. »Aber meine anderen Kunden von drüben, die Anwohner, sind trotzdem nicht begeistert. Das muss man auch irgendwo verstehen. Es ist ein Wohnheim für Süchtige, wissen Sie? Für hoffnungslose Fälle. Die dürfen sonst ja nirgendwohin. Hier haben sie wenigstens ein Dach überm Kopf und sind weg von der Straße, aber irgendwo wollen die sich ihren Stoff ja besorgen. Es ist schon ein Projekt, aber eben ein ziemlich – na ja, es zieht eben auch Gesindel an.« Jetzt sah Horst ein bisschen zu empört aus, fand Bettina. Immerhin stand ihr Imbisswagen an genau der Stelle, wo sich vermutlich das »Gesindel« traf. Wahrscheinlich stellte es ihre Kernkundschaft dar.

»Okay«, sagte Bettina. »Und da im Freihaus finden wir also diesen Heiko Metzmann?«

Sie mussten unter einer unglaublich niedrigen Bahnbrücke durchfahren, dann an verschiedenen hoch umzäunten und mit Stacheldraht, Flutlichtern und Überwachungskameras aufgerüsteten Klubanwesen vorbei (Dackel, Teckel, Tischtennis, VFL und Kneippverein) ganz bis ans Ende der schmalen Straße, wo zaunlos und nur gerahmt von einigen düsteren Nadelbäumen ein breites Gebäude stand, das wie eine heruntergekommene Schule aussah. Die eckige Bauform besaß eine gewisse Eleganz, und mit einem frischen Anstrich und etwas gepflegtem Grün davor wäre es eine höchst eindrucksvolle Anlage gewesen, aber jetzt sah sie eher schäbig aus, das Gelände war rundherum zertrampelt und mit viel zu vielen unpassenden Plastikgartenmöbeln bestückt. Ein abgemagerter alter Hund lag in einem Sonnenflecken unter einer Tanne, auf dem Stuhl neben ihm döste ein junger Mann mit beängstigend hochrotem Teint.

Bettina tauschte einen kurzen Blick mit Ackermann, dann stiegen sie aus dem Auto, ließen Mann und Hund schlafen und gingen schweigend auf das Freihaus zu.

Die Eingangstür stand offen, dahinter kehrte eine misstrauisch aussehende Mittvierzigerin den Boden. »Zum Heiko wollen Sie?«, sagte sie mit tiefer, rauer Stimme. »Da rechts in der Werkstatt.«

Heiko Metzmann befand sich in einer Art Werkraum für Erwachsene. Er wirkte nüchtern und war bereit, seinen anonymen Anruf zu bestätigen, aber an den Vorfall selbst konnte er sich nicht mehr richtig erinnern. Metzmann war ein großer, bulliger Typ von vielleicht fünfunddreißig Jahren mit kindlich glattem Gesicht. Gekleidet war er in einen abgewetzten Blaumann, der ihm zwei Nummern zu klein war. Momentan reparierte er gerade eine Kaffeemaschine, oder vielleicht baute er sie auch nur auseinander, um sie mal von innen zu sehen.

»Ja, das war Freitagnacht«, sagte er mit großem Nachdruck und blickte Bettina mit leeren braunen Augen ins Gesicht. Die betrachtete ihn aufmerksam. Metzmann hatte tatsächlich die Miene eines Junkies in Beschäftigungstherapie, war aber zu wohlgenährt und rosig, um so richtig hart auf Droge zu sein, außerdem hätte er dann kaum den Notruf angerufen, nicht einmal anonym. Heiko Metzmann mochte in jedes Loch fallen, das sich vor ihm auftat, sah aber trotzdem nicht hilflos aus. Und er hatte eine Theorie. »Das war ein Racheakt«, sagte er.

»Von wem?«

Er beugte sich vor. »Ich war maximal eine Dreiviertelstunde vom Parkplatz weg, und als ich wiederkomme, ist da ein Loch im Boden vor meinem Auto. Das war auf mich gemünzt.«

»Aha, und von wem?«, fragte Bettina, und Ackermann sagte gleichzeitig: »Wo waren Sie denn?«

Metzmann blickte vom einen zur anderen und entschied sich für Bettina. »Rocky nennt er sich«, sagte er wichtig. »Den kennen Sie. Der Nazi.«

»Rocky der Nazi«, wiederholte Bettina.

»Ich bin mit seiner Ex zusammen. An dem Abend war ich bei ihr«, das warf er Ackermann hin, »und ich war früher ein Punk.« Jetzt blickte Metzmann verschlagen. »Aber das ist lange her. Ich bin schon mindestens zehn Jahre nicht mehr von Polizisten verprügelt worden.«

»Sie besitzen ein Auto?«, fragte Ackermann ungnädig. »Darf ich mal Ihre Fahrerlaubnis sehen?«

Prügelnde Polizisten waren augenblicklich kein Thema mehr, denn aus irgendeinem Grund konnte Metzmann seinen Führerschein nicht finden und stand schließlich mit hängenden Schultern, einer naiven Kindermiene und einem viel zu zutraulichen Blick vor ihnen, was sehr befremdlich wirkte.

»Wenn Sie hier leben, als registrierter Drogensüchtiger, wie können Sie da überhaupt ein Auto besitzen?«, ranzte Ackermann.

»Ich lebe nicht hier. Ich arbeite«, sagte Metzmann würdevoll. »Ich hab einen Ein-Euro-Job in der Werkstatt. – Bin so was wie ein Betreuer«, setzte er großspurig hinzu.

»Nett«, knurrte Ackermann.

»Sagen Sie mal, dieser Rocky«, sagte Bettina in das Männergeplänkel hinein. »Macht der öfter Kanaldeckel auf, wenn er – Ärger mit jemandem hat?«

»Würde mich nicht wundern«, sagte Metzmann.

»Haben Sie von anderen Fällen gehört?«

»Nein.«

»Haben Sie irgendjemanden in der Nähe des Schachtes gesehen?«

»Nein.«

»Wirklich nicht? Denken Sie genau nach.«

Metzmann schüttelte den Kopf. »Tut mir leid.«

»Kennen Sie Maggie Joschko?«

Metzmann schniefte. »Sie wollen zur Chefin? Die ist jetzt nicht da, Sprechstunden sind dienstags und donnerstags nachmittags und am Wochenende.«

»Ist das ein städtisches Projekt?«

Metzmann grinste. »Eher eine private Initiative. Wir sind unbeliebt bei den Dackelzüchtern und Spaziergängern. Da muss der OB vorsichtig sein. Die Stadt steuert eigentlich nur mich und noch zwei andere Kollegen als Arbeitskräfte bei. Und, glaub ich, Wasser und Heizung. Das Haus ist Privatbesitz, gehört der Chefin oder, glaub ich, ihrem Exmann, jedenfalls der Familie, ansonsten haben wir ein paar Sponsoren, der Rest wird in Eigenleistung von den Bewohnern erbracht.«

»Hm«, machte Bettina. »Gut, und einen Felix Schröck? Kennen Sie den?«

Metzmann schüttelte den Kopf.

»Okay.« Eine Frage fehlte noch, so absurd sie auch war. »Kennen Sie dafür vielleicht Mandy Brandtstätter?«

»So eine ganz Magere, Ausgemergelte?« Metzmann grinste.

Bettina und Ackermann tauschten überraschte Blicke. »Sie kennen Frau Brandtstätter?«

»Die, die im Krankenhaus schafft, oder?«

»Die meinen wir. Woher kennen Sie sie?«

»Ich war Hausmeister im Krankenhaus, aber nur ein Jahr.«

»Wann?«

Das konnte Metzmann nicht auf Anhieb sagen. »Schon länger her, mindestens drei Jahre. Ja. Genau. Ich glaub, Lea war drei damals.«

»Wer ist Lea?«

»Meine Tochter. Die ist jetzt sieben, seit einem Jahr in der Schule, und damals – nein, es ist schon vier Jahre her, dass ich dort angefangen hab.«

»Haben Sie noch Kontakt zu Frau Brandtstätter?«

»Nein.«

»Waren Sie damals befreundet?«

»Befreundet? Nein, ich war nur ab und zu in der Küche. Sie hatte auch immer Nachtschicht, genau wie ich, und sie ist menschlich. Die gibt einem hungrigen Mann schon mal einen

Salat aus.« Er blickte Bettina treuherzig an. »Was Gesundes mit vielen Vitaminen. Einen anständigen Wurstsalat.« Jetzt plinkerte er mit den Augendeckeln, um zu demonstrieren, wie man Mandy Brandtstätter zur Herausgabe von etwas Anständigem bewegen konnte.

»Können Sie sich vorstellen, dass irgendjemand etwas gegen Frau Brandtstätter hat? Dass jemand sie hasst?«

»Na ja –« Metzmann schenkte Bettina einen schwebenden Blick aus seinen leeren Augen. »Ist ihr denn was passiert?«

Bettina zögerte.

»Sie ist tot, ja«, sagte Ackermann trocken. »Und die Unfalltheorie ist noch nicht bestätigt.«

»Sie ist ermordet worden?« Metzmanns Augen begannen fiebrig zu glänzen.

»Können Sie sich das vorstellen?«

»Nein«, sagte Metzmann schnell. Einen kurzen Moment sah er erschrocken aus.

»Sicher nicht?«, fragte Ackermann.

Doch Metzmann hatte sich jetzt völlig hinter sein Babyface zurückgezogen. »Ganz sicher nicht«, sagte er mit derselben einfältigen Miene, mit der er zuvor seinen Führerschein gesucht hatte.

»Also wenn ich raten müsste«, sagte Ackermann, als sie wieder im Ulysse saßen, »würde ich sagen, die beiden hatten mal denselben Dealer.«

»Metzmann und Brandtstätter?«

»Ja.«

»Oder er war ihrer.«

»Oder sie seiner.«

Bettina seufzte. »In Dr. Lees Bericht steht nichts von Drogen.«

»Die Autopsie kann frühestens heute stattgefunden haben. Und dealen bedeutet nicht zwangsläufig Eigenkonsum.«

»Meinst du, der Metzmann ist eine heiße Spur?«

»Nein«, sagte Ackermann. »Der ist so hohl, dass du dich komplett in ihn reinstellen könntest.«

»Er hat aber eine Akte«, sagte Bettina nach einem Blick in ihren Computer. »Nichts Großes. Drogenbesitz, Widerstand gegen die Staatsgewalt, Körperverletzung, und er hat momentan keinen Führerschein, wie du so unglaublich hellsichtig erraten hast.«

»Ich seh so was«, sagte Ackermann mit spürbarer innerer Befriedigung.

Bettina grinste. »Und er ist Stammgast in der Spielothek, das hat die Frau Horst vom Imbiss gesagt. Vielleicht ist er ein Kumpel von unserem dicken Franzen.«

»Meinst du, alle Zocker kennen sich untereinander?«

»Es ist nur eine Parallele«, sagte Bettina achselzuckend.

»Hat er mal in Friesenheim gewohnt?«

»Moment.« Bettina scrollte im Profil Heiko Metzmanns auf ihrem Laptop herum. »Nein.« Sie stutzte. »Aber er war mal für ein Vierteljahr in der JVA Frankenthal.«

»Aha?«

»Er hat einen Polizisten verprügelt.«

»Oh. Hat er ja gesagt.«

»Da wäre eigentlich interessant, rauszukriegen – wie heißt der dicke Franzen noch mal richtig? Der hat irgend so einen Doppelnamen, oder? Franz-Holger?«

»Franz-Heinrich.«

»Danke.« Bettina rief der Einfachheit halber nicht die Polizeiakte, sondern das Personenprofil von Franz-Heinrich Dick in der Meldekartei auf. Diese Kartei wurde von der Einwohnermeldebehörde geführt und war für die Polizei einsehbar. Darin waren alle Wohnsitze eines deutschen Bürgers von der Geburt an aufgeführt, auch Gefängnisaufenthalte. Natürlich wurden sie nicht als solche geführt, sie waren auch nicht mit drei roten Kreuzen markiert, nein, man erkannte sie ganz einfach an der Adresse.

»Moment. Muss noch mal zurück – okay. Dachte ich's mir doch.« Bettina blickte auf. »Die beiden, Metzmann und der dicke Franzen, waren zur gleichen Zeit in Frankenthal.«

»Hm«, machte Ackermann. »Aber das heißt nicht, dass sie sich auch nur begegnet sind.«

»Sie könnten aber.«

»Ja«, seufzte Ackermann. »Das nehmen wir alles in den Bericht auf. Was ist, wollen wir noch einen machen?«

»Ja, den letzten aus der Reihe. Da ist vielleicht die Chance am größten, dass wir noch Zeugen finden.«

»Okay, und wo ist der?«

»Oje, Simonstraße, ganz am anderen Ende der Stadt. Also, jetzt erst mal da links hoch.«

»Wann ist der entdeckt worden?«

»Sonntag früh. Nachts. Gegen halb vier.«

»Wer ist die Zeugin?«

»Eine Frau Engelbrecht, die zu der Zeit ihre Katze gesucht hat.«

Frau Engelbrechts Katze hieß Muschi. Ob dieser ehrbare Katzenname für die alte Frau eine frivole Konnotation besaß, war nicht ganz klar. Engelbrecht sah zwar nicht nach Scherzen dieser Art aus, aber ihr Thema war ganz unzweideutig der Sex.

»Ich wusste ja nicht, was die vorhat«, sagte sie heiser und linste Ackermann von der Seite an. In der Nacht zum Sonntag hatte sie ihre frei laufende Muschi, die momentan auf einem ziemlich schmutzigen Sessel lag, mitten in der Nacht hinausgelassen. »Dabei hätte ich es mir denken können – um die Zeit!« Engelbrecht machte ein paar trippelige Schritte auf Ackermann zu und tätschelte seinen Arm. »Das war doch klar.« Ihr Sommerkleid roch ein wenig, fand Bettina. Nicht nach Schweiß oder Schmutz, sondern nach Staub. Als hätte es zehn Jahre zu lange im Schrank gehangen. Die alte Dame selbst wirkte ein wenig tattrig, aber ziemlich unternehmungslustig, vor allem was Ackermann betraf. Jetzt rückte sie ihm noch dichter auf die Pelle und sagte: »Wissen Sie, warum die rauswollte?«

»Mäuse?«, sagte Ackermann schwach.

Die Alte packte ihn am Arm. »Mausen! Mausen wollte die!« Sie betrachtete ihre breit gebaute Beute zweifelnd und sagte: »Wissen Sie, was das ist, junger Mann?« Ackermann versuchte sich zu befreien, doch die Alte ließ nicht locker. »*Mausen?*« Sie kicherte.

»Und weswegen sind *Sie* in dieser Nacht rausgegangen?«, fragte Ackermann glatt.

»Na, um sie zu holen, oder sollte ich das zulassen?« Engelbrecht warf Ackermann einen tiefsinnigen Blick zu, der ihn erzittern ließ, nicht vor Begierde, wie Bettina vermutete. Dann drehte sich die Alte zu ihrer Katze. »Du Sau!«

Das war der Punkt, an dem Bettina sich dem Gespräch entziehen musste, um seine Ernsthaftigkeit nicht zu gefährden. Sie trat zu einer kleinen Garderobe mit Spiegel, die neben einem dunklen, hässlichen Wohnzimmerschrank an der Wand befestigt war. Der Spiegel war sauber, aber stumpf, wie mit einem schmutzigen Lappen geputzt. Oberhalb befanden sich drei Haken, an denen nichts hing, und auf der kleinen Ablage darunter standen zwei hübsche, neu aussehende Lippenstifte. Einer war golden und hatte oben einen grünen Glasstein, der andere schimmerte lila und war mit einer verschlungenen Blumenranke bedruckt.

»Also Sie sind um drei Uhr rausgegangen, um nach dem Rechten zu sehen«, fasste Ackermann derweil unwirsch zusammen. »Können Sie uns zeigen, wo Sie entlanggelaufen sind?«

»Na, immer der Muschi nach«, sagte Engelbrecht. »Soll ich es Ihnen zeigen?«

Dazu mussten sie natürlich aus der Wohnung, und das war kompliziert, weil Frau Engelbrecht dafür Schlüssel, Jacke, Sonnenhut und Tasche brauchte und Rituale befolgt werden mussten wie das Geraderücken der Fußmatte und der Blick in den Briefkasten. Schließlich standen sie aber draußen in einer engen Straße voller kleiner Wohnhäuschen undefinierbaren Alters. Frau Engelbrecht führte sie in eine noch schmalere Gasse und von dort aus in einen verwahrlost aussehenden Hof, wo sich der bewusste Kanaldeckel befand, selbstverständlich wieder auf seinem Schacht.

»Der sieht anders aus«, sagte Bettina sofort. Noch vor einer Woche hätte sie vermutlich keinen Unterschied zu einer gebräuchlichen Schachtabdeckung bemerkt, doch jetzt war sie sensibilisiert.

Ackermann auch. »Er ist kleiner«, sagte er. »Höchstens siebzig Zentimeter Durchmesser, denke ich. Hast du ein Metermaß?«

»Im Auto«, sagte Bettina. »Hm. Mehr Betonkern, weniger Eisenrand.«

»Er ist älter«, vermutete Ackermann.

»Das ist der Einstieg zur Sickergrube«, sagte Engelbrecht überraschend sachkundig. »Ich hab die mal offen gesehen, vor Jahren, als die alten Müllers noch in dem Haus gewohnt haben.«

»Aber hier gibt es doch Kanalisation?«, sagte Bettina, sekundenlang unsicher. So eng und verkommen sah der Hof aus, so abweisend die Hauswände und Mäuerchen ringsum.

»Noch nicht lange«, sagte Engelbrecht. »Das hier ist der Kotten, verstehen Sie?«

»Nein«, sagte Bettina.

»Das ist einer der ältesten Teile der Stadt. Hier ist alles selbstgebaut. Kanalisation gibt es noch nicht so lang.«

Bettina blickte zu den niedrigen, engen Hauswänden auf. »Und alle verschwistert und verschworen?«

»Inzucht«, sagte Engelbrecht und schüttelte bedenklich ihr Haupt. »Oh ja, und wie.« Sie blickte Ackermann wieder so aufgeräumt an, ihre Äuglein funkelten im hellen Sonnenlicht.

»Hier waren Sie genau um drei?«, sprach Ackermann rasch.

»Ja. Ich glaube. Moment mal, es hatte gerade geläutet, da bin ich los. Also drei, ja.«

»Geläutet?«

»Die Glocke«, sagte Engelbrecht und wies nach oben, wo über ein paar niedrigen Dächern die ferne Spitze eines Kirchturms schwebte. »Das ist nur die Apostelkirche – also evangelisch –, aber wenn die Evangelen die Uhrzeit schlagen, dann hört man sie trotzdem, stimmt's?«

»Stimmt«, sagte Bettina. »Und da war der Schacht noch zu?«

»Das weiß ich nicht«, sagte Engelbrecht. »Ich bin dahinten entlanggegangen.« Sie wies auf die Hauswand des angrenzenden Gebäudes. »Und ich seh nicht mehr so gut.«

»Wo sind Sie hingegangen?«

Engelbrecht führte die beiden zum Rand des Hofes an eine niedrige Mauer, von dort aus schilderte sie ihnen einen abenteuerlichen Schleichweg durch die Höfe des Karrees, den Bettina vielleicht der Katze zugetraut hätte, aber nicht einer alten Dame, die hauptsächlich aus schmutziger Phantasie und wilder Entrüstung bestand.

»Und als Sie zurückkamen, sahen Sie, dass der Einstieg offen lag?«

»Ja, ich dachte, ruf ich gleich bei der Stadt an, aber um die Zeit …! Ich hab dann morgens bei den Technischen Werken angeläutet, aber da war natürlich auch niemand, war ja Sonntag, also hab ich die Polizei verständigt. Das Haus von den Müllers steht zwar leer, aber man muss ja nicht alles kaputtgehen lassen.«

»Haben Sie gesehen, wer den Einstieg geöffnet hat? Oder etwas gehört?«

»Bei dem Lärm?«

»Was für ein Lärm?«, fragte Ackermann ein wenig unklug.

Engelbrecht packte ihn mit festem Griff wieder am Arm und flüsterte heiser: »Den sie gemacht hat. Und ihr Kater. Vor allem der Kater, verstehen Sie?«

Ackermann räusperte sich und schüttelte sich gleichzeitig und schaffte es trotzdem nicht, den Griff der Alten loszuwerden.

»Um wie viel Uhr sind Sie an dem offenen Einstieg vorbeigekommen?«, fragte Bettina.

»Viertel vor vier war ich wieder zu Hause, die Muschi auch. So eine Rumtreiberin.« Sie beugte sich weit zu Ackermann vor und flüsterte laut: »Aber die hat's gekriegt, das können Sie mir glauben! Die hab ich mir vorgenommen!«

»Was haben Sie mit ihr gemacht?«, fragte Bettina.

»Na, ordentlich ein paar hintendrauf, was meinen Sie denn?«

»Ordentlich hintendrauf«, wiederholte Ackermann und betrachtete die alte Frau plötzlich nachdenklich.

»Kennen Sie zufällig eine Mandy Brandtstätter?« fragte Bettina.

Engelbrecht lockerte den Griff um Ackermanns Arm, was der nutzte, um sich ihr zu entwinden. »Brandtstätter, Brandtstätter, machen die nicht so Gas-Wasser-Installationen? Alte Firma? Aus Hohenecken?«

»Ich meine eine Köchin«, sagte Bettina. »Kaltmamsell, hier in der Krankenhausküche vom Klinikum. Mandy Brandstätter, eine ziemlich korpulente Person?«

Engelbrecht schüttelte den Kopf. »Die kann ja nur eingeheiratet sein. Aus dem Osten. Wissen Sie was, diese Ossis, die sind alle so dick. Nachholbedarf.«

»Bitte?«, fragte Bettina konsterniert.

»Sie kennen Frau Brandstätter also doch?«, fragte Ackermann.

»Nein. Bestimmt nicht.«

»Wieso glauben Sie dann, dass sie eine Ossi ist?«

»Na, ich bitte Sie, Mandy, das ist doch kein Name, so heißen nur Menschen ohne Religion.« Engelbrecht blickte Bettina mit einem kleinen Lächeln ins Gesicht, und als sie dort nicht die gewünschte Zustimmung fand, kam sie näher. Ihre Augen funkelten. »Das war's, was im Osten wirklich gefehlt hat! Und das Ergebnis lesen Sie jeden Tag in der Zeitung. – Diese armen Menschen tun mir von Herzen leid. Vor allem die Kinder.«

»Mandy Brandstätter ist Ihnen demnach völlig unbekannt?«, wiederholte Ackermann seine Frage.

»Ja.«

»Und als Sie rausgegangen sind, um Ihre Katze zu suchen«, sagte Bettina, »haben Sie da irgendwen gesehen? Ist vielleicht ein Auto die Straße langgefahren? Hat ein Obdachloser in einem Hauseingang geschlafen? War da irgendwer?«

»Ja«, sagte Engelbrecht energisch.

»Und wer?«, fragten Bettina und Ackermann gleichzeitig.

»Die Hure«, sagte Frau Engelbrecht.

»Was für eine Hure?«

»Wie sah sie aus?«

»Na, die hat da vorn in einem Hauseingang gestanden, in der Straße von der *Pussy Cat Bar*.«

»Wie hat sie ausgesehen?«, wiederholte Bettina.

»Ich seh nicht mehr so gut«, warnte Engelbrecht. »Und es war dunkel.«

»Wie kommen Sie darauf, dass es eine Hure war?«

Zack, hing die Alte wieder an Ackermanns Arm. Sie beugte sich ganz weit vor und blickte gierig zu ihm auf, mitten in sein Gesicht. »Es war eine Frau«, flüsterte sie heiser. »Und sie hat *geraucht*.«

»Ich hab erst gedacht, sie meint ihre Katze«, sagte Bettina, als sie mit Ackermann unter der Laterne stand, die Frau Engelbrecht als das Revier der Hure bezeichnet hatte.

»Komische Gegend«, sagte Ackermann und sah sich um.

Die Gasse war allerhöchstens drei Meter breit, und die eng angrenzenden Häuser wirkten wie eine einzige hohe Mauer. Sie waren allesamt klein, gedrungen, ordentlich und abweisend. Trotz des sonnigen Tages lagen die Eingänge im Schatten. Nur ein einziges der grauweiß verputzten Häuschen reckte ein eckiges Leuchtschild ins Sonnenlicht. Dieses Schild trug in überaus nüchterner Schrift den Namen *Pussy Cat Bar*. Darum herum war eine schmutzige Lichterkette gewunden. Wortlos wies Ackermann auf die Tür zu dem Etablissement, die sich in der benachbarten Garage befand.

»Wir können ja mal klingeln«, sagte Bettina ohne große Hoffnung. »Sieht aus wie ein Familienbetrieb.«

Aber da war keine Klingel. Nicht einmal eine Klinke. Die Tür der *Pussy Cat Bar* war nicht mehr als ein Stahlblatt mit einem Schlüsselloch. Und das Haus selbst hatte nur Fenster. Mit zugeklappten Läden.

Ackermann seufzte. Er plusterte sich ein wenig auf, dann hieb er drei Mal mit der Faust an die Stahltür. »Hallo!«, rief er so laut, dass es zwischen den stummen Hauswänden widerhallte. »Hallo, ist jemand da? Polizei, machen Sie auf!«

Niemand öffnete, niemand antwortete, es tat sich gar nichts. Auch die Straße sah völlig unverändert aus. Trotzdem herrschte plötzlich eine ganz merkwürdige Spannung, als ob jede Öffnung, jedes schattige Fenster hastig mit einem Lauschposten besetzt worden wäre.

»Die Lautringer werden wissen, welche Frauen hier arbeiten«, sagte Bettina achselzuckend. »Das können die schneller rauskriegen als wir.«

»Wär aber gut, wenn sie's wirklich schnell rauskriegen würden«, sagte Ackermann mit Blick auf die Stahltür. »Denn wenn hier nachts Frauen rumstehen, dann sind die vielleicht in Gefahr.«

Bettina guckte ihn ironisch an. Welche Frau, die nachts vor einer *Pussy Cat Bar* herumstand, war denn schon in Sicherheit?

Da wurde zu ihrer Überraschung ein Fensterladen aufgestoßen und eine unglaublich tiefe, aber weibliche Stimme rief: »Hier stehen nachts keine Frauen rum, verstanden?« Es klang derb und aggressiv, und die Frau, die jetzt das Fenster ausfüllte, sah aus wie eine Muppet-Figur: blonde Perücke und bemaltes Gesicht.

»Guten Tag«, sagte Ackermann höflich und trat näher.

»Verstehst du, Bulle, das hier ist eine anständige Gegend und kein Puff! Geh doch raus zum Einsiedlerhof, da findest du die! Und lass uns in Ruhe!«

»Nein«, begann Ackermann, »wir –«

»… wollen einen Deal machen«, unterbrach Bettina schnell.

Das Fenster wurde weiter aufgestoßen, die Muppet-Frau beugte sich etwas vor, ihr Haar glänzte unnatürlich im Tageslicht. »Deal?«

»Wir wollen mit der Frau reden, die in der Nacht vom letzten Samstag auf Sonntag hier gearbeitet hat«, sagte Bettina. »So gegen drei Uhr.«

Die Muppet-Frau schnaubte verächtlich. »Drei Uhr! Da steppt hier voll der Bär, Süße. Und auf dieser Straße ›arbeitet‹ niemand, verstanden? Das wär ja noch schöner!« Damit schlug sie das Fenster wieder zu, verriegelte es energisch und zog die Vorhänge vor.

Die Stille, die folgte, schien Bettina und Ackermann auszulachen. Sie standen einen Moment schweigend, der Himmel verdüsterte sich, und eine graue Herkules flog mit großem Gedröhn so dicht über sie hinweg, dass sie sehen konnten, wie sich Klappen am Bauch der Maschine öffneten und Räder ausgefahren wurden. Danach war vom Lauschen und Lachen nichts mehr zu spüren, die Straße lag einfach nur ausgestorben im Schatten der Häuser und rührte sich nicht. Ein Corsa schlängelte sich an den parkenden Autos vorbei. Vögel zwitscherten.

»Na komm«, sagte Ackermann. »Lass uns fahren.«

Bettina tippte den ganzen Heimweg über in ihr Laptop, um den Bericht so »zeitnah« fertig zu kriegen, wie die blumige Kollegin Paulus es gefordert hatte. EHK Schwartz rief sie auch an, da waren sie schon auf der Autobahn und auf halbem Weg nach Ludwigshafen. Sie schilderte ihre Ergebnisse und versprach, am nächsten Morgen um halb neun mit Ackermann bei der Besprechung der Soko ›Kaltmamsell‹ zu erscheinen. Dann drückte sie auf den Aus-Knopf ihres Handys, atmete erleichtert auf – und dachte mit plötzlich überwältigendem Widerwillen an Tante Elfriede.

»Geht's dir gut?«, fragte Ackermann.

»Ja«, sagte Bettina irritiert.

»Du hast so tief geseufzt.«

Bettina blickte zu ihrem Kollegen hinüber. Er schaute gelassen auf die Straße, er fuhr schnell, aber ruhig, und sie fragte sich plötzlich, wie er es fertigbrachte, immer nach verbranntem Eisen zu riechen, obwohl er den ganzen Tag und vielleicht das gesamte letzte Jahr und womöglich noch nie in seinem Leben in die Nähe eines Schweißgerätes gekommen war. Und wo fand man eigentlich Hemden, die um so breite Schultern passten?

Er warf ihr einen Seitenblick zu und schaute wieder auf die Straße. Er sah aus wie ein Freund.

»Du«, sagte Bettina.

»Ja?«

»Würdest du mir einen Gefallen tun?«

»Jeden«, sagte Ackermann.

Die Antwort beunruhigte Bettina. »Ich will nur einen kleinen«, sagte sie.

»Ich tu dir auch einen kleinen«, sagte Ackermann ernst.

Sie musste wider Willen grinsen. »Würdest du in Grünstadt abbiegen?«

»Ja.«

»Eigentlich liegt das Haus meiner Tante viel zu sehr auf dem Weg, um jetzt dran vorbeizufahren.«

»Okay.«

»Dann brauch ich nicht heute noch von Ludwigshafen aus wieder hinfahren. Das würde mich Stunden kosten.«

»Alles klar.«

»Und –«, sagte Bettina.

»Ja?«

»Du kannst nicht mit reinkommen.«

»Ich warte draußen«, sagte Ackermann, und Bettina hätte nicht sagen können, ob sich das enttäuscht, neutral oder erleichtert anhörte.

* * *

Weißt du, wie sich das anfühlt, Mandy, fressen und kotzen, fressen und kotzen?

Nee, weißte nicht, du kennst nur den ersten Teil, ich vergaß. Also: es fühlt sich gruselig an. Wie ferngesteuert. Irgendein Arsch dort droben drückt eine Taste und du gehst zum Kühlschrank, obwohl du nicht willst, du machst ihn auf, obwohl du dir sagst: Lass ihn zu, dann guckst du rein, obwohl du versuchst, die Augen abzuwenden, und dann greifst du das Nächstbeste, ohne dass du irgendetwas dagegen tun kannst. Wenn du dann aufwachst, bist du bis obenhin voll mit Müll. Und dann musst du kotzen, ob du willst oder nicht. Allein weil du es mit dir selbst nicht aushältst.

* * *

Es dauerte zehn Minuten, bis Bettina begriff, welches der vielen Schlafzimmer dasjenige war, in dem ihre Tante zuletzt richtig gewohnt hatte, und weitere zehn, bis sie feststellte, dass alle wichtige Korrespondenz in einem kleinen Schrank im Kuchenzimmer eingeschlossen war. Dieses Zimmer war ein schmaler Raum direkt neben der Küche, in dem sie früher Gebäck aufbewahrt hatten. Das Kuchenzimmer war der einzige Raum im Haus, den Bettina mochte, was vielleicht an dem schwachen Hefeduft lag, der dort immer in der Luft hing, vielleicht auch an der fröhlichen Vielfalt, die nur hier herrschte, denn in diesen Raum waren die ausrangierten Spielzeuge, etwas Nippes und ein paar Bastelarbeiten verbannt worden, die sich im Laufe von

Barbaras Kindheit und Jugend angesammelt hatten. Seltsam, dachte Bettina, als sie vor dem geöffneten Schrank hockte, dass Tante Elfriede ihre eigenen Sachen dazugelegt hatte. Das machte ja fast den Anschein, als ob sie sich zugehörig fühlte …

Moment.

Das war ja – sie?

Ein Foto von einem kleinen rothaarigen Mädchen schaute dort im untersten Fach aus einem Schuhkarton, dieses Foto kannte sie nicht, aber das Kind darauf konnte niemand anderes als sie selbst sein.

Bettina zog den Karton heraus und fand ihn bis obenhin gefüllt mit Schnappschüssen. Ein kleines rothaariges Mädchen saß auf einer Schaukel. Ein kleines rothaariges Mädchen hockte neben einem farblich passenden Fliegenpilz auf dem Waldboden und grinste schelmisch in die Kamera. Ein kleines rothaariges Mädchen spähte in einen Kinderwagen mit einem Baby darin. Ein kleines rothaariges Mädchen an der Hand ihrer Mutter. Auf den Knien ihres Vaters. Zwei Mädchen auf einer Waldlichtung, einem Kinderspielplatz, einer Kerwe. Eltern, die sie umarmten, die sich gegenseitig umarmten, die groß und fröhlich und schön aussahen wie ganz normale Leute.

»Tina«, sagte Ackermann.

Sie hatte seine Schritte im Haus längst gehört, jetzt wurden sie schneller. Sie stand, bevor er sich zu ihr runterbeugen konnte.

»Was ist das?«, fragte er mit Blick auf die vielen am Boden verstreuten Bilder.

Bettina biss ihre Zähne zusammen, ballte ihre Hände zu Fäusten, um Haltung und Abstand zu wahren, und dann fiel sie trotzdem ganz einfach in Ackermanns warmen Eisengeruch und seine offenen Arme hinein.

»Sie hat uns die Fotos nie gezeigt«, flüsterte sie. »Barba hat sie nie gesehen, verstehst du?« Sie fühlte ihre Schultern zittern.

»Ist ja gut«, sagte Ackermann und hielt sie fest.

Und da dachte Bettina, dass das Leben jetzt entweder sehr viel leichter oder noch viel, viel komplizierter werden würde.

Zunächst einmal aber klingelte ein Handy. Es vibrierte auch. In Ackermanns Hemdtasche, knapp unterhalb von Bettinas Ohr. Sie schniefte und spürte Ackermanns nassen Kragen an ihrer Wange und versuchte nach dem schrillenden Telefon zu tasten, doch ihre Arme waren ganz woanders und sie musste erst einmal in ihren Körper zurückfinden, der momentan noch Teil einer höheren Macht war, und dann war sie plötzlich wieder da und Ackermann lockerte seinen Griff, aber er ließ sie nicht los.

»Das ist ja meins«, sagte Bettina und schniefte immer noch und musste aus irgendeinem Grund lachen, es perlte nur so aus ihr heraus wie zuvor die Tränen.

»Genau«, sagte Ackermann rau. »Das hattest du im Auto liegen lassen, und dann hat es geklingelt und ich hab es dir gebracht.«

»Ich hab doch gesagt, komm mir nicht nach«, sagte sie, machte sich von ihm los und holte ihm das Handy aus der Brusttasche. Er blickte sie liebevoll an und stand vor ihr wie ein offenes Tor in eine bessere Welt. Bettina dachte, dass sie gleich wieder anfangen würde zu heulen. »Das kann doch nur –«, begann sie.

»Warte«, sagte er. »Geh nicht dran.«

»Aber –«

»Das da«, sagte Ackermann, »ist garantiert wieder irgendeine Katastrophe. Also müssen wir es jetzt tun.«

»Was?«

»Das.«

Eine Minute später schrillte Ackermanns Handy. Bettinas Apparat setzte gleich darauf ein, irgendwer musste jetzt ans Telefon gehen, so gingen sie beide dran, jeder an seins. »Boll«, sagte Bettina etwas atemlos, räusperte sich und hörte, wie Ackermann »KK Ackermann, K11 Ludwigshafen« herausbrachte, ganz flüssig und zackig, als sei nichts gewesen.

Dann sagte Oskar Schwartz' trockene Stimme sehr kühl in ihr rechtes Ohr: »Frau Boll? Sind Sie zu sprechen?«

»Immer«, antwortete Bettina flapsig und sie hörte, wie der Kollege Schwartz heftig Luft einzog.

»Frau Boll, Sie haben bei Ihrer Begehung nicht in die Schächte reingeguckt?«

»Dann hätten wir noch weniger geschafft«, sagte Bettina, »wir haben uns mehr auf das Umfeld und intensive Zeugenbefragungen konzentriert. Sie kriegen Fotos und Bericht bis morgen früh. Und die Spusi ist ja auch noch dran.«

»Ich weiß«, sagte Schwartz.

»Hätten Sie die etwa woanders gebraucht?«, fragte Bettina verunsichert. Irgendwas kriegte sie hier nicht ganz mit.

»Im Gegenteil«, sagte Schwartz. »Man hat mich gewarnt, Sie seien wenig flexibel mit der Arbeitszeit. Wie ich höre, arbeiten Sie nur halbtags? Obwohl Sie im K11 sind?«

Versuch du nur mal einen halben Tag so flexibel zu sein wie ich, dachte Bettina. »Ja«, sagte sie ungeduldig. Dabei blickte sie zu Ackermann hinüber, um in dessen Miene eine Erklärung für die Anwürfe zu finden. Er hörte sicher gerade dasselbe wie sie, nur ohne Motivationsvortrag.

Zwischen seinen Brauen lag eine tiefe Falte, und er murmelte etwas wie »Scheiße«.

»Wäre es Ihnen möglich, trotzdem zu kommen?«, rief Schwartz derweil ins Telefon.

»Wohin und warum?«, fragte Bettina knapp.

»Nach Lautringen, hierher auf den Kotten«, sagte Schwartz. »Zu dem Schacht, den Sie vorhin von außen besichtigt haben. Da liegt nämlich das zweite Opfer drin.«

»Du musst erst zu deiner Tante«, sagte Ackermann.

Er sah riesig aus im Gegenlicht vor dem Fenster, umstrahlt vom goldenen Abendsonnenschein, Schultern wie Batman, Hände wie Adlerschwingen. Ackermann war dermaßen groß und breit, dass niemand je auf die Idee kam, ihn für intellektuell zu halten – oder auch nur für klug. Er wirkte so umwerfend körperlich, da konnte er nicht auch noch vergeistigt aussehen. Wahrscheinlich hab ich ihn deshalb nie für eine Gefahr gehalten, dachte Bettina. Weil er die niedrigsten Triebe anspricht, weil er wie ein Muskelheini wirkt, um dessentwillen sich Blondchen und Blödchen auf der Straße anzicken. Weil er nicht mein Typ ist.

»Soll ich dich hinfahren?«, fragte leise der Mann, der nicht Bettinas Typ war.

Sie schüttelte den Kopf.

»Das ist kein Problem, der Schwartz kann ruhig warten, ich versteh sowieso nicht, wofür der uns braucht.«

»Also bitte, du weißt, wir müssen nach Lautringen, auf der Stelle!«

»Aber deine Tante!«

»Meine Tante«, sagte Bettina mit Blick auf die Bildersammlung am Boden, »hat für Barba und mich so viel zurückstecken müssen. Sie ist dran gewöhnt.«

Ackermann zog die Brauen hoch.

Bettina bückte sich und hob das Foto auf, das sie als lächelndes Kind neben dem Fliegenpilz kniend zeigte. »Sie hat es nicht verdient«, sagte sie und wusste einen Moment nicht, wen sie meinte: die geifernde alte Frau im Krankenhaus oder das strahlende kleine Mädchen auf dem Bild.

Ackermann betrachtete sie bewegungslos von der Fensterbank aus. Dann sagte er: »Pass auf. Du rufst im Krankenhaus an und erkundigst dich nach ihr. Solange warten wir hier.«

»Aber wieso, nein, das geht doch auch von unterwegs –«

»Ruf an«, sagte Ackermann.

Bettina holte widerwillig ihr Handy hervor.

Ackermann verschränkte die Arme.

»Sie hat keinen Telefonanschluss dort, und ich weiß nicht mal die Nummer vom Krankenhaus, also –«

»Krieg sie raus«, sagte Ackermann.

Bettina starrte ihn an.

»Na komm, ruf die Auskunft an und lass dich verbinden. Du musst das tun, Tina. Verstehst du nicht: Du darfst dir jetzt nichts zuschulden kommen lassen deiner Tante gegenüber. Wenn sie erst tot ist –«

»Ist mir egal, ob es dann zu spät ist«, sagte Bettina trotzig.

»Darum geht es nicht«, sagte Ackermann. »Es geht darum,

dass du ihr nicht jetzt ganz am Ende noch die Asse in die Hand geben darfst. Glaub mir, die wird sie fies gegen dich ausspielen – nach ihrem Tod.«

Bettina bekam erst eine glatte Krankenhausmitarbeiterin zu sprechen, dann eine derb pfälzelnde Schwester und schließlich einen Arzt oder Pfleger, der sich frisch und energisch anhörte. »Ja, die gute Frau Boll ist so weit wiederhergestellt«, sagte er. »Wir würden sie gerne noch ein paar Tage behalten, um mal ihr Herz zu checken – aber das geht auch ambulant, das müssen Sie und Ihre Tante entscheiden.«

Bettina war so erstaunt über die unbefangene Freundlichkeit am anderen Ende der Leitung, dass sie nicht sofort zustimmte, sondern nur konsterniert sagte: »Will sie denn nicht nach Hause?«

Ein bellendes Lachen. »Kaum sind sie fort, vermisst man sie doch, nicht wahr? – Keine Sorge, Ihre Tante hat es gut bei uns.«

»Zweifellos«, sagte Bettina und fragte sich, ob dieser Mensch nicht vielleicht die Patientin verwechselte. Dann sprudelte es aus ihr heraus: »Aber meine Tante lebt nicht bei mir – von wegen fort sein und vermissen und so. Sie hat immer allein gewohnt. Das wird jetzt wohl nicht mehr gehen …?« Frag nicht so scheinheilig, schalt Bettina sich innerlich, du weißt genau, wie undenkbar das ist.

»Stimmt, aber da gibt's Möglichkeiten«, sagte die Männerstimme munter. »Sozialstation, Essen auf Rädern, häusliche Betreuung – Sie sollten sich mal informieren!«

»Können Sie uns ein Heim empfehlen?«, fragte Bettina rundheraus und duckte sich unwillkürlich, weil sie das böse Wort ausgesprochen und sich als egoistische, nicht sorgebereite Angehörige geoutet hatte.

»Aber selbstverständlich«, sagte der Mann ohne jede moralische Entrüstung. »Ich glaube, ein Heim wird Ihrer Tante sogar sehr guttun«, fügte er fröhlich an. »Wie ich sie einschätze, ist sie eine Persönlichkeit, die in Gesellschaft und bei ordentlicher

Pflege aufblüht. Es gibt ja leider genug arme Seelen, die dahin-welken, wenn sie ihre gewohnte Umgebung – den Garten! – auf-geben müssen, aber die Frau Boll – die wird die Bude aufmischen, glauben Sie mir.«

»Oh«, sagte Bettina. »Meinen Sie?«

»Absolut. – Also dann, wenn Sie morgen früh kommen, kön-nen wir über alles reden, ich bin bis neun Uhr da.«

So leicht ging das? So schnell? »Gut«, sagte Bettina, zittrig vor Erleichterung. »Ich komme. Bis morgen. Wiederhören.«

Sie drückte den Ausknopf und strahlte Ackermann an. »Mann!«, rief sie. »Danke! Ich bin so froh! Es wird alles gut! Danke, dass du mich gezwungen hast, dort anzurufen.«

»Bitte«, sagte Ackermann ernst. Er lehnte immer noch an der Fensterbank des Kuchenzimmers, seine Gestalt verdunkelte den Raum, er war ein Schemen im Abendlicht, ein Fremder, den sie doch gut kannte, war zu breit gebaut, zu groß, nicht Bettinas Typ, und er schaute sie an, als sei sie der Sinn des Lebens.

»Ich liebe dich«, sagte Bettina. Es kam so spontan, dass sie dem Satz nachhorchen musste, um zu begreifen, was sie da gesagt hatte – und wem.

Ackermann saß einen Moment ganz still.

»Ich liebe dich auch«, sagte er.

Fünf

Sie fanden einen Parkplatz direkt am Rande des Geschehens, was auf dem engen Kotten ein echtes Wunder war. Doch Bettina und Ackermann nahmen es als selbstverständlich hin, denn an diesem Abend besaßen sie einen Sonderstatus. Ihnen zuliebe fühlte die Luft sich wie Seide an, die Welt schimmerte, als sei sie mit Gold unterlegt, und logischerweise fand sich da eben auch ein Parkplatz, wo sie ihn brauchten.

Als sie aber aus dem Ulysse stiegen, änderte sich die Stimmung schnell. Das strahlende Tageslicht ging in matte Dämmerung über. Jetzt war es einfach nur noch fahl und hell. Ein leichter Dunst hatte sich über die Szene erhoben und verlieh ihr etwas Zwielichtiges. Bald würde die Dunkelheit herabfallen, in den Gassen wimmelte es trotzdem. Von Menschen in blauen Uniformen und weißen Overalls.

»Aha«, sagte Schwartz, als sie an der Ermittlungsfront eintrafen, er klang nicht mehr so kühl wie am Telefon, war aber auch weit entfernt davon, Bettina zu hofieren und herumzuführen, wie er es auf dem Krankenhausgelände getan hatte. »Da sind Sie ja.« Das Smartphone am Ohr, stand er vor einer Absperrung, hinter der sich neben Bettina und Ackermann noch viele andere wartende, schreibende und palavernde Kollegen versammelt hatten. Dann horchte er plötzlich auf, sagte: »Ja, hier«, und entfernte sich zum Telefonieren.

Bettina fühlte sich beengt. Ausreichend Platz gab es nur im Zentrum des Geschehens, um den Schacht herum. Er lag frei und offen, dort kümmerten sich wenige Weißgekleidete um die Spurensicherung und die Untersuchung der Toten. Dr. Lees hohe Gestalt stach aus dem kleinen Grüppchen heraus, die anderen Vermummten sahen praktisch gleich aus. Es war wie an jedem Tatort und doch ganz anders. Normalerweise konnte Bettina die Funktion eines Kollegen sofort erkennen. Hier, dachte sie, ist das unmöglich. Es sind zu viele.

»EHK Schwartz und sein zahlreiches Publikum«, fasste Ackermann ihre Gedanken halblaut in Worte.

»Mich würde das nervös machen«, antwortete Bettina.

Jemand aus der Menge drehte sich zu ihnen um und flüsterte in aufsässigem Ton: »Ich weiß auch nicht, wieso ich hier bin. Das ist ja so eine Rampensau.«

Bettina feixte dem Unbekannten zu, überlegte aber, ob sie sich öffentlich so über Härting äußern würde. Ihr Chef war bestimmt viel fieser als Schwartz. Andererseits –

»Frau Boll«, rief da der Hauptkommissar über mehrere Köpfe hinweg. »Ziehen Sie sich an und kommen Sie her, Sie müssen mit Dr. Lee reden.«

»Die Fernost-Expertin live aus Korea«, spöttelte Ackermann und ließ ihre Hand los, die er im Gedränge gehalten hatte.

Bettina wandte sich zu ihm um. »Komm mit.«

»Da haben Sie also die Serie«, sagte Dr. Lee. Seine Worte klangen nüchtern, aber es schwang eine deutliche Anklage mit, als fiele die zweite Leiche allein in den Verantwortungsbereich des EHK Schwartz.

Der reagierte sensibel. »Fragen Sie ihn, woran das Opfer gestorben ist«, herrschte er Bettina an. »Und wann vor allem. *Wann.*«

Bettina blickte zu Dr. Lee, der zuckte lässig die Achseln. »Diesmal ist Fall klarer, Frau wurde stranguliert, was fast mit Sicherheit zum Tod geführt hat. Ist auch nicht stecken geblieben. Umfang war zu gering dazu.«

»Umfang?«, fragte Schwartz stirnrunzelnd.

»Der Frau«, sagte Dr. Lee blasiert, worauf Schwartz den Kopf senkte und den Gerichtsmediziner unter halbgeschlossenen Lidern hervor mordlustig fixierte.

»Die Strangulation ist die einzig mögliche Todesursache?«, fragte Ackermann schnell.

»Nein«, antwortete Dr. Lee trocken. »Aber Opfer sieht blau

aus im Gesicht. Hat Würgemale. Und Schal um den Hals. – Näheres müssen wir untersuchen.«

»Der Zeitpunkt des Todes?«

»Vor fünf bis sieben Tagen«, sagte Dr. Lee, und man sah ihm deutlich an, dass diese Info erstens bekannt und zweitens echter Zündstoff war. Schwartz drehte sein Smartphone zwischen den Händen und starrte den Doktor so konzentriert an, als könnte er ihm irgendwie telepathisch mehr Einzelheiten entlocken.

»Ist das noch einzugrenzen?«, fragte Bettina.

»Heute Abend nicht. Tut mir leid«, sagte Dr. Lee fest.

Schwartz drehte sich abrupt um, steckte sein Smartphone weg und verschwand Richtung Menge.

»Wer ist die Tote?«, fragte Bettina sofort.

»Weiß man nicht genau.« Dr. Lee schnippte ein Stäubchen von seinem Overall. »Weiße Frau zwischen fünfundzwanzig und fünfunddreißig, gepflegt, mittleres Übergewicht, langes dunkelblondes Haar, Haut mit Sommersprossen, keine erkennbare Vergewaltigung, keine Elektroschocks. Sie trug schwarzes Kleid, bunten Schal und Pumps. Hatte keine Handtasche und keine Ausweise bei sich.«

»Hm.« Bettina sah sich um. Vor ihnen lag der kleine überwachsene Hof, darin der nun geöffnete Schacht, um den mehrere Spurensicherer herumkrochen. Die Leiche befand sich auf einer Bahre in der Nähe und war mit einem weißen Tuch bedeckt. Viel zu sehen war also nicht. Alles, was sie wissen wollten, mussten sie Dr. Lee fragen.

Zum Glück schien der mit seiner Arbeit für heute fertig zu sein. Er war sogar in Plauderstimmung. »Ich hörte, dass eigentlich Sie beide das Opfer entdecken sollten?«, fragte er leise.

»Ja, wir sind heute schon mal hier gewesen«, antwortete Bettina mit einem Seufzer, »und haben nicht in den Schacht geguckt.«

»Das war aber sowieso Aufgabe der Spusi«, sprach Ackermann. »Genau genommen haben wir das Opfer sehr wohl gefunden. Wir waren nur nicht dabei.«

»Das ist der Punkt.« Bettina grinste schief.

»Als ich zum Tatort kam, war mein Chef schon da«, deklamierte Ackermann. Er strahlte eine so fiebrige Fröhlichkeit aus, dass Dr. Lee ihn sekundenlang interessiert musterte.

Dann glitt der Blick des Doktors zur Bahre. »Ist eigentlich nur logisch, dass Sie Abdeckung zugelassen haben. Wie ich höre, waren offene Schachtabdeckungen bislang das eigentliche Delikt.«

»Stimmt«, sagte Bettina. »Oh Gott, ich seh uns schon sämtliche Kanaldeckel in ganz Ludwigshafen aufmachen, wenn wir jetzt auch die geschlossenen Schächte überprüfen müssen –«

»Müssen wir nicht«, widersprach Ackermann. »Diese Schachtabdeckung *wurde* geöffnet. Deshalb waren wir ja da.«

»Aber als sie offen war, lag noch keine Leiche drin.«

»Na.« Dr. Lee blickte bedeutungsvoll. »Ist nicht gesagt. Ob die Leiche drin war oder nicht, ist sozusagen das Problem des Abends. Eventuell haben Sie bemerkt, dass EHK Schwartz leicht ungehalten auf Zeitfrage reagiert?«

Bettina und Ackermann tauschten einen kurzen Blick. »Ist mir nicht aufgefallen«, erklärte Ackermann.

»Wir dachten, der ist immer so«, sagte Bettina.

»Nun – dieser Schacht wurde vor sechs Tagen offen gemeldet, einen Tag, nachdem Mandy Brandstätter verschwunden ist. Die beiden Opfer sind vielleicht sehr kurz nacheinander gestorben. Deshalb sind Details so wichtig.«

»Alles zur selben Zeit«, sagte Bettina nachdenklich.

»Genau. Dazu kommt: Bis jetzt kann niemand – selbst ich nicht – abschließend sagen, ob dieses Opfer schon im geöffneten Schacht lag oder ob es nachträglich, vielleicht Tage später, hineingelegt wurde. Zeugenaussagen sind sehr vage. Das macht EHK Schwartz nervös.«

»Verständlicherweise«, erklärte Bettina. »Wem hat die Zeugin Engelbrecht noch mal den offenen Schacht gemeldet?«

»Der Notrufzentrale«, sagte Ackermann, »die haben es an die Stadt weitergegeben. Vermutlich ans Ordnungsamt. Mehr weiß ich auch nicht.«

»Wie ich hörte, war Aufgabe unbeliebt«, erklärte Dr. Lee. »Sie wurde durch mehrere Ämter und Stellen weitergereicht.«

»Sonntag«, sagte Bettina achselzuckend.

Dr. Lee nickte. »Aber irgendwer hat die Abdeckung am Ende doch geschlossen. Jemand vom städtischen Tiefbauamt, glaube ich.«

»Das kann doch nicht sein.« Ackermann war einen Schritt zurückgetreten und betrachtete die Versammlung der Spurensicherer um den Schacht. »Denken Sie echt, dass man da drin einen menschlichen Körper übersehen könnte?«

»Ja. Wenn man nicht hinuntersteigt und genau hinguckt – definitiv ja.«

»Da wären wir also nicht die Einzigen, denen das passiert ist.« Ackermann wollte in den Schacht blicken, doch trotz seines Overalls und der Galoschen wurde er auf halbem Weg zurückgepfiffen. Ein Kollege, der auf allen vieren herumkroch, blaffte ihn an wie ein Hund.

»He! Achtung!«

Ackermann brachte sich in Sicherheit. »Wie tief geht's da runter?«

»Etwa drei Meter. Sehr tief für so ein Bauwerk. Gewöhnliche Tiefe ist anderthalb bis höchstens zweieinhalb Meter. Zugang ist eng, aber unten gibt es etwas mehr Platz als in einem Kanal, denn dort befindet sich ehemalige Sickergrube. Das Opfer trug langes schwarzes Kleid und war zur Seite gerollt. Ist vermutlich Kopf voraus in den Schacht gestoßen worden, hat passende Verletzungen. Auf jeden Fall lag die Frau mit dem Rücken zur Schachtöffnung, und das dunkle Kleid hat Körper verborgen. War von oben kaum zu sehen. Ich kann bestätigen. Nur weil ich es wusste, habe ich die menschlichen Formen erkannt.«

»Trotzdem kann ich mir das nicht vorstellen«, erklärte jetzt auch Bettina. »Wenn ich vom Tiefbauamt wäre und hier zumachen müsste, dann würde ich doch zumindest kurz runtersteigen und gucken, ob da jemand Sondermüll reingeschmissen hat. Ich meine, die sollen das doch instand halten und alles.«

»Oh, Sie persönlich haben aber eigentlich wichtigere Aufgaben«, sagte Dr. Lee. »Und es ist Sonntag.«

Ackermann grinste. »Und du hast ganz unerwartet einen

gutaussehenden, charmanten und potenten Mann zu Hause sitzen …«

»… dann werden Sie bestellt, um langweilige Schachtabdeckung zu schließen.«

»Und eine Taschenlampe hast du auch nicht dabei. Höchstens die von deinem Autoschlüssel.«

»Mein Autoschlüssel«, erklärte Bettina obenhin, »leuchtet nicht. Ich hab echte Schlösser an den Türen.«

»Die von deinem Unterbewusstsein gesteuert werden«, sagte Ackermann.

»Reine Mechanik«, sagte Bettina.

»Witchcraft.«

»Genau«, schloss Dr. Lee. Sein Blick ruhte jetzt interessiert auf Bettina. »Wochenende. Provisorische Ausrüstung. Damit erzeugen Sie nicht großes Theater mit langer Untersuchung, Sie gehen hin, machen Schacht zu und Schluss.« Der große Koreaner verbeugte sich in einer winzigen Bewegung in ihre Richtung.

Bettina lächelte und mied Ackermanns Blick. Sie fühlte sich plötzlich sehr unbeteiligt an dem Drama, das hier auf dieser winzigen Brache geschehen war. Der Himmel war so blass, dass man nicht sagen konnte, ob hinter der dunstigen Lichtglocke über dem Tatort schon die Nacht stand oder noch Tageslicht schien. Alles wirkte fahl und schwebend, rundherum herrschte anonyme Geschäftigkeit, doch ihr kleiner Zirkel war seltsam ausgeschlossen davon. Unablässig trieben verhüllte Gestalten am Rand des Blickfeldes vorbei, aber niemand trat deutlich hervor, alle sahen identisch aus, ein Maskenball mit lauter gleichen weißen Kostümen, dachte Bettina, ein Totentanz. Plötzlich sagte sie: »Es ist nicht wie beim letzten Mal.«

Dr. Lee warf ihr einen seltsamen Blick zu.

»Wissen Sie noch, am Krankenhaus? Da waren sogar Sie geschockt. Sie haben mir richtig Angst eingejagt. Sie nannten die Tat *böse*.«

»Ich erinnere.«

»Der heutige Tatort kommt da nicht dran«, sagte Bettina.

Dr. Lee blickte nachdenklich. »Ich bin nicht sicher.«

»Also bitte —«

»Hört, hört, der Doktor ist sich nicht sicher, das ist ja mal ganz was Neues.« Hauptkommissar Schwartz löste sich aus dem Reigen der weißen Gestalten und betrat ihren Kreis.

»Herr Hauptkommissar«, sagte Bettina sofort. »Wir haben einen auffälligen Unterschied festgestellt.«

»Zwischen was?«

»Dem ersten und dem zweiten Tötungsdelikt.«

»Hören Sie auf«, winkte Schwartz ab, »der Psychologe liegt mir schon den ganzen Abend in den Ohren damit.«

Ackermann schaute Bettina spöttisch an.

»Angeblich haben wir es mit einer Art Übergewichtsfetischismus zu tun«, erklärte Schwartz. »Die Kanalisation spielt da eine wichtige Rolle, fragen Sie mich nicht! Und die Unterschiede – die liegen, sagt der Psychologe, in den Körpern der beiden Opfer. Mandy Brandtstätter hat ja über eine Achteltonne gewogen, viel mehr als unser unbekanntes Opfer. Also, Frau Brandtstätter, die war —« Schwartz breitete hilflos die Arme aus.

»Krankhaft adipös«, bot Dr. Lee an.

»Oder so. Sie ist vom Täter ausgesprochen verächtlich behandelt worden, wissen Sie ja, sie wurde mit einem Viehtreiber traktiert, in einen perversen Pranger gequetscht und auf echt obszöne Weise getötet. Dieser Po über dem Schacht —« Schwartz schauderte, knetete kurz seine Stirn und wandte sich der Bahre zu, als sei die ein Trost. »Dieses Opfer hier bringt dagegen achtzig, fünfundachtzig Kilo auf die Waage, das sind ungefähr fünfzig Kilo weniger als bei Frau Brandtstätter. Die Unbekannte ist – war attraktiv, trug ein schönes Kleid, wurde schnell und ohne große Gegenwehr erwürgt und hat so versteckt gelegen, dass sie vermutlich von zwei Augenzeugen übersehen worden ist.«

»Fünfundachtzig Kilo«, murmelte Bettina. Für sie war selbst dieses Gewicht unvorstellbar. Aber sie kämpfte sowieso mehr am anderen Ende der Skala, sie aß zu wenig und rauchte viel zu viel.

»Die alles entscheidende Frage ist nun«, schloss Schwartz derweil mit erhobenen Händen, »welche die Erste war.« Er blickte Dr. Lee an, es sah fast flehend aus.

Der Doktor verschränkte die Arme.

»Das wäre tatsächlich interessant zu wissen«, bestätigte Ackermann.

»Es ist existenziell.« Schwartz sah plötzlich so müde aus, dass Bettina Mitleid mit ihm bekam.

»Vielleicht ergibt sich ein Fingerzeig, wenn Sie die Identität des heutigen Opfers ermittelt haben«, sagte Dr. Lee hochnäsig.

Schwartz drehte sich auf dem Absatz um und stapfte Richtung Schacht.

»Wieso sind Sie fies zu ihm?«, fragte Bettina Dr. Lee rundheraus.

Der hob die Brauen. »Fies?«

»Sie wissen schon.«

Der Doktor schüttelte den Kopf. »Medizinische Beweislage ist in diesem Fall leider ungenügend. Wir werden vielleicht nie mit Sicherheit wissen, welche Frau zuerst gestorben ist. Das habe ich ihm erklärt, und das nimmt er mir übel. Was unlogisch ist. Einen Todeseintritt genau zu bestimmen ist schwierig, sogar wenn Sie den Sterbenden direkt vor sich haben und dabei sind. Aber nach einer Woche! Da arbeitet man mit Intervallen. Die überschneiden sich hier, und sie werden sich möglicherweise auch nach genauer Analyse noch überschneiden.«

»Sie könnten doch eine Vermutung aufstellen. Eine Hilfstheorie, gewissermaßen.«

Dr. Lee straffte die Schultern und blickte Bettina verächtlich an. »Das«, sagte er, »ist unwissenschaftlich.« Und ging Richtung Absperrung davon.

Dann standen sie da, Bettina und Ackermann, am Rande des Tatorts, zwei weißverhüllte Gestalten neben vielen anderen, und es wurde langsam Nacht.

»Ich mag diese Anzüge nicht«, sagte Bettina und zupfte an ihrem Overall. »Die hindern einen irgendwie an der Arbeit.«

Ackermann griff nach ihrer Hand, doch sie trugen beide Silikonhandschuhe, und das war nicht das Wahre. »Lass uns verschwinden«, sagte er leise.

»Warte«, sagte Bettina.

»Hier sind zu viele Leute. Niemand braucht uns. Ich frage mich, weshalb wir überhaupt gekommen sind.«

»Der demokratische Tatort«, sagte Bettina. »Jeder ist dabei und jeder trägt was bei.«

»Komm«, raunte Ackermann an Bettinas Haarhaube vorbei direkt in ihr Ohr.

Sie lächelte ihm zu. »Weißt du was, so schlecht ist das gar nicht mit der Demokratie.« Sie löste sich von Ackermann und trat auf die Absperrung zu.

»Wo willst du hin?«, rief er ihr nach.

»Nur kurz zu Schwartz.«

Doch der Erste Hauptkommissar führte wichtige Gespräche und war völlig unabkömmlich, obwohl er direkt vor ihnen stand.

»Demokratie«, sagte Ackermann nur. Er riss sich die hässliche Plastikhaube vom Kopf. Sie hatten die Absperrung glücklich passiert.

»Moment.« Bettina wandte sich an einen Kollegen, der in der Nähe auf einem kleinen Falthocker saß und in ein Laptop starrte. »Entschuldigung – hätten Sie mal die Asservatenliste vom Tatort Brandtstätter?«, sagte sie zu ihm und zupfte an ihren Handschuhen, die sich wie immer an der Haut festgesaugt hatten.

Der Kollege blickte misstrauisch auf, sah ihre Tatortmontur und entspannte sich.

»KK Boll aus Ludwigshafen«, sagte Bettina, nahm die Haube ab und schüttelte ihre langen rotbraunen Haare.

»Sauer, K11 aus Lautringen«, beeilte der Kollege sich zu sagen. »Markus.« Er lächelte.

Bettina sagte: »Bettina«, aber Ackermann räusperte sich gleichzeitig, so dass ihr Vorname vermutlich nicht bei Markus Sauer ankam.

Der warf einen schnellen Blick auf Ackermann und scrollte eifrig Seiten auf und ab. »Asservatenliste Brandtstätter, mal sehen. Ja. Hier wären wir.«

»Okay«, sagte Bettina, »hatte Frau Brandtstätter eine Handtasche bei sich?«

»Glaube ja«, sagte Sauer. »Hatte sie. Genau. Hier.«

»Okay, Tasche war da. – Und es fehlt nichts, das Geld, der Ausweis?«

Sauer drückte den Bildschirm etwas zurück, so dass die Kollegen besser sehen konnten.

Bettina las laut: »Haustürschlüssel, Portemonnaie mit fünfzig Euro und etwas Kleingeld, Kreditkarte, Versichertenkarte, Perso, Organspendeausweis, Fotografie des Sohnes, vergoldete Ein-Pfennig-Münze, eine alte Quittung für die Praxisgebühr fürs zweite Quartal 2012, Barscheck über –« Sie brach ab.

»… eine Million Euro«, vollendete Ackermann bestürzt.

Der Kollege Sauer blickte auf. »Ihr wart heute Morgen nicht bei der Besprechung.«

»Erwischt«, sagte Ackermann, und Bettina schüttelte den Kopf.

»Das war einer der Tagesordnungspunkte. Der Barscheck über die Million. Er ist höchstwahrscheinlich ein Talisman.«

»Ein was?«

»Der Scheck ist von Frau Brandtstätter an sich selbst ausgeschrieben worden. Ausstellungsdatum ist der – müsste ich nachschauen, aber vor etwa einem Jahr. Sie hat ein Formular aus der Zeit vor der Währungsunion benutzt. Die Abkürzungen für Mark und Pfennig sind durchgestrichen, sie hat einfach *Euro* darüber geschrieben. Neben ihre Unterschrift hat sie Herzchen gemalt. Und Frau Brandtstätter besaß nie auch nur annähernd so viel Guthaben auf der Sparkasse, um den Scheck zu decken. Er ist wertlos. Immer gewesen.«

»Aber wieso –?«

Sauer zuckte mit den Achseln. »Kennt ihr das Buch *Bestellungen beim Universum*?«

Bettina und Ackermann schüttelten gleichzeitig die Köpfe.

Der Kollege lächelte. »Habt ihr einen Wunsch? Braucht ihr

eine Million Euro? – Dann bestellt doch mal beim Universum.«
Er blickte gen Himmel.

»Wo sonst«, sagte Ackermann.

Sauer grinste. »Angeblich funktioniert es auch mit Pizzas.
Das hier muss was Ähnliches sein. Eine Art Positive-Thinking-
Voodoo. Ein Geldzauber.«

Bettina blickte zum Himmel auf. »Eine Million«, sagte sie
träumerisch. Kein Stern war zu sehen.

»Wünschst du dir Geld?«, fragte Ackermann.

»Manchmal.«

»Ich wünsch mir, dass wir endlich heimfahren«, sagte Ackermann heiser. »Und 'ne Pizza.«

»Gleich«, sagte Bettina.

»Nein«, sagte Ackermann, »nicht die, nicht heute Abend.«

Bettina drehte sich zu ihm um und legte den Finger an den
Mund. Sie standen vor Frau Engelbrechts Haus. Es sah, wie
alle anderen Häuser hier, ruhig und dunkel aus. Nur eine Ecke
weiter, in der Quergasse, leuchteten taghelle Scheinwerfer und
drängten sich die Menschen, doch der Rest des Kotten lag reg-
los und schweigend um das riesige Polizeiaufgebot herum. Er
duckte sich in die Nacht, als hätte er was ausgefressen.

»Die schläft sowieso schon.«

»Das glaub ich nicht«, sagte Bettina, »aber es wäre nicht
schlecht, denn du musst sie erschrecken.«

»Ich?« Ackermann trat zurück.

Bettina fasste ihn an der Hand.

Er zog sie weg und fragte kühl: »Irgendwelche Vorgaben?«

»Wir wollen die Tasche«, sagte Bettina.

Ackermann konnte aussehen wie ein Gebirge. Das meiste davon
war Show, wusste Bettina, er war kein Athlet, der im Verein
kämpfte oder ständig im Studio herumhing, er war einfach so
gebaut. Ein Profiringer oder ein Karatemeister hätte ihn sicher
bezwingen können. Oder vielleicht auch nicht. Andererseits
nützte es natürlich nichts, ein unbezwingbares Gebirge zu sein,

wenn man vor einer verschlossenen Tür stand und nur die Türglocke zur Kommunikation hatte.

Zuerst klingelten sie bei Frau Engelbrecht, doch da tat sich nichts. Dann machten sie alle Klingelknöpfe durch, es waren sechs Stück. Die einzige Reaktion darauf war ein Licht, das plötzlich ein Fenster im zweiten Stock erleuchtete. Und eine kaum merkliche Bewegung in einer dunklen Hofeinfahrt zwei Häuser weiter. Das konnte aber auch eine Täuschung gewesen sein. Oder eine Katze.

»Aufmachen, Polizei!«, rief Ackermann laut und klingelte wieder.

Sofort ging das Licht aus. Die Hofeinfahrt lag absolut bewegungsfrei und still.

Eine Weile standen sie in tiefem Schweigen vor der düsteren Tür, dann sagte Ackermann: »Na komm.«

Er legte Bettina den Arm um die Schulter und drückte sie. »Wir haben es versucht. Jetzt lass uns gehen.«

»Ich bin mir so sicher«, sagte Bettina verdrossen, »dass sie die Tasche von der Toten hat. Denn da waren diese Lippenstifte in ihrem Wohnzimmer. Die haben ihr nicht gehört.«

»Willst du das SEK holen?«

»Ich will da rein.«

Ackermann drückte seine Nase in ihr Haar und atmete tief ein. »Tina. Komm jetzt mit.«

»Okay«, sagte sie. »Geh schon mal vor.«

»Was?«

»Noch ein Versuch. Okay? Na los. Hol das Auto.«

»Das gefällt mir nicht«, sagte Ackermann.

»Mach«, sagte Bettina.

Dann stand sie allein da.

Kaum war Ackermann um die Ecke und in den Lichtschein der Tatortbeleuchtung eingetaucht, erschien jemand in der dunklen Hofeinfahrt. Es war kaum mehr als ein Schatten, der plötzlich menschliche Umrisse annahm und dann wieder erstarrte. Aber er war da, und er wartete auf sie.

Bettina atmete durch und schlenderte in seine Richtung.

»He!«, rief es aus dem finsteren Gang.

Bettina blieb stehen. Die Begrüßungsformalitäten waren erledigt.

»Bulle, hm?« Der Schatten war dunkelhaarig und unruhig, ein Typ mit langen Beinen und verdächtig engelhaftem Gesicht. Er hielt eine Plastikflasche in der Hand, nahm einen Schluck daraus und spuckte ihn auf den Boden.

»Gesetzestreuer Bürger?«, fragte Bettina zurück.

Der gesetzestreue Bürger schraubte kommentarlos seine Trinkflasche zu. »Ihr sucht wen.«

»Stimmt«, sagte Bettina abwartend.

»Einen Killer.«

»Ja.«

Der Typ schnaufte und begann nervös zu tänzeln. Er war – zumindest in der Düsternis dieses Hofeingangs – ein unglaublich gutaussehender junger Mann, schlank, groß, irgendwie gefährlich, aber seine Pupillen waren zu weit, und er sah aus, als würde er jeden Moment die Wände hochgehen. »Und da vorn in dem Hof«, begann er und brach wieder ab.

Bettina wartete.

»Wen habt ihr da gefunden?«, brach es aus ihm heraus. »Da liegt doch 'ne Leiche, oder?«

»Wir wissen noch nicht, wer das Opfer ist«, erklärte Bettina. Und setzte hinzu: »Wer bist du?«

»Gottverdammtescheiße«, zischte er, und dann klebte Bettina an der Wand, seine Linke drückte ihre Schulter gegen den Putz, seine Rechte hielt die Wasserflasche wie einen Prügel, und aus seinem Gesicht funkelten sie zwei braune Augen an. »Ihr wisst nicht, wer es ist?«

Bettina schüttelte den Kopf. »Du weißt, wer es sein könnte«, sagte sie mit all der Ruhe, zu der sie Aug in Auge mit dem jungen Mann fähig war. »Sag's mir. Wer ist die Tote?«

»Tote? Eine Frau?« Er blickte auf seine Linke, spuckte aus, ließ die Hand sinken und trat zurück, alles in einer Bewegung, so schnell und jäh wie ein Reptil, das aus der Sonne kam. »Es ist eine Frau?« Das hörte sich nicht überrascht an, eher als würde sich eine schlimme Vermutung bestätigen.

»Wer ist sie?«, fragte Bettina leise.

»Gottverdammtescheiße, ist sie echt, so richtig –?« Er hob die Hände und Bettina duckte sich unwillkürlich.

»Ja, sie ist wirklich tot«, sagte sie ernst. »Sag mir den Namen.«

Wieder spuckte er aus, wandte sich ab und jäh wieder zurück. »Mia aus der alten Schmidt. – Gottverdammt, ich hab auf sie gewartet. Ich wollte – Scheiße, ich bin nur weg, weil ich Mutti gesehen hab, ich dachte, das gibt Ärger – ich hätte einfach bleiben müssen, egal!«

»Mutti?«, sagte Bettina. »Wer ist das?« Sie zwang sich zu einem forschen Ton. Dieser Typ stand viel zu dicht bei ihr, er war stark, auf Droge und unglaublich schnell. Er konnte sie vergewaltigen, gleich hier in der Einfahrt, und je länger sie so nah bei ihm stand, desto mehr würde ihn das reizen. Aber andererseits sollte er reden. »Wer?«, wiederholte sie ungeduldig.

Der Junge zog geräuschvoll Rotz hoch. »Gottverdammtescheiße. Gottverdammte –«

Jetzt fuhr auf der Straße sehr langsam ein dunkelblauer Van vorbei. Ackermann. Man sah ihn interessiert in die Einfahrt spähen.

Der Typ verschwand. Es war nicht anders zu nennen, er war in einem einzigen Augenblick einfach weg, in den Hof hinein und fort.

Aber ganz zum Schluss hatte er noch etwas gesagt. »Scheiße, nicht *Mia*!«

»Das war heftig«, sagte Bettina, als sie in den Ulysse stieg. Ihr Herz klopfte wie verrückt, die Begegnung hatte sie mehr mitgenommen, als vielleicht angemessen war. Angst war irrational.

»Hast du mit jemandem geredet?«, fragte Ackermann und versuchte, durch sein Autofenster in die dunkle Einfahrt zu blicken.

»Ja, mit einem Bekannten des Opfers. Wahrscheinlich. Sie heißt Mia.« Bettina ließ sich aufseufzend in den Sitz zurücksinken. »Mia aus der alten Schmidt, was immer das ist. – Einen Moment dachte ich, der bringt mich um. Und er hatte nicht mal eine Waffe!«

»Bist du okay?«, fragte Ackermann besorgt. Und argwöhnischer: »Hat er dich angefasst?«

»Nein«, sagte Bettina, blickte in Ackermanns Augen und sagte: »Nicht wirklich. Er wollte wissen, wen wir da gefunden haben, denn er befürchtet, dass es diese Mia ist. Offenbar wollte er sie treffen und hat hier irgendwo auf sie gewartet, aber dann hat er jemand anders gesehen – Mutti – und ist gegangen.«

»Wie strange«, sagte Ackermann. »Mutti.«

»Vielleicht ist das die Raucherin aus dem Hauseingang.«

»Wahrscheinlich die Puffmutter aus der *Pussy Cat Bar*«, sagte Ackermann. »Dieses Lautringen ist schlimmer als der Metzer Bahnhof.« Er gab Gas und manövrierte den Ulysse waghalsig in eine enge Parklücke.

Bettina richtete sich auf. »Wieso hältst du hier?«

»Unser Parkplatz ist weg.«

»Na und?«

»Tina, du weißt den Namen des Opfers.«

»Stimmt«, sagte Bettina matt.

»Du wirst der Star auf der Party sein.«

So richtig zum Star wurde Bettina nicht, aber doch zur Zeugin, dass EHK Schwartz' personalintensives demokratisches Prinzip funktionierte: Als sie sich durch die Menge zum Ersten Hauptkommissar durchgekämpft hatte, wusste der schon, was die »alte Schmidt« war. Ihre eigenen Informationen hatten Bettina überholt und waren ausgewertet, bevor sie selbst da war. Dabei hatte sie nur einen der uniformierten Kollegen, die rund um den Tatort postiert waren, kurz in Kenntnis gesetzt, um durchgelassen zu werden.

»Sie könnten richtig liegen«, sagte Schwartz unvermittelt, als Bettina vor ihm stand, und für einen Moment wusste sie nicht, was er meinte und ob er überhaupt mit ihr redete. Sie sah sich unwillkürlich über die Schulter um, doch da stand kein fremder

Kollege, da stand Ackermann. »Diese Mia kann unser Opfer sein«, fuhr Schwartz fort. »Natürlich nur ein Vorname, aber es ist ein Anhaltspunkt. Wir sind schon unterwegs, ein Zweierteam. Ist ja nicht weit von hier, die alte Schmidt. Komischer Name.«

»Was ist die alte Schmidt?«, fragte Ackermann.

»Ein Haus«, sagte Schwartz. »Ehemalige Werkstatt. Die älteren Kollegen aus der Innenstadt wussten gleich, was gemeint war. Das ist verrückt hier, die Häuser haben alle Namen, sogar dann noch, wenn sie überhaupt nicht mehr stehen. Was glauben Sie, wie oft ich den Satz höre: *Das ist da am ehemaligen Fritz-Walter-Kino.* Das wurde vor über zehn Jahren abgerissen. Oder: *am alten Wertheim.* Das gibt es auch schon ewig nicht mehr.« Er blickte Bettina an, die höflich lächelte, und sagte, selbst schief grinsend: »Ja. Ich plaudere. Verdammt langer Tag heute.«

»Wem sagen Sie das«, sagte Bettina.

»Also weiter«, sprach Schwartz. »Laut Einwohnerverzeichnis sind in der alten Schmidt drei Personen gemeldet, ein Mann und zwei Frauen, eine davon heißt Maria Löwe, das könnte Mia sein. Sie ist Studentin. Die anderen beiden Bewohner auch, vermutlich eine private WG. – Jetzt zu dem jungen Mann, von dem Sie die Info haben. Wie heißt er?«

»Seinen Namen hat er nicht angegeben«, sagte Bettina. »Aber er ist Mitte zwanzig, etwa eins fünfundachtzig bis eins neunzig groß, sehr schlank, dunkelhaarig, Hautfarbe hab ich nicht erkannt, eher hell, würde ich sagen, spricht akzentfreies Hochdeutsch, trägt lange schwarze Hosen, Chucks und einen schwarzen Hoodie. Und er ist high. Der war drauf wie ein gekapptes Stromkabel, das wild durch die Luft schlägt.«

Schwartz hatte in sein Smartphone getippt und blickte nun auf. »Er hat sich verdächtig benommen?«

»Er hat sich aggressiv benommen.« Bettina berichtete haarklein von dem Treffen in der Hofeinfahrt. »Als tatverdächtig würde ich ihn nicht einstufen«, schloss sie, »ich hatte das Gefühl, seine Sorge um Mia war echt. Aber ich kann mich irren.«

Der Erste Hauptkommissar starrte sie an. »Dieser Mann ist jetzt noch hier in der Nähe?«

»Er ist in einem Hof verschwunden. Es war aussichtslos, ihm zu folgen. Der Typ war schnell. Aber vielleicht ist er noch irgendwo.«

Schwartz wandte sich ab und sprach heiser in sein Handy. Fünf Minuten später führte Bettina eine zehnköpfige Suchmannschaft zu der Hofeinfahrt, die jetzt natürlich einsamer nicht hätte sein können. Die Kollegen installierten einen Scheinwerfer, schafften es, zwei Anwohner herauszuklingeln, telefonierten nach Hunden und schwärmten schließlich aus, um den Gesuchten zu finden.

»Sie beide gehen da lang!«, wies der Anführer Ackermann an.

Der schüttelte den Kopf. »Wir beide«, sagte er und legte seine große Hand auf Bettinas Schulter, »fahren jetzt heim.«

* * *

Mandy? Du bist mir egal, ich will Oxys. Ich sterbe. Ich sterbe, Mandy! Das gefällt dir, was?

* * *

Erst als sie Ackermanns Wohnung betrat, wurde Bettina klar, dass sie noch nie hier drin gewesen war. Obwohl sie unglaublich viel Zeit wartend in ihrem Auto auf der Straße unter dem schmalen Zierapfelbaum vor Ackermanns Haus verbracht hatte, war ihr nie in den Sinn gekommen, mal mit nach oben zu gehen. Sie hatte höchstens rauchend dort unten gestanden, sich an die Tür gelehnt und Ackermanns selbstgeschriebenes Klingelschild bewundert. Jetzt war sie ziemlich überrascht, wie wenig ihre Vorstellungen von seiner Einrichtung zutrafen. Sie hatte sich seine Wohnung immer als große und leere Etage ausgemalt, eine Flucht staubiger weißer Räume, in der nur provisorisch die unerlässlichsten Möbelstücke wie Matratze oder ein Küchenherd verteilt waren. Doch das, sah sie jetzt, war nicht Ackermann, das war sie selbst. *Sie* hatte es nie geschafft, eine Wohnung einzurichten. *Ihr* verursachte der Gedanke, einen Schrank zu kaufen, Beklemmungen, *sie* hatte im Chaos auf dem Boden gehaust, bis sie den Kindern zuliebe in deren Wohnung gezogen war, wo sie die Schränke ihrer verstorbenen Schwester Barbara übernehmen konnte und auf die Art aus der Sache raus war.

»Schön hier«, sagte sie zu Ackermann und hätte fast wieder angefangen zu weinen. Ackermanns Küche war groß und freundlich, Töpfe und Kochlöffel hingen von offenen Borden, an seinem Kühlschrank pappten jede Menge Zettel und Postkarten, und an der Wand über dem Tisch hing ein altes, verwittertes Stopp-Schild. Es war nicht aufgeräumt, aber alles andere als verkommen, chaotisch und eigenbrötlerisch.

»Danke. – Hier.« Ackermann öffnete eine Flasche Bier an einem Kapselheber, der an der Wand festgeschraubt war, und reichte sie ihr. »Prost.«

Sie stießen Flaschenböden gegeneinander, sahen sich an und tranken. Dann entstand eine leichte, nicht unangenehme Verlegenheit, sie waren beide zum Umfallen müde und gleichzeitig hellwach, sie schwiegen, weil das hier kein Gespräch war, sondern eine Liebesnacht, und sie benahmen sich vorsichtig, weil es ernst war und das Leben sich veränderte, genau jetzt. Alles würde danach irgendwie anders sein. Es würde besser sein, versprach Ackermanns Lächeln, es würde gut sein, so fühlte es sich jedenfalls an, das Leben würde dann immer diesen schwachen verbrannten Eisengeruch haben, es würde ein Sinken geben, das es vorher nicht gegeben hatte, ein Fallen und Schweben, es würde Hände geben und eine Haut, eine fremde, die berührt werden konnte, es würde Wärme geben und einen Mund, der nach Malz und bitterem Lakritz schmeckte, so wie jetzt –

»Hallo, Vanessa«, sagte da eine fiese Stimme genau hinter ihnen.

Ackermann erschrak und hob den Kopf.

Bettina öffnete die Augen und blickte auf Ackermanns Kinn, ein hübsches, attraktives, ein männliches und starkes, ein ganz leicht stoppeliges und wunderschönes Kinn.

»Kati! Verdammt noch mal, was machst du denn hier?«

»Ich dachte, ihr hättet Schluss gemacht«, sagte Ackermanns Tochter Kati ätzend. Sie stand in der Küchentür, bekleidet mit einem überlangen T-Shirt mit einer Minnie-Maus darauf, und starrte mit der ganzen rechthaberischen Streitsucht ihrer fünfzehn Jahre auf Bettina. »Das hast du gesagt!«, fuhr sie ihren Vater an. »Du hast gesagt, ihr habt –« Sie blickte Bettina ins Gesicht und runzelte die Stirn. »Moment mal …«

»Kati, was machst du hier?«, fragte Ackermann scharf.

»Weißt du doch, das hatten wir schon vor einem Monat ausgemacht, ich war bei Lulu auf der Party und übernachte heute hier, weil – Tina!« Ihr Gesicht war anklagend. »Das ist Tina!«

»Ich weiß«, sagte Ackermann grantig.

»Machst du jetzt deine Kolleginnen alle nacheinander durch?«

»Kati!«, knurrte Ackermann und ließ Bettina los. »Das geht zu weit! Geh in dein Zimmer!«

Kati betrat die Küche. »Wenn ich das gewusst hätte, hätte ich bei Lulu übernachtet«, sagte sie anzüglich. Kati war von Natur aus ungeheuer blond, bestand hauptsächlich aus langen Armen und Beinen und hatte ein unglückliches und unsicheres Gesicht. Zumindest im Moment gerade. Vermutlich war die Situation für sie am unangenehmsten, obwohl sie diejenige war, die sie überhaupt erst peinlich machte. Sie sah Bettina nicht mehr an, sondern nur noch zu ihrem Vater auf. »Seit wann seid ihr …?«

»Kati«, sagte Ackermann drohend, »könntest du dich ein bisschen zurückhalten, bitte?«

»Es geht mich was an, wer meine Stiefmutter wird«, sagte sie trotzig. »Zum Glück nicht diese –«

»Kati!«

Das Mädchen streifte Bettina mit einem schnellen, feindseligen Blick. »Weißt du was, die sehen sich total ähnlich.«

Ja, wir sehen alle so gleich aus, dachte Bettina, plötzlich müde. Sie fühlte sich sehr ernüchtert.

»Komm mit«, sagte Ackermann, packte seine Tochter am Arm und zog sie in den Flur. Dort begannen die beiden halblaut zu streiten.

Bettina nahm Ennos Rucksack, den sie als Handtasche mit sich herumtrug, fischte ihr Handy heraus und rief sich ein Taxi. Dieser Tag war definitiv viel zu lang gewesen. Sie musste dringend ins Bett – und zwar, wie es aussah, in ihr eigenes. Frustriert nahm sie ihre Bierflasche, die fast noch voll war, und trank einen Schluck. Dann kam sie sich komisch vor, weil sie hier stand und allein trank, und ging raus in den Flur.

Kati stand da mit verschränkten Armen und flammendem Blick, und Ackermann sah irgendwie geschlagen aus. Und als ob er gleich platzen würde.

»Gute Nacht«, sagte Bettina. »Ich muss los. Das Taxi wird jeden Moment da sein.«

»Tut mir leid«, murmelte Ackermann.

»Siehst du, sie wollte gar nicht hierbleiben«, sagte Kati schrill.

»Bis morgen«, sagte Bettina.

»Ich bring dich runter«, sagte Ackermann dumpf.

»Lass nur, ihr habt sicher was Wichtiges zu besprechen. Ciao, Kati.«

»Später«, knurrte Ackermann und hielt Bettina die Tür auf. »Später werden wir allerdings was besprechen.«

»Tut mir so leid«, sagte Ackermann, als sie leicht fröstelnd auf der Straße standen.

»Sie hat es wahrscheinlich gerade nicht leicht«, sagte Bettina maliziös. »Das ist dieses Alter, in dem Mädchen einfach jeden hassen. Ich hab jetzt schon Angst davor, wie das mal mit Sammy wird.« In der Ferne tauchten die Lichter des Taxis auf.

»Nein, sie hat sich nur mit Nessa gestritten«, sagte Ackermann und zog Bettina an sich.

Sie schob ihn weg. An diesem Rendezvous waren definitiv zu viele andere Frauen beteiligt. Schlimm genug, dass sie während der Arbeit mit Nessa auskommen musste. Ihre Streitigkeiten mit Ackermanns pubertierender Göre mochte sie keinesfalls aufarbeiten. Und Katis Stiefmutter wollte sie auch nicht sein, zumindest heute Abend nicht.

Doch als sie zu Ackermann aufschaute, musste Bettina trotz

allem lächeln. Sie stellte sich auf die Zehenspitzen und küsste ihn leicht auf sein kratziges Kinn.

»Das war einfach Pech«, flüsterte sie. »Hätten auch meine Kinder sein können, an einem guten Tag. Wir probieren es einfach wann anders noch mal, okay?«

Da packte Ackermann sie und drückte sie, und Bettina musste lachen und küsste ihn richtig, und dann war auch schon das Taxi da.

Sechs

Am Morgen erwachte Bettina frierend und steif im Gartenstuhl auf ihrem Balkon. Da schlief sie jetzt irgendwie immer. Auf der Decke, die sie um sich gewickelt hatte, lag Tau, und durch die Grünanlage unter ihr stapfte ein früher Spaziergänger mit seinem Hund. Es war ein trüber Morgen, mit weicher, dunstiger Luft, in der noch die Kühle einer klaren Nacht lag. Bettina reckte sich. Obwohl sie schief gelegen und die Nacht eher verdämmert als geschlafen hatte, fühlte sie sich ganz gut. Es war schön, frühmorgens draußen zu sein. Dann stand sie aber doch auf und ging in die Küche.

Kaffee kochen.

Pünktlich um kurz nach acht traf sie auf der Inneren Station des Krankenhauses ein, doch natürlich lief hier längst nicht alles so glatt, wie sich das gestern am Telefon angehört hatte. Erstens hatte sie sich den Namen des Pflegers, der ihr Mut zugesprochen hatte, nicht gemerkt, und zweitens sah überhaupt niemand von all den weißgekleideten Leuten wie ein kompetenter und wohlmeinender Ratgeber aus. Die Schwestern wirkten hektisch und burschikos, die Putzfrauen übermäßig wichtig, und Ärzte waren keine zu sehen. Obendrein war Tante Elfriede in ein anderes Zimmer verlegt worden. Schließlich erbarmte sich eine Patientin, die einen orangefarbenen Fleeceanzug trug, sonst aber ziemlich gesund aussah, und führte Bettina zu ihrer Tante. Die wirkte jetzt etwas rosiger und sauberer, war aber immer noch ungeheuer klein und mager.

»Du«, sagte sie zu Bettina.

»Ich«, sagte Bettina. »Wie geht es dir?«

»Interessiert dich das?«, krächzte Tante Elfriede los. Die Kranke im Nachbarbett wachte auf, und die Patientin in Orange setzte sich ohne ein Zeichen von Scham in den nächsten Besuchersessel und blickte teilnehmend.

»Natürlich interessiert mich das«, sagte Bettina.

»Du willst wissen, wie lange es noch dauert.« Tante Elfriedes Stimme wurde leiser.

»So ist es«, sagte Bettina munter. »Wir müssen planen. Du musst mir sagen, wie lange sie dich noch hierbehalten können. Damit wir eine Unterkunft für dich haben, wenn du hier rauskommst.«

Tante Elfriede dämmerte weg. Ihre Lider schlossen sich langsam, dann riss sie angestrengt die Augen noch einmal auf und sagte: »Schick sie raus.«

Bettina verstand nicht.

Die Tante warf einen Blick voll tödlicher Verachtung auf die Patientin in Orange.

Bettina erhob sich und sagte leise zu der Frau: »Ich danke Ihnen sehr für Ihre Hilfe, aber wären Sie jetzt bitte so freundlich, uns allein zu lassen?«

»Hä?«, machte die Frau.

»Wir haben hier was Persönliches zu besprechen«, sagte Bettina fester.

»Ja«, sagte die Frau. »Dann macht doch.«

»Verlassen Sie das Zimmer«, sagte Bettina scharf.

»Ich muss mich auch mal ausruhen«, sagte die Frau böse und erhob sich umständlich. »Unverschämtheit! Da bringt man Sie her, da guckt man nach ihr, da –« Sie schimpfte, bis sie zur Tür raus war. Bettina schloss sie hinter ihr.

»Tante Elfriede« sagte sie dann zu der alten Frau, die mit geschlossenen Augen kerzengerade dalag, »gut, dass du reden willst, denn wir brauchen einen Plan.«

Tante Elfriede öffnete die Augen. Halb.

»Du musst versorgt werden, Tante Elfriede. Du kannst nicht mehr allein leben.«

Tante Elfriede öffnete ihre Augen ganz, hob zitternd die Hand, bis sie die Triangel über ihrem Bett zu fassen kriegte, und zog sich mühsam hoch.

Bettina wollte sie stützen, doch der kalte Blick ihrer Tante hinderte sie daran. »Soll ich dir die Rückenlehne hochstellen?«, fragte sie stattdessen.

»Bitte«, sagte Tante Elfriede. Als sie endlich saß, beugte sie sich unnatürlich nach vorn. Bettina hatte schon Angst, die alte Frau würde zur anderen Seite kippen und einfach aus dem Bett fallen, doch da richtete sich Tante Elfriede wieder auf. »Arbeitest du immer noch als Polizistin?«, fragte sie.

»Ja, das weißt du doch«, sagte Bettina. »Du hast bei mir auf der Arbeit angerufen.«

Die Geringschätzung, mit der Tante Elfriede die Augen schloss, hätte eine normale Person nur mit verächtlichem Abwinken, Brauenhochziehen und Lippenkräuseln ausdrücken können. Mit kratziger Stimme sagte sie: »Hör zu.«

»Ja«, sagte Bettina.

»Dort kannst du nicht bleiben.«

»Nein, Tante Elfriede«, sagte Bettina betont ruhig. »Wir müssen über etwas anderes reden. *Du* kannst nicht bleiben, und zwar in deinem Haus.«

Tante Elfriede öffnete ihre wässrigen Augen und fixierte Bettina streng. »Genau davon spreche ich«, sagte sie. »Bettina, du wirst heiraten.«

Bettina blickte in die starren, fast blind aussehenden Augen der alten Frau und erkannte, dass dies nicht etwa ein wohlgemeinter Orakelspruch war. Oder ein frommer Wunsch. Nein, es war ein Befehl. Ganz ohne Zweifel. Und als ihr das klar wurde, hätte sie beinahe »Wen?« gefragt. Nur so interessehalber.

»Du musst heiraten«, sagte Tante Elfriede, jetzt weniger hypnotisch. »Denn es wird nicht mehr lange dauern, dann bekommst du das Haus.«

»Nein«, sagte Bettina. »Tante Elfriede, hör zu –«

»Hör du zu«, unterbrach Tante Elfriede. »Du wirst in dieses Haus nur einziehen, wenn du verheiratet bist. Ich dulde darin keine außerehelichen – Sachen«, schloss sie schwach und riss die Augen wieder auf, die ihr zufallen wollten. »Und ich dulde erst recht keine unehelichen Kinder. Wage es nicht, mit deinen schwarzen Gören einzuziehen, wenn sie nicht wenigstens einen Stiefvater haben, der sie ordnungsgemäß adoptiert hat.«

Schwarz war eigentlich nur Bettinas Stieftochter Samantha-Sue, genannt Sammy, und Tante Elfriede wusste das auch. Das jetzt aber zu korrigieren (Enno ist weiß!) hätte nur wie das versteckte Eingeständnis geklungen, dass schwarz eben doch minderwertig war, und daher unterließ Bettina es. Sie war fast sicher, dass Tante Elfriede darauf gewartet hatte, denn als Bettina jetzt ganz glatt und freundlich sagte: »Ich werde ganz bestimmt nicht in dein Haus ziehen, Tante Elfriede«, da sank sie wie enttäuscht ein wenig zurück.

»Ja«, sagte sie, jetzt undeutlicher. »Ich weiß. Solange ich lebe, werde ich das sowieso nicht erlauben.« Sie schmatzte ein wenig und rappelte sich noch einmal auf. »Aber sobald es dir gehört, musst du verheiratet sein. Und diese Polizeigeschichte kannst du nicht weitermachen, denn dann lebst du in Grünstadt.«

»Es geht hier nicht darum, wo ich lebe«, sagte Bettina, »sondern darum, wo du in Zukunft lebst.«

»Ich«, sagte Tante Elfriede, »lebe nur in meinem Haus.« Damit schlief sie ein.

»Frau Boll?«

Bettina fuhr herum, doch die Frage galt nicht ihr. Eine junge Frau im weißen Kittel, kaum älter als fünfundzwanzig, hatte die Tür aufgestoßen und näherte sich mit raschen Schritten dem Bett ihrer Tante. »Frau Boll? Visite! Können Sie mich hören? Sind Sie wach?«

Tante Elfriede rollte kurz die Augen, schmatzte und schlief schnarchend weiter.

Die Frau stellte mit einem Griff die Rückenlehne wieder in Schlafposition. »Okay, dann komm ich auf dem Rückweg noch mal vorbei. – Frau Dreier?«

Bettina stellte sich der jungen Ärztin in den Weg. »Hallo, mein Name ist auch Boll«, sagte sie. »Ich bin die Nichte.«

»Oh gut«, sagte die Ärztin. »Sie können sie gleich mitnehmen. Wir sind fertig mit ihr.«

»Nein«, sagte Bettina. »Meine Tante soll einen stationären

Rundum-Check bekommen, wegen ihres Herzens, und dann brauche ich eine Beratung. Ich weiß nicht, wo ich sie unterbringen kann. Ich habe mich damit noch nicht beschäftigt. Ich brauche Hilfe.«

Die junge Ärztin runzelte ihre Stirn und blickte auf ihre Karteikarte. »Soviel ich weiß, geht Ihre Tante zurück nach Hause. Heute.« Sie schaute Bettina an, als sei damit alles gesagt.

»Nein, sie muss diese kardiologische Untersuchung bekommen, das habe ich gestern telefonisch mit Ihrem Kollegen besprochen.«

Erstaunlicherweise hatte die junge Ärztin dagegen überhaupt keine Einwände, sie stellte auch die Autorität des schemenhaften Kollegen nicht infrage. Oder Bettinas. Sie nickte nur, machte sich eine Notiz auf der Karteikarte und murmelte etwas, das sich wie »Also dann bis Montag oder Dienstag nächster Woche« anhörte.

Das machte Bettina so froh, dass sie fast rausgegangen wäre, ohne noch irgendetwas zu fragen. Sie wandte sich zur Tür, und erst dort kriegte sie die Kurve. »Noch was«, rief sie und trat ins Zimmer zurück. »Sie lebt allein, und sie war total verwahrlost. Sie kann nicht zurück nach Hause, auch wenn sie das will, und ich weiß nicht, wie –«

»Besitzen Sie eine Vorsorgevollmacht?«, unterbrach die Ärztin.

»Nein.«

»Sind Sie die Betreuerin?«

Das hörte sich wie ein juristischer Fachbegriff an. Bettina schüttelte den Kopf.

»Hat Ihre Tante überhaupt einen vom Gericht bestellten Betreuer?«

»Was ist das?«

»Das ist jemand, der die rechtlichen Angelegenheiten Ihrer Tante besorgt, wenn sie selbst nicht mehr in der Lage dazu ist.«

»Ich glaube nicht, dass sie so jemanden hat.«

»Dann müssen Sie zum Vormundschaftsgericht, da kriegen Sie einen vorläufigen Ausweis.« Die Ärztin wandte sich ab.

»Und dann?«

»Dann geben wir Ihnen eine Bescheinigung mit, und Sie beantragen Pflegestufe, tja, eins oder zwei, und warten auf den Gutachter.«

Die Ärztin ging drei Schritte weiter, Bettina folgte ihr und stellte sich wieder vor sie. »Wo warte ich auf den Gutachter?«

»Wo immer Sie möchten.« Die Ärztin blickte in Bettinas Gesicht und fügte etwas freundlicher hinzu: »Es dauert Wochen, bis der kommt. Der wird nur die Zuschüsse der Pflegeversicherung festlegen. Bis dahin treten Sie in Vorleistung, das bekommen Sie dann erstattet. Beziehungsweise Ihre Tante.«

»Und was mache ich solange mit ihr?«

»Na, die lassen Sie in einer Kurzzeitpflege ein bisschen aufpäppeln. Da reden Sie mal in Ruhe miteinander. Sie finden schon eine Lösung. Es gibt so viele Möglichkeiten.« Die Ärztin lächelte gestresst.

»Und wenn meine Tante nicht in die Kurzzeitpflege will?«

Die Ärztin schenkte Bettina einen langen, schwer deutbaren Blick über ihre randlosen Brillengläser hinweg. Sie sah sehr jung und gnadenlos aus. »Dann müssen Sie das akzeptieren.«

»Sie meinen —«

»Jeder in diesem Land hat ein Recht auf Verwahrlosung«, sagte die junge Ärztin ziemlich giftig. »Nicht dass es anderswo viel besser wäre. – So, Frau Dreier, jetzt aber zu uns.«

Dass Bettina lange nach einem passenden Heim gesucht hätte, konnte man nicht sagen. Sie setzte sich in ihr Auto und fuhr schnurstracks zum Haus Bethesda, das Nessa ihr empfohlen hatte. Dort sprach sie mit einer netten Pflegerin, die überhaupt keine Probleme sah: Ja, ein Bett für eine Kurzzeitpflege sei frei, selbstverständlich ginge der Transport auch liegend, das müsse nur mit dem Krankenhaus geklärt werden, klar sei die Situation neu und schwierig – für alle –, aber natürlich würde auch eine Elfriede Boll sich hier eingewöhnen, sie sollte nur mal herkommen, dann würde man schon sehen.

»Sie will nicht«, sagte Bettina vorsichtig.

Die Pflegerin vor ihr zuckte nicht mit der Wimper. »Das kriegen wir hin«, sagte sie. »Kann sie laufen?«

»Kaum«, sagte Bettina.

»Na also. Sie machen einen hübschen Ausflug mit ihr, bringen sie auf ein Tässchen Kaffee in unseren Aufenthaltsraum, dort stellen wir Ihrer Tante ihre Pflegerinnen vor und machen ein bisschen Biografiearbeit, dann zeigen wir ihr das Zimmer, und den Rest überlassen Sie uns. Sie werden sehen, nach drei Tagen will sie hier gar nicht mehr weg.«

»Gut«, sagte Bettina zögernd und ließ sich eine Checkliste für die nötigen Behördengänge geben. Als sie nach kurzer Zeit wieder draußen vor dem Haus stand, schaute sie über die Schulter zurück wie zu einem Spukschloss. Irgendetwas dort drin war zu leicht und zu schnell gegangen. Trotz allem.

Als Bettina nach Lautringen kam, war es schon um die Mittagszeit. Eigentlich war es *erst* Mittagszeit, denn Bettina fühlte sich, als hätte sie an diesem Vormittag die Arbeit eines ganzen Monats erledigt. Es war ein gutes Gefühl, so als hätte sie jetzt frei. Ziemlich beschwingt rief sie Ackermann an. »Wo bist du?«

Ackermann zögerte, dann sagte er gedehnt: »Hallo, süße Tina.«

»Hallo, Tiger«, antwortete sie und lächelte.

»Also gestern Abend, das ist echt dumm gelaufen, tut mir leid. Vor allem für mich.«

Bettina grinste. »War ganz gut, dass ich mal ausschlafen konnte. Wo finde ich dich?«

Ackermann knurrte. »Ich musste mit denen von der Spurensicherung auf den Spielplatz, dorthin, wo wir gestern waren. Ich soll jetzt mit den Kollegen an alle Schachtabdeckungen, das wird noch 'ne ganze Weile dauern. Wir sind vor einer Stunde erst losgekommen, weil die Besprechung heute Morgen so lang war.«

»Gibt's was Neues?«

»Sie haben ein paar neue Spuren. Die interessanteste ist Fremd-DNA auf der Leiche von Frau Brandstätter. Dr. Lees Mitarbeiter haben gestern auf ihrer Kleidung organisches Material entdeckt. Im Moment macht der Doktor gerade die Obduktion, vielleicht kriegt der Schwartz dann auch endlich seine lebensnotwendige Info über den Todeszeitpunkt. Nur dein junger Freund aus der Hofeinfahrt, der ist nicht gefunden worden.«

»Das hätte mich auch gewundert«, sagte Bettina. »Der sah aus, als könnte er durch Wände gehen.«

»Tja, ich glaube, mit dem würde der Schwartz gern mal reden«, sagte Ackermann. »Denn das zweite Opfer scheint tatsächlich Maria Löwe zu sein. Momentan sind sie alle bei ihr in der WG.«

»Alle außer uns«, sagte Bettina lächelnd.

»Hmm«, machte Ackermann. »Sag mal, sollen wir uns irgendwo zum Mittagessen treffen? Ich glaube, die Jungs hier brauchen noch eine Weile.«

»Oh«, sagte Bettina. »Ja. Klar. Gern. Sagen wir in einer halben Stunde?«

»Erst? Ich dachte, du bist in Lautringen.«

»Bin ich auch«, sagte sie und blickte raus auf die enge Straße, die schmutzige Laterne, die verschlossenen Häuser des Kotten. »Ich muss nur ganz kurz was erledigen.«

Sie klingelte bei Frau Engelbrecht.

Die machte nicht auf.

Sie klingelte bei den Nachbarn, wieder tat sich nichts, diese ganze seltsame Gegend schien in Schockstarre gefallen zu sein. Vermutlich saßen sie alle hinter den Fenstern und beobachteten sie durch die Vorhänge und schickten sich gegenseitig Botschaften, um einander zu warnen und ihr Aussehen durchzugeben. Achtung, die Rothaarige mit den Stiefeln wieder, die ist ein Bulle. Bettina sah sich gereizt um. Natürlich: Der Schwartz, der hätte Leute, die sich hier auskannten, die wussten, wen man fragen musste, die Einlass finden würden, irgendwann. Aber auf die wollte sie nicht warten. Sie wollte zu Frau Engelbrecht, jetzt auf der Stelle, sofort.

Bettina ging die Straße hinauf und durch den Hofeingang, in dem sie gestern Mias Freund oder Dealer – *oder Mörder?* – kennengelernt hatte. Von dort aus trat sie in den Hof. Bei Tageslicht sah er viel kleiner aus. Ein Auto mit offener Kühlerhaube stand dort, Werkzeuge lagen herum, doch weit und breit war kein Bastler zu sehen.

Irgendwie machte sie das wütend. Bei ihnen in Ludwigshafen gab es keine solche Gegend, wo eine einzelne Polizistin eine Massenentvölkerung auslösen konnte. Sie hatten weiß Gott genug soziale Brennpunkte und Schmuddelviertel, aber die Leute dort besaßen mehr Haltung, fand Bettina. Sie versteckten sich nicht, wenn ein Polizist kam. Jedenfalls nicht alle.

Und davon abgesehen würde es dieser renitenten Engelbrecht gar nichts nützen, wenn sie sich in ihrer Bude einschloss. Bettina wusste nämlich, wie man sie rauslocken konnte. Sie kletterte über ein kleines Mäuerchen in den Hof von Frau Engelbrechts Haus. Dort standen sehr sorgfältig aufgereiht einige Mülleimer, und mehrere Jeanshosen trockneten auf einer Leine, die über eine winzige Wiese gespannt war. Es war warm. Die Fenster von Frau Engelbrechts Wohnung standen offen.

Sie stellte sich eng an die Hauswand, so dass sie von oben nicht gut gesehen werden konnte, dann zog sie ihren Schlüssel aus der Tasche und klimperte laut damit herum. »Miez, Miez«, rief sie in die lauschende Stille hinein. »Komm, Muschi, kleine Muschi! Komm, meine Süße! Muschilein! Miez, Miez! Ich hab gutes Fresschen für dich! Schinken und Thunfisch, Muschi! Na komm, komm, meine Kleine, Forellchen, Krabben, das frisst du doch sonst so gern, Muschi, komm zu Mama, ich hab auch ein Plätzchen auf der Couch für dich –«

In diesem Moment wurde zwei Stockwerke über ihr eine Balkontür geöffnet und jemand erschien am Geländer.

Bettina trat auf die Wiese. »Hallo, Frau Engelbrecht«, sagte sie heiter. »Was für ein Zufall, zu Ihnen wollte ich gerade. Haben Sie fünf Minuten Zeit?«

»Oh«, sagte Frau Engelbrecht. »Nein, eigentlich – wissen Sie, ich wollte gerade gehen, aber – na gut, ich mach Ihnen auf.« Sie blickte Bettina durchdringend an und fragte: »Haben Sie nach meiner Katze gerufen?«

»Aber, Frau Engelbrecht, was sollte ich denn mit Ihrer Katze?«

Eins hatte das Leben im Mietshaus Bettina gelehrt: Es gab nichts, was eine Katzenbesitzerin so schnell und sicher aufbrachte wie eine andere, die dem Tier besseres und teureres Futter gab.

Als sie dann einmal drin war in der Hütte, war alles ganz leicht. Bettina schaute die Engelbrecht streng an und sagte: »Frau Engelbrecht, wir müssen über die Tasche sprechen.«

Die alte Frau begann zu zittern, und damit war praktisch alles gesagt. Vermutlich lag es daran, dass Ackermann nicht dabei war. Oder vielleicht hatte man eben einfach leichtes Spiel mit den Lautringern, wenn man erst einmal in ihren Häusern war, und vielleicht wussten sie das und machten deshalb alles dicht.

Auf jeden Fall, dachte Bettina, hätte eine Frau aus Ludwigshafen, egal wie armselig sie war, niemals derart demütig eine unterschlagene Fundsache herausgegeben und auf Schelte gewartet. Eine Ludwigshafenerin hätte unverschämt gelogen, sie hätte noch angesichts des *corpus delicti* gesagt: »Das Ding is' mir!«, und Bettina hätte betteln müssen, um es mal »auszuleihen«. Frau Engelbrecht dagegen schleppte sofort die Tasche an, ein auffälliges Stück aus Lackleder, und dann nach und nach alles, was sie herausgenommen hatte, Schminksachen, Kosmetiktasche, Handy, Stifte, ein Halstuch, Schlüssel, Notizzettel, Kassenbelege, Ohrringe und schließlich das Portemonnaie.

»Das Geld hab ich natürlich nicht angerührt«, sagte sie in einem so treuherzigen Ton, dass Bettina wegschauen musste, um die alte Frau nicht ironisch anzustarren.

Gesenkten Blicks kramte sie in Ennos Kinderrucksack, den sie momentan als Vademecum benutzte, holte ein Paar Latexhandschuhe hervor und bat Frau Engelbrecht um eine Plastiktüte.

Sofort wurde die alte Frau eifrig. Eine Plastiktüte, selbstverständlich, welche solle es denn sein, verschließbar, durchsichtig, kälteresistent und keimsicher, mit einem Zipper oben, wie man sie in *Tatort*-Krimis sah, extragroß mit Henkeln, alubeschichtet –

»Hauptsache, dass alles reinpasst«, sagte Bettina, während sie vorsichtig den Geldbeutel öffnete und mit spitzen, behandschuhten Fingern einen Personalausweis hervorholte. Eine hübsche junge Frau mit langen dunklen Haaren blickte sie von der kleinen Plastikkarte verschmitzt an, es war einer dieser neuen biometrischen Ausweise, wo das Lächeln auf dem Foto verboten war, doch die junge Frau hatte es irgendwie in ihren Augen untergebracht, was ihrem Bild etwas Freches gab. Das sympathische Bild einer wahrscheinlich sympathischen Frau, Geburtsjahr 1985, einen Meter siebzig groß, Augenfarbe graugrün, Name: Maria Angelika Löwe.

Bettina seufzte. Aus der schönen Verabredung mit Ackermann würde natürlich doch nichts werden. Denn egal wie scharfsinnig sie diese wichtigen Beweisstücke ermittelt hatte, die konnte sie nicht einfach in eine Plastiktüte packen, aus der Wohnung entfernen und mit in ein Café nehmen, nur um mit einem Kollegen Mittag zu essen. Schwartz würde Zustände kriegen. Mit Recht, denn was sie hier vor sich hatte, musste gerichtstauglich vor Ort sichergestellt werden. Sie war verpflichtet, sofort den leitenden Ermittler zu benachrichtigen, die Spusi zu bestellen, außerdem die Zeugin zu vernehmen und alles bis zum Eintreffen der Kollegen zu sichern und zu beaufsichtigen. Und das hieß: Sie würde noch Stunden hier sitzen.

Selbst schuld, dachte Bettina. Arbeit zieht Arbeit nach sich. Sie ließ sich gegen die Lehne der Eckbank zurücksinken, an deren Rand sie saß, und betrachtete den Hintern der Engelbrecht, die in ihrem Spülenunterschrank tauchte. Jetzt richtete die Alte sich ächzend wieder auf, mit einer Auswahl Plastiktüten im Arm, die hielt sie Bettina nervös und dienstfertig hin, pries sie an wie Waren, wie Schmuck und Flitter, wie schöne, rotbackige Äpfel.

Ein altes Weiblein, dachte Bettina, plötzlich irritiert. Wie kam sie jetzt darauf? Niemand konnte harmloser sein als eine alte Frau. Und doch war das die Gestalt der Mörderinnen. Ein altes Weib, das war die Hexe, die Kinder fraß, die böse Königin, die einen Apfel vergiftete, aus Eifersucht auf die Schönere. Und waren nicht die glänzende Tasche, der hübsche Lippenstift, die ganze potente Jugendlichkeit der Toten das, was die alte Engelbrecht begehrte? Warum sonst hätte sie die Tasche genommen und das Geld nicht angerührt?

»Frau Engelbrecht«, sagte Bettina.

»… könnte sie innen ein bisschen aussprühen, ich weiß ja, da darf nichts, wirklich gar nichts drankommen –«

»Lassen Sie mal die Tüte, das hat sich erledigt«, sagte Bettina.

Engelbrecht ließ die Schultern sinken und blickte ängstlich auf die Plastiktaschen in ihrer Hand. »Ich kann auch mit Wasser –«, begann sie, doch Bettina winkte ab, und sie verstummte.

»Frau Engelbrecht, kannten Sie die Frau, der diese Sachen gehört haben?« Bettina wies auf den Tisch, wo Mia Löwes Habseligkeiten ausgebreitet lagen.

Engelbrecht schüttelte den Kopf, akzeptierte aber die Vergangenheitsform, offenbar war ihr klar, dass sie von einer Toten sprachen.

»Vielleicht auch nur vom Sehen?«, fragte Bettina weiter.

Kopfschütteln.

»Sie hieß Maria Löwe, wissen Sie sicher, Sie hatten ja ihren Ausweis. Sagt Ihnen der Name was?«

»M-m«, verneinte Engelbrecht.

»Maria Löwe wohnte aber ganz hier in der Nähe, Sie könnten sie mal getroffen haben.«

»Nein«, antwortete Engelbrecht und legte zitternd die Plastiktüten zusammen. Jetzt, wo sie nichts mehr suchen und herbeischaffen konnte, wirkte sie ängstlicher und verstörter als je. Bettina dachte über die Körperkräfte der alten Frau nach. Konnte sie eine viel jüngere, kräftige Person erwürgen? Möglich wäre es. Dazu gehörte mehr Entschlossenheit und Geschick als Kraft. Allerdings machte die Engelbrecht gerade jetzt einen so jämmerlichen Eindruck, dass ihr kaum jemand überhaupt Tötungs*absichten* zugetraut hätte, geschweige denn die Tat selbst.

»Und wo genau haben Sie die Tasche gefunden?«, fragte Bettina schließlich sanft.

»Als ich meine Muschi gesucht hab«, begann Engelbrecht fahrig, »da, wissen Sie, ich wollte nicht – ich hätte ja nie gedacht – es war so dunkel, und ich hab wirklich kein Geld genommen, nur –«

Den Lippenstift, dachte Bettina. Ich versteh schon. Den Hurenkram.

Sie brachte heraus, dass die Tasche ganz nah an der geöffneten Sickergrube auf der kleinen Brache gelegen hatte, fast wie eine Art Hinweis auf den Inhalt des Schachtes.

Irgendwie zerstreute diese Aussage jeden Verdacht, den Bettina kurz gegen die Engelbrecht gehabt hatte. Sie sagte: »Frau Engelbrecht, würden Sie uns beiden einen Kaffee kochen? Das hier kann noch eine Weile dauern.«

»Sicher«, sagte die alte Frau sofort dankbar, wandte sich zu ihrer Küchenzeile um und begann mit Geschirr zu klappern. »Mit oder ohne Koffein?«, fragte sie über die Schulter. »Löslich oder Bohnenkaffee? Ich hab auch Espresso, aber nur gefriergetrockneten, und wollen Sie Kuhmilch, die hab ich nicht, aber ich könnte –«

»Schwarz mit viel Zucker«, sagte Bettina knapp, holte ihr Handy hervor und rief nacheinander erst Ackermann, dann Schwartz und dann die Spusi an.

Und dann wartete sie.

Mit dem alten Weib.

Natürlich dauerte es. Es musste dauern, denn wenn Schwartz in Mia Löwes Wohnung war, dann hatte er zweifellos die halbe Spurensicherung in seinem Tross, Ackermann war ebenfalls mit Kollegen von der Spusi unterwegs, vermutlich war die Arbeit an den Tatorten auch noch nicht ganz beendet, und wer wusste schon, wo sonst noch überall Spuren zu sichern waren. Also trank Bettina mit leichtem Widerwillen den Kaffee, den sie selbst bestellt hatte, und betrachtete Frau Engelbrechts Einrichtung. In der hellen Wohnküche mit Eckbank herrschte die Art Sauberkeit, die bei ordentlichen alten Leuten vorkommt: die Spüle blitzte, vom Tisch hätte man ohne Teller essen können, doch an den Stellen, die man schlecht erreichen konnte oder nicht gut sah, lagen dicke Staubflocken und pappte Jahre alter Fettschmutz. Seltsamerweise ekelte Bettina das mehr, als wenn es einfach nur überall dreckig gewesen wäre. Außerdem roch es stark nach Katze, obwohl das Fenster offen stand und Muschi nirgends zu sehen war. Frau Engelbrecht selbst benahm sich nicht mehr ganz so devot wie zu Beginn ihres Gesprächs, war aber immer noch reichlich nervös und betulich. Allein das Aussuchen der Kaffeetasse war ein echter Entscheidungsmarathon: groß oder klein, dick oder dünn, Porzellan oder Steingut, Untertasse oder nicht, Löffel oder keiner, Keks dabei oder vielleicht ein Butterbrot?

Bettina forderte einen großen weißen Steingutbecher ohne Untertasse, Löffel oder Keks. Frau Engelbrecht klapperte und räumte endlos herum und benutzte dann für sich Porzellan mit Rosenmuster und alle Accessoires, die Bettina verschmäht hatte. Die Unterhaltung drehte sich um die Zubereitung von heißen Getränken. Frau Engelbrecht schwor beim Kaffee auf das Brühen in einem Porzellanfilter mit Filtertüte, erklärte aber, sie habe Bettina zuliebe den Kaffee in der Maschine gekocht, damit die alles so kriegte, wie sie es gewohnt war. Bettina hütete sich, den Kaffeepadautomaten ins Spiel zu bringen, den sie zu Hause benutzte, oder zu sagen, dass dieser Kaffee ihr trotz allem nicht schmeckte, und ließ die Engelbrecht reden. Irgendwie kam sie dann zum Tee, und das war natürlich ein unglaublich weites Feld, auch wenn Frau Engelbrecht, wie sie sagte, keine Teetrinkerin war und eigentlich nur ein paar alte Teebeutel besaß.

Bettina sortierte inzwischen die Sachen aus Mia Löwes Tasche. Aus lauter Langeweile öffnete sie sämtliche Lippenstifte, faltete alte vergilbte Kassenbons auseinander und sah nach, was Mia Löwe gekauft hatte: Lebensmittel, Drogerieprodukte, Kleidung. Alles ganz normal. Sie räumte das Portemonnaie vollständig aus und wieder ein, es enthielt die üblichen Karten und Ausweise, etwa dreißig Euro in Hartgeld und kleinen Scheinen, einen Zettel mit einer Telefonnummer ohne Namen und mehrere Passbilder, die vermutlich Mia Löwe selbst zeigten.

Auf dem Smartphone war eine für Bettina unvorstellbare Zahl von Kontakten gespeichert. Ein *verdächtiger junger Drogenkonsument aus der Hofeinfahrt* war nicht dabei. Die Bildergalerie zeigte viele winzige Schnappschüsse von verschiedenen jungen Leuten mit Getränken in der Hand in dunklen Innenräumen, außerdem war ein Filmchen ähnlichen Inhalts abgespeichert, das hauptsächlich aus einer alles übertönenden Geräuschkulisse bestand, sicher in einem Club oder bei einem Konzert aufgenommen. Die ein- und ausgegangenen SMS waren so gespickt mit Abkürzungen, Spitznamen und unverständlichen Anspielungen, dass Bettina nicht einmal einen Bruchteil davon verstand, zum Beispiel im Postausgang: *Hey KD, hot stuff! Lol M.*

Und eine Minute später im SMS-Eingang: *Gleichfalls, von H&M?*

Das konnte alles Mögliche bedeuten, war aber wahrscheinlich nur ein ganz normaler Clubdialog über Klamotten, wegen der lauten Musik per SMS geführt. Datum und Uhrzeit passten, die Nachrichten stammten aus der Nacht, in der die Engelbrecht den Schacht offen gemeldet hatte. Eine ganze Menge dieser Nachrichten waren auf dem Handy zu lesen, sie klangen munter und vergnügt und nach einem großen, witzigen Freundeskreis. Doch nach der Nacht zum Sonntag hatte sich keiner der vielen Leute noch einmal bei Mia gemeldet. Mia Löwes SMS-Ausgang war seit einer Woche ohne neue Speicherung, das war klar – aber ihr SMS-*Eingang* auch. Immerhin hatte sie seitdem drei Anrufe erhalten – von einem anonymen Anrufer. Vielleicht der Typ aus dem Hofeingang? Das mussten die Techniker herauskriegen.

Bettina legte das Handy hin und schaute auf zu der Engelbrecht, die sie ihrerseits mit einem blinzelnden, dahinter aber seltsam klaren und bösartigen Blick betrachtete. Sie hatte längst aufgehört, über Tee zu sprechen, war immer leiser und unzusammenhängender geworden, und jetzt sah sie merkwürdig befriedigt aus, so als habe sich eine Annahme oder ein Urteil bestätigt. Sie bat darum, hinaus auf ihren Balkon gehen zu dürfen, um nach der Katze zu sehen.

Bettina erlaubte es. Das war am einfachsten. Natürlich konnte die Engelbrecht tun und lassen, was sie wollte – aber wozu ihr das sagen und Bettinas Autorität ohne Not schwächen? Sie gewährte ihr einen Freigang auf den Balkon. Und nahm sich die Kosmetiktasche vor.

Mia Löwes Kosmetiktasche sah wichtig aus. Ein sichtlich oft und ausgiebig benutztes Necessaire aus geprägtem rotem Leder, das voll mit glänzenden Döschen, winzigen rosa Etuis, duftenden Fläschchen und bunten Stiften war. All diese Dinge lagen scheinbar nachlässig in die passenden Fächer geräumt, aber man spürte Logik in der Ordnung und eine gewisse Liebe, mit der alles behandelt worden war. Dieses Beauty-Case war nicht der Sack voll wild zusammengeworfenem Schminkzeug, den Bettina in ihrer kinderlosen Zeit mit sich herumgeschleppt hatte. Dies war ein Miniatur-Boudoir, ein pudriger rosa Raum voller Möglichkeiten, eine Schatzkiste mit Fächern für alles, sogar für Zeitungsausschnitte und ausgedruckte Schminktipps. Bettina holte mehrere Zettel hervor und faltete sie auf. Dann blinzelte sie, denn die Anleitungen waren ziemlich unleserlich gedruckt. Die Gesichter und Augen auf den Abbildungen konnte sie ganz gut erkennen, doch die Schrift war klein und verwischt. Sie blinzelte wieder. Die Buchstaben begannen zu tanzen. Bettina leckte sich die Lippen, die waren schrecklich trocken. Was war das? Ein Schwächeanfall?

Lächerlich. Sie fühlte sich super. Entschlossen ballte sie die Hände zu Fäusten, atmete durch und fühlte sich sofort wieder vollkommen klar. Als wäre nichts gewesen. Zur Kontrolle nahm sie sich die Schminkanleitungen vor, strich die oberste glatt und las: *Smokey Eyes – rauchiges Schwarz für den großen Auftritt.* Alle Buchstaben saßen hübsch brav in ihren Wörtern und rührten sich nicht.

Verrückt, dachte Bettina und spürte ganz tief unten in ihrem Magen diese fiese Übelkeit, die einen Migräneanfall ankündigte. Das hatte ihr jetzt gerade noch gefehlt. Vielleicht lag es am Kaffee? Zu viel oder zu wenig Koffein konnte bei ihr rasende

Kopfschmerzen auslösen. Gegen so einen Anfall half Aspirin, aber nur dann, wenn sie es schaffte, das Zeug frühzeitig einzunehmen. Sowie die Übelkeit sich etabliert hatte, vertrug Bettina kein Aspirin mehr. Etwa wie jetzt. Wenn sie in dem Zustand eine Tablette nahm, würde sie sich wahrscheinlich in fünf Minuten übergeben, und das konnte sie nicht bringen, nicht bei der Engelbrecht. Dann lieber die Schmerzen ertragen und sich irgendwie ablenken.

So las Bettina Schminkanleitungen. Für *Smokey Eyes*, für den *Nude-Look* und für ein Hochzeits-Make-up. *Nude-Look* schien am kompliziertesten zu sein, was auch daran liegen konnte, dass er besonders ausführlich erklärt war. Die *Smokey Eyes* erforderten hauptsächlich Mut und tiefes Schwarz, und das Hochzeits-Make-up war ein rosa aufgepepter und mit allen Mitteln haltbar gemachter *Nude-Look*. Nachdenklich kramte Bettina weiter und entdeckte in einem engen, verschließbaren Seitenfach der Kosmetiktasche ein elegantes weißes Kästchen, das vorne den Schriftzug BOBBI BROWN und hinten die Aufschrift *Bridal Palette* trug.

Eine Braut-Palette? Bettina blinzelte. Erneut bewegten sich Buchstaben vor ihren Augen, wieder brachte tiefes Durchatmen und genaues Hinsehen sie an ihre Plätze zurück. Bettina öffnete das Kästchen, darin waren kleine, halbleere Töpfchen mit rosa, weißer und schwarzer Schminke, dazu ein großer Spiegel. Das perfekte Schneewittchenaccessoire.

Jetzt war ihr echt übel. Nein, schwindelig. Sie steckte die *Bridal Palette* zurück in das enge Fach. Doch das klappte nicht so recht. Vielleicht lag es am Schwindel? Nein, in dem Fach steckte noch etwas anderes, etwas Kleines, tief unten, sehr versteckt, von oben nicht zu sehen, doch wenn man das weiße Kästchen nicht genau an die richtige Stelle schob, dann war dieses Etwas im Weg. Mit viel Mühe und unter Zuhilfenahme einer Nagelfeile brachte Bettina es heraus, ein winziges Täschchen aus Samt, ein kleiner Schmuckbehälter, mit goldenen Zeichen bedruckt, und darin –

Es klingelte an der Tür.

Bettina hob erleichtert den Kopf.

Das hätte sie nicht tun dürfen. Überrascht blinzelte sie wieder, und plötzlich verschwamm einfach alles in einem großen und wunderbaren Wirbel. Wie ein loses Federchen aus einer Puderquaste schwebte Bettina in einen herrlichen Nebel aus rauchigem Schwarz und dachte ganz zuletzt sehr verwundert und seltsam friedfertig, dass es eben doch der Kaffee gewesen sein musste.

»Gottverdammtescheiße«, fluchte eine Männerstimme aus sehr weiter Ferne. Bettinas Herz raste. Der Nebel drohte sie zu ersticken.

»Die kenn ich doch! Mit der hab ich geredet! Das ist ein verdammter Bulle, du bescheuerte Idiotin!«

In Bettinas Kopf formte sich das Bild einer dunklen Hofeinfahrt, löste sich aber rasch wieder auf.

Jetzt sprach eine alte Frau. »Sie hat Kollegen angerufen, die kommen jede Minute und wollen die Wohnung durchsuchen.«

»Verdammtescheißeverdammtescheißeverdammtescheiße.« Dann war da ein Knall und ein dumpfer Laut, der Bettina wahnsinnige Angst machte. Es hörte sich an wie ein Mensch, der gegen ein Möbelstück krachte. Sie tauchte weg.

»Psstverdammtescheiße«, zischte der Mann, als sie wieder auf Lauschposten war. Rund um Bettina herum wirbelte es schwarz, die Dunkelheit pulsierte und drückte sie unerbittlich herunter wie die Muskeln in einer Speiseröhre. Atemholen war schwierig.

»Die hat spioniert«, flüsterte die alte Frau. Ihr Ton war jetzt ängstlich. Der Mann murmelte vor sich hin, schien etwas zu zählen. »Und – sie wusste auch das mit der Tasche! Hätte ich etwa die Polizei die – die Sachen finden lassen sollen?« Die Stimme der Alten gewann wieder Kraft. Dort oben, wo es noch hell war.

Der Mann murmelte weiter, dann sagte er plötzlich: »Was ist das denn? Gleitmittel Erdbeergeschmack? Hast du das da reingetan?«

»Das war in ihrer Tasche«, flüsterte die Alte.

»Scheiße, warum hast du diese bescheuerte Tasche mitgenommen! Das ist ja vielleicht so was von kacke hirnrissig! Wegen dieser scheiß Tasche komm ich in den Bau! Und dann behältst du auch noch das – ich fasse es nicht – Gleitmittel und steckst es zu meinen Sachen!«

»Aber da hinter den Drehschränken, da –«

»Ist es sicher, wie?« Ein leichter Knall, dann sagte der Mann:

»Da. Kannste behalten, das Zeug. Oh. Und die Kondome auch.«
Er zählte weiter. »Wie viel hast du ihr gegeben?«, fragte er dann
plötzlich.

»Drei.« Das war nur ein Hauch von einem Flüstern.

»DREI?«

»Im Kaffee aufgelöst. Ein bisschen kleingemacht.«

»Zerdrückt? – Oh, Scheiße! Verdammte, verdammte Scheiße!
DREI STÜCK! Entretardiert! Was, wenn sie uns abnibbelt, weißt
du, was mit uns passiert?« Jemand zerrte unsanft an Bettina
herum, hieb auf ihre Brust, ließ gleißendes, schmerzhaftes Licht
in ihre Augen schießen und stieß sie dann noch tiefer runter.

»Ich dachte, du nimmst sie mit«, hörte Bettina die Alte darauf
sagen, mit festerer Stimme.

»Mitnehmen? Wohin *mitnehmen*?«

Schweigen. Dann sagte die Alte: »Ich kenne da ein Grundstück, da kommt selten jemand vorbei, und da gibt's jede Menge
von diesen alten Schächten. Ich hab ja in der Zeitung gelesen,
dass sie noch eine Frau in einem anderen Schacht gefunden
haben, das wäre doch eine Idee –?«

Nein, dachte Bettina. Nein und nochmals und definitiv nein,
ich werde nicht –

»Du hast sie wohl nicht mehr alle«, sagte der Mann veräch-
lich.

Gut so, dachte Bettina dankbar.

Die Alte murmelte etwas, und der Mann begann hoch und
hysterisch zu schimpfen. »Okay, ich nehm sie mit und die Bullen treffen mich *nicht* auf dem Flur, ich behalt sie bei mir bis
heute Nacht und kriege *keine* Haussuchung, dann bring ich sie
zu dem Schacht und werde *nicht* gesehen, ich kill sie, wenn sie
noch nicht tot ist, und werf sie rein, und weißt du, was dann
passiert?«

Die Alte hatte keine Zeit zur Antwort, denn der Mann redete
weiter, in einer Art Kreisbewegung, in Bahnen, irgendwo hatte
Bettina diese Stimme schon gehört.

»… bleib für immer im Bau, weil dann hab ich automatisch
auch noch Mia und diese andere am Arsch. Das könnte dir so

passen. Kranker Irrer und Bullenmord. Die finden sie und die finden mich. Egal was ich mache, egal wo ich verdammt noch mal hingehe, die suchen in zwanzig Jahren noch nach mir!« Wieder dieser dumpfe Laut, darauf ein Wimmern, diesmal zwang Bettina sich, oben in dem Strudel zu bleiben, in dem sie wenigstens etwas hörte. Das war ein Fehler, denn so traf der Stoß sie empfindlicher, war das plötzliche Licht schmerzhafter und ließ sie taumelnd in der Schwärze zurück. Danach ließ sie sich tiefer sinken, obwohl sie ahnte, dass das gefährlich war. Der letzte Satz, den sie wahrnahm, stand noch ewig in der bebenden Dunkelheit: »Das da ist deine Leiche, du dumme Kuh.«

Sieben

Bettina erwachte in Schüben. Zuerst nahm sie nur den Raum wahr, ein großes Eckzimmer mit einer altmodisch stuckverzierten, aber außerordentlich lieblos gestrichenen Decke. Das brachte sie zu der Erkenntnis, dass sie sich in einem öffentlichen Gebäude befand, und das beruhigte sie. Sehr.

Beim zweiten Erwachen hörte sie Stimmen. Eine tiefe, wohlbekannte sagte: »Gut, dann guck ich später noch mal rein«, und eine höhere, etwas affektierte gurrte: »Sie wird schon wieder, Sie werden sehen.«

Schwindel und starkes Herzklopfen hinderten Bettina daran, sich aufzurichten und »Hallo, Ackermann!« zu rufen. Sie dämmerte wieder weg.

Als sie zum dritten Mal erwachte, war alles dunkel, sie selbst aber völlig klar. Sie richtete sich ohne Schwierigkeiten auf und erkannte, dass sie in einem Krankenhausbett saß. Es stand in dem Zimmer mit Stuckdecke. Lichter eines vorbeifahrenden Autos zogen über die Wände, dann wurde alles wieder finster. Es war sehr still. Sie war ganz allein.

»Frau Boll!«, rief die Nachtschwester, als Bettina den Tresen am Patientenempfang mit beiden Händen umfasste und sich schwer darauf stützte. »Wir sind aufgewacht! Wie schön – aber Sie hätten doch klingeln können! Momentchen, ich helfe Ihnen – soooo.« Die Schwester führte Bettina zu einem Stuhl.

»Wo sind meine Sachen?«, fragte die, das riesige offene Krankenhausnachthemd um sich raffend.

»Ich glaube, die hat jemand mitgenommen, ein Kollege von Ihnen – so ein Großer mit breiten Schultern. – Ich rufe gleich mal Ihre Dienststelle an. Momentchen.«

Das Gespräch war sehr kurz, die Schwester sagte nicht viel

mehr als: »Ist jetzt wach.« Dann stellte sie das Telefon weg, lächelte Bettina zu und sagte: »Endlich wieder da, was? Und wie geht es uns nach drei Tagen Schlaf? Haben Sie Hunger?«

Bettina schüttelte stumm den Kopf. Ihr schien tiefste Nacht zu sein. So still war das Gebäude, so einsam der düstere Krankenhausflur, so typisch die Schwester. Es war wie in einem Warteraum zwischen den Zeiten, wie in einer dieser Kindernächte, die überhaupt nicht aufhören.

Die Schwester brachte Tee und Wasser, und Bettina setzte sich in das Bett in dem großen Stuckzimmer, weil ihr ohne Kleidung gar nichts anderes übrig blieb. Dann fragte sie, was passiert war.

»Da müssen Sie den Doktor fragen«, wiegelte die Schwester ab.

»Sie werden doch wissen, wieso ich hier bin«, sagte Bettina.

Die Schwester zierte sich etwas, dann sagte sie: »Sie hatten eine Überdosis Oxycodon.«

Was auch immer das war.

Die Schwester sah jetzt ein wenig lauernd aus. »Wir haben ganz schön um Sie gekämpft«, fügte sie an.

»Was ist Oxy-Dingsbums?«

»Ein halbsynthetisches Opiat. Schmerzmittel.« Wieder dieser lauernde Blick. »Es fällt unter das Betäubungsmittelgesetz.«

Klar, die Engelbrecht hatte sie unter Drogen gesetzt. »Wie bin ich hierhergekommen?«

»Die Ambulanz hat Sie hergebracht. Ein Kollege von Ihnen war dabei. Groß, mit Schultern –«

»Ackermann«, sagte Bettina.

Die Schwester lächelte ihr zu. Dann sagte sie: »Brauchen Sie noch was?«

»Nein«, sagte Bettina. »Wann kann ich hier raus?«

»Das wird der Doktor Ihnen sagen«, war natürlich die Antwort.

Als die Schwester weg war, schaute Bettina auf die Uhr, die über der Tür ihres Krankenzimmers hing. Sie zeigte halb elf.

Halb elf!

Da konnte sie doch ganz locker noch jemanden erreichen, Ackermann, die Kinder –

Die Kinder.

O Gott, die Kinder! Was für ein Tag war heute, waren die etwa schon aus den Ferien zurück? Hatten sie allein am Busbahnhof gestanden, waren sie als Einzige nicht abgeholt worden? Wie lang hatte sie noch gleich geschlafen? Drei Nächte? Und was war mit Tante Elfriede?

Sie sprang aus dem Bett, ging in die Knie, weil ihr Kreislauf kurz versagte, dann suchte sie ihr Handy. Doch alle Schränke, alle Laden im Zimmer waren leer bis auf die üblichen Flyer und eine Essensliste. Bettina stürmte aus dem Zimmer und fand die Schwester wieder hinter ihrem Tresen sitzend.

»Benutzen Sie doch einfach die Klingel«, sagte die, betont ruhig von einem Formular aufblickend, das sie bearbeitet hatte.

»Ich brauche meine Sachen«, sagte Bettina.

»Die haben Ihre Kollegen mitgenommen«, sagte die Schwester in dem milden Ton, mit dem man etwas bereits Gesagtes für einen Kranken wiederholt.

»Ich meine mein Handy.«

»Wenn das nicht in Ihrem Zimmer ist –« Die Schwester hob die Schultern. »Ich glaube, da war so ein kleiner Rucksack, den hat Ihr Herr Ackermann auch mitgenommen.«

»Ich muss mit ihm sprechen«, sagte Bettina mit Blick auf das Telefon, das zwischen ihnen stand.

»Telefonkarten gibt's im Bau eins an der Rezeption«, sagte die Schwester abweisend.

»Sie verstehen nicht«, sagte Bettina. »Ich muss sofort mit ihm sprechen. Ich muss wissen, was mit meinen Kindern ist.«

Die Schwester konnte ihre Überraschung nicht rechtzeitig verbergen.

»Ja, ich habe Kinder«, sagte Bettina trocken. Dann runzelte sie die Stirn und blickte sich um. »Wo sind wir hier überhaupt?«

»Bau sechsundvierzig, Hals-Nasen-Ohren-Klinik«, sagte die Schwester. »Opiate verursachen Atembeschwerden und wir haben hier eine kleine Intensivstation –«

»Nein, ich meine die Stadt«, sagte Bettina und zog an ihrem Nachthemd herum, das hinten offen und dementsprechend schwierig zu tragen war.

»Lautringen«, antwortete die Schwester nach einer Pause.

Natürlich, dachte Bettina. »Mist«, sagte sie laut. »Und was für ein Tag ist heute?«

»Sonntag.«

»Oh *Scheiße*!« Bettina deutete erschrocken auf das Telefon. »Würden Sie mir das jetzt bitte leihen? Es ist ein Notfall! Die Gebühren können Sie mir ja auf die Rechnung setzen.«

Die Schwester zögerte.

»Ich bin Beamtin. Privatversichert«, drängte Bettina.

Sehr witzig, sagte der düstere Blick der Schwester. Sie reichte Bettina mit spitzigen Fingern das Telefon. »Null vorwählen.« Diese Geheilten, sagte ihr Ton. Die nerven. Immer.

»Tina!«, sagte Ackermann. »Mann, Tina, ich hab schon gehört, du bist wieder wach, ich fahr gleich los, wie geht es dir?«

»Enno und Sammy?«, fragte Bettina angstvoll.

Ackermann lachte. »Ja. Sind bei mir. Das war eine Aktion! Die wollten allein nach Hause gehen, mit Zelt und allem, zum Glück hatten sie eine sehr nette Betreuerin, die das nicht zugelassen hat. Irgendwie hab ich es geschafft, ihren hundertsten Anruf mitzukriegen, ich hatte ja dein Handy mitgenommen, eigentlich wegen genau solcher Sachen, aber dann hab ich es im Auto liegen lassen, als ich mit Kati in Zweibrücken war, die hatte da einen Freundschaftswettkampf, und du weißt ja, Männer und Handtaschen. Ich lass immer alles im Auto. Darum hab ich die Notrufe erst abgehört, als wir heimgefahren sind. Aber dann bin ich natürlich sofort los und hab deine kleinen Camper gerettet. Die waren so was von cool! Haben dich überhaupt nicht vermisst. Die Betreuerin war echt fertig. Deine Kids dagegen – die Ruhe selbst. Die kennen dich halt. Ich hab ihnen Pommes gemacht und jetzt spielen sie *Grand Theft* –«

»Wie bitte?«

»War 'n Scherz. Sie gucken *Fluch der Karibik*, sie haben gesagt, dass sie das dürfen, auch wenn Sammy noch keine zwölf ist – was ist denn jetzt schon wieder?«

Bettina räusperte sich. »Nichts«, sagte sie, sehr bemüht, nicht laut zu schniefen. »Danke«, setzte sie leise hinzu.

»Gern geschehen«, sagte Ackermann ernst.

Da heulte Bettina doch. »Hab – hab ich das richtig verstanden, du kommst zu mir? Jetzt? Aus Ludwigshafen hierher nach Lautringen? Mitten in der Nacht?«

»Natürlich«, sagte Ackermann.

Natürlich.

»Oder ist dir das nicht recht, soll ich dich erst morgen früh abholen?«

»Nein!«, schrie Bettina ins Telefon. »Nein – komm!«

»Gut«, sagte Ackermann amüsiert.

»Aber, du, könntest du mir was zum Anziehen mitbringen?«

Ackermann antwortete nicht sofort. »Du hast eins von diesen Nachthemden an«, sagte er dann. Sie konnte ihn lächeln hören.

»Ich hab eins von diesen Nachthemden an.«

Pause.

»Hinten zum Zubinden«, sagte Ackermann.

»Komplett rückenfrei«, sagte Bettina.

Ackermann knurrte.

»Ich werde es hierlassen müssen«, warnte Bettina.

»Umso besser«, sagte Ackermann.

Dass Bettina ohne ärztliche Erlaubnis nach Hause gehen wollte, schockte die Nachtschwester auch nicht mehr. Dass sie zuvor noch Einsicht in ihre Krankenakte verlangte, schon eher.

»Das ist mein Recht«, erklärte Bettina, die jetzt Unterwäsche und ein T-Shirt von Kati trug und darüber einen Trainingsanzug, auf dessen Rückenteil *Leichtathletikverband Rhein-Neckar* gestickt war. Nur Schuhe hatte Ackermann vergessen, das war aber nicht schlimm. Bettina fühlte sich auch so schon halbwegs wiederhergestellt, zumal sie es geschafft hatte, der Schwester ein Einweg-Zahnputzset für fünf Euro auf Kredit abzuschwatzen und außerdem einen Kamm auszuborgen. Jetzt sah sie zwar immer noch aus wie ein Gespenst, aber wenigstens wie ein halbwegs ernst zu nehmendes. »Ich will wissen, was passiert ist«, sagte sie zu der Schwester, und Ackermann stand gewichtig daneben und verschränkte seine Arme.

»Sie kriegen das sowieso geschickt«, sagte die Schwester.

»Dann kann ich es genauso gut auch jetzt gleich lesen«, sagte Bettina.

Die Schwester gab klein bei und öffnete eine Schublade mit Hängeregister. Sie zog eine Mappe hervor und reichte sie Bettina.

Die warf einen Blick hinein, dann noch einen, blätterte ein paar Papiere durch und klappte die Mappe wieder zu. Von allem, was da stand, hatte sie nicht einmal einen Bruchteil kapiert.

»Fertig?«, fragte die Schwester mitleidig.

»Ja, vielen Dank«, sagte Bettina.

Dann lief sie barfuß neben Ackermann in die Sommernacht hinaus.

»Was ist geschehen?«, war das Erste, was sie fragte, als sie auf dem Beifahrersitz in Ackermanns Ulysse saß.

Er sah sie von der Seite an. »Du siehst krank aus«, sagte er, und das klang besorgt.

»Danke.«

»Nein, ich meine es ernst, du bist total blass, echt extrem, ich dachte nicht, dass es so –« Er brach ab. »Aber eigentlich siehst du schon länger so aus, so spitz im Gesicht.« Er lächelte schwach. »Genau genommen siehst du immer so aus.«

»Ich rauche zu viel«, sagte Bettina, selbstkritisch wie selten. »Und ich esse zu wenig richtiges Essen. Und der Stress. Tja.«

»Du hast auch Migräne«, sagte Ackermann und ließ das Auto an.

»Stimmt, na ja, Migräne, es ist nie so, dass ich drei Tage in einem dunklen Zimmer liegen muss. Ich hab manchmal Kopfschmerzen.«

»Und was nimmst du dagegen?«, fragte Ackermann.

»Nichts«, sagte Bettina.

Ackermann blickte sie kurz an, dann lenkte er den Ulysse aus dem Klinikparkhaus.

»Na ja, Aspirin. Koffein. Und Nikotin.«

»Hör mal«, sagte Ackermann, »ich hab dir doch von diesem Magersuchtfall in Katis Klasse erzählt.«

»Ja.«

»Wir mussten ja wie gesagt zwei Elternabende mitmachen deswegen. Und da haben sie uns gewarnt.«

»Wovor?«

»Oxycodon«, sagte Ackermann düster und sah sie von der Seite an.

»Was ist damit?«, fragte Bettina alarmiert.

»Das wird auf dem Schwarzmarkt unter anderem als Hilfsmittel gegen Binge-Eating verkauft.«

»Binge-Eating? Was ist das denn?«

»Fressen.«

»Ich fresse nicht.«

»Ja, eben«, sagte Ackermann.

Bettina richtete sich höher in ihrem Sitz auf. »Was soll das hier werden? Drogenberatung?«

»Tina«, sagte Ackermann fest. »Wir haben nun mal Oxycodon in deiner Tasche gefunden.«

»Ihr habt *was*?«

»Du selbst warst auch randvoll damit, Tina.«

»Es war im Kaffee! Ich weiß nicht mal, was das ist!«

»Im letzten Rauschmittelseminar hast du neben mir gesessen, da ging's auch genau da drum.«

»Da pass ich nie auf. Ich hasse es, mir diesen blöden Slang merken zu müssen. Ich habe keine Ahnung, was Oxycodon ist.«

»Eine Krankendroge. Wird gern an Schmerzpatienten mit chronischen Leiden vertickt. Es wirkt anderthalb mal so stark wie Morphin und hat ein Wahnsinnssuchtpotenzial. Deshalb kriegen Migränepatienten es nicht verschrieben, aber das heißt nicht, dass sie es nicht nehmen.«

»Moment mal«, sagte Bettina und starrte Ackermann an, der mit nicht besonders glücklichem Gesicht auf die dunkle Straße blickte. Draußen regnete es. Straßenlaternen standen in dunstigen Lichtwolken, auf der Windschutzscheibe glitzerten Tropfen. »Du glaubst, ich hätte dieses Zeug *selbst* genommen?«

»Hast du das denn nicht?«

»Natürlich nicht! Ich hab nicht mal gemerkt, dass was im Kaffee war, bevor ich umgefallen bin!« Bettina packte erregt den Türgriff und ließ ihn wieder los, als hätte sie eben erst gemerkt, dass sie fuhren. »Das ist ja – also das ist echt –!«

»Tina«, sagte Ackermann ruhig in dieses Stammeln, »es war nichts im Kaffee.«

»Bitte?! Die Engelbrecht hat es selbst zugegeben! Ich hab sie reden hören, kurz bevor ich ganz weggetreten bin. Sie hatte den Typen bestellt, der das Zeug bei ihr lagert. Das war übrigens der, mit dem ich da in diesem Hauseingang geredet hab, der Freund von Mia Löwe, weißte? Der.«

»Der?«, fragte Ackermann in seltsamem Ton.

»Ja! Dem hat sie vorgeschlagen, mich in einen Schacht zu stürzen! Zum Glück wollte der keinen Mord am Hals haben, sonst hättest du mich irgendwo aus dem Kanal ziehen können!«

»Tina«, sagte Ackermann wieder. Er fuhr auf die Autobahn und gab Gas. »Ich weiß nicht, wen du da gehört hast. Und ehrlich gesagt kann ich mir nicht vorstellen, dass dieser Mann was mit der ollen Engelbrecht zu tun hat.«

»Er war bei ihr!«

»Tina«, sagte Ackermann begütigend. »Wir kennen diesen Mann. Er heißt Suki Paul Sanvalee, hat keine Alibis und Mia Löwes Nummer auf seinem Handy. In ihrer WG haben sie gesagt, dass er Mia nachgestellt hat. Das ist unser Täter, Tina.«

Bettina verschränkte die Arme. »Glaub ich nicht.«

»Und er ist tot.«

»Nein.«

»Du hast drei Tage geschlafen.«

»Nein«, sagte Bettina. »Er ist tot?«

»Ja.«

»Aber er ist kein Mörder!«

»Das ist aber momentan unsere Arbeitshypothese.«

»Nein! Nein, der war es nicht, der hat sich ganz anders angehört, der war sauer, weil diese fiese Engelbrecht überhaupt auf die
Idee gekommen ist, mich umzubringen! Der war sympathisch,
nicht von Anfang an, aber dann sehr! Den hat sogar gestört, dass
sie mir was in den Kaffee getan hat, und der wollte auch absolut
nichts mit den anderen Todesfällen zu tun haben.«

»Das wollen die wenigsten nach der Tat.«

»Scherzkeks«, sagte Bettina aufgebracht.

»Aber davon mal abgesehen, was sollte der bei der Engelbrecht?
Du warst unter Drogen, Tina. Du hast von dem Typen geträumt.
Wahrscheinlich ist er dir da im Hauseingang ein bisschen zu nah
gekommen, und vielleicht – hast du ihn attraktiv gefunden.«
Das sagte er mit starr geradeaus gerichtetem Blick.

Jetzt reichte es aber. »Willst du mich veralbern?«

»Ich meine ja nur, ich hab ihn gesehen – er war attraktiv.«

»Spinnst du? Das wird ja immer schöner, erst nehme ich Drogen, dann halluziniere ich Zeugen, und am Ende hab ich auch
noch erotische Träume vom Tatverdächtigen, weil der zufällig
gut aussieht!«

»Tina«, sagte Ackermann, »hör mal zu. Ich sag dir, was passiert
ist. Du hast von der Engelbrecht aus mit praktisch jedem von der
Truppe telefoniert wegen dieser Tasche. Eine Stunde später hat
die Zeugin Engelbrecht von sich aus einen Krankenwagen gerufen. Der kam dann so ziemlich gleichzeitig mit den Kollegen von
der Spusi. Frau Engelbrecht hat ausgesagt, dass sie dir die Tasche
mitsamt Inhalt übergeben hat. Du hast die Sachen untersucht,
hast dabei über Schmerzen geklagt und einen Kaffee verlangt.
Den hat sie dir gekocht. Dann ist sie raus auf den Balkon, um
nach ihrer Katze zu gucken, und als sie wiederkam, warst du
am Küchentisch zusammengebrochen. Sie hat die Ambulanz
bestellt und danach sofort ohne richterlichen Beschluss in eine
Haussuchung eingewilligt. Sie hat sie sogar vorgeschlagen. Da
war nichts, Tina. Keine Drogen, nirgendwo. Nicht einmal im
Kaffee, den haben wir natürlich analysieren lassen.«

»Oh Gott«, sagte Bettina und knetete ihre Stirn. Eine Pause
entstand. »Warst du dort?«, fragte sie dann dumpf.

»Ja, natürlich.«

»Kannst du dich an die Tassen erinnern?«

»Tassen?«

»In denen der Kaffee war, den ihr analysiert habt.«

Ackermann kaute auf seinen Lippen herum und sagte: »Meines Wissens war da nur eine.«

»Wie hat die ausgesehen?«

»Mit so Blumen drauf.«

»Ja«, sagte Bettina finster. »Das war ihre. Und was ist weiter passiert?«

»Sie wurde vernommen, denn die Sache hat ja wirklich ziemlich seltsam ausgesehen –«

»Hört, hört«, sagte Bettina.

»Aber die Kollegen hatten natürlich auch längst deine Tasche untersucht und das Fläschchen mit dem Oxycodon gefunden. Mit deinen Fingerabdrücken drauf. Überall. Außen auf der Packung und innen auch. Von der Engelbrecht keine.«

»Dass ich bewusstlos allein mit ihr in der Bude gelegen habe, hattet ihr vergessen, was?«

»Tina«, sagte Ackermann, den Blick fest auf die Straße geheftet, »ich hatte deinen Rucksack als Erster in der Hand, und glaub mir, ich hätte dieses Zeug beinahe verschwinden lassen.«

»Was?«, sagte Bettina schockiert.

»Ich hab es ja auch nicht gemacht. Ich dachte, wenn sie nicht wissen, was du intus hast, dann geben sie dir vielleicht das falsche Gegenmittel.«

Bettina starrte ihn nur an. Sie konnte es nicht fassen.

»Du weißt, wie ich es meine«, sagte Ackermann eine Spur zu begütigend.

»Ja, und das gefällt mir nicht.«

»Also, ganz so einfach haben wir es uns nicht gemacht. Schwartz hatte die Engelbrecht zum Verhör, ziemlich lange sogar, er hat es selbst geführt, und er war, nach allem, was ich gehört habe, kritisch. Aber sie ist bei ihrer Story geblieben, ganz glaubhaft, und am Ende hat der protokollführende Kollege sie nach deinem Mann aus der Hofeinfahrt gefragt, da hat sie ihn auf einen Nachbarn aufmerksam gemacht, der in seiner Wohnung einen jungen Wohnsitzlosen beherbergt. Der Nachbar ist polizeilich bekannt, bei dem hat es im letzten Winter schon eine Haussuchung gegeben. Wir waren dann dort drin. Ich war dabei. Das war der Unterschlupf von deinem Freund. Suki Paul Sanvalee. Der war natürlich längst weg. Aber er hat ein paar Sachen hinterlassen, die uns auf seine Spur gebracht haben. Er wurde gestellt, ist geflüchtet, dann haben die Kollegen ihn verfolgt, zuerst die Lautringer, dann unsere Freunde von der Verkehrspolizei Rheinpfalz. Also der Tomas. Du weißt ja, der uns die Sache mit den Schachtabdeckungen eingebrockt hat. Erst war er nicht begeistert, Junkie mit geklautem Auto, macht niemand gern, das geben die ab, so schnell sie können. Als Tomas aber erfahren hat, wer der Flüchtige war, soll er mehrere Zähne zugelegt haben. Filmreife Verfolgungsjagden, der Tomas ist selbst gefahren, bis nach Aachen, der wär noch mit in die Niederlande. Aber bevor sie an der Grenze waren, hatte der Flüchtige einen Unfall.«

»Sie haben ihn gejagt«, sagte Bettina finster.

»Er ist vorausgefahren«, sagte Ackermann. »Er hätte langsamer machen können.«

»Ja, klar.«

»Tja, leider hat er einen Brückenpfeiler vor den Kopf gekriegt. Gestern Morgen ist er im Krankenhaus gestorben.«

»Und wieso ist er noch mal der Hauptverdächtige für die Kanaldeckelmorde?«

»Na, er hat Mia Löwe gekannt. Sie war natürlich nicht ganz seine Liga, er der kaputte wohnsitzlose Dealer, sie die hübsche vielversprechende Studentin. Aber er hat's versucht. Das kommt vor. Hat sie nach ihrem Tod noch dreimal angerufen.«

»Das spricht gegen ihn, wie?«

»Vielleicht hat er ihr Handy gesucht.«

»Was ist mit Mandy Brandtstätter?«

»Die hat wahrscheinlich selbst mit Medikamenten gedealt. Wie du angenommen hast. Wir haben in ihrer Wohnung ein Versteck gefunden mit Sachen, die sie vermutlich aus dem Krankenhaus geknaudelt hat. Kleine Tütchen mit Morphin, ein paar

Fläschchen Tilidin und auch Oxycodon. Eine Verbindung zu Sanvalee wird noch überprüft. Ist aber gut möglich.«

Sie schwiegen eine Weile. Ackermann fuhr schnell, man konnte sein Gesicht nicht richtig sehen.

Bettina bewegte ihre nackten Zehen und spürte den rauen, sandigen Teppich des Ulysse unter ihren Füßen. Auf einmal fühlte sie sich seltsam traurig. War dies jetzt das Down nach dem Oxycodonrausch? Sie erinnerte sich fast schmerzhaft an den wunderbar rauchigen Nebel. Im Vergleich dazu schienen ihr der Autositz, die Straße, ihr Kollege (und Freund?) Ackermann plötzlich enttäuschend eindimensional und spröde, fehlerhaft, kalt. Das mochte an den Drogen liegen. Aber vielleicht auch nicht.

»Und die Engelbrecht«, sagte sie schließlich, »die sitzt jetzt schön zu Hause im Warmen und kriegt vielleicht sogar noch 'ne Medaille vom Bürgermeister dafür, dass sie mich fast umgebracht hätte?«

Ackermann seufzte. »Das klären wir, okay? Wenn es so war, dann kriegen wir sie dran.«

»*Wenn* es so war?«

Ackermann schwieg.

»Ich versteh das nicht«, sagte Bettina. »Du traust mir zu – alle trauen mir zu! –, dass ich mich bei einer wichtigen Zeugin in die Küche setze und dort abschieße! Wie kommt ihr auf so eine unglaubliche Idee? – Und habt ihr euch mal gefragt, wieso die Engelbrecht die Handtasche von Mia Löwe hatte? Und wieso sie zur Tatzeit am Tatort war?«

»Natürlich.«

»Kam das niemandem verdächtig vor?«

»Doch, aber sie hatte eine gute Erklärung.«

»Ach ja?«

»Tina«, begann Ackermann.

»Hör auf mit diesem blöden ›Tina‹! Ich bin doch nicht irre!«

Ackermann atmete durch. »Die Engelbrecht«, sagte er fest, »ist eine uralte Frau mit einem sauberen, nachprüfbaren Lebenslauf. Sie hat früher als Küchenhilfe in einer Klosterschule in Lautringen gearbeitet. Sie wohnt seit Jahrzehnten in ihrer Wohnung, und sie ist fast neunzig Jahre alt! Während ihrer Vernehmung ist sie zweimal eingeschlafen! Mag sein, dass sie tief drin in ihrem Herzen ein Ausbund an Bosheit und Gerissenheit und vielleicht sogar Mordlust ist, aber körperlich war sie zu den Taten nicht in der Lage. Glaub mir, das wurde untersucht! Der Schwartz hat sich sogar herbeigelassen, Dr. Lee zu konsultieren. Und der Doc hätte zu gern was bei der Alten gefunden, der konnte sie gleich nicht leiden.« Letzteres sagte Ackermann ziemlich unglücklich.

»Wenigstens einer«, sprach Bettina süffisant.

»Aber er musste ihr körperliche Schwäche attestieren.«

»Immerhin war sie in der Lage, meinen Kaffee zu vergiften und mir Tabletten in die Tasche zu tun«, sagte Bettina. Sie fühlte sich plötzlich müde und verlassen. Der Regen war stärker geworden und schlug kräftig gegen die Autofenster. Katis Trainingsanzug fühlte sich ungewohnt an und kratzte.

Irgendwie war das alles viel zu schnell gegangen. Bettina sehnte sich nach ihrem Taunus. Selber fahren, eigene Klamotten tragen, tun, was sie für richtig hielt. Stattdessen saß sie barfuß in Ackermanns Riesenauto, trug Kleidung, die er angeschafft hatte, und fuhr zu seiner Wohnung, wo ihre Kinder auch schon untergebracht waren. Was war geschehen, dass er so schnell und vollständig Besitz von ihr ergriffen hatte? Und dass sie sich jetzt entfremdet und schäbig fühlte?

»Tina«, sagte Ackermann und hob abwehrend die Hand, als sie wieder aufbegehren wollte. »Man weiß nie alles über den anderen, verstehst du?«

»Darum muss man ja nicht gleich das Schlimmste annehmen.«

»Es tut mir leid«, sagte Ackermann.

Bettina schaute hinaus in den Regen. »Hast du eigentlich mein Laptop mitgenommen?«

»Natürlich.«

»Hast du es zu Hause?«

»Ja, wieso?«

»Mir ist da gerade was eingefallen.«

In Ackermanns Wohnung war es verdächtig still. Sammy schlief auf dem Teppich vor dem Fernseher im Wohnzimmer, ein kleines dunkles Bündel mit samtiger Haut und rosa Klamöttchen, Bettina war ganz gerührt bei dem Anblick. Enno lag mit glasigen Augen auf der Couch und guckte einen *Spiderman*-Film. »*Fluch der Karibik* war zu Ende«, sagte er.

»Hallo, Enno«, sagte Bettina.

»Hi, Tina«, sagte Enno.

Sie ging hin und gab ihm einen Kuss. »Wie war's?«

»Gut.« Er starrte weiter mit diesem leeren Blick auf den Bildschirm.

»Du bist todmüde«, sagte Bettina lächelnd.

»Nein.« Enno umarmte sie plötzlich, drückte sie fest und sagte: »Gut, dass du aus dem Krankenhaus raus bist.«

»Danke, mein Schatz.«

Enno guckte schon wieder auf den Fernseher.

»Die sind alle«, sagte Ackermann von der Tür aus.

»Ja«, sagte Bettina.

»Lass sie hier schlafen.« Ackermann sah jetzt auf einmal fast unwiderstehlich aus, wie er das sagte, unsicher, bittend, mit einem tiefen Blick.

»Tut mir leid«, sagte Bettina und schüttelte den Kopf.

»Tina –«

»Es ist nicht wegen dem –« Sie brach ab. »Du bist toll.« Bettina spürte, wie ihr die Tränen in die Augen stiegen. Sie war selbst fertig, aber ganz und gar. »Du hast meine Kinder gerettet. Aber ich muss nach Haus, verstehst du? Es ist –« Sie blickte auf ihre nackten Füße. »Ich brauche Schuhe.«

Als dann die Kinder endlich in ihren eigenen Betten lagen und schliefen, da war Bettina so müde, dass sie beinahe auf dem Klo eingeschlafen wäre. Doch eine Sache wollte sie unbedingt noch wissen. Sie putze oberflächlich ihre Zähne, dann wankte sie hinaus ins Wohnzimmer zu dem Berg Gepäck, den sie dort abgeladen hatten, und suchte ihr Laptop. Sie fand es unter Ennos Reisetasche und setzte sich damit auf den Fernsehsessel, doch dort fror sie plötzlich, und so nahm sie den Computer kurzerhand mit ins Bett. Da schaffte sie es gerade noch, die Akte ›Kaltmamsell‹ aufzurufen. Sie brauchte die Asservatenliste von Mia Löwes Handtasche. Ach Gott, war die lang, jeder einzelne Lippenstift aufgeführt, wieder tanzten Buchstaben vor Bettinas Augen, diesmal nicht wegen Drogen, sondern vor Müdigkeit. Aber wo war das kleine Säckchen? Hatte die Engelbrecht etwa –

Nein, da war es. Bettina las: *Samtsäckchen, 2x3 cm, goldbedruckt, Inhalt: 1 Paar Eheringe, neu ohne Gravur.*

Ein Paar Eheringe ohne Gravur. Mit diesem Bild im Kopf schlief Bettina ein. Und sie träumte von Tante Elfriede, die sie bei der Hand nahm, ihr hässliches böses Gesicht vor das hübsche von Ackermann schob und giftig flüsterte: »Du musst. Du musst!«

Morning, just another day
Happy people pass my way
Looking in their eyes
I see a memory
I never realized
How happy you made me, oh Mandy

Well you came and you gave without taking
And I sent you away, oh Mandy
And you kissed me and stopped me from shaking
And I need you today, oh Mandy

Gave without taking – fürn Arsch. Du hast immer gern genommen,
Mandy. Mein schönes Geld. Aber eins stimmt: you stopped me from
shaking. Und ich brauch dich.

Dich und deine wunderbaren Oxys. Es war ein Fehler, zu glauben,
dass ich ohne sie auskomme. Ich bin am Ende. Ich hab gestern den
Kühlschrank leergefressen, Mandy. Und drei Mal gekotzt.

Verdammte Kacke, dieses blöde Lied geht mir nicht mehr aus dem
Kopf. Hör auf damit, Mandy. Hör auf.

* * *

An diesem Morgen wurde Bettina vom Klingeln des Telefons
geweckt. Es war Ackermann, er klang nüchtern und kurz angebunden. »Du musst heute mit zur Frühbesprechung.«

»Ich weiß«, sagte Bettina. Sie wälzte sich aus dem Bett und
fühlte sich mindestens wie siebzig. Dann besah sie sich im Ba-
dezimmerspiegel und fand, dass sie völlig fremd aussah: riesige
Augen, verfilztes Haar und total blass. Sie stellte sich unter die

Dusche, schaffte es aber nicht, das Wasser richtig warm zu stellen – eine längere Prozedur von Laufenlassen und Abschalten und Boilerregeln, für die sie heute Morgen keinen Nerv hatte. So duschte sie eben lau und fror, als sie aus dem Bad kam. Sie benutzte ein Haarglättungs-Balsam von Enno (unglaublich, was der alles an Pflegeprodukten besaß!) und eine Bürste, um ihr Haar zu entfilzen, und dann hatte sie keine Zeit mehr, um zu essen. Sie stellte den Kindern die kümmerlichen Reste ihrer Frühstücksflocken-Sammlung auf den Tisch, schrieb ihnen einen Zettel mit vielen Herzchen und Vorschlägen zur Freizeitgestaltung, da klingelte Ackermann schon an der Tür.

Sie schwiegen während der Fahrt, kein brodelndes Schweigen wie beim letzten Mal, sondern ein eher verhaltenes, kaltes. Auch heute Morgen gab es keinen Zweifel daran, dass Ackermann wirklich glaubte, Bettina hätte das Oxycodon selbst genommen, und das war, wenn man's genau nahm, unverzeihlich.

»Du«, sagte Bettina schließlich, als sie schon an Enkenbach vorbei und fast in Lautringen waren, »diese Mia Löwe, das zweite Opfer, was war das für eine?«

»Wie meinst du das?«

»Na, du warst doch bei ihr zu Hause. Was war sie für eine Frau?«

»In der WG?«

»Ja. Was haben ihre Mitbewohner gesagt?«

»Sie hat Informatik studiert – Bachelor –, hat sich ein bisschen schwergetan. Dass sie Informatik studiert, hättest du auch nicht gedacht. Ein buntes Zimmer mit lauter Deckchen und Kisschen und selbstgenähten Sachen. Ich hätte auf Grafikdesign getippt.«

»Hatte sie einen Freund? Ich meine: außer Suki Sanvalee?«

»Sie muss ziemlich attraktiv gewesen sein«, sagte Ackermann. »Aber angeblich kein Glück mit den Männern. Sie hatte wohl ein paar Bewunderer, ist aber immer an zwielichtige Typen geraten. Das hat zumindest ihre Mitbewohnerin gesagt. Und Suki – wenn er denn ihr Freund war – war ja wohl auch nicht ganz so Schwiegermutters Liebling.«

»War sie mal verheiratet?«

»Nein.« Ackermann lächelte schief. »Du willst es aber genau wissen.«

»Ja, denn ich frage mich, warum Mia Löwe ein Paar unbenutzte Eheringe mit sich herumgeschleppt hat.«

»Ah«, machte Ackermann. »Genau, da war so was.«

»Habt ihr darüber im Team gesprochen?«

»Es wurde erwähnt.«

»Diese Eheringe«, sagte Bettina, »waren in Mia Löwes Kosmetiktasche, in einem kleinen Seitenfach, ganz versteckt unten drin. Ich habe eine Nagelfeile gebraucht, um sie rauszukriegen.«

»Du hast sie gesehen?«

»Ich hatte viel Zeit bei der Engelbrecht«, sagte Bettina. »Diese Ringe waren in einem hübschen goldenen Täschchen. Die sind da nicht mal eben reingesteckt und vergessen worden. Die hatten einen Sinn.«

»Ein neues Paar Eheringe«, sprach Ackermann nachdenklich.

»Und weißt du, was sie noch hatte? Ein sehr schönes Etui mit Braut-Make-up. Hat ziemlich teuer ausgesehen.«

»War das auch unbenutzt?«

»Nein.«

»Hm«, machte Ackermann.

»Sie hat geübt«, sagte Bettina. »Für den Ernstfall. Und war allzeit bereit.«

Sie schwiegen einen Moment. Dann sagte Ackermann: »Das erinnert mich an was«, und Bettina gleichzeitig: »Weißt du, woran ich da denken muss?«

Sie sahen sich an und lächelten spontan, für einen kurzen, irritierenden Moment tief verbunden.

»Eine Million Euro«, sagte Ackermann.

»Bestellung beim Universum«, sagte Bettina. »Haben die beiden Opfer sich gekannt?«

»Davon weiß ich nichts«, sagte Ackermann, »aber wenn es da eine Verknüpfung gäbe, dann wäre die bestimmt ganz genau untersucht worden. Das wäre ja eine echte Spur.«

* * *

Weißt du, Mandy, mir ist jemand eingefallen, der dick und schön ist. Oder war, wer weiß, wie sie jetzt aussieht: Mia. Die war nicht ohne. Vielleicht lag's an ihrer naiven Art. Ein Lächeln, das die Sahnetörtchen und Fieslinge nur so auf sie fliegen lässt. Aber weißt du was, Mandy, diese Art von Schönheit hält nicht. Die Schwerkraft, die Männer – das zieht einen runter. Kennst du ja.

Tja, ich weiß, das ist bescheuert, Mandy, aber ich geh jetzt eine rauchen. Ja, ich war weg davon, ja, es hat ewig gedauert undsoweiter. Aber was soll ich machen? Ich hab schon vor Tagen wieder angefangen. Ich werd sonst wahnsinnig.

* * *

»Gott«, sagte Bettina und trat einen Schritt zurück, »was ist das denn?«

Sie saßen sogar auf den Tischen. Die ganze riesige Etage, die das Lautringer K11 einnahm, war voller Menschen.

»Das ist so, seit wir unseren Hauptverdächtigen haben«, sagte Ackermann. Über eine Leinwand vorne liefen in Endlosschleife Bilder eines jungen Mannes. Suki Paul Sanvalee war offensichtlich schon vor seiner Todesfahrt polizeilich bekannt gewesen, denn zwei der Fotos stammten vom Erkennungsdienst, und eine der Einblendungen war sein Profil aus der Verbrecherdatei.

»Ich geh da nicht rein«, erklärte Bettina.

»Du musst dich bei Schwartz melden«, sagte Ackermann mit Blick ganz nach vorn, wo der EHK stand. Neben dem mutmaßlichen Psychologen und –

»Ist das da etwa der Tomas?« Bettina hatte sich auf die Zehenspitzen gestellt, um die Szene einigermaßen überblicken zu können. Vorwärts bewegte sie sich aber keinen Zentimeter.

Ackermann spähte seinerseits nach vorn, natürlich ohne Zehenspitzen. »Ja. Immerhin hat er den Mörder gestellt. In voller Fahrt.«

»Alarm für Cobra 11«, sagte da eine trockene Stimme aus dem Hintergrund.

Bettina drehte sich um. »Herr Doktor. Guten Morgen.«

»Guten Morgen«, antwortete Dr. Lee. »Ludwigshafen hat Clint Eastwood geschickt.« Er blickte über die vielen Rücken und Hinterköpfe nach vorn zu EHK Tomas. Viel von ihm konnte man nicht sehen, aber immerhin trug er heute kein blaues Leder.

»Nein, der ist nicht geschickt worden«, sagte Bettina. »Der wollte das von sich aus tun. Weil er damals vor vier Jahren von einem hergelaufenen Kanaldeckel-Serienöffner an der Nase rumgeführt worden ist. Das hat ihn geärgert. Und außerdem will er es Härting zeigen.«

Dr. Lee hob eine Braue. »In Ludwigshafen gab es auch offene Schächte?«

»Deswegen sind wir ja hier«, sagte Bettina.

»Ach ja«, sagte Dr. Lee. »Das vergisst man fast, wenn man an diesen jungen Mann und sein schnelles Auto denkt.«

»Was war es denn für ein Auto?«, fragte Bettina.

Dr. Lee zuckte die Achseln.

»Audi«, sagte Ackermann.

Bettina sah den Doktor an. »Sie glauben nicht, dass Sanvalee der Täter war«, sagte sie.

Er schüttelte den Kopf. »Ich *glaube* sowieso nicht, wenn es um Verdächtige geht. Diesem jungen Mann gegenüber bin ich indifferent bis misstrauisch. Als Mitmensch war er angeblich unangenehm. Ein erfolgreicher Krimineller.«

Vorne wurde jetzt die Besprechung eröffnet, jemand begann eine Theorie darzulegen, vermutlich der Psychologe, denn er konnte nicht reden. Zumindest nicht so knapp und präzise wie ein Polizist, aber er hatte auch eine undankbare Aufgabe: Er musste Suki Paul Sanvalees Verfassung und Absichten zum Zeitpunkt seiner Flucht erklären. Das konnte er sich natürlich nur aus den Fingern saugen, und richtig viel Lust dazu schien er nicht zu haben.

»Was«, fragte er die mächtige Polizistengemeinde fast anklagend, »glauben Sie, ist typisch für einen Mann, der Frauen auf obszöne Weise in Abwasserschächte stopft? Meinen Sie, es gäbe da anerkannte Vergleichsfälle ...?«

»Er hat sie bespuckt«, sagte Dr. Lee indessen halblaut zu Bettina.

»Wer hat wen bespuckt?«

»Der Täter«, sagte Dr. Lee, »hat seine Opfer bespuckt. Auf den Hintern.« Er seufzte und richtete seinen Blick einen Moment in ganz weite Ferne, wie um dieser zusätzlichen Scheußlichkeit zu entkommen. »Das haben Sie nicht mitbekommen, Sie waren ja in der Klinik. – Wie geht es überhaupt?«

»Gut.«

»Sie sind *manyeo* begegnet.«

»Was ist das?«

Dr. Lee dachte nach. »Auf Deutsch bedeutet Hexe.«

»Komisch, dass Sie das sagen.« Bettina fröstelte plötzlich. »Sie hat mich vergiftet!«

»Ja«, sagte Dr. Lee schlicht.

»Da!«, sagte Bettina darauf so laut zu Ackermann, dass die Umstehenden sich zu ihr umdrehten. »Dr. Lee glaubt mir!«

»Ich konnte es aber nicht beweisen«, wandte Dr. Lee ein. »Und wenn ich es nicht beweisen kann, kann ich es eigentlich auch nicht glauben. Sagen wir also: Ich bin indifferent. Mit leichter Tendenz zu Vergiftungstheorie. Denn alles andere ist unlogisch.« Er lächelte Ackermann zu.

»Wir könnten es vielleicht doch beweisen«, sagte Bettina. »Indem wir einen Drogenhund bei der Engelbrecht durchjagen. Wenn der anschlägt, wüssten wir, dass da was war.«

»Ja, dann frag mal den Schwartz«, knurrte Ackermann. »Aber weißt du, wie viele Baustellen die im Moment haben? Die haben jetzt schon Verstärkung aus Trier.«

»Ich krieg die dran«, erklärte Bettina. Sie blickte zu Ackermann auf. »Wenn mir einfällt, wie, hilfst du mir dann?«

Der große hübsche Ackermann sah ziemlich unbehaglich aus, sagte aber: »Na klar.« Dann wandte er sich schnell ab.

Na klar, dachte Bettina. Na klar, du glaubst mir nicht. »Was ist jetzt mit dieser Spucke?«, fragte sie laut.

Dr. Lee zuckte die Achseln und sagte: »Ja, konnten wir kaum für möglich halten. Alles war so sauber. Und dann haben wir tat-

sächlich organisches Material gefunden. Speichel. Kein Zweifel.«
Er wies mit dem Kopf in die Richtung, wo sich der Psychologe in
Nebensätzen verfing, aus denen ein Entkommen kaum möglich
schien. »Er hat ein paar gute Sachen dazu gesagt.« Ackermann
blickte zweifelnd, doch Dr. Lee nickte. »Er sagt, entweder Täter
ist sehr arrogant – etwa so wie junger Krimineller, der Autos
knackt und schnell und schön ist und nie Misserfolg hatte.«

»Oder?«

»Oder Täter hat die Leichen markiert, um uns ein Zeichen zu
geben. Er will mit uns kommunizieren.« Er blickte Bettina an.
»Das wäre Serienkiller aus Hollywood.«

Sie blickte zurück und sagte: »Oder?«

Dr. Lee lächelte. Kluges Mädchen, sagte seine Miene. »Oder
nichts«, sagte sein Mund. »Es gibt nur diese zwei Möglichkeiten.«

»Hm«, machte Bettina.

»Genau«, sagte Dr. Lee. »Interessant ist, wie unbefriedigt uns
das lässt. Man hat das Gefühl, es müsste noch dritte Möglichkeit
geben.«

»Hat er gesagt?«, fragte Bettina und horchte wieder mit halbem Ohr auf die Stimme des Redners, der seinen chaotischen
Satzbau mit fünfsilbigen Fremdwörtern auszugleichen suchte. Er
hörte sich trotzig dabei an.

»Hat er gesagt«, bestätigte Dr. Lee.

»Ach«, sagte Bettina. Und applaudierte laut, als der Psychologe am Ende doch noch atemlos einen Weg aus seinen laby-
rinthischen Gedankengängen fand. Dann sagte sie, zu Dr. Lee
gewandt: »Und von wem ist die Spucke?«

Der Doktor begann zu lachen. »Meine liebe Frau Boll –«

»Lassen Sie mich so fragen: Ist sie von Sanvalee?«

»Die Sequenzierung dauert noch. Wir erwarten erste Ergebnisse allerfrühestens morgen Nachmittag.« Dr. Lee stupste sie
dezent an und wies nach vorn. »Sie sind dran.«

Bettina zuckte zurück, doch irgendwie hatte sich quer durch
den Raum eine Blickachse zwischen ihr und EHK Schwartz ge-
bildet, und er gab ihr heftige Zeichen mit der Hand.

»Na los«, sagte Ackermann, »so ein Publikum kriegst du nie wieder.«

Bettina seufzte und quetschte sich in die Menge. Währenddessen ging es vorne um Mia Löwes letzte Schritte.

»Ihre Freundin Sigrid«, referierte eine jugendlich klingende Frauenstimme, »hat ausgesagt, dass Mia eigentlich drauf gehofft hatte, Suki abends im *Stellwerk* zu treffen, weil's ja Samstag war.« Offenbar hatten noch andere genau diesen Wochenendritus, denn ein Raunen und Lachen ging durch den Raum.

»Aber Suki«, fuhr die Stimme, die alle Beteiligten nur beim Vornamen nannte, etwas höher fort, »ist an dem Abend nicht eingelassen worden, das ist ihm wohl öfter passiert. Da hat er gewartet, an dem Parkplatz unterhalb des Kotten, den Mia immer benutzt hat. Oben an ihrer Wohnung ist die Parksituation sehr schlecht. Extrem eng.«

»Also war sie berechenbar«, mischte eine männliche Stimme sich ein.

»Genau«, war die Antwort. »Mia ist jeden Freitag und Samstag ins *Stellwerk* gegangen, und wenn sie heimkam, hat sie immer auf diesem Parkplatz geparkt, der ist riesig und in der Nähe ihrer Wohnung. Sie musste dann nur noch ein paar Gässchen den Kotten hoch.«

»Und da war ein offener Schacht für sie vorbereitet«, sagte Bettina zu Schwartz, den sie soeben erreichte.

»Frau Boll! Sie sind übern Berg!«

Bettina sagte verlegen: »Ja.«

Schwartz klopfte der jungen Beamtin, die gesprochen hatte, leicht auf die Schulter und sagte: »Gut, das war's für heute Morgen.«

Sofort wurde es lauter im Saal. Die Versammlung löste sich auf.

»So«, sagte Schwartz leiser. »Frau Boll, ich hatte mir gedacht, dass Sie heute mal mich begleiten. Wäre Ihnen das recht? Sie folgen mir unauffällig und lassen mich an Ihren Gedanken teilhaben, bevor Sie davonstürzen und alleine was unternehmen.«

»Oh«, sagte Bettina. »Tja – natürlich.«

»Schön. – Was ist jetzt?«

Paulus kam mit einem Telefon. Sie hielt es von sich weg wie einen schmutzigen Lappen und reichte es ihrem Chef. »Kam eben gerade rein, die Kollegen vom Rettungseinsatz sind schon auf dem Weg. Und die Notrufzentrale hat es aufgenommen und uns sofort gesendet.«

Schwartz nahm das Telefon, horchte kurz, sagte: »Ja«, und stellte es laut. Ein paar Umstehende zischten: »Pssst!«

»Schöne hier«, rief eine atemlose Stimme aus dem Telefon in den Aufbruch der Soko ›Kaltmamsell‹ hinein und brachte ihn zum Erlahmen. »Schöne, Julia Schöne«, sie nannte eine Adresse, schien zu zögern, dann hörte man sie schluchzen.

Im Saal war es ganz plötzlich mucksmäuschenstill.

»Sie hat ihre Einkaufstüten an der Treppe stehen lassen«, klagte Schöne zusammenhanglos und offenbar unter Schock. »Und da hinter dem Zaun – da ist so ein Abwasserdings, Schacht, und jetzt liegt sie da unten in diesem, diesem –« Ein Schluchzen unterbrach den Redefluss, doch Julia Schöne fasste sich wieder. »Ich glaube, sie ist tot«, sagte sie jetzt, und das klang vernünftig und klar, doch danach brach die Verbindung ab.

Zehn Minuten später saß Bettina im Fond von Schwartz' privatem Passat. Vorn auf dem Beifahrersitz tippte Schwartz wortlos in sein Smartphone, ein etwas älterer Kollege fuhr den Wagen. Ackermann hatte sie in dem Trubel ganz verloren, der befand sich vermutlich im Konvoi direkt hinter ihnen. Dafür saß nun direkt neben Bettina der schwarzgekleidete Psychologe. Obwohl der zusah, spähte sie unverschämt über Schwartz' Schulter auf den Minibildschirm des Chefs.

Schließlich hielt sie die Desinformation nicht mehr aus und sagte: »Wenn dieses Opfer nach Suki Sanvalees Tod angegriffen wurde, kann er nicht der Täter sein.«

Schweigen. Schwartz tippte weiter, der Psychologe machte ein zustimmendes Gesicht und guckte aus dem Fenster.

»Man sollte das wirklich sofort checken, weil der Todeszeitpunkt ein super Ausschlusskriterium für den Verdächtigen ist«, fuhr Bettina beherzt fort, auch wenn sie sich damit eventuell ein wenig naiv anhörte.

Schwartz hob den Kopf. »Frau Boll, lassen Sie's gut sein. Wir können frühestens am Tatort bei der Leiche irgendwelche Tatverdächtigen ausschließen, weil wir da erst der Weisheit unseres geschätzten Dr. Lee teilhaftig werden können.« Das klang so gereizt, dass Bettina sich rasch in ihren Sitz zurückfallen ließ.

»Boll aus Ludwigshafen«, sagte sie zu dem Psychologen, der sie leicht belustigt musterte.

»Christian«, antwortete er. »Theuer, aber den Nachnamen können Sie weglassen.«

»Bettina. Haben Sie mit der Zeugin Engelbrecht gesprochen?« Sie sah nach vorn zu Schwartz und sprach etwas lauter. »Gibt es eine Möglichkeit für mich, zu beweisen, dass sie mich vergiftet hat?«

Schwartz zuckte nicht mal mit der Wimper. Er tippte einfach weiter.

»Ich habe das Thema mal flüchtig angedeutet«, erklärte Christian. Jetzt hatte er Lachfältchen um die Augen. »Es erscheint mir relativ unwahrscheinlich, dass Sie als erfahrene Polizistin einen Zusammenbruch bei einer Zeugin riskieren. Andererseits –«

»Ist alles schon da gewesen«, sagte Schwartz über die Schulter. »Kollegen mit Alkoholproblem, Kollegen mit posttraumatischen Störungen, alles.« Er sah Bettina an. »Sie bleiben in meiner Nähe, und bei Gelegenheit reden Sie mit ihm.« Er wies mit dem Daumen auf Christian. »Wenn Sie Hilfe brauchen, dann kriegen Sie die, Frau Boll.«

»Sie könnten mir helfen, Frau Engelbrecht zu überführen«, versetzte Bettina aufsässig. »Ein Spusi-Team, ein Drogenhund, eine Vorladung –«

Schwartz winkte ab. »Wir denken da an ein paar Therapiegespräche«, sagte er und beugte sich wieder über sein Telefon.

Toll, dachte Bettina. Ich werde fast umgebracht, aber nicht die Täterin muss in den Bau, sondern ich zum Psychiater. »Nehmen wir an«, warf sie nach einer kurzen Pause in die schweigende Runde, »Herr Sanvalee wäre als Täter raus, dann hab ich eine

Frage.« Jetzt wandte sie sich an Christian. »Wir haben da einen Magersüchtigen.«

Schwartz horchte kurz auf. »Dieser Junge aus Ludwigshafen? Schreck?«

»Felix Schröck«, präzisierte Bettina. »Er hat irgendwie mit dem Fall zu tun, und er hat diese Krankheit.«

»Anorexie?«, fragte Christian.

»Genau. Er sieht zwar nicht aus, als könnte er schwere körperliche Anstrengungen leisten, aber – tja, er hat vielleicht was gegen Dicke.«

»Verstehe«, sagte Christian. »Man müsste ihn mal sehen – er hat wirklich nur Anorexia nervosa? Oder noch irgendeine andere Störung?«

»Ich glaube, er schneidet sich die Haut auf«, sagte Bettina.

»Verstehe. Hm – aber daraus können Sie kein Tatmotiv stricken. Leute mit Essstörungen, selbst wenn sie diese autoaggressiven Anfälle haben, sind ungefährlich für andere.«

»Wieso?«

Christian zuckte die Achseln. »Das ist so. Anorektiker sind begabt, angepasst und vollkommen egozentrisch. Langweilig. Sie interagieren kaum. Alles, was sie besitzen – ihre Begabungen, ihre Aggressivität, ihre Energie –, nützt ihnen nichts, denn sie haben schlicht kein Interesse an anderen Leuten. Sie –«

»Himmel, Arsch und Zwirn«, sagte Schwartz in diese Unterhaltung hinein und brachte sie zum Erliegen. »Die Sanis sind jetzt vor Ort. Das Opfer ist schwer verletzt und wird vermutlich die nächsten Stunden nicht überstehen. Aber es lebt noch.«

Ab diesem Moment war der Erste Hauptkommissar nicht mehr ansprechbar und übel im Stress. Eigentlich brüllte er nur noch rum. Ein lebendes Opfer war, so zynisch das klang, viel komplizierter als ein totes, weil natürlich Lebensrettung vor Spurensicherung ging. »Hat einer von den Sanis ein Foto gemacht?«, donnerte Schwartz ins Telefon, dann stieß er einen Fluch aus und begann von seinem Soziussitz aus übers Handy zu organisieren. »Sag dem Mackenbacher, er soll beikommen und die Sanis überwachen!« – »Ist der Doktor schon da? Was? Himmel, Arsch, wie viele Sanis sind das denn?« – »Einen Bagger? Die wollen mit einem Bagger unseren Tatort umgraben? Sag, sie sollen warten. Nein. Warten. Ich will das erst sehen.« – »Atmung jetzt stabil? Keine Frakturen? Na also –«

Am Tatort selbst war die Hektik dann schon fast wieder vorbei. Der Schacht, in dem das neue Opfer lag, endete in einem kniehoch aus dem Boden aufragenden Betongussteil. Er wirkte spektakulär und mächtig allein deshalb, weil er nicht einfach im Boden verschwand. Außerdem lag er in gottverlassenem Gelände: eine unübersichtliche, mit stattlichen Birken bewachsene Brache. Etwa hundert Meter entfernt blinkten die kaputten Fensterscheiben eines hohen roten Backsteinhauses in der Vormittagssonne, davor herrschte Dschungel: mannshohe Büsche, viel Müll und rostige Maschinenskelette. Die Wärme ließ die trockenen Gräser duften. Schienen führten ins Nirgendwo, ein winziger Trampelpfad vermutlich nach vorn zu irgendeiner Straße.

Direkt hinter ihnen befand sich eine Reihe gepflegter Grundstücke. Von dort, aus dem gemeinsamen Garten des Opfers und der Zeugin Schöne, die ihre Nachbarin im Schacht gefunden hatte, waren sie alle gekommen. Dieser Garten füllte sich immer noch weiter mit Polizisten, während sich hinter dem Zaun am Schacht selbst eine Gruppe von Sanitätern breitgemacht hatte. Sie standen ziemlich tatenlos herum, ordneten ihre zahlreichen Gerätschaften und warfen ab und zu Blicke in den Schacht, wo ein einzelner unsichtbarer Lebensretter mit dem Opfer zugange war. Die Bergung schien größere Probleme aufzuwerfen. Ein Bagger war inzwischen bestellt, auch wenn dessen Einsatz fraglich und vermutlich bloßer Aktionismus war.

Schwartz kochte. Er hatte Bettina und Christian hinter sich her zum Schacht geschleppt und stand nun gemeinsam mit ihnen und dem Chefspurensicherer namens Mackenbacher etwas im Abseits, wo er zusehen musste, wie die Sanitäter bedenkenlos seinen schönen Tatort zertrampelten.

»Ah«, sagte Mackenbacher plötzlich. »Der Doktor.«

Aus einem kräftigen Holunderbusch flatterte eine Elster auf und begann zu schimpfen. In ihrer schwarzweißen Eleganz besaß sie eine unbestimmte Ähnlichkeit zu Dr. Lee: Auch sie wirkte beneidenswert kühl unter der gleißenden Sonne. Und sie löste Gereiztheit unter den Polizisten aus, genau wie der Doktor. Der betrat mit elastischem Schritt die Brache, nickte knapp in die Runde, näherte sich dem Schacht, beugte sich hinein, wechselte drei Worte mit dem Erstretter und sagte dann vernehmlich: »Lassen Sie mich mal sehen.« Damit half er dem Sanitäter aus dem Schacht und stieg selbst hinunter.

»Klar«, murmelte der Spusi-Chef. »Natürlich muss der da auch noch runter, jetzt waren sie, glaube ich, alle mal beim Opfer und haben guten Tag gesagt.«

»Und wahrscheinlich«, knurrte Schwartz, »haben wir nachher doch 'ne Leiche, aber wieder kein Foto vom Tatort.«

»Alle ohne Overall«, fügte Mackenbacher an. »Nächstes Mal tragen sie bestimmt noch Angorapullover.«

»Nicht mal Galoschen haben sie«, klagte Schwartz.

»Wollen Sie Spuren an der Leiche oder eine Aussage von der lebenden Zeugin?«, fistelte Mackenbacher mit hoher Stimme. »Immer dasselbe!«

In dem Moment tauchte Dr. Lee wieder auf. Er blickte Mackenbacher direkt ins Gesicht und sagte: »Lebende Zeugin wäre gut, oder? – Leute, wir können nicht warten. Opfer muss sofort da raus. Ist Risiko, Rumhieven, aber Risiko zu warten ist größer.« Er blickte den nächsten Sani an und sagte: »Gurte. Los.«

Dann wurde es hektisch, Gurte wurden runtergelassen und eine kleine Hebevorrichtung über dem Schacht aufgebaut. Die Krankenliege stand längst in Position. Rufe wurden laut: »Rechts?« – »Sitzt!« »Links?« – »Moment – sitzt!« – »Und auf!« – »Auf!« – »Auf!«

Alle Augen richteten sich auf die Schachtkante. Gleich würde dort ein Körper erscheinen. Dann konnte jedermann sehen, was dem Opfer angetan worden war, wie geschunden der Täter es zurückgelassen hatte.

Bettina wandte sich ab. Schwerverletzte mochte sie fast noch weniger anschauen als Leichen. Sie schwitzte. Ihre Strafversetzung zum Chef der Soko hatte sie hierher in die vorderste Reihe katapultiert, aber sie war nicht sicher, ob das wirklich ein guter Platz war. Erstens die Nähe zum Opfer. Außerdem durfte sie heute vermutlich nichts weiter tun außer in scheußliches Plastik gehüllt neben Schwartz in der Sonne braten. Und dann war da noch die Frage, wie sie wieder zurück nach Ludwigshafen kommen sollte, denn schließlich warteten Enno und Sammy zu Hause, die konnte sie an ihrem ersten Tag nach dem Urlaub nicht bis mitten in der Nacht allein lassen.

Zu allem Überfluss durfte sie sich eigentlich nicht bewegen, denn dieses Gelände lag voller Kippen, die wertvolles Beweismaterial sein konnten und auch noch Lust aufs Rauchen machten. Neben ihr im Gebüsch begann nun ein Spurensicherer mit dem Indiziensammeln. Er pflückte ein uraltes, aufgerissenes Kondompäckchen vom Boden, dann eine braungelb gemusterte Plastiktüte von Tchibo. Dieses Wellenmuster hatte Bettina schon Jahre nicht mehr gesehen. Kurz darauf hob er eine säuberlich aufgeschnittene Tube Haarkur hoch.

Vorn am Schacht wurde es jetzt noch lauter, dann erschien endlich ein unförmiges Bündel überm Rand, Sanitäter brachten sich breitbeinig in Position.

Bettina versuchte, nicht hinzusehen. Stattdessen betrachtete sie den Schnitt in der Tube. »Haarkur«, sagte sie fragend zu dem Spurensicherer.

»Gleitmittel«, antwortete er sachkundig und tütete sein Fundstück ein. Dann sah er Bettinas Blick und sagte anzüglich: »Noch nie von gehört?«

Die Antwort sparte sich Bettina, sie starrte nur die aufgeschnittene Tube an. Gleitmittel. War da nicht was gewesen, was war da nur –

»Frau Boll!« Bettina blickte auf. Die Sanis zogen ab, und Schwartz schien jetzt tatsächlich das Kommando zu übernehmen. Seine Befehle gingen sofort in alle Richtungen: »Sanis sind fertig!«, »Ja, vor drei Tagen das letzte Mal gesehen« und »Hol

doch mal den Andreas, der soll hier die Leute wegschaffen –«
Dann rempelte er versehentlich Bettina an, holte Luft, um zu
schimpfen, sah Bettinas Blick und hielt inne. »Genau. Frau
Boll.«

»Zur Stelle, Herr Hauptkommissar.«

Er blickte grimmig, mach dich nur lustig, sagte seine Miene,
und Bettina schämte sich kurz, denn Härting gegenüber hätte
sie sich diesen Spruch nicht erlaubt.

»Frau Boll, ich möchte gleich mal mit der Frau sprechen, die
das Opfer gefunden hat. Am besten drin bei ihr im Haus. Würden Sie die Dame suchen, mit ihr ins Haus gehen und schon mal
Personalien aufnehmen, ich komme in einer Minute nach.«

»Gern«, sagte Bettina. Und dachte: Klar, in einer Minute, Herr
Chef. Die Minute will ich sehen.

Im Haus war es herrlich kühl. Julia Schöne bat Bettina in ihr
Wohnzimmer auf die Couch. Von dort aus konnten sie das Geschehen im Garten ganz gut überblicken, denn durch eine offene
Schiebetür sah man genau die Gartenpforte, hinter der nach wie
vor hektisch am Schacht herumlaboriert wurde.

»Wird sie – Schäden davontragen?«, fragte Schöne. Sie war
eine gepflegte Frau, neununddreißig Jahre laut Personalausweis,
sah aber viel jünger aus, was vermutlich an der zierlichen Figur
und dem schmalen Gesicht lag. Ihre Augen waren dunkel, leicht
mandelförmig und hatten einen abgeklärten Ausdruck, um ihren
Mund lag ein ironischer Zug.

»Darüber können wir noch gar nichts sagen«, sagte Bettina.
»Wann haben Sie Frau Graul zum letzten Mal gesehen?«

»Montag vor drei Tagen«, antwortete Schöne wie aus der Pistole geschossen, die Frage hatte sie inzwischen vermutlich öfter
beantwortet. »Ich habe ihr meinen Autoschlüssel gegeben. Elvira
hat kein Auto, sie leiht sich manchmal meinen Corsa. Sie wollte
zum Einkaufen.« Sie rutschte ungeduldig auf der Couch herum.
»Ich mache mir Sorgen um ihre Mutter.«

»Die Mutter des Opfers?«

»Ja, sie ist dement und lebt mit Elvira zusammen. Hier nebenan.

Wenn Elvira länger ins Krankenhaus muss oder ganz – ausfällt, dann muss Frau Graul irgendwie betreut werden. Eigentlich müsste sie jetzt sofort versorgt werden. Ich bin nicht sicher, ob sie das übersteht.«

Bettina setzte sich auf. »Haben Sie die alte Frau Graul in den letzten drei Tagen mal gesehen?«

»Ja, vorhin erst, ich hab sie nach Elvira gefragt, aber sie hat nur gesagt, ihre Tochter wäre ausgegangen.« Leise fügte Schöne hinzu: »Sie hatte ihren Rock falsch herum an.«

»Wir werden auf jeden Fall nach ihr sehen«, sagte Bettina. »Mit Sicherheit ist auch schon jemand drüben, um ihre Aussage aufzunehmen.«

»Sie wird es nicht verstehen«, sagte Schöne.

»Verstehen Sie es denn?«, fragte Bettina.

Die Zeugin sah plötzlich ein wenig verspannt aus. »Es war alles wie immer«, sagte sie. »Elvira ist mit meinem Corsa einkaufen gefahren, sie muss auch zurückgekommen sein und den Schlüssel in den Briefkasten geworfen haben wie gewöhnlich, und anschließend –« Plötzlich stand sie auf. »Möchten Sie es sehen?«

»Was denn?«, fragte Bettina und dachte an Schwartz, der jeden Moment auftauchen konnte.

»Kommen Sie.«

Bettina zögerte nur sehr kurz und folgte Julia Schöne nach draußen.

»Das hat sie hier so hingestellt und dann ist sie rauchen gegangen?«, fragte Bettina. Sie brauchte eigentlich selbst dringend eine Zigarette, saugte gierig an ihrem Stift, als enthielte er irgendwo ganz tief drin einen versteckten Nikotinvorrat.

»Ja«, sagte Schöne. »Zumindest glaube ich, dass es so war.« Sie standen an der Kellertreppe der Grauls, rings um sie herum liefen Menschen geschäftig durch den Garten. »Ich hab die Tüten erst vorhin gesehen, kurz nachdem ich Elvira – entdeckt hab. Davor ist mir gar nicht aufgefallen, dass ihre Einkäufe hier standen.«

Eigentlich waren die beiden roten Plastiktragetaschen ungeheuer auffällig, zumal die beiden Gartenteile nicht voneinander getrennt waren und überall freie Sicht herrschte. Andererseits standen die Einkäufe eben doch versteckt, nämlich im Schatten, an einen Geländerpfosten der Kellertreppe gelehnt. Aus einer Tüte schaute ein vertrocknetes Brot heraus, in der anderen lag obenauf ein in Papier gewickeltes Päckchen. »Unser Schlachtvieh stammt aus Höfen der Umgebung«, stand darauf. Mit einer Handbewegung versuchte Schöne, eine dicke grüne Fliege zu verscheuchen, die deutlich interessiert über das Päckchen kroch.

»Nicht anfassen!«, befahl Bettina sofort. Dieser Ton erregte die Aufmerksamkeit eines weiß vermummten Kollegen, der offensichtlich auf dem Weg raus zur Straße war. Er näherte sich ihnen.

»Spurensicherung?«, fragte Bettina.

Er nickte.

»Boll, Ermittlung. Wir brauchen Leute aus Ihrem Team, und am besten zuerst noch den Fotografen.«

»Warum?«

»Das sind Einkäufe des Opfers, die hat sie wahrscheinlich unmittelbar vor der Tat hier abgestellt. – Ich sag dem Schwartz Bescheid.«

Der Kollege winkte ab. »Ich muss sowieso zu ihm.« Er hob kurz die weiße Haube von seinem Kopf, darunter befand sich eine eindrucksvolle, mit Schweißperlen bedeckte Glatze. Rasch zauberte er ein Taschentuch hervor und tupfte sich sorgfältig ab. »Bullenhitze«, sagte er, lächelte Bettina und der Zeugin Schöne zu und entfernte sich.

Bettina betrachtete indessen den Rasen und die Beete. »Dieser Garten gehört Ihnen und der Familie Graul gemeinsam?«, fragte sie.

»Nein«, antwortete Schöne. »Jeder hat seinen Teil, aber wir wollten es großzügig, also haben wir keine Hecke in die Mitte gepflanzt. Es sieht schöner aus mit dieser großen Fläche.«

»Und das Gartentor hinaus zur Brache, liegt das auf Ihrer Seite oder auf der von den Grauls?«

»Ich würde sagen, knapp bei Grauls«, sagte Schöne mit einem

seltsam befriedigten Blick auf die Menschen, die sich weiter vorn im Dahlienbeet der Nachbarin drängten. »Elvira und ich sind dort immer raus zum Rauchen.« Pause. »Quatsch, sie lebt ja noch. Und ich habe eigentlich aufgehört. Ich meine natürlich: Sie geht dort raus zum Rauchen.«

Bettina nickte. »Also nur damit ich das richtig verstehe, die Frau Graul hat sich regelmäßig Ihr Auto ausgeliehen und ist damit zum Einkaufen gefahren. Als sie dieses Mal zurückkam, hat sie die Einkäufe bei sich neben die Kellertreppe gestellt und ist erst mal hinter den Garten auf die Wiese, eine rauchen.«

»Ja, wahrscheinlich. Woher soll ich das wissen?«, sagte Schöne etwas trotzig.

Bettina betrachtete die grüne Fliege, die nach wie vor den Eingang in das Fleischpaket suchte. »Warum hat sie nicht zuerst das Zeug reingebracht und ist dann rauchen gegangen?«

Einen kurzen Moment sah Schöne peinlich berührt aus, als fiele ihr keine Begründung ein. »Sie wollte ihrer Mutter nicht begegnen«, sagte sie schließlich. »Frau Graul weiß nicht, dass ihre Tochter raucht.«

Bettina legte eine gewisse Sanftheit in ihren Blick.

Schöne sagte hastig: »Zumindest will Elvira es nicht zum Thema machen. Und wenn sie vom Einkaufen heimkommt, dann ist sofort ihre Mutter da und möchte mit ihr reden und belegt sie mit Beschlag. Wenn sie also nach dem Einkaufen rauchen will, dann muss sie es tun, bevor sie das Haus betritt.« Schöne blickte Bettina leicht gehetzt an und wurde ganz plötzlich sehr blass. »Könnten wir wieder reingehen?«, bat sie. »Ich muss mich hinsetzen, mir ist schwindelig. – Ich war lange krank«, fügte sie hinzu.

»Klar.« Bettina reichte Schöne ihren Arm, und die stützte sich schwer darauf.

Und dann gingen sie wieder rein.

Auf ihrer Couch in sicherer Entfernung zum Geschehen schien Julia Schöne sich viel wohler zu fühlen. Sie sank in die Polster und atmete durch.

Bettina betrachtete sie interessiert. »Soll ich Ihnen was zu trinken besorgen?«, erbot sie sich.

»Nein danke«, sagte Schöne.

»Was haben Sie denn für eine Krankheit?«

Bettina war ein wenig überrascht, als Schöne bloß von einer langen Grippe mit angegriffener Lunge berichtete. Andererseits war eine Grippe keine Erkältung, die konnte einen tatsächlich ausknocken, nicht wenige starben sogar daran.

»Und jetzt geht es Ihnen wieder besser?«

Julia Schöne öffnete ihre Augen. »Nächste Woche geh ich wieder arbeiten.«

»Wo arbeiten Sie?«

»In der Kreissparkasse, hier bei uns in der Zweigstelle, aber nur halbtags wegen meinem Sohn.«

Bettina unterdrückte ihre Überraschung: Den Sohn sah man Julia Schöne nicht an. Sie wirkte nicht mütterlich. Und das Wohnzimmer enthielt kein einziges Spielzeug. Es war ein kühler Raum voll dunkler Möbel in Glas und Leder auf makellosen hellen Teppichen. »Leben Sie schon lange hier?«, fragte sie.

»Siebzehn Jahre.«

»Gemeinsam mit Ihrem Mann und Ihrem Sohn?«

»Genau.«

»Wie alt ist Ihr Sohn?«

»Luca ist jetzt neun.«

Bettina beugte sich vor. »Frau Schöne, wer wollte Ihre Nachbarin töten?«

»Ich weiß es wirklich nicht.« Julia Schöne blickte sie groß und furchtsam an. »Was glauben Sie?«

Dann kam Schwartz wirklich. Er kam mit großem Gefolge, einem Protokollanten, einer Dame vom Erkennungsdienst, die sofort ihren Koffer mit Röhrchen und Bäuschchen auf Julia Schönes Wohnzimmertisch aufbaute, um die Vergleichsproben von der Zeugin zu nehmen. Ein Mann von der Spurensicherung war auch mit von der Partie, er hielt sich weiß verpackt im Hintergrund und hakte irgendwas auf einer Liste auf einem Klemmbrett ab. Das Offizielle dieser Invasion schien Julia Schöne zu beleben. Ihr Blick wirkte plötzlich fester, ihre Wangen rosiger, und sie bot Getränke an.

Als schließlich alle vor Wassergläsern saßen, sagte Schwartz: »Ihre Nachbarin hatte großes Glück, Frau, äh – Schöne, dass Sie sie heute Morgen gefunden haben. Das war echt im allerletzten Augenblick, noch länger in dem Schacht, und sie wäre sicher gestorben.«

»Wie geht es ihr denn?«, fragte Schöne.

»Sie wurde niedergeschlagen, mit einem Stück Wäscheleine gewürgt und in den Schacht gestürzt«, sagte Schwartz kurz. »Jetzt wird sie versorgt. Wir hoffen, dass sie durchkommt.« Er blickte den Spurensicherer an. »Haben Sie das Stück Leine hier?«

»Vom Hals des Opfers? – Ja, extra mitgenommen.« Er brachte Schwartz eine Plastiktüte mit einem gelb ummantelten Stück Leine darin. Die Enden waren leicht platt und schmalkantig, wie von einer Schere durchgeschnitten.

»Haben Sie eine Idee, wo diese Leine herstammt?«, fragte Schwartz die Zeugin.

»Könnte von Elviras Wäschespinne sein, die lehnt draußen neben der Terrasse.«

»Gut, das werden wir prüfen. Haben Sie irgendeine Idee, wer Ihre Nachbarin angegriffen haben könnte?«

Schöne schüttelte den Kopf.

»Gut. Haben Sie in den vergangenen Tagen irgendjemand Fremdes in Ihrem Garten gesehen?«

»Nein.«

»Haben Sie sonst etwas Verdächtiges bemerkt?«

»Auch nicht.«

Schwartz seufzte. »Okay. Dann sagen Sie uns jetzt bitte, was Sie Montag gemacht haben.«

»Ich war hier.«

»Nein, nein, genauer. Wir möchten alles wissen. Von Anfang an. Sie sind morgens in Ihrem Bett aufgewacht. Wann? Und was haben Sie dann getan?«

Julia Schöne begann ihren Tagesablauf zu schildern, und

Bettina schaffte es wie so oft nicht, einem Gespräch zu folgen, an dem sie nicht aktiv beteiligt war. Das monotone Frage- und Antwortspiel entzog sich allmählich ihrer Aufmerksamkeit, ihr Blick wanderte durchs Zimmer. Sie versuchte auf den Namen der Pflanzen vorn an der Schiebetür zu kommen und fragte sich, ob die Kissen auf der Couch wirklich aus echtem Kuhfell waren. Dann trank sie einen Schluck Wasser, um nicht einzuschlafen. Stimmen drangen von draußen herein, irgendwo im Hintergrund tickte eine Uhr. Schwartz und Schöne verfingen sich leise parlierend im Ablauf des Alltags, dem Frühstück, im Bügeln der Wäsche, im Radioprogramm des Donnerstags. Bettina betrachtete träumerisch den Fernseher, der an der rechten Seitenwand angebracht war, ein Mordsapparat von mindestens zweiundvierzig Zoll. Finanzielle Probleme schienen die Schönes nicht zu haben. Die Fernbedienung dafür lag direkt vor Bettina auf dem Couchtisch, vollkommen parallel zur Tischkante ausgerichtet, ein edles, glänzendes schwarzes Teil mit nur wenigen Knöpfen. Eine Weile betrachtete Bettina die Fernbedienung, ohne sie richtig zu sehen, nahm nichts wahr außer der Eleganz des schönen Gegenstandes, seiner Botschaft, die lautete: Ich habe einen hohen Preis. Und dann, ganz plötzlich, erkannte Bettina einen Bruch im Bild. Sie richtete sich auf. Da war ein Fehler. Wahrscheinlich bedeutungslos, aber trotzdem merkwürdig. Bettina griff sich die Fernbedienung. Auf dem freien Teil der glänzenden Oberfläche, ganz oben über den Knöpfen, klebte ein bunter Aufkleber. Es war ein Marmeladenetikett zum Selbstbeschriften, mit kleinen Kirschen rund um das Schriftfeld. Und auf diesem Feld stand schön sauber mit der Hand gemalt:

1300 kcal!!!!!!!

Sieben Ausrufungszeichen. Eintausenddreihundert was? Kcal? Waren das nicht –

»Entschuldigung«, unterbrach Bettina das Gespräch.

Schwartz schaute eher verdutzt als ärgerlich auf. »Frau Boll?«

»Ich hätte mal eine Frage«, sagte sie und sah, wie sich nun doch Ärger in seinem Blick verfestigte, vermutlich auch deshalb, weil sie so lässig mit der Fernbedienung spielte. Sie hielt Julia Schöne das Teil unter die Nase und sagte: »Tausenddreihundert K – hm, K-cal …?«

Schöne wurde rot.

»Was bedeutet das?«, fragte Bettina.

»Nichts Wichtiges«, wich Schöne aus. »Wirklich, das ist nichts.«

»Es interessiert mich trotzdem«, sagte Bettina.

Schöne blickte hilfesuchend Schwartz an, doch der war Polizist genug, um einen wunden Punkt zu erkennen, wenn er ihn vor sich hatte. Er hob die Brauen.

»Also?«, fragte Bettina.

»Es heißt tausenddreihundert Kalorien«, sagte Schöne verlegen. Sie funkelte Bettina an.

»Und was bedeutet es?«, fragte die.

»Es ist so 'ne Art Motivationshilfe.« Schöne verschränkte die Arme. Gleich würde sie trotzig verstummen, und das konnte Schwartz nicht recht sein.

»Inwiefern motiviert Sie das?«, schoss Bettina also schnell nach.

»Das ist mein Limit«, antwortete Schöne offensiv. »Ich darf nicht fernsehen, wenn ich mehr als das gegessen habe.«

»Sie dürfen nicht fernsehen?«

»Wenn ich pro Tag mehr als eintausenddreihundert Kalorien zu mir nehme«, rief Schöne. Jetzt klang ihre Stimme hysterisch, vor allem bei der Summe von 1300 fiesen Kalorien. »Klingt vielleicht verrückt, aber bei mir funktioniert es.«

Bettina setzte sofort zu einer neuen Frage an, doch Schwartz hob die Hand. »Es ist gut, Frau Boll«, sagte er scharf, und zu Schöne: »Vergessen Sie die Kalorien. Noch mal der Nachmittag. Waren Sie da draußen …?«

Bettina sank in die Couch zurück und dachte Schwartz zum Trotz an Kalorien. 1300. Das kam ihr als Tagesration nicht üppig vor, auch wenn sie nicht genau wusste, was normal war. Limitierte Kalorien. Mit Ausrufungszeichen und kleinen Kirschen außen herum. Wie Marmelade verpackt. Kein Fernsehen, dachte sie und hörte plötzlich ihre Schwester Barbara in ihrem

Hinterkopf fiebrig lachen. Kein Fernsehen, Tina. Sie erlaubt mir keinen Fernseher, ich habe gespart und mir trotzdem einen gekauft. Sie hat ihn mir weggenommen. Ich muss hier raus, Tina. Ich will hier weg. Egal aus welchem Loch ich krieche, sie steht da und prügelt mich wieder zurück. Die will mich umbringen, ich schwör's dir.

Bettina sprang unvermittelt auf. Schwartz und Schöne und die erkennungsdienstliche Dame blickten entrüstet auf. Bettina hob die Hände und verzog sich in den Hintergrund. Zu dem Spurensicherer, der jetzt einen kleinen Computer vor sich aufgeklappt hielt. »Hatte Frau Graul eine Handtasche bei sich?«, fragte sie ihn halblaut.

Er blickte auf. »Ja.«

»Ist die schon asserviert worden?«

Der Spusi-Mann warf seinem Chef Schwartz einen vorsichtigen Blick zu, doch der kümmerte sich um Schöne. »Ist sie.«

»Haben Sie eine Liste?«

Er tippte etwas in seinen Computer und rückte den Bildschirm so, dass Bettina ihn sehen konnte.

»Da war ja gar nichts drin«, sagte sie. Elvira Grauls Handtasche enthielt noch weniger als der Rucksack, den sie selbst immer herumschleppte: ein Portemonnaie, einen Schlüsselbund, ein Feuerzeug, ein Päckchen Aldi-Zigaretten und einen Bleistift. Sonst nichts. Im Geldbeutel befanden sich laut Liste Geld, ein Personalausweis, eine Krankenversicherungskarte und ein Barscheck über fünfzig Euro.

»Ein Barscheck«, sagte Bettina laut.

»Ja, das gibt's noch«, sagte der Spurensicherer.

»Stimmt«, sagte Bettina. Und setzte hinzu: »Aber fünfzig Euro sind keine Million.«

»Da sagen Sie was«, sagte der Spurensicherer belustigt.

Bettina nickte ihm zu und trat an die Fenstertür. Draußen im Garten sah sie Ackermann in einer Gruppe Kollegen stehen und ein offenbar tiefsinniges Gespräch führen, und das machte sie aus irgendeinem Grund noch viel kribbeliger. Sie spürte eine Riesenwoge nervöser Energie über sich kommen. Um sich abzulenken, wandte sie sich um und lief zurück zum Spusi-Mann an der Wand. Und zum Fenster. Wieder zurück zur Wand. Fenster. Wand. Fenster. Wa–

»Frau Boll, Sie machen mich nervös«, fuhr Schwartz sie an.

Bettina stoppte mitten im Lauf. »Oh. Verzeihung.«

»Würden Sie sich freundlicherweise hinsetzen?«

»Natürlich«, sagte Bettina und blieb stehen. »Dürfte ich noch eine Frage stellen?«

Schwartz winkte abweisend mit der Linken, Bettina nahm es als Erlaubnis. »Frau Schöne, kennen Sie vielleicht zufällig eine Maria Löwe?«

Schöne schüttelte den Kopf.

»Auch genannt Mia?«

So etwas wie Erkennen glomm in Schönes Miene auf, doch sie schwieg.

»Oder Mandy Brandtstätter?«

Jetzt blickte Schöne erschrocken. »Mandy?«

EHK Schwartz starrte Bettina mit offenem Mund an. Doch er fing sich sehr schnell wieder und richtete seinen Blick auf die Zeugin. »Mandy Brandtstätter und Mia Löwe«, wiederholte er angespannt. »Kennen Sie diese beiden Personen?«

»Was ist mit ihnen?«, fragte Julia Schöne schrill.

»Sie kennen sie?«

»Ich –«

»Das ist wichtig, Frau Schöne. Kennen Sie sie?«

»Ich – Mandy Brandtstätter, echt, also ich –«

»Ja oder nein?«, fragte Bettina, jetzt sehr ruhig.

Schöne schniefte. Ihr Blick wanderte von Bettina zu Schwartz und wieder zurück. »Ja«, sagte sie zittrig.

EHK Schwartz erhob sich mit einem Ruck. »Frau Boll, ich möchte Sie sprechen.« Er wies durch die Glastür nach draußen. »Unter vier Augen.«

Schwartz war offenbar so aufgebracht, dass er sie am Arm packte. »Wie konnten Sie das wissen?«, fuhr er Bettina an, kaum dass sie draußen auf der Wiese standen. Natürlich nicht unter vier

Augen. Tatsächlich befand sich fast das gesamte Lautringer K11 in Hörweite. Und selbstredend spitzten alle die Ohren.

Bettina schaute zu der Gruppe, die eben so eifrig diskutiert hatte, etwa zehn Meter entfernt. Sie sah kurz in Ackermanns fragende Augen, dann sagte sie zu Schwartz: »Geraten.«

Das stimmte zwar, klang aber kokett, und der Hauptkommissar funkelte sie an. »Frau Boll, es geht hier nicht um eine Belobigung, ich möchte Ihre Gedankengänge nachvollziehen, um die Befragung weiterführen zu können! – Haben Sie etwa eine Information zurückgehalten?!« Er sah aus, als würde er gleich platzen.

»Nein«, sagte Bettina. »Nein, bestimmt nicht. Ehrlich, ich hab mich nur an die Talismane erinnert.«

»Talismane.«

»Ja, die ersten beiden Opfer haben besondere Glücksbringer mit sich herumgetragen. Und dann hab ich diesen Aufkleber mit den Kalorien gesehen, das ist zwar nicht ganz das Gleiche wie bei den anderen, aber da besteht eine Ähnlichkeit, verstehen Sie?« Bettina blickte anklagend auf ihren Arm, den Schwartz immer noch in festem Griff hielt. Zum Glück kam er wieder runter und ließ sie los.

»Nein, ich verstehe das nicht.« Etwas verlegen sah er sich um und wischte sich Schweiß von der Stirn. Die Spannung bei der Kollegenschaft ließ nach. Ein paar setzten ihre Arbeit fort, einige kamen näher.

»Mandy Brandstätter hatte in ihrem Portemonnaie einen Barscheck über eine Million Euro«, erklärte Bettina.

»Ach das«, sagte Schwartz wegwerfend. »Der war nicht gedeckt.«

»Mia Löwe war ja auch nicht verheiratet und hat trotzdem ein Paar unbenutzte Eheringe in ihrem Beauty-Case herumgetragen.« Bettina blickte Schwartz direkt ins schwitzende, gestresste Gesicht. »Diese Frauen hatten unerfüllte Wünsche. Die eine wollte Geld, die andere einen Ehemann. Und ich weiß zwar nicht, was Elvira Graul so will, aber Julia Schöne möchte abnehmen. Oder ihre Figur halten. Dazu hat sie sich diesen Aufkleber auf die Fernbedienung gepappt.«

Schwartz starrte sie an. »Das ist alles?«

»Wie meinen Sie das?«

»Sie haben nicht irgendwo noch einen Zeugen versteckt? Oder persönliche Gegenstände der Opfer? Adressenlisten? Freunde?«

»Nein«, sagte Bettina. »Ich habe wirklich nur geraten, Herr Hauptkommissar.« Sie blickte treuherzig. »Und davon mal abgesehen hätten wir die Frau Schöne sowieso fragen müssen, ob sie die Opfer kannte. Sie hätten das in absehbarer Zeit selbst getan. Ich bin Ihnen nur zuvorgekommen.«

Schwartz nickte, warf ihr einen grimmigen Blick zu, knetete seine Unterlippe. Dann sagte er: »Ich glaub, ich hab es schon mal gesagt, ich bin vor Ihnen gewarnt worden.«

»Tatsächlich?«, sagte Bettina. »Von wem?«

Schwartz zuckte die Achseln. »Gut, kommen Sie wieder mit rein. Bleiben Sie in meiner Nähe. Und lassen Sie es mich bitte vorab wissen, wenn Ihnen irgendetwas einfällt.«

»Gern«, sagte Bettina unbehaglich. »Nur eines, ähm –«

»Was ist denn jetzt noch?«

»Ich weiß, das ist echt kein guter Zeitpunkt, Herr Hauptkommissar, aber ich muss Sie dran erinnern, dass ich nur halbtags arbeite.« Sie blickte auf die Uhr. »Das wissen Sie. Und es bedeutet, ich muss jetzt weg. Es tut mir auch wirklich leid, aber ich habe zwei Kinder und eine kranke Tante –«

Schwartz warf ihr einen müden Blick zu, dann hob er die Hand. »Gut. Vielleicht könnten Sie morgen früh die Besprechung reinschieben.« Er drehte sich um und sagte drohend über die Schulter: »Wir würden uns freuen.«

Ackermann erbot sich, etwas verlegen dreinblickend, sie in die Innenstadt zu fahren, zu ihrem Taunus, der immer noch vor Frau Engelbrechts Haus stand. Das war Bettina sehr recht.

»Wir müssen mit dieser fiesen Alten reden«, sagte sie, sowie sie im Ulysse saßen und die Türen geschlossen hatten.

»Auf keinen Fall«, sagte Ackermann und wirkte sofort ungeduldig. »Du kennst meine Meinung dazu. Der Schwartz wird uns grillen.«

»Der Schwartz ist Sau genug, um ein Ermittlungsergebnis anzuerkennen, egal woher es kommt.«

»Nein.« Ackermann startete das Auto.

»Hör zu«, sagte Bettina und pfriemelte ihr Laptop aus der Tasche. »Ich kann vielleicht beweisen, dass ich dieses Gespräch zwischen Suki Sanvalee und der Engelbrecht nicht geträumt hab.«

»Und wie?«

»Moment.« Bettina fuhr den Computer hoch, rief die Akte ›Kaltmamsell‹ auf und klickte sich in die Asservatenliste Löwe. Die war lang.

Ackermann schwieg abweisend. Bald waren sie in der Stadt, dann fast auf dem Kotten.

Bettina hob den Kopf. »Ihr habt eine Haussuchung bei der Engelbrecht gemacht? Du warst dabei?«

»Hmm«, brummte Ackermann.

»Was war das für eine Haussuchung? Mit Kissenaufstechen oder ohne?«

»Echt, weißt du, das ist eine uralte Frau, der kannst du doch nicht die Bude verwüsten —«

»Also ohne«, schloss Bettina. »Soll ich dir was sagen, aus dieser Handtasche von Mia Löwe hat die alte Engelbrecht nicht nur die Lippenstifte geklaut. In der Handtasche waren auch Kondome.« Sie blickte Ackermann von der Seite an. »Ist mir gerade vorhin wieder eingefallen, als ich in dieser zugemüllten Wiese gestanden hab. Für Kondome hat die Engelbrecht sich noch viel mehr interessiert als für Schminke – und dann war da auch noch ein Gleitmittel mit Erdbeergeschmack. Das Zeug *musste* sie behalten. Natürlich hat sie's aber nicht in ihr Wohnzimmer gestellt. Sie hat es dahin getan, wo Sanvalee später rumgekramt hat, vermutlich in das Drogenversteck, das er bei ihr eingerichtet hat. In der Küche, hinter irgendwelchen Töpfen. Klar, denn das war der sicherste Ort in der Wohnung. Und ich war dabei, als er das Versteck ausgeräumt hat. Sie haben darüber gesprochen. Er hat gesagt: Schau an, Gleitmittel mit Erdbeergeschmack, war das auch in Mias Tasche?«

Ackermann blickte unbehaglich. »Ja. Tina. Aber selbst wenn du das nicht geträumt hast – was willst du damit beweisen?«

»Na, das Zeug ist nie sichergestellt worden. Es ist auf der Asservatenliste von Löwes Tasche nicht drauf, und da ihr's auch bei der Haussuchung nicht gefunden habt – oder zumindest nicht gefunden und Mia Löwe zugeordnet –, muss es eigentlich noch dort sein.«

»Und?«

»Und wenn wir es finden, ist das der Beweis, dass ein Gespräch zwischen Sanvalee und der Engelbrecht stattgefunden hat.«

»So«, sagte Ackermann und hielt vor Engelbrechts Haus. »Also wir gehen da jetzt rein und sagen: Hallo, Gnädigste, wir wollen Ihr Gleitmittel überprüfen.«

»Genau.«

Ackermann schüttelte den Kopf. »Das ist irre. – Und wieso sollte der Sanvalee überhaupt ein Drogenversteck bei der Engelbrecht haben? Wie, glaubst du, ist diese Verbindung zustande gekommen?«

»Keine Ahnung. Menschen kennen sich. Sie haben im selben Haus gewohnt. Vielleicht hat sie ihn angemacht. Vielleicht hat er mal ihre Muschi gestreichelt.«

Ackermann schnaubte verächtlich.

»Sorry, aber ich muss da jetzt rein. Kommst du mit?«

»Verdammt, Tina.« Mit Todesverachtung schnallte Ackermann sich ab. »Lass mich das machen.«

Bettina klingelte, Ackermann redete mit der Gegensprechanlage. Er sagte: »Guten Tag, Frau Engelbrecht, wir schon wieder, Kriminalpolizei, wir müssen noch mal ganz kurz rein, um was zu überprüfen.« Sofort ertönte der Summer, und die Tür öffnete sich anstandslos.

»Bleib im Hausflur«, befahl Ackermann. »Dann kannst du später eine Überraschung für sie sein.« An der Treppenbiegung vor Engelbrechts Etage drehte er sich noch mal um. »Das hier mache ich nur für dich.«

Bettina feixte ihm zu und lehnte sich an die Wand des Treppenhauses.

Oben wurde eine Tür geöffnet. »Frau Engelbrecht!«, polterte

Ackermann in Theaterlautstärke los. »Wir müssen mit Ihnen über die Kondome reden!«

Aufgeregtes Geflüster von der Engelbrecht.

»Und vor allem über dieses erotische Hilfsmittel aus Mia Löwes Tasche – mit Erdbeergeschmack, hab ich recht?«

Zack, wurde eine Tür zugehauen. Besorgt lief Bettina die letzten Stufen zu Engelbrechts Etage hoch, aber Ackermann war drin.

Aus der Wohnung hörte man gedämpfte Stimmen. Bettina legte ein Ohr ans Türblatt, um mitzukriegen, was vor sich ging, doch das war unnötig und sogar leichtsinnig, denn schon nahten Ackermanns schwere Schritte. Bettina konnte gerade noch zur Seite springen, bevor er die Tür aufstieß.

Er grinste humorlos. »Du hattest recht«, verkündete er und hielt ein kleines rotes Fläschchen hoch, auf dem *love sensation strawberry* stand. »Komm rein.«

Engelbrecht zog sich aufs Zittern und Tattern zurück. Sie hatte sich ihre Katze gekrallt, hielt sie fest auf dem Arm und streichelte sie heftig. Das Tier ließ sich die Behandlung erstaunlicherweise gefallen.

»Frau Engelbrecht, Sie haben mich vergiftet«, fuhr Bettina sie an, kaum dass sie die Tür hinter sich geschlossen hatte, und Engelbrecht bebte besorgniserregend. Aber sie sagte nichts.

Ackermann zog Bettina unsanft zurück. »Frau Engelbrecht«, sagte er heftig. »Sie haben versucht, eine Polizistin zu töten, darauf steht eine hohe Gefängnisstrafe.«

Engelbrecht presste ihre Katze so fest an sich, dass die empört maunzte. Und sie zitterte und zitterte, so sehr, dass sogar Bettina Angst um sie bekam.

»Sie soll sich setzen«, sagte sie halblaut zu Ackermann. »Die nibbelt uns sonst noch ab.«

Ackermann führte Engelbrecht zu einem Stuhl in die Küche und füllte ein Glas mit Wasser aus dem Hahn. »Hier, trinken Sie das.«

Doch Engelbrecht brauchte beide Hände, um sich an der

Katze festzuhalten, darum stellte Ackermann das Glas schließlich auf die Spüle zurück.

»Frau Engelbrecht, Sie haben offenbar auch einem polizeilich bekannten Drogendealer erlaubt, seine Ware bei Ihnen zu lagern.«

Zittern.

»Frau Engelbrecht«, sagte Ackermann entnervt, »zeigen Sie mir sein Versteck.«

Das war ein guter Befehl, den konnte man befolgen, ohne zu reden. Die alte Frau erhob sich tatsächlich, tapste mit der Katze auf dem Arm zum Eckschrank in ihrer Küchenzeile und öffnete ihn. Hinter der Tür war ein Drehdings mit Töpfen. Sie wies in den Schrank. Ackermann steckte den Kopf hinein, tauchte wieder auf und sagte: »Ganz schön viel Platz da drin. Gut. Ruf die Spusi, vielleicht sind noch Fingerabdrücke von Sanvalee zu finden oder sonst welche Spuren.«

Bettina zückte ihr Handy. »Das musst du machen«, sagte sie dann und ließ es wieder sinken. »Mir glauben sie nicht.«

»Gleich«, sagte Ackermann barsch. »Und Sie, Frau Engelbrecht, kommen mit uns.«

Die alte Frau bebte jetzt wie ein Straßenrüttler. Dann schniefte sie plötzlich, hielt inne, und ihr Zittern ließ nach. Sie gab sogar die Katze frei, die sofort flüchtete. »Herr Ackermann, ich weiß was«, sagte sie. Herr Ackermann, das klang wie ein Titel. Herr Pfarrer, Herr Doktor, Herr Ackermann.

»Und was?«, fragte der.

»Der Suki ist nicht der Täter.«

»So«, sagte Ackermann. Er zog sich einen Stuhl heran und setzte sich direkt vor die alte Frau. Das war einer seiner besten Tricks. Ackermanns körperliche Präsenz hatte schon ganz andere Leute zum Reden gebracht. »Wie kommen Sie darauf?«

Engelbrecht zitterte wieder etwas mehr. »Er hat es gesagt.«

»Was hat er denn noch so alles gesagt?«

»Weiß nicht«, sagte Engelbrecht und begann zu weinen. Bettina kramte rasch ein Tempo aus ihrer Tasche und drückte es Ackermann in die Hand, der reichte es weiter.

»Frau Engelbrecht, dann fangen wir mal anders an, woher kannten Sie Suki Sanvalee eigentlich?«

»Küche«, nuschelte Engelbrecht.

»Aus der Küche?«, fragte Ackermann.

»Ja, Herr Ackermann.« Sie schniefte und räusperte sich und dann war ihre Stimme etwas klarer. »Ich habe bei den Franziskanerinnen in der Küche gearbeitet, das hab ich Ihnen aber gesagt.«

»Und da haben Sie Sanvalee kennengelernt?«

»Als Kind ist er manchmal zum Essen gekommen. Die Schwester Theodolinde macht jeden Mittag Armenspeisung, obwohl sie schon über siebzig ist, und da kommen auch Kinder.« Engelbrecht nickte. »Ja, Suki, den kannte ich. Jetzt ist er tot.« Das klang ängstlich. »Ich war lange bei den Schwestern, ich hab auch nach der Rente noch ausgeholfen. Suki war ein frecher kleiner Bengel.« Sie blickte auf. »Ich hätte ihn hier im Flur nicht ansprechen sollen. Er hätte mich bestimmt nicht erkannt. Aber tja, vor einem halben Jahr stand er da im Hausflur und hat behauptet, er wohnt jetzt hier.« Kopfschütteln. »Alles Lüge, wie sich herausgestellt hat! Er ist nur beim Herrn Ginkel von oben untergekrochen, aber dass der nicht ganz – das wusste man ja.«

»Und wann haben Sie Herrn Sanvalee einen Lagerplatz für seine Drogen zur Verfügung gestellt?«, fragte Ackermann streng.

»Das war anders, Herr Ackermann. Er hat kurz vor Weihnachten gesagt, dass er ein Geschenk für seinen Freund hat. Das wollte er nicht in dessen Wohnung aufbewahren.« Die Alte blinzelte Ackermann entschlossen an. »Dann war diese Hausdurchsuchung beim Herrn Ginkel, und da habe ich schon was geahnt, und ich wollte auch zur Polizei.« Wieder dieser entschiedene Blick. »Aber Suki hat gesagt, dass ich mich längst strafbar gemacht hätte.« Nun senkte Engelbrecht den Kopf.

Oder er hat dir Geld gegeben, dachte Bettina.

»Hat er Sie bezahlt?«, fragte Ackermann prompt.

»Nein.« Engelbrecht schluchzte.

Bettina sagte in ätzendem Ton: »Frau Engelbrecht, als wir drei hier so nett in Ihrer Küche beisammensaßen, Sie, der Herr

Sanvalee und ich, da haben Sie beide über die Kanaldeckelmorde gesprochen. Sie wollten, dass er mich in einen Schacht stößt. – Vielleicht wissen Sie noch mehr über diese Vorfälle?«

Kopfschütteln. Dann hob Engelbrecht ihr Haupt und sagte nüchtern: »Er hat gesagt, er weiß wahrscheinlich, wer's war.«

Ackermann saß einen Moment ganz still. Schließlich rückte er mit seinem Stuhl noch etwas näher zu Engelbrecht hin und nahm ihre Hand. Die guckte gebannt in seine Augen.

»Wer *war es*?«

»Herr Ackermann, das hat er nicht gesagt.« Jetzt rührte Engelbrecht sich gar nicht mehr unter Ackermanns Hypnose, sie blickte nur immer weiter in sein Gesicht, ganz ohne zu blinzeln.

»Nichts? Ist die Person eine Frau? Ein Mann? Hat er ›er‹ oder ›sie‹ gesagt?«

»Mutti«, sagte Engelbrecht und schniefte. »Er hat gesagt: Ich wette, es war Mutti.«

Da Ackermann so gut mit der Engelbrecht konnte, musste er sie ins Präsidium fahren, und da Bettina noch keine Aussage zu ihrer Vergiftung abgegeben hatte, musste sie ebenfalls hin. »Wer ist Mutti?«, fragte sie, als sie in Engelbrechts Flur standen und darauf warteten, dass die alte Frau ein paar Sachen zusammenpackte für den Fall, dass sie in U-Haft bleiben musste. »Vielleicht doch diese Raucherin aus dem Hauseingang? Dann wäre die Engelbrecht eine Augenzeugin. – Ihr müsst Phantombilder machen lassen.«

Ackermann nickte zerstreut und sah Bettina an. »Mann, das hatte ich glatt vergessen.«

»Was?«

»Ich hab zwischendurch mal einen Kollegen von der Lautringer Sitte gefragt, dem war es völlig neu, dass hier auf dem Kotten vor der *Pussy Cat Bar* jemand auf offener Straße anschaffen geht. Er hat gesagt, das glaubt er nicht.«

»Oh«, machte Bettina und sah auf die Uhr. »Ja dann solltet ihr das Phantombild gleich machen. Die Computerfuzzis gehen in einer halben Stunde heim, da müsst ihr euch beeilen.«

»Frau Engelbrecht!«, rief Ackermann laut. »Wir müssen jetzt los!«

»Was machen wir eigentlich mit der Katze?«, fragte Bettina.

»Die Muschi?« Ackermann blickte sich kurz suchend um und zuckte dann die Achseln. »Die lassen wir der Spusi. Die sollen auch ihren Spaß haben.« Er musterte Bettina auf seine etwas überhebliche Art und lächelte boshaft. In dem Moment hatte sie den Eindruck, dass ihm das Ergebnis ihres Besuchs gar nicht gefiel. Aber wieso nicht?

Weil es einfacher gewesen wäre, dachte sie, als sie schließlich hinter Ackermann und der alten Engelbrecht die Treppe hinunterschritt. Weil die Engelbrecht als Zeugin nicht viel taugte und als Täterin auch kaum ernst zu nehmen war. Weil es peinlich war, mit der Alten jetzt im Präsidium aufzutauchen, weil das Erklärungen erforderte und die offizielle Meinung widerlegte. Weil diese Verhaftung irgendwie freaky war und im Prinzip nur Bettinas Rehabilitation diente. Weil es netter wäre, sie weiterhin als Drogensüchtige bedauern zu können. Weil sie kein Problem, sondern recht hatte. Bettina betrachtete Ackermanns breiten Rücken und dachte: Du hättest es wirklich lieber gehabt, ich hätte die Oxys selbst genommen, Herr Ackermann. Du hättest mich gern kleiner, mein Freund.

Aber kleiner kriegst du mich nicht.

* * *

Kleidergröße 38: Kannste nicht mitreden, Mandymaus, schon klar. Bist ja sowieso nicht mehr bei uns. Außerdem hast du vermutlich in Zelten gerechnet. Zweimann, Dreimann undsoweiter. Joke.

Nein, jetzt mal im Ernst, wenn ich bei H&M eine Frauengröße 40 nehme und anschließend die 38, und die beiden Hosen sind genau gleich, wie findest du das? Glaubst du, das ist ein falsches Etikett? Soll ich dir was sagen? Meiner Meinung nach sind das viele falsche Etiketten. 40 und 38 sind ganz einfach gleich. Und weißt du auch, warum das niemand merkt? Weil, zwischen 38 und 40 verläuft die magische Grenze. Jemand, der sich für 38 hält, wird niemals eine 40 anprobieren. Lieber kauft er die Hose nicht. Und eine Größe 40, die hat schon mit allem abgeschlossen. Die macht sich keine Illusionen mehr, und darum lässt sie die 38er Hose hängen. Wozu sich quälen?

Warum ich beide Größen anprobiere? Ich hab sie gar nicht wirklich anprobiert. Mir passt beides nicht. Ich hab sie nur in der Kabine nebeneinandergehalten. Als Test. So. Und jetzt geh ich eine rauchen.

* * *

Nach ihrer Zeugenaussage im Präsidium fuhr Bettina nicht nach Hause, sondern gleich zum Krankenhaus, ja sogar ohne die Kinder anzurufen. Irgendwie musste der überfällige Krankenbesuch vorher erledigt werden, ohne Möglichkeit, sich abzulenken oder gar kurzfristig doch etwas anderes zu machen.

Als sie drin war in der Klinik und am Krankenhausblumenladen vorbeikam, hätte sie sogar beinahe ein Sträußchen gekauft. Denn die Blumen sahen so hübsch aus, Moosrosen in Muschelrosa mit vielen kleinen runden Knospen, ganz wunderschön. Am besten, ich kaufe sie einfach, egal was war, dachte Bettina, am besten mache ich es richtig, so wie es sich gehört, so wie ich es gerne hätte. Aber das schaffte sie dann doch nicht. Zum einen hielt Tante Elfriede Geschenke immer irgendwie für unpassend. Doch das war nicht der eigentliche Grund, weshalb Bettina den Strauß nicht kaufte. Der Grund war: Eine unerklärliche Lähmung befiel sie, ein Unwille, sich zu bewegen, auf die Blumen zuzugehen, sie aus dem Eimerchen zu nehmen und hinein in den Laden zu tragen, ein Widerstreben, all diese praktischen Tätigkeiten auszuführen, die zum Erwerb eines Blumensträußchens notwendig waren. So stand sie eine Weile gelähmt, ärgerte sich über sich selbst und fühlte sich mies. Dann wandte sie sich ab und ging hoch zu Tante Elfriede.

Sie öffnete die Tür und sah es.

Vielleicht war das der Grund gewesen, weshalb Tante Elfriede Bettinas Beruf so kategorisch abgelehnt hatte: weil er den Blick schärfte.

Tante Elfriede lag auf dem Rücken, mit geschlossenen Augen und verhutzeltem Gesicht. Sie sah genau so aus, wie Bettina sie in Erinnerung hatte, und doch ganz anders. Sie war aus der Zeit gefallen. Still. Um sie herum wirkten die wenigen spätnachmittäglichen Geräusche des Krankenhauses wie das brandende Leben, das Schnarchen der Nachbarin, ein Gespräch zwischen Schwestern auf dem Gang, das regelmäßige leise Pfeifen irgendeines Geräts. All das war lauter, vitaler, zukunftsorientiert. Gerichtet. Im Fluss.

Neben Tante Elfriedes Bett stand ein Stuhl, darauf setzte Bettina sich. Sie betrachtete die Hände ihrer Tante, die auf der Bettdecke lagen, sie waren knotig und altersfleckig. Wieder überfiel Bettina dieser lähmende Unwille, doch diesmal zwang sie sich, ihn zu überwinden. Zögernd nahm sie Tante Elfriedes linke Hand in ihre Rechte, sie fühlte sich leicht an, wie Papier. Es war eine Hand, die Bettina vielleicht nie zuvor berührt hatte, jedenfalls nicht absichtlich oder gern. Tante Elfriede hatte das nicht getan, sie berührte ihre Nichten nicht, auch nicht zum Händeschütteln, einfach nie. Jetzt musste sie es erdulden, so wie sie es früher hatte erdulden müssen, dass Bettina sie betrachtete. Das hatte sie nicht gemocht, die Tante, dass Bettina ihre geheimen Schwächen sah, die Dinge, die Elfriede Boll liebte. Solche kleinen Vorlieben hatte es tatsächlich gegeben, und Tante Elfriede hatte sie gehütet, eifersüchtig und misstrauisch, doch manchmal hatte sie einfach nicht anders gekonnt und sich verraten, und so wusste Bettina, dass Tante Elfriede Forsythien geliebt hatte, sie mochte eine bestimmte Sorte Kartoffeln, die Marabel, sie trank gern halbtrockenen Müller-Thurgau, sie hatte viel Schmuck gesammelt, ohne ihn je zu tragen, sie besaß einen Bisammantel, bei dessen Anblick ihr Gesicht immer ganz weich geworden war, und dann war da noch das rosa Gelee. Tante Elfriedes Geheimrezept. Ein Kilo weiße und hundert Gramm rote Johannisbeeren, das gab eine Konfitüre in einem sehr zarten Rosaton, die bei Kirchenfesten und Basaren ausnehmend gut ankam, auch wenn Tante Elfriede sie anderen gegenüber immer leicht abfällig als »Restmarmelade« bezeichnet hatte. Doch das war reine Verschleierungstaktik, genau wie die riesigen Gläser, in denen sie das rosa Gelee immer gekocht hatte: So große Marmeladengläser mochte niemand öffnen. Außer ihr. Rosa Gelee, das war Tante Elfriedes Frühstück.

Bettina betrachtete das winzige Gesicht der alten Frau, spürte ihre kalte Hand und dachte, wie seltsam es doch war, sich auf die Art zu rächen: indem man am Ende dasaß, eine Hand hielt und Bescheid wusste über die Forsythien, die Marabel, den Müller-Thurgau und das rosa Gelee. Aber sie mussten bedacht werden, die guten Sachen in Elfriede Bolls Leben, die kleine Liebe, die musste noch einmal hervorgeholt werden, hier und jetzt, von irgendwem, und wenn Tante Elfriede niemand anderen dafür hatte, dann war das eben Pech. So blieb Bettina sitzen und dachte an Forsythien, Kartoffeln, Wein, Pelz und Schmuck und Johannisbeergelee.

Und das war gut.

Dann kam die Schwester mit dem Abendessen, auch sie kannte den Tod. Ihr fröhliches »So, Frau Boll, jetzt werden wir aber wirklich –« verebbte, sie sah Bettina an, warf einen Blick auf Tante Elfriede, stellte das Tablett ab und eilte herbei. Sie fühlte den Puls und sagte fast gleichzeitig: »Mein Beileid.«

Und damit kehrte Bettina in den Fluss zurück, ins laute Leben, sie stand auf und legte Tante Elfriedes Hand über die andere. Die Nachbarin im Nebenbett erwachte, sah sich um und begann schrill zu schreien. Die Schwester rief nach Verstärkung. Pfleger kamen, Ärzte erschienen, die Nachbarin konnte nicht beruhigt werden und steigerte sich in einen Schreikrampf hinein.

So schoben sie das Bett mit dem Leichnam nach einer kurzen Untersuchung auf den Flur hinaus. Bettina wurde gefragt, ob sie geistlichen Beistand brauche. Sie sagte, dass ihre Tante vermutlich eine letzte Ölung gewollt hätte, und wurde belehrt, dass die nur an Lebende erteilt wurde, aber den Priester holten sie trotzdem, einen jungen, grauen Mann, dessen Hand sich ebenso kalt anfühlte wie Tante Elfriedes. Dieser Priester heftete sich an Bettinas Fersen, er wartete mit ihr eine Stunde lang auf die Audienz beim Chefarzt und war auch fünf Minuten später noch da, als Bettina wieder herauskam, nach dem kurzen und unnötigen Gespräch mit einem Mann, der wichtiger war als der Tod.

Dann führte der Priester sie zu einer winzigen Aussegnungskapelle, in der Tante Elfriede nun auf einem weißeren Bett lag. Er besprengte den Leichnam ausgiebig mit Weihwasser und sprach ein Gebet, und irgendwie reizte das Bettina so sehr, dass sie sagte: »Sie war kein guter Mensch.«

Der Priester sprach erst sein graues Gebet fertig, ehe er antwortete. Seine Antwort war okay, sie lautete: »Das ist auch nicht nötig.«

»Wenn es einen christlichen Himmel gibt«, sagte Bettina darauf patzig, sie wusste selbst nicht, was sie ritt, »dann wird sie da wohl reinkommen, denn sie hat sich immer christlich verhalten. Nicht, dass ich wirklich dran glaube, Himmel und Hölle, meine ich.«

Der Priester setzte sich neben Bettina, allerdings ließ er einen Stuhl zwischen ihnen frei. »Würden Sie gern verhindern, dass Ihre Tante die ewige Seligkeit erreicht?«, fragte er, und irgendwie klang die Frage so, als ob Bettina das wirklich könnte, als seien ihr Urteil und ihre Fürsprache wichtig.

»Nein«, sagte sie. Und dann: »Doch. Kann sein. Ich weiß es nicht.«

Er blickte sie an.

Sie sagte: »Ich fände es irgendwie ungerecht.«

»Christus sagt: Wie ihr richtet, so werdet ihr gerichtet werden«, sagte der Priester.

»Ich richte nicht«, sagte Bettina gereizt. »Ich bin ihr Opfer. Oder Schwester ihres Opfers. Ach, was weiß denn ich.«

»Ich habe das gar nicht auf Sie bezogen«, sagte der Priester.

Er sah irgendwie albern aus, treuherzig und ein bisschen starr, aber Bettina fühlte sich ähnlich. Sie blieb sitzen und hörte ihm zu.

»Ich habe es auf sie bezogen.« Er wies auf Tante Elfriede. Dann faltete er die Hände, beugte sich nach vorn, stützte seine Ellenbogen auf die Knie und blickte ins Weite.

Bettina bekam sofort Lust auf eine Zigarette.

»Himmel und Hölle, das sind sehr einfache Begriffe. Man benutzt sie nur als Krücken, um komplizierte Glaubensinhalte zu transportieren. Sie sind der kleinste gemeinsame Nenner in unserer theologischen Kommunikation«, sagte er.

»Aha.«

»Wenn Sie gegen Ihr eigenes Moralempfinden verstoßen, dann bekommen Sie Gewissensbisse. So ist das Wort vom Richten und Gerichtetwerden gemeint.«

»Das hat meine Tante aber nie«, sagte Bettina abweisend. »Ich meine, gegen ihr Moralempfinden verstoßen. Sie hat leider immer so gehandelt, wie sie es für richtig hielt. Und darum wird sie jetzt auch die volle Punktzahl kriegen müssen. Himmelstechnisch gesehen.«

Der Priester ging nicht darauf ein. »Das, was Sie Himmel oder Hölle nennen«, sagte er, »funktioniert ähnlich wie das Richten. Der Himmel eines Menschen kann immer nur so groß sein wie die Liebe, die er bereit ist anzunehmen.«

»Dann ist ihr Himmel winzig«, sagte Bettina spontan, lauschte ihren Worten nach und bekam plötzlich großes Mitleid mit der Frau, deren amtlich verbürgte Seligkeit, auf die sie so verbissen hingearbeitet hatte, doch auch nur aus dem guten alten rosa Gelee bestand. Ihr Ärger auf den Priester war verflogen.

Er richtete sich auf, blickte Bettina aus seinen starren Augen an und sagte: »So, jetzt könnte ich eine rauchen.«

Sie lächelte. »Danke.«

Der Priester erhob sich. »Halten Sie Ihren eigenen Himmel groß und weit«, riet er freundlich. »Nur für den Fall, dass Sie am Ende doch dran glauben.« Damit ging er.

Und Bettina nach einer Weile auch.

Als sie nach Hause kam, waren die Kinder nicht da, das wäre auch ein bisschen viel verlangt gewesen, bei dem Wetter. Bettina rief Schwartz an und meldete sich für den nächsten Tag ab. Dann begann sie die Bude aufzuräumen, wild und energisch. Erst das Gepäck der Kinder, die schmutzige Wäsche von vierzehn Tagen Strandaufenthalt, dann den Vorraum mit den Winterjacken, schließlich das Wohnzimmer, wo sich in jedem Gefäß Schrauben, Knöpfe und Stifte angesammelt hatten.

Um sieben trudelten die Kinder ein. Wie braungebrannt sie waren, fiel Bettina jetzt erst auf. »Du bist ja schwarz«, sagte sie zu Sammy, und das stimmte wirklich, so dunkel hatte sie ihre Tochter noch nie gesehen.

»Der Strand war super, Tina«, sagte Sammy und küsste sie. Dann bekam sie ganz ernste Augen, stellte sich feierlich hin und sagte: »Ich muss dir was sagen, Tina. Da ist ein Haus, das kann man kaufen, direkt am Strand! Es hat ein Dach aus Stroh!«

»Reet«, sagte Enno verächtlich. »Das heißt Reet.«

»Ich hab ein Bild gemacht«, rief Sammy aufgeregt, »Tina, du musst es dir ansehen.« Sie zog ihr Handy aus der Tasche, klickte ein Bild von einem reetgedeckten Hexenhäuschen in einem Garten voller Blumen herbei, reichte es Bettina und fing an, im Zimmer herumzuspringen. »Es ist so schön, so schön, soooooo schön, Tina! Ich will dort wohnen.«

»Es ist wirklich wunderschön«, sagte Bettina vorsichtig. »Aber wir können doch kein Haus kaufen.«

»Und direkt am Strand«, sagte Enno.

»Schatz«, sagte Bettina hilflos.

Sammy sah sich in der Wohnung um. Bettina fragte sich, ob ihre Tochter gewachsen war. Sie wirkte plötzlich so groß in dem kleinen Zimmer.

»Hör zu«, sagte sie bedauernd, »ich kann hier nicht weg. Vor allem jetzt im Moment nicht, denn«, sie holte Luft und wunderte sich, wie schwer es ihr fiel, das zu sagen, »Tante Elfriede ist gestorben.«

Sammy ließ sich auf die Couch fallen und starrte Bettina entsetzt an, was eine völlig überzogene Reaktion war, schließlich hatte sie Tante Elfriede höchstens ein Dutzend Mal in ihrem Leben gesehen.

»Tante Elfriede?«, sagte Enno misstrauisch von der Seite. »Bei der Mama leben musste?«

»Ja«, sagte Bettina und fragte sich, ob sie Enno wirklich das Richtige über seine Großtante erzählt hatte. »Eure Mama ist bei ihr aufgewachsen.«

»Wieso ist sie gestorben?« Sammy sah aus, als würde sie gleich heulen, und das war mit Abstand der gefühlvollste Nachruf, den Tante Elfriede kriegen würde. Ausgerechnet aus dem Mund des unehelichen schwarzen Görs, das die Tante am allerliebsten einfach wegignoriert hätte.

»Sie war alt«, sagte Bettina fest.

»Die hat uns nicht gemocht«, sagte Enno wegwerfend. »Und Mama hat sie auch nicht gemocht.«

»Also euch«, sagte Bettina, »hat sie gar nicht richtig gekannt, darum konnte sie euch nicht mögen oder nichtmögen. Sie wollte am liebsten allein für sich leben. Und das hat sie auch, darum war ihr Leben vermutlich ganz gut. – Und wenn ihr wollt«, das sagte sie hauptsächlich zu Sammy, die immer noch traurig aussah, »dann könnt ihr morgen mit mir in die Stadt gehen und alles für die Beerdigung erledigen. Wahrscheinlich müssen wir auch raus nach Grünstadt und ein paar Sachen von ihr holen.«

Sammy nickte stumm.

»Und jetzt brauchen wir aber dringend was zu essen. Ich würde vorschlagen, wir bestellen –«

»Pizza!«, schrie Enno.

»Pizza«, sagte Sammy.

»Wer weiß noch, wo der Bestellzettel liegt?«

Enno stürmte in die Küche.

»Ich will mit schwarzen Oliven«, sagte Sammy. Sie sah Bettina mit großen Augen an. »Das passt, wenn einer gestorben ist, oder?«

Bettina hätte fast gelacht. »Ja«, sagte sie dann ernst. »Genau. Das passt.«

Als es an der Tür klingelte, hatte Bettina den gesamten Krimskrams, der das Wohnzimmer zumüllte, zu einem Riesenhaufen auf dem Couchtisch aufgeschichtet und dachte, dass es das Beste wäre, das alles einfach anzuzünden und zu verbrennen, dann konnte keiner von ihnen hinterher aus sentimentalen Gründen die Hälfte wieder aus dem Müll holen. Enno raste derweil zur Tür und schrie: »Wo ist dein Portemonnaie, Tina, hopp, ich brauch Geld«, dann riss er die Wohnungstür auf und polterte ins Treppenhaus. Dann war es eine Weile still, während Bettina fieberhaft nach ihrer Geldbörse suchte, und dann brüllte Enno von unten: »Es ist Michael!«, und dann stand Ackermann im Zimmer, riesig, breitschultrig, mit vielen weißen Tüten bepackt.

»Ich weiß doch, dass Tina euch nichts Anständiges zu essen gibt«, sagte er zu der immer noch sehr gedämpften Sammy, die nach wie vor auf der Couch hockte, er küsste Bettina leicht verlegen auf beide Wangen und raschelte mit den Tüten.

»DönerDönerDöner«, rief Enno aus dem Hintergrund. »Wir haben Döner und Pizza! Döner und Pizza, Döner und Pizza!«

Ackermann fasste den Berg voll Sachen auf dem Couchtisch ins Auge. »Wollt ihr umziehen?«

»Tante Elfriede ist gestorben«, sagte Sammy darauf düster.

Ackermann ließ die Schultern sinken. »Echt? Oh Mann, Tina, wirklich, das ist ja – also, tut mir leid.« Er sah Sammy an. »Tut mir leid, Süße.«

Sammy nickte ernst. Es klingelte wieder.

»Das wird der Leichenschmaus sein«, sagte Bettina und erntete einen vernichtenden Blick von ihrer Stieftochter, die ihre Ausdrucksweise offensichtlich zu pietätlos fand.

Als sie zur Tür ging, hörte sie, wie Ackermann auf die quietschende alte Couch plumpste und zu Sammy sagte: »Das ist wirklich traurig, Kleines. Du hast deine Großtante sicher sehr gern gehabt.«

Sammy sagte darauf: »Ich hab sie gar nicht richtig gekannt.« Und das klang fast ein wenig anklagend.

Danach quetschten sie sich alle in die Küche, weil im Wohnzimmer momentan kein Platz zum Essen war. Auch die Küche war eigentlich zu klein. Mit Ackermann darin sowieso. »Ich war noch nie bei euch«, sagte er nachdenklich, und Bettina musste an den Abend denken, an dem sie zum ersten Mal bei ihm gewesen war. »Ihr habt es sehr gemütlich«, sagte er anerkennend, was schamlos gelogen sein musste. Man sah ihm an, wie schmerzlich beengt er auf dem schmalen Küchenstuhl saß, wie sehr er sich anstrengte, um nicht am Schrank, an der Spüle und am Tischbein anzustoßen, und wie wenig Platz er zum Essen hatte. »Ich glaube, ich komme in Zukunft öfter mal vorbei«, sagte er trotzdem, und dann ließ er sich von Sammy das Handyfoto von dem Hexenhäuschen am Strand zeigen und spann Geschichten aus, wie es wäre, wenn man dort im Winter eingeschneit würde und nur noch von Krabben und Seeigeln und der Liebe zu einer wunderschönen rothaarigen Seemannsbraut leben könnte. Schließlich gingen die Kinder rüber ins Wohnzimmer, fernsehen.

Sofort wirkte die Küche noch einmal doppelt so eng für Ackermann. Die lustige Munterkeit fiel von ihm ab. Er drehte den Henkel einer Dönertüte um seinen linken Zeigefinger und sagte leise: »Ich wollte dir nur sagen, dass die Engelbrecht tatsächlich in U-Haft kommt. Der Richter hat unterschrieben.«

»Gut«, sagte Bettina.

Ackermann schwitzte. »Und – also Phantombild haben sie noch keins, aber die Spezialistin vom Erkennungsdienst setzt sich gleich morgen früh dran.« Er blickte Bettina an, beugte sich vor und nahm ihre Hand. »He«, sagte er. »Tut mir leid, das mit deiner Tante.«

Eine Sekunde lang dachte Bettina, Ackermann hätte sich wirklich bei ihr entschuldigt. Du hast mir nicht geglaubt, wollte sie schon sagen, du dachtest, ich würde Drogen nehmen, das ist traurig, aber ich verzeihe dir. Dann merkte sie, dass er ihr nur sein Beileid ausgesprochen hatte. Er blickte sie eindringlich an, aber seine Augen waren ein wenig starr dabei. Sie entzog ihm ihre Hand. »Das muss es nicht«, sagte sie, seltsam enttäuscht.

Ackermann atmete auf, wandte den Blick ab und zückte sein Handy. »Tja, ich bin längst überfällig, muss Kati abholen, aber wenn du willst, komme ich morgen wieder und helfe beim Resteessen.« Der Küchentisch war ungefähr so beladen wie ihr Couchtisch, nur mit Pizzakartons, Dönertüten und Unmengen kalter Lebensmittel. »Ach so, weißt du eigentlich, woher Schöne, Löwe und Brandtstätter sich kannten?«

»Sag.«

»Aus einer Diätgruppe.« Ackermann stand schon in der Tür.

»Ist das wahr?«

»Ja. Allerdings hat Frau Schöne keine Idee, wer von dort der Täter sein könnte, was ich persönlich für seltsam und verdächtig halte. Aber gut. Du hast ja deinen Computer, da kannst du alles nachlesen. Ich glaube, heut kommt sowieso kein Krimi im Fernsehen.« Er hob die Hand. »Ich muss. Bis morgen!« Und lauter: »Bis morgen, ihr Wichte!«

Bettina hörte Enno irgendetwas Launiges zurückpoltern, dann schloss Ackermann die Tür hinter sich.

Eine Diätgruppe.

* * *

Die Diätgruppe.

Julia Schöne lag in ihrem weiß bezogenen Bett, die Nacht schlich vorbei. Neben ihr schnarchte Oliver. Der Mond schien durchs Fenster, dann zogen Wolken heran und das Zimmer verfinsterte sich. Als es ganz dunkel war, hielt sie es nicht mehr aus. Sie stand auf und tastete sich durch das schlafende Haus hinunter. Zum Computer.

Fünf Minuten später flimmerte bläuliches Licht durchs Büro, und Julia konnte vom Schreibtisch aus nicht mehr durch das große Fenster nach draußen schauen. Das beunruhigte sie irgendwie. Sie stand auf und hakte die Jalousie runter. Aus den Falten des Stoffes fielen vier tote Motten auf den Tisch. Sie widerstand der Versuchung, jetzt gleich den Staubsauger zu holen und die Leichen zu entfernen. Vier Tote, dachte sie. Fast wie im wirklichen Leben. Drei tote Chatmitglieder und meine schwerverletzte Nachbarin.

Sie rief ihren Internetbrowser auf. Der Diät-Chat. Sie musste in den Chat.

Wurde vom Webmaster geschlossen, war die Meldung, die erschien, auf welchem Weg Julia auch immer reinwollte. Das war ein bisschen merkwürdig, denn die offizielle Forenseite der Diätgruppe bestand nach wie vor, obwohl da seit Monaten kein Beitrag mehr eingegangen war. Also aus Mangel an Meldungen wurde auf dem Internettummelplatz *NoFats* offenbar nichts geschlossen. Wieso aber dann? Weil von vier Mitgliedern drei tot waren?

Der private Chat, den Julia mit drei anderen Frauen ins Leben gerufen hatte, war ein Absprengsel aus einer größeren, offenen Mailingrunde, die im Rahmen eines Diätkurses entstanden war. In der großen Runde wurden Erfolge und Probleme diskutiert und jedermann wünschte den anderen reihum viel Kraft. Da war ein kleines Lästerforum als Ausgleich ziemlich lustig gewesen, denn die Versuchung, das öffentliche Wiegen während des Kurses irgendwie zu kommentieren, war groß. Julia wusste gar nicht mehr genau, wie sie sich zusammengefunden hatten, die privaten Lästerer, wahrscheinlich war es einfach die Tischordnung damals in der Volkshochschule gewesen: Sie vier hatten zusammen gesessen, Mandy, Mia, Linda und sie. Und jetzt waren Mandy und Mia tot.

Und Linda sowieso.

Julia fröstelte plötzlich und blickte zum Fenster. Dahinter stand schwarz und stumm die Nacht, der Mond hatte sich nicht wieder hinter den Wolken vorgewagt. Es war mausstill im Haus.

Wieso war der Chat stillgelegt worden? Konnte sie das irgendwie rauskriegen?

Sie klickte sich durch ein paar sinnlose Programme und wollte fast aufgeben, doch dann hatte sie eine Idee: Damals, als die vielen Meldungen aus dem Chat sie zu nerven begannen, hatte sie die Mails gespamt. Denn jedes Mal, wenn irgendwer irgendwas geschrieben hatte, erhielt sie Meldung davon, und nach Lindas Tod hatten Mandy und Mia sich eine Zeitlang nicht mehr eingekriegt vor Theorien und Hypothesen. Also musste sie jetzt eigentlich nur ihren Spam-Ordner öffnen, um vielleicht einen Teil der ehemaligen Korrespondenz zu finden.

Gut. Da war der Spam-Ordner. So. Öffnen. Und jetzt – Bingo.

Da war eine Nachricht. Und noch eine. Oh weh, waren das viele. Julia setzte sich gerader hin und begann zu lesen.

Das Erste, was Bettina am nächsten Morgen wahrnahm, war ein schmaler schwarzer Schemen, der sich vor ihr aufbaute und finsteres Pathos verbreitete. »Sie ist tot«, sagte Sammy mit Grabesstimme, und als Bettina sich nicht rührte, heimlich hoffend, Sammy würde einfach gehen und Gott weiß was tun, zum Beispiel den Frühstückstisch decken, wiederholte ihre Tochter es lauter: »Tante Elfriede ist tot!«

Bettina gähnte und rappelte sich auf.

»Du bist gar nicht traurig.«

»Nicht sehr«, gab Bettina zu. Sie schwang sich aus dem Bett.

»Aber sie war deine Tante. Und die Tante von meiner Mama.« Sie blickte Bettina an, die ja ebenfalls eine Tante war, die von Sammy nämlich.

»Man kann sich nicht aussuchen, wen man mag«, sagte Bettina also ernst. »Man muss froh sein, wenn man die richtigen Menschen trifft, und manchmal muss man die Zähne zusammenbeißen und mit dem zufrieden sein, was man kriegen kann, weil man sonst nicht überlebt.«

Sammy blickte zweifelnd. Sie war jung, und sie wollte alles. Die ganze Liebe. Das ganze Leben. Und die ganze Trauer, wenn jemand starb. »Sie ist tot«, sagte sie. Und begann zu weinen.

Und sie zog es durch. Wie ein böser Fluch schlich Sammy hinter Enno und Bettina ins Krankenhaus, um Tante Elfriedes Sachen zu holen, sie war eine düstere Wolke aus Trauer, als sie im Grünstadter Haus nach der Geburtsurkunde suchten, und sie brach in Tränen aus, als die Standesbeamtin ihnen mit einem Beileidswunsch die Totenscheine überreichte.

Das kleine Ding war so traurig, dass es sogar Enno irgendwann reichte. »Du spinnst doch«, sagte er, »du hast sie nicht gekannt, und sie hat dich nicht gemocht.«

Doch das war ihr egal. Sie brachte keinen Bissen herunter, als sie bei *Nordsee* Fish & Chips aßen, was eigentlich ihre eigene Idee gewesen war, und beim Bestattungsunternehmen legte sie dann die ganz große Show hin. Sie sah so schwarz und verheult aus, dass der Bestatter, ein verbindlicher, ernster junger Mann, Bettina sehr nachdenklich betrachtete und sagte, dass Kinder für gewöhnlich nicht in die Gestaltung der Trauerfeier einbezogen würden, aber dass es in diesem Fall vielleicht gut wäre, wenn Samantha-Sue sich einbringen könnte und die Blumen oder die Musik für das Leichenbegängnis bestimmen dürfte.

Bettina sagte, dass sie kein Begängnis wollten, und da zerfloss Sammy vor Verzweiflung. Sie schien so elend, dass Bettina schließlich doch einer kleinen Trauerfeier mit dem Grünstadter Pfarrer zustimmte, obwohl es ihr davor grauste. Sammy merkte es erst gar nicht und heulte einfach weiter, bis der Bestatter sie sanft darauf hinwies, dass es eine Beerdigung geben würde.

»Welche Musik mochte denn deine Großtante?«, fragte er dann.

Sammy schniefte kurz, starrte eine Weile vor sich hin und sagte schließlich: »*Back to Black* von Amy Winehouse.«

»Bist du dir sicher?«, entfuhr es dem Bestatter.

»Ja«, sagte Sammy fest, und Bettina fragte sich, woher Sammy mit ihren neun Jahren dieses Lied kannte.

Der Bestatter sagte mit einer gewissen Ablehnung in der Stimme, dass er nicht ganz sicher sei, welches Lied gemeint war, dass es das erste Mal sei, dass jemand Amy Winehouse für eine Trauerfeier wollte, und dass ihn diese Wahl für eine dreiundachtzigjährige Frau erstaunte. Bei einer Trauerfeier komme es auch darauf an, was die Verstorbene selbst gemocht hätte.

»Ach was, Amy Winehouse ist total altmodisch«, sagte Enno darauf nüchtern. »Und auch längst tot. Passt doch.«

Sammy sagte: »Sie ist gar nicht altmodisch, aber gut zu Beerdigungen!«

Und der Bestatter sagte: »Aber ihr wollt doch die anderen Trauergäste nicht erschrecken.«

»Wir erwarten nicht viele Gäste«, sagte Bettina. »Und wieso nicht *Back to Black*? Wenn Sammy das will? Wenn schon Beerdigung, dann richtig.«

Der Bestatter blickte ihr tief in die Augen.

»Doch«, sagte Bettina und dachte daran, was ihre Tante zu Amy Winehouses Ausdrucksweise gesagt hätte. Und ihrem Aussehen. Der ganzen Person. »Ich bring die CD mit.«

Dann ging es um noch mehr Einzelheiten, und Bettina wurde kribbelig und merkte, wie sie ihr Handy anlauerte, ob etwa ein Anruf von Ackermann kam, schließlich war es inzwischen nach fünf Uhr. Der Bestatter führte Bilder von Urnen vor, auf die Bettina sich nicht konzentrieren konnte, am liebsten hätte sie »die billigste« gesagt, denn nur die würde sie nehmen, aber das konnte sie nicht machen, solange Sammy daneben saß und darüber wachte, dass alles so pathetisch wie möglich ablief. Schließlich erbat sie eine Pause und ging hinaus zum Rauchen. Dort vor der Tür des Bestattungsunternehmens rief sie Ackermann selbst an.

»Diätgruppe«, sagte der statt einer Begrüßung, und es klang wie ein Fluch.

»Hi«, sagte Bettina. »Gibt's was Neues?«

Jetzt fluchte Ackermann wirklich. »Ich weiß es nicht. Engelbrecht sitzt nach wie vor in U-Haft, aber das Phantombild von der rauchenden Mutti kannste vergessen. Ich glaub, vor Gericht würden sie ihr nicht mal abnehmen, dass es eine Frau war. Die wusste gar nichts, die ist fast blind.«

»Mist. Und was macht ihr jetzt?«

»Keine Ahnung«, sagte Ackermann grantig. »Diese Diätgruppe, um die es geht, war ein Riesenvolkshochschulkurs mit über zwanzig Teilnehmerinnen, die müssen jetzt alle rund um die Uhr bewacht werden. Soweit die Frauen ermittelt werden konnten, natürlich, denn Teilnehmerlisten werden nur bis Ende des Semesters im System gespeichert, und das ist rum. Die Dozentin ist nicht erreichbar, und so mussten wir über Bankverbindungen und persönliche Kontakte gehen. Tja, und jedes Mal, wenn wir eine Neue ausfindig gemacht haben, musste einer raus und Leibwache sein.«

»Lass mich raten –«

»Ich stand zufällig in Schwartz' Nähe, als sie ihm die Adresse von einer Annalena Frey durchgegeben haben. Das war's dann. Jetzt sitze ich seit sechs Stunden im Auto vor ihrem Haus und starre die Tür an. Ist noch niemand rein- oder rausgegangen.«

»Oje«, sagte Bettina mitleidig. »Hast du schon die Kanaldeckel gecheckt?«

Ackermann murmelte etwas Unverständliches. »Ich komme heute Abend nicht vorbei«, sagte er dann, immer noch grantig. »Ich bin eingeteilt bis zehn Uhr. – Aber ruf mich jederzeit an«, setzte er hinzu.

»Mal sehen«, erwiderte Bettina, »ob ich diesem charmanten Angebot widerstehen kann.«

Sie ging wieder hinein zum Bestatter, bestellte die unglaublich kitschige Urne, die Sammy favorisierte, und einen Kranz aus forsythienartigen gelben Blumen. Dann packte sie ihre Kinder, um nach Hause zu kommen, die Akte lesen.

Doch natürlich ging das nicht ganz so schnell. Eine Beerdigung planen machte hungrig und nervös, und so mussten sie erst mal essen und reden: wie alt Tante Elfriede gewesen war (87), warum sie keinen Mann gewollt hatte (eigentlich war es umgekehrt) und wie lange Barbara, die Mutter von Enno und Sammy, bei Tante Elfriede gewohnt hatte.

»Ich bring euch Bilder von ihr mit«, sagte Bettina plötzlich. »In Tante Elfriedes Haus steht ein Riesenkarton mit Bildern von eurer Mama und mir. Und von unseren Eltern. Eurem Opa und eurer Oma.«

Enno und Sammy schauten sich an. Opa und Oma.

Dann sagte Enno: »Was wird jetzt eigentlich aus dem Haus?«

»Keine Ahnung«, sagte Bettina. »Wenn wir es erben, werden wir es verkaufen.«

Wieder schauten die Geschwister sich an.

»Nein«, sagte Enno ernst. »Wir wollen darin wohnen.«

»OjajajajajajaJA!«, schrie Sammy.

»Nein«, sagte Bettina.

»Doch«, sagte Enno.

»Doch«, sagte Sammy.

»Niemals.«

»Bitte, Tina.« Enno hieb mit beiden Fäusten zur Seite, die eine traf den Spülenunterschrank, die andere die Wand, so eng war es hier. Er sagte: »Wir wollen ein Haus.«

Wenn ich tot bin, wirst du in Grünstadt leben.

»Nein.«

»Doch.«

»Doch.«

Bettina war plötzlich zu müde, um weiter zu widersprechen. »Wir werden sehen, und ihr geht jetzt ins Bett«, sagte sie.

Aber während des ganzen Waschens und Ausziehens und sogar beim Zähneputzen malten die Geschwister sich aus, wie es wäre, in das riesige alte abenteuerliche Haus zu ziehen. Sie gerieten fast ins Schwärmen, all die Keller und Dachstuben und Räume, der Garten und der viele Platz! Bettina stand stumm daneben und wurde immer müder dabei. Und als die Kinder endlich in ihrem in der Tat engen Stockbett lagen, da ließ sie sie weiterreden, packte der Form halber den Computer neben ihr eigenes Bett, legte sich hin und schlief sofort ein.

* * *

Egal wie sie sich legte und wendete, Julia Schöne konnte nicht schlafen. Die Bullen ums Haus machten sie nervös. Man sah sie nicht, aber man spürte sie, und dass sie da nur zu ihrem Schutz standen, glaubten sie selber nicht. Der junge Kommissar Sauer, der Julia heute über mehrere Stunden vernommen hatte, fand sie verdächtig, das hatte er ihr offen gesagt. »Zwei Leute aus Ihrer Diätgruppe sterben, Sie sind scheinbar als nächstes Opfer vorgesehen, aber bei Ihnen wird die Nachbarin angegriffen.«

Was würde er wohl erst denken, wenn er wüsste, dass sie die einzige Überlebende aus dem kleinen Läster-Chat war?

Trotzdem, da gab es gar kein Wenn und Aber: Was da in ihrem Spam-Ordner ruhte, konnte sie nicht einfach für sich behalten.

Denn das war nicht weniger als eine Erklärung für die Leichen im Kanal.

Zehn

Halb acht. Bettina lehnte an der Wand vor Ackermanns Büro und visierte träumerisch ihre Stiefelspitzen an, als eine harte Stimme sie aus ihren morgendlich unfertigen Gedanken riss.

»Frau Boll! Zum Gespräch bitte!«

Härting? Was wollte der denn? Und wie hatte er ahnen können, dass sie hier war, um die frühe Zeit? Sie wartete ja bloß auf Ackermann, der sich mit ihr zur Fahrt nach Lautringen verabredet hatte und sie hier oben treffen wollte, weil er die Akte Schröck noch kopieren musste. Das hatte Bettina inzwischen erledigt. Jetzt stand sie im Flur und war eine leichte Beute für einen wütenden Chef. Denn wütend sah Härting aus. Definitiv.

»Okay«, sagte Bettina vorsichtig und löste sich rasch von der Wand, um auf keinen Fall übermäßig lässig zu wirken. »Worum geht's?«

»In meinem Büro, Frau Boll.«

Sie folgte Härting. Mona, die Sekretärin, war noch nicht da, und so schloss Härting höchstselbst die Tür zu seinem Allerheiligsten. Bettina wurde es ziemlich mulmig zumute. Sie blieb vorsichtshalber stehen.

Prompt fuhr Härting sie an: »Setzen Sie sich!«

»Danke«, murmelte sie und nahm auf einer Stuhlkante Platz. Hatte Schwartz sich etwa über sie beschwert?

Nein: »Frau Boll«, schnarrte Härting ohne Umschweife, »Sie haben ein Verhältnis mit dem Kollegen Ackermann!«

Zwei volle Sekunden dachte Bettina, dass Härting sie veralberte. Das war zwar noch nie vorgekommen, aber einmal musste es ja passieren. Sie fragte sich sogar, wie der Chef aus dieser Nummer wieder rauskommen würde. Mit: »Herzlichen Glückwunsch und alles Gute für die Zukunft«? Oder: »Hier haben Sie ein Kochbuch, das werden Sie brauchen«?

»Das geht nicht, Frau Boll«, sagte er stattdessen, und seine fahlen Stachelbeeraugen blickten so ernst, dass Bettina an seiner Empörung nicht weiter zweifeln konnte. »Das ist ein Versetzungsgrund.«

»Bitte? Ein was?«

»Versetzungsgrund«, wiederholte Härting ätzend.

Bettina holte Luft. Plötzlich spürte sie die Resopalkante von Härtings Schreibtisch unter ihren Händen, außerdem ihr Herz heiß in der Brust. Sie war aufgesprungen. »Aber höchstens für Sie«, hörte sie sich sagen. Noch nie in ihrem Leben war sie so schnell so wütend geworden. »So eine Einmischung können Sie sich nicht erlauben. Das geht Sie gar nichts an. Und diesmal werde ich mich beschweren. Ich gehe zur Personalstelle und zur Not auch zur Frauenbeauftragten, verlassen Sie sich drauf!«

»Bitte«, sagte Härting kalt und lehnte sich zurück.

»Wir werden sehen, wer versetzt wird!«, rief Bettina.

Härting schnaubte verächtlich. »Sie irren, wenn Sie glauben, dass Sie sich so benehmen können. Sie drohen mir. Und Sie wissen, Beziehungen zu Kollegen sind unprofessionell und können nur toleriert werden, wenn sie das Betriebsklima nicht gefährden.«

»Das ist doch –!« Bettina glaubte es immer noch nicht. »Selbst wenn wir händchenhaltend durch die Dienststelle spazieren würden – wie soll denn davon das Betriebsklima geschädigt werden? Und wie können Sie das alles wissen, wo ich doch selbst kaum weiß –« Sie brach ab. »Also jetzt sind Sie echt zu weit gegangen.«

»Nein«, sagte Härting mit einem Blick, den Bettina hätte kennen sollen: kühl, triumphierend. Der Überführungsblick. Er beugte sich plötzlich vor und fixierte sie. »Vor zehn Minuten«, sagte er leise, »hat die Kollegin Kaiser hier bei mir um ihre Versetzung gebeten. Grund: weil sie mit Ihnen nicht mehr zusammenarbeiten kann.« Er schwieg einen Moment lang drohend und erhob sich dann ebenfalls aus seinem Stuhl. »Frau Boll, ich schätze die Kollegin Kaiser. Ich schätze sie sogar sehr. Sie ist eine vollwertige Arbeitskraft, sie arbeitet wirklich ordentlich, und ihre

Erfolgsquote ist höher als Ihre. Verstehen Sie? Ich werde die Frau Kaiser nicht gehen lassen. Nicht Ihretwegen.«

Bettina fiel auf den Stuhl und starrte Härting an. »Nessa hat wegen mir um ihre Versetzung gebeten?«, fragte sie so ruhig wie möglich.

»Genau. Wegen Ihrer überaus auffälligen Turtelei mit dem Kollegen Ackermann.«

»Aber –«

»Ich habe die Frau Kaiser eine Woche beurlaubt. Bis dahin haben Sie die Sache geklärt. Ansonsten wird nicht die Frau Kaiser gehen.«

Bettina starrte ihren Chef an und sprang plötzlich wieder auf. »Moment mal. Sie war vor zehn Minuten hier? Das heißt, sie ist vielleicht noch da?«

»Frau Boll –«, rief Härting, doch Bettina hörte es nur noch undeutlich, denn sie war schon zur Tür hinaus.

Sie fegte in ihr Büro. Da stand auch wirklich Nessa, mit hängenden Schultern und einem grämlichen Ich-pack-meine-Sachen-Gesicht. Als sie Bettina erkannte, weiteten sich ihre Augen und sie nahm Haltung an. Brust raus, Kinn vor, ihr Blick begann zu funkeln. Das konnte Bettina auch. Sie trat heran, baute sich vor der Kollegin auf und war haargenau gleich groß. »Du willst mich versetzen lassen? Wegen Ackermann?! Hast du sie noch alle?!«

»Ich will *mich* versetzen lassen«, sagte Nessa flach, aber ihre Augen straften diese Worte Lügen, sie waren voll Hass.

»Pass auf«, sagte Bettina, »damit kommst du nicht durch. Du und Härting, ihr kommt damit beide nicht durch! Das ist nicht nur gemein, das ist illegal! Ich werde bleiben! Ich werde mir Hilfe holen! Ich liebe meine Arbeit!«

Und ich, sagte Nessas Blick, liebe Ackermann. Oder so etwas Ähnliches. Vielleicht bedeutete ihre Miene auch nur: Er gehört mir. Das war im Moment nicht festzustellen. »Fein.«

Bettina wurde immer wütender. »Wie kommst du bloß auf die hirnrissige Idee, gleich zu Härting zu rennen? Gut, wir sind nicht die allerbesten Freundinnen, aber wir können doch miteinander reden wie vernünftige Leute!«

»Pst«, machte Nessa boshaft. »Du brüllst.«

»Herrgott«, sagte Bettina und hob die Hände.

»Auf Wiedersehen«, sagte Nessa, schob sich mit betonter Vorsicht an Bettina vorbei und schritt zur Tür. »Viel Spaß bei der Arbeit.«

Ackermann holte sie am Tor ab wie immer und reichte ihr wortlos eine Tüte mit einem Hörnchen.

»Danke«, sagte Bettina.

»Du isst ja nie was.«

Bettina machte die Tüte wieder zu und steckte sie ins Seitenfach der Tür. »Hast du mit Nessa geredet? Über uns?«

Schweigen. Dann sagte Ackermann: »Tut mir leid, ich weiß, dass ich das machen muss, aber bisher war irgendwie nie die Gelegenheit. Heute. Ich versprech's.«

»Das ist nicht mehr nötig.«

Ackermann rammte beinahe ein Taxi, als er mit seinem dicken Van in einen Kreisverkehr einbog, und erntete empörte Gesten und ein kleines Hupkonzert. Gereizt hupte er zurück. »Also eigentlich hätte ich es ihr gern selber gesagt. Bei aller Liebe, Tina –«

»Nein, du verstehst mich falsch, ich habe gar nichts gemacht. Sie wusste es schon.«

»Echt, woher denn?«

»Nicht von mir«, sagte Bettina. »Das ist nicht meine Baustelle. Außerdem bin ich doch nicht jeck, ich sitze mit ihr in einem Zimmer. Und sie droht mit Kündigung. So dass der Härting jetzt mich versetzen will.«

»Wie bitte?«

»Er will mich rausschmeißen.«

»Nein.« Jetzt sah Ackermanns Blick hell und zornig aus.

»Ja.«

»Das kann er nicht.«

»Er will es aber versuchen.«

Ackermann schüttelte ärgerlich den Kopf und sagte der Freisprecheinrichtung seiner Auto-Handy-Installation, dass er zu telefonieren wünschte. »Kati anrufen.« Und er sagte es in einem Ton, der sehr klarmachte, was er dachte.

»Kati?«

»Oh. Hi. Wer –?« Die blecherne ferne Stimme gähnte.

»Dein Vater«, sagte Ackermann.

»Guten Morgen.« Es gähnte wieder. »Du weißt, dass wir Ferien haben, oder? Ich bin erst vor drei Stunden ins Bett!«

»Kati, hast du Nessa angerufen?«

»Nein!« Das klang empört.

»Ihr eine SMS geschickt?«

»Nein!«

»Sie getroffen?«

»Nein, sie hat mich angerufen«, sagte Katis helle Stimme nüchtern durch den Äther. »Sie wollte irgendwie – keine Ahnung, du weißt schon, mit mir reden, dass wir keine Feindinnen sind und so. Total peinlich. Ich hab ihr gesagt, das kann sie sich sparen, denn du bist jetzt mit Tina zusammen.«

»Danke, Kati«, sagte Ackermann verärgert.

»Was? Ist doch so, oder? Soll ich sie anlügen? Oder mir so Sprüche anhören von wegen irgendwann werden wir gute Freundinnen sein, wenn das doch gar nicht stimmt?«

»Nein«, sagte Ackermann.

Kati gähnte wieder. »War's das?«

»Ja«, sagte Ackermann.

»Du denkst dran, dass ich am Wochenende einen Freundschaftslauf in Landau hab?«

»Natürlich.«

»Diesmal musst du früher kommen, denn die haben die Startzeiten verschoben.«

»Okay«, sagte Ackermann. »Und jetzt schlaf weiter.«

»Gute Nacht, Papa.«

»Schlaf gut, Süße.«

Er unterbrach die Verbindung und starrte stur geradeaus auf

die Straße. Bettina sagte nichts. Schließlich begann Ackermann:
»Er ist zu weit gegangen.«

»Härting?«

»Ja.«

»Sag ich doch.«

»Das ist zu oldschool. Gutsherrenart. Das darf man heute nicht mehr machen.«

»Härting macht aber ständig Sachen, die man heute nicht mehr machen darf.«

»Diesmal kriegen wir ihn dran. Diesmal muss er gehen.« Ackermann blickte sie tief und lang von der Seite an, sie bretterten jetzt über die Autobahn, der Ulysse schoss mit knapp zweihundert voran, und Bettina fürchtete sich plötzlich. So aufgewühlt hatte sie Ackermann noch nie gesehen.

Sie waren um genau siebzehn Minuten nach acht im Lautringer Präsidium und gerieten mitten in den Aufbruch aller Beteiligten. Die Lautringer konnten offenbar auch kurze Besprechungen, wenn es wirklich darauf ankam. Und EHK Schwartz konnte auch kurze Befehle. Er sah Bettina, packte sie am Arm und sagte nur: »Zu mir, Frau Boll.«

Ackermann wurde indessen von seiner Observierungsgruppe assimiliert und verschwand aus Bettinas Blickfeld. Schwartz zog sie einfach mit. Auf demselben Weg, den sie soeben ins K11 geeilt war, eilte sie nun wieder hinaus, nur in anderer Begleitung. Um sie herum formierte sich eine Einheit aus entschlossen aussehenden Beamten, Bettina erkannte auch den Psychologen in ihrem Tross.

»Sie hatten einen Todesfall in der Familie«, sagte Schwartz, als sie den Aufzug erreichten.

»Meine Tante«, sagte Bettina.

»Mein Beileid.« Schwartz drückte den Aufzugknopf.

»Danke.«

»Engelbrecht hat ausgesagt. Ihre Angaben bestätigt, Frau Boll.«

»Gut«, sagte Bettina und machte keine weiteren Worte. Schwartz auch nicht. »Haben Sie die Akte gelesen?«

»Nein«, gab Bettina zu. »Ich wollte, aber der Tod meiner Tante war wirklich –«

»Verstehe.«

»Ich weiß nur, dass die beiden Opfer und Julia Schöne sich aus einer Diätgruppe kannten.«

»Genau«, sagte Schwartz. »Und die Frau Schöne sitzt jetzt gerade unten in einem Vernehmungsraum und wartet auf uns.«

»Ist sie etwa –?«

Die Tür öffnete sich. Schwartz trat in den Aufzug. »Nein«, sagte er über die Schulter. »Aber nach eigenen Angaben kennt sie Täter und Motiv.«

Bettina blieb vor dem Aufzug stehen. »Echt?«, sagte sie, und: »Wer ist es denn?« Und: »Was ist mit Suki Sanvalee?«

»Der ist nicht der Täter«, sprach Schwartz und winkte Bettina ungeduldig in den Aufzug. »Sie hatten recht, Frau Boll, Herr Sanvalee machte gerade Bekanntschaft mit einem Brückenpfeiler, als Elvira Graul überfallen wurde. Laut Dr. Lee von der Zeit her gar kein Zweifel. Er kann's nicht gewesen sein.«

»Und wie geht es Frau Graul?«

»Künstliches Koma«, sagte Schwartz knapp. »Noch für mindestens eine Woche.«

»Oh.«

»Ja, aber vielleicht brauchen wir sie gar nicht. Lassen Sie uns hören, was Frau Schöne sagt.«

Julia Schöne hatte sich schick gemacht. Manche Zeugen taten das, und Bettina fand es immer ein wenig seltsam. Nicht wirklich verdächtig, aber etwas zu sehr auf guten Eindruck bedacht. Schöne trug einen Pullover aus dünner Wolle, der für das Wetter übermäßig warm aussah, dazu enge Hosen und eine Pferdeschwanzfrisur, die mit vielen kleinen Klämmerchen hübsch gesteckt war. Ihr schmales Gesicht sah auf den ersten Blick frisch und rosig aus und auf den zweiten extrem stark geschminkt. »Ah«, sagte sie und stand auf, als Schwartz mit Bettina und Christian Theuer im Gefolge den Vernehmungsraum betrat.

»Hallo«, sagte Schwartz geschäftig. »Frau Boll, Protokoll.«

»Alles klar, Herr Kommissar«, gab sie zurück.

»So, dann wollen wir mal«, rief Schwartz, ließ sich am Tisch nieder und sprach einleitende Sätze in ein Aufnahmegerät, das Bettina ihm hinschob. Von wegen Protokoll.

»Erzählen Sie, Frau Schöne. Sie haben etwas gefunden, haben Sie dem Kollegen gesagt?«

Schöne nickte. Jetzt, da sie so ganz offiziell reden sollte, wirkte sie ein bisschen blasser und wortkarg. »Das hier.« Sie schob einen kleinen Stapel mit ausgedruckten E-Mails zu Schwartz rüber.

Der warf einen kurzen Blick darauf. »Was ist das?«

»Das sind Mails, die Mia Löwe und Mandy Brandtstätter sich gegenseitig geschrieben haben.«

Da nahm Schwartz doch einen Zettel. Auch Christian und Bettina griffen sich welche.

In Bettinas Mail stand: *Hallo, Katze! Denk an meine Worte: Wir müssen was unternehmen. Allein für Linda, weißte? Wenn wir nicht direkt mit HH reden können, dann müssen wir sie eben ein bisschen aufschrecken. Eine Botschaft auf ihre Facebookseite. Wir posten einen Artikel über Zuckerschocks an ihrer Wall. Die wird schön gucken! LG Heiß*

Bettina ließ den Zettel sinken und linste zu den anderen, ob die aus ihren schlau wurden. Es schien nicht so.

Schwartz betrachtete seinen stirnrunzelnd. »Können Sie uns das mal erläutern?«

»Das sind Mails aus meinem Spam-Ordner«, sagte Schöne. Sie fuhr sich nervös durchs Haar, merkte zu spät, dass alles festgesteckt war, und sah danach etwas zerrupft aus. »Also vor anderthalb Jahren im Winter, da hab ich spaßeshalber diesen Diätkurs an der Volkshochschule belegt.«

Spaßeshalber, dachte Bettina. Das glaubst du ja selbst nicht.

»Der Kurs, an dem auch die beiden ersten Opfer teilgenommen haben?«, fragte Schwartz.

»Genau. So 'n typischer Diätkurs.« Schöne lachte leicht affektiert. »Wir hatten eine offizielle Kurs-Mailingrunde in einem Forum, das *NoFats* heißt. Also einen für jeden frei zugänglichen und lesbaren Thread, in dem alle Kursteilnehmer ihre persönlichen Erfolge posten sollten. Und dann war da noch unser kleiner geheimer Chat.«

»In dem Sie die persönlichen Misserfolge der anderen gepostet haben«, riet Christian.

Schöne nickte verlegen.

»Wer ist wir?«, fragte Schwartz.

»Mandy, Mia, Linda und ich.«

»Oh, es gibt noch eine Vierte? Linda? Wer ist das?«

»Linda«, sagte Schöne. »Nachname weiß ich nicht mehr. Sie hat in der Volkshochschule an unserem Tisch gesessen. Darum war sie mit im Chat. Sie war eher unauffällig, pummelig, lange Haare, etwas jünger, immer ein bisschen aufgeregt. Ich hab ihr nicht viel zugehört. Sie hatte Diabetes. Typ 1. Da drüber konnte sie stundenlang reden.«

»Linda«, sagte Schwartz. »Gucken Sie mal in Ihrem Computer, Frau Boll, ob wir die schon auf der Liste haben. Ob sie überwacht wird.«

»Die wird wahrscheinlich nicht überwacht«, sagte Schöne, »denn sie ist tot.«

Schlagartig stand gespannte Stille im Raum.

»Tot?«, sagte Schwartz dann. »Wieso denn tot?«

»Woran ist sie gestorben?«, fragte Christian, und Bettina beugte sich über ihr Laptop, um schneller die gewünschte Liste zu finden.

»Sie ist an ihrer Diabetes gestorben«, sagte Schöne nüchtern. »Fragen Sie mich nicht, woran genau, entweder Unterzucker oder Zuckerschock. Das war etwa ein Vierteljahr nach dem Kurs, also im Frühherbst letzten Jahres. Ich hab davon nicht viel mitgekriegt, ich weiß eigentlich nur, dass sie gestorben ist und dass so ein Tod ungewöhnlich ist.« Jetzt blickte sie ein wenig lauernd, als hätte sie soeben einen Köder ausgeworfen.

Bettina fand indessen die gesuchte Stelle in der Akte. »Eine Linda ist nicht auf unserer Observierungsliste«, meldete sie. »Und letzter Stand der Dinge: Die damalige Kursleiterin, Frau Hella Halaszy, ist trotz aller Bemühungen immer noch nicht erreicht worden. Wie hier steht, ist sie vermutlich auf Urlaubsreise.«

»Oder sie ist geflohen«, sagte Schöne, jetzt mutiger, und wieder senkte sich diese Stille über den Raum.

»Geflohen?«, wiederholte Schwartz schließlich. »Was meinen Sie damit?«

»Also«, sagte Schöne und setzte sich sehr gerade hin. »Ich hab davon wie gesagt nicht viel mitgekriegt, weil ich mich da irgendwann ausgeklinkt habe, und ich besitze auch nicht alle Mails, aber ich erinnere mich, kurz bevor Linda gestorben ist, da hab ich die Mails aus dem Chat noch gelesen. Linda hat damals irgendwas vorgehabt.« Schöne schüttelte den Kopf. »Und zwar, wie ich meine, zusammen mit Hella Halaszy. Linda war immer voller Pläne, aber so verhuscht, wissen Sie? Hat vor sich hin gebrabbelt. Man hat ihr nie richtig zugehört. Jedenfalls, nachdem sie gestorben ist, waren Mia und Mandy geschockt. So ein plötzlicher Tod. Sie haben angefangen, Theorien zu entwickeln. Wie Linda gestorben sein könnte, was genau sie gegessen hat oder nicht, wer Vorteile von ihrem Tod hatte und so weiter. Die haben sich da was gebastelt – also ehrlich gesagt, hab ich das verrückt gefunden. Für mich waren das alberne Verschwörungstheorien. Die Pharmaindustrie. Ich hab mich aus der Sache ausgeklinkt und irgendwann auch die Mails gespamt, weil es mir zu kompliziert war, mich aus dem Forum abzumelden.«

»Ja, wenn man einmal drin ist«, sagte Schwartz und betrachtete Schöne mit gefurchter Stirn, »die lassen einen nie wieder raus.«

»Genau. Deswegen kann ich Ihnen auch nicht alle Mails geben. Mein Spam-Ordner löscht automatisch nach zwei Monaten. Ich hab also nur die allerletzten Nachrichten aus dem Chat. Merkwürdigerweise wurde dieser Chat vor drei Tagen stillgelegt, so dass man auch online nichts mehr nachlesen kann.«

»Stillgelegt? Von wem?«

»Keine Ahnung. Webmaster.« Schöne blickte Schwartz ernst an. »Ich weiß nur: Das Thema war immer noch Linda. Mandy und Mia haben nie aufgehört, diesen seltsamen Diabetestod aufzuarbeiten. Und sie waren inzwischen der Meinung, dass Linda von unserer Kursleiterin Hella Halaszy umgebracht worden ist.«

Plötzlich standen alle. Einen Moment später liefen sie von hier nach da. Schöne wurde einem Subalternen zur weiteren Befragung übergeben. Schwartz rannte telefonierend mit Bettina und Christian im Schlepp durchs Haus.

»Wir sind so was wie seine Leibgarde«, sagte Bettina zum Psychologen.

»Er braucht die Gruppe«, erwiderte der, und als sie in dem riesigen Büro des K11 eintrafen, wurde die Gruppe noch größer, denn dort hatten jetzt mehrere Kollegen ihre Laptops aufgebaut und bildeten gemeinsam eine Schaltzentrale für die Online-Suche nach Hella Halaszy. Ihre Facebook-Seite prangte auf einem separaten großen Bildschirm, ihr Porträtfoto sah künstlich aus, die retuschierte Studioaufnahme einer blonden Frau mit dunklen, hypnotischen Augen. Freunde hatte sie sage und schreibe siebenhundertachtundvierzig Stück, und auf ihrer Wall wurden eifrig enthusiastische Botschaften gepostet. »*Habe in vierzehn Tagen sechs Pfund verloren*«, »*Hella, dein Slimfit schmeckt super, danke*«, »*Hallo alle, ich wünsch euch anderen auch viel Kraft beim Slimmen*«, waren die Inhalte dieser Meldungen. Frau Halaszys Wohnsitz lag in einem Gehöft in Unkenbach, ein Ort, der weit in der Provinz lag, und sie selbst war momentan verreist. »Wandern auf Mallorca«, war die letzte Information, »ist potenziell erreichbar, aber im Moment noch nicht gefunden und eventuell schon wieder abgereist.«

Schwartz tigerte im Saal herum und gab nach allen Seiten Anweisungen: Stellen Sie fest, wann sie geflogen ist! Ob sie zwischendurch zurückgekommen sein kann! Wo sie dort wohnt! Ob sie Bekannte auf Mallorca hat! Zeugen, wir brauchen Zeugen! Ob es eine Wandergruppe gibt! Wann ihr Rückflug geplant ist! Oder war!

Ein Kollege erbot sich, persönlich hinzufliegen und vor Ort Recherchen anzustellen. Die Stimmung war gut, es fühlte sich an, als stünden sie kurz vor einem Durchbruch.

Schließlich kam Paulus in einem unglaublich kurzen schwarzen Star-Trek-Minirock anstolziert und tippte im Lieutenant-Uhura-Stil mit einem dünnen Stiftchen auf einen flachen Tablet-Computer. Wortlos hielt sie ihn Schwartz unter die Nase.

Schwartz guckte drauf.

Dann guckte er noch mal drauf.

Dann sagte er: »Frau Boll?«

Bettina eilte heran.

»Diesen Namen kennen wir!«

Bettina blickte auf das Tablet. Darauf stand die bislang zusammengestellte Teilnehmerliste des Diätkurses. Ganz unten, als Letztes frisch hereingekommen, prangte in Rot ein neuer Name: Linda Joschko.

»Linda Joschko«, sagte Paulus trocken, zog ihr Tablet an sich und pickte mit ihrem Stift darauf herum. »Verstorben vor knapp einem Jahr am fünften September, laut Totenschein ein Zuckerschock bei einer schweren Diabetes vom Typ 1. – Und natürlich kam mir der Name auch bekannt vor.« Paulus lächelte. »Denn Linda ist die Tochter von Margarete Joschko, Psychotherapeutin.« Sie sah vielsagend auf. »Die mit der Hanfburg.«

Vor Maggie Joschkos Praxis füllte die Sonne den Platz wie ein Bassin voll Licht. Die Tür des China-Imbisses stand offen, der Boden glänzte, Musik drang heraus: Hier wurde fröhlich geputzt. Die goldenen Löwen blinkten, selbst der abgeschiedene Efeugarten mit dem mittelalterlichen Wegekreuz wirkte nicht schattig, sondern von strahlendem Grün erfüllt. Kaffeeduft und feines Teearoma lagen in der Luft.

Schwartz blickte an Joschkos altem Stadthaus hoch und fuhr sich mit der Hand in den Hemdkragen. »Kennen Sie Frau Joschko?«, fragte er Christian Theuer, den Psychologen.

Der nickte. »Selbstverständlich.«

»Und wie ist sie?«, fragt Schwartz. Er wirkte leicht nervös.

»Ein Monument«, sagte Christian. »Sie hat damals in den Achtzigern gemeinsam mit ihrem Mann das Freihaus gegründet. Er ist irgendwann ausgestiegen, meines Wissens ist er in die Wirtschaft gegangen. Aber sie hat das Freihaus zu einer Institution gemacht. Ich glaube, da fährt jeder Psychologiestudent im ersten Semester mal hin. Eins der wenigen Beispiele für ein erfolgreiches Drogenprojekt, das zwar umstritten ist, aber sich seit Jahrzehnten relativ unabhängig aus Spenden und Eigenleistungen der Bewohner halten kann und eine ganz eigene Linie fährt.«

»Drogenprojekt ist gut«, sagte Schwartz, der als alter Polizist vermutlich eine etwas andere Meinung zur ›Hanfburg‹ hatte als ein enthusiastischer Psychologiestudent. »Das hält sich nur, weil die keine Miete zahlen müssen. Im Übrigen wird das Freihaus auch von der Stadt unterstützt, nur mal so nebenbei.«

»Und was ist die eigene Linie?«, fragte Bettina.

»Die Leute werden dort in Ruhe gelassen. Sie leben da, sie dürfen in einem bestimmten Raum konsumieren, sie werden beim Entzug unterstützt, und sie können nur ein Jahr bleiben. Das sind praktisch alle Regeln. Seltsamerweise packen dort mehr den Absprung aus dem Milieu als in gewöhnlichen Entzugskliniken.«

»Tja«, sagte Schwartz, »da gibt es wohl unterschiedliche Deutungen.«

»Auf jeden Fall hat sie sehr respektable Erfolge mit ihren Patienten und einen Ruf.«

»Was für einen?«, fragte Schwartz süffisant.

»Einen guten«, sagte Christian sofort.

Maggie Joschko erwartete sie. Natürlich. Dies war kein Überraschungsbesuch, sie waren ordnungsgemäß angekündigt. »Herein«, sagte die Psychologin, als sie die Tür öffnete. »Hauptkommissar Schwartz, nehme ich an?«

Schwartz nickte, und Bettina erkannte an seinem grimmigen Gesicht, dass er sich nicht wohlfühlte. Christian dagegen sah erfreut und sogar fast ehrerbietig aus. »Maggie Joschko!« sagte er.

Die fuhr sich über ihren flaumigen grauen Kopf und lächelte wie ein junges Mädchen. »Ja«, sagte sie, dann musterte sie Bettina neugierig. »Wir kennen uns«, sagte sie. »Sie waren schon einmal hier.«

Bettina lächelte. »Stimmt. Da wussten wir aber noch nicht, dass Ihre verstorbene Tochter Linda unsere Opfer gut kannte.«

Joschkos Gesichtsausdruck änderte sich nicht, und doch schien sie plötzlich mehr Falten zu haben. »Das Schicksal hat es nicht gut mit mir gemeint in letzter Zeit«, sagte sie. »Kommen Sie doch weiter.«

Die Therapeutin führte sie ins Innere der Praxis. Wieder hatte Bettina den Eindruck von großer Weite, die nur noch kurzfristig erschlossen werden musste. Das Zimmer, in das sie geführt wurden, war etwas größer als Joschkos Büro. In dem Raum befand sich hauptsächlich ein runder Tisch. Stühle standen drum herum, es gab keinen wichtigsten Platz, trotzdem waren alle verschieden.

»Setzen Sie sich«, sagte Joschko.

Schwartz wählte den schwarzen Lederstuhl, der ihm am nächsten stand. Bettina setzte sich einfach neben ihn in einen weißen, unbequem aussehenden Swinger. Christian indessen betrachtete das Stuhl- und Tischarrangement mit hellen Augen und sah dann Maggie Joschko an.

Die lächelte. »Ich gebe zu, dieser Raum gehört zu meinem Diagnoseinstrumentarium.«

»Ach, Sie beobachten, wer sich auf welchen Stuhl setzt?«, fragte Bettina.

Joschko nickte.

»Welchen würden Sie mir vorschlagen?«, fragte Christian.

»Nehmen Sie den unscheinbaren mit der braunen Lehne«, sagte Joschko. »Auf dem sitze ich immer.«

»Nein«, sagte Christian, »das ist Ihrer.«

Joschkos Lächeln wurde tiefer. Sie setzte sich auf ihren Stuhl, ohne Christian ein neues Angebot zu machen, und wandte sich an Schwartz. »Es sind noch mehr Leute gestorben, nicht wahr?«, fragte sie leise. »Ich habe es in der Zeitung gelesen.«

»Wir haben insgesamt drei Opfer«, bestätigte Schwartz. »Frau Joschko, sagen Ihnen die Namen Mia Löwe, Mandy Brandtstätter und Elvira Graul etwas? Oder Julia Schöne? Kennen Sie diese Frauen?«

Joschko zögerte kurz. »Das sind vier.«

»Eventuell wurde eines der Opfer verwechselt.«

»Ein nachlässiger Mörder«, sagte Joschko mit blanken Augen.

Sie erhob sich plötzlich und begann hin und her zu laufen. »Interessant.«

»Ihre Tochter kannte drei der Frauen.«

»Welche wurde verwechselt?«, fragte Joschko.

»Wir dachten, vielleicht könnten Sie uns das sagen.«

Joschko blieb stehen. »Wieso?«

»Nun«, sagte Schwartz kurz, »wegen Ihrer Tochter.«

Wieder vertieften sich die Falten in Maggie Joschkos Gesicht. »Kennen Sie alle Freunde Ihrer Kinder?«, fragte sie leise.

»Die meisten«, sagte Schwartz. »Frau Joschko, Ihre Tochter Linda wurde nur zweiunddreißig Jahre alt. Wie ist sie gestorben?«

Das wissen Sie doch, Bulle, sagte Joschkos trotziger Blick. Sie hatte etwas sehr Eigensinniges, diese alte Therapeutin, etwas Unbeugsames, das sie seltsam alterslos erscheinen ließ, sie changierte von sehr jung zu sehr alt, ohne die Müdigkeit der Resignierten. »Linda hatte Diabetes«, sagte sie jetzt. »Typ 1, sie hatte das seit der Kindheit. Und leider ist sie nie sehr gut damit zurechtgekommen.«

»Sie ist an einem Zuckerschock gestorben«, sagte Schwartz. »Ist das richtig?«

»Ja.«

»Was hat den ausgelöst?«

Joschko schüttelte den Kopf. »Was meinen Sie, wie oft ich mich das gefragt habe. Ich habe damals die Obduktion abgelehnt, das war ein echter Fehler. Hinterher hab ich gegrübelt. Andererseits: Was ändert es, das genaue Nahrungsmittel zu kennen? Linda hat der Schulmedizin misstraut. Unter anderem war das meine Schuld, denn ich habe sie kritisch erzogen.«

»Sie meinen, Linda hat sich nicht an ihren Diätplan gehalten oder ihre Medikamente nicht genommen?«

»Ich weiß es nicht«, sagte Joschko, seufzte tief und setzte sich wieder hin. Dann vergrub sie ihr Gesicht in den Händen.

»Haben Sie Ihre Tochter therapiert?«, fragte Schwartz.

»Nein.« Joschko hob den Kopf. »Von der eigenen Familie soll eine Ärztin die Finger lassen. Außerdem bin ich keine Diabetesexpertin. Die wissen in ihrem Fach viel mehr als ich. Ob sie es richtig anwenden, ist wieder die andere Frage, aber ich komme in meiner Praxis über elementare körperliche Untersuchungen nicht hinaus.«

»Linda hatte sich einer Diätgruppe angeschlossen«, sagte Schwartz. »Geht das überhaupt, wenn man Diabetes hat?«

Joschko zuckte die Achseln. »Wieso nicht? Man kann nicht immer zu allem seinen Hausarzt mitnehmen. Schlimmer finde ich, dass sie überhaupt abnehmen wollte. Dass all diese jungen Frauen abnehmen wollen.« Sie blickte Bettina an, plötzlich mit flammendem Blick. »Ist es nicht so? Auf der einen Seite wollen wir Macht und Frauenquoten, und auf der anderen denkt die Hälfte von uns Tag und Nacht darüber nach, wie wir abnehmen können. Weniger werden.«

Schwartz sagte nüchtern: »Und Ihre Tochter wollte abnehmen?«

»Ja. Sie hielt sich für fett.«

»War sie das?«, platzte Bettina heraus.

»Nein«, sagte Joschko. »Nein, aber sie hatte die Attitüde aller jungen Frauen. Sie wollte dringend schlanker werden. Allein weil die anderen es auch wollten.«

»Wie hat sie ausgesehen?«, fragte Bettina weiter, noch bevor Schwartz das Gespräch wieder aufnehmen konnte.

Ein kleines Funkeln sprang in Joschkos Augen. Sie betrachtete Bettina mit Sympathie. »Oh, warten Sie, ich kann Ihnen Bilder zeigen«, sagte sie, erhob sich und verließ den Raum.

Als sie draußen war, fixierte Schwartz Bettina streng. »Darf dann jetzt ich weitermachen?«

»Natürlich.« Bettina senkte den Kopf über ihr Laptop und versuchte auszusehen wie eine Schreibsklavin. Doch kaum betrat Maggie Joschko wieder den Raum, kam ihr diese Haltung albern vor.

Zumal Joschko mit ihr redete. »Hier. Das ist Linda.«

Sie legte drei Fotos vor Bettina hin. Eines gerahmt, die anderen ungefasste Schnappschüsse. Das gerahmte zeigte ein wunderschön lachendes kleines Mädchen in Schwarzweiß. Es war so hübsch und strahlend und in einem so perfekten Moment getroffen, dass Bettina auf den anderen beiden Fotos kaum dieselbe Person erkannte. Auf diesen Bildern saß eine linkische junge Frau mit langem blondem Haar, misstrauischen Augen und etwas geduckter Haltung. Sie sah bleich aus, tatsächlich ein wenig speckig, aber eher unvorteilhaft angezogen als dick. Auf dem einen Foto trug sie ein Holzfällerhemd. Auf dem anderen, das im Freien aufgenommen war, einen bunten Hippie-Look mit vielen Ketten und Armbändern. Beides stand ihr nicht, außerdem wirkte ihre Haut auf dem Holzfällerbild dick mit Schminke zugekleistert und darunter unrein.

»Wer, würden Sie sagen, ist schuld am Tod Ihrer Tochter?«, fragte Schwartz, während Bettina noch die Fotos in der Hand hielt.

»Sie selbst«, sagte Joschko ohne Zögern.

»Die Mordopfer waren anderer Meinung. Sie glaubten, Ihre Tochter wurde umgebracht.«

»Tatsächlich?«, fragte Joschko. »Von wem?«

»Der Leiterin des Diätkurses. Eine Hella Halaszy, kennen Sie die?«

Joschko schüttelte stumm den Kopf.

»Können Sie sich denken, was die beiden miteinander verbunden hat? Noch nach dem Kurs?«

»Sympathie?«

»Oder ein Geschäft?«, schlug Schwartz vor.

Joschko seufzte. »Also wenn, dann war es mit Sicherheit zu Lindas Nachteil.«

»Wieso?«

»Ach je, wie soll ich sagen, Linda war nicht besonders stabil – leicht zu beeindrucken. Sie konnte ganz doll stur sein, bis zur Selbstaufgabe, aber dann auch wieder begeistert und offen für große Versprechungen. Ich habe meistens nicht verstanden, was sie eigentlich wollte. Und es war auch andauernd was anderes.« Joschko griff nach dem schönen gerahmten Kinderbild ihrer Tochter, stellte es auf und schaute es wehmütig an. »Ihr Vater hat sich von uns getrennt, als sie vier war, das hat sie ziemlich mitgenommen, denn er war ein ferner Vater. Hat nur gezahlt. Und dann der Zucker. Das ist nicht zu unterschätzen. Diabetiker mit vielen Krisen oder die nicht richtig eingestellt sind – und Linda war das selten –, die können ganz einfach doof davon werden. Das Gehirn wird angegriffen. Wie bei Alkoholikern, es sterben sehr viele Nervenzellen ab. Das geht schleichend, aber irgendwann bewirkt es eben doch merkliche Schäden.«

»Und hatte Ihre Tochter – Schäden?«

»Sie hatte Absenzen.« Joschko blickte Bettina an und fügte hinzu: »Das bedeutet, sie hat einfach nur dagesessen und vor sich hin geguckt. Und sie hat manche Dinge einfach nicht mehr so schnell begriffen. Das können Sie sich vorstellen wie vorzeitiges Altern. Der Geist wird starrer.«

»Wo hat sie denn gearbeitet?«, fragte Bettina. Sie konnte nicht anders als einfach drauflosfragen, denn irgendwie hatte sie einen Draht zu dieser Frau, so dass die Worte von ganz allein aus ihrem Mund kamen. Vorsichtshalber schaute sie Schwartz gar nicht erst an.

»Zuletzt hat sie in einem Call-Center gearbeitet«, sagte Joschko. »Ich glaube, für einen Kosmetikversand. Davor hat sie bei einer Online-Filmausleihe ausgeholfen. Sie war auch in verschiedenen Büros. Gelernt hat sie erst MTA und dann Floristin, aber beides ohne Abschluss. Und sie hat die Schule abgebrochen. Das hab ich übrigens auch, aber anders. Ich bin ausgerissen und hab in Fußgängerzonen rumgehangen. Später war ich dann doch noch – ich hab das Abi nachgeholt und studiert. Ich war einfach neugierig. Linda dagegen –« Maggie Joschko biss sich auf die Lippen und brach ab.

»Ihre Tochter war nicht ganz so cool«, sagte Christian.

»Auf ihre Art vielleicht schon«, entgegnete Joschko und hob ihr Kinn.

Bettina fand, dass dies ein guter Moment für einen überraschenden Themenwechsel mit heikler Frage war, auch wenn eine Psychologin die Taktik vermutlich durchschaute. »Wieso«, warf sie ein, »haben Sie Felix Schröck aus der Therapie entlassen, Frau Joschko?«

Die Therapeutin hob die Brauen, lehnte sich zurück und sagte nichts.

Schwartz sah gereizt aus, nahm aber den Faden auf: »Frau Joschko, Sie sind die einzige uns bekannte Verbindung zwischen den Opfern und diesem Felix Schröck, der, wie Sie ja wissen, auch in den Fall verwickelt ist.«

Joschkos Lippen wurden eine Spur schmaler. Sie schwieg.

»Irgendwie laufen hier bei Ihnen ein paar Fäden zusammen, und wenn Sie uns nicht helfen, die zu entwirren, dann müssen wir Sie mitsamt Ihrer Praxis auseinandernehmen und gucken, ob wir selbst was finden.«

»Was soll ich tun?«, sagte Joschko. »Felix Schröck ist mein Patient. Das hat er Ihnen gesagt«, sie sah Bettina an, »und ich kann Ihnen keine weitere Auskunft über ihn geben. Vollkommen unmöglich, ich habe eine Schweigepflicht. Vielleicht kannte Linda ihn. Aus dem Wartezimmer. Möglich ist vieles. Und wen der Herr Schröck sonst so gekannt hat …« Sie zuckte die Achseln. »Also *alles* hat er mir mit Sicherheit auch nicht erzählt. Diese unglaublich vage Verbindung zu den Mordopfern können Sie doch nicht zur Basis einer Anklage gegen mich machen.«

»Nein, aber zur Basis einer Haussuchung.« Schwartz lehnte sich zurück. »Ich weiß, Sie dürfen mir nichts über Ihre Patienten sagen. Aber ich darf Ihre Unterlagen beschlagnahmen, wenn ich einen Richter davon überzeugen kann, dass Sie mit dem Fall zu tun haben.«

»Das wird Ihnen schwerfallen«, sagte Joschko abweisend.

»Nicht ganz so schwer. Die Staatsanwaltschaft hat offensives Vorgehen vorgegeben und der Lautringer Justiz die Bereitschaft signalisiert, im Interesse der allgemeinen Sicherheit alle Rechtsmittel auszureizen.«

»Ah«, sagte Joschko kämpferisch. »Wir haben das Kriegsrecht ausgerufen. Zulasten der freien Bürger.«

»Falsch«, erwiderte Schwartz, »zu ihren Gunsten.«

»Gängelei!«, schnaubte Joschko.

Schwartz hob die Hand. »Drei Fragen«, sagte er und sprach schnell weiter, bevor Joschko sich weiter entrüsten konnte. »Felix Schröck. Hat er jemals Mordgedanken geäußert?«

Die Therapeutin erhob sich. »Sie glauben nicht im Ernst, dass ich Ihnen das beantworte?«

Schwartz blieb gelassen auf seinem unbequemen Stuhl sitzen, dieser Stuhl, dachte Bettina, war vermutlich der mit der allerungünstigsten Prognose, die Wahl des Verzweifelten, der sich sofort für die biedere Sicherheit des schwarzen Leders entschieden hatte, dafür aber mit dem Rücken zur Tür sitzen musste. »Zweitens. Gab es einen technischen Grund dafür, dass Sie Felix Schröck aus der Therapie entlassen haben? Krankenkasse zahlt nicht mehr? Patient erfüllt irgendwelche Diagnosen nicht?«

Joschko schloss die Augen und schüttelte ganz leicht den Kopf, so wenig, dass es fast wie eine optische Täuschung aussah. »Ich hab ihn an den Kollegen Richter empfohlen«, sagte sie tonlos. »Und mehr erfahren Sie keinesfalls.«

»Na schön«, sagte Schwartz. »Und drittens: Sie kennen Felix Schröck sehr genau. Ist Ihnen irgendeine – auch die kleinste – Verbindung bekannt zwischen ihm und Hella Halaszy?«

»Nein«, sagte sie sofort. »Wobei – Felix' Mutter ist, glaube ich, auch an diversen Volkshochschulen aktiv. Vielleicht kennen sich die beiden Frauen.« Sie blickte auf und stutzte, als sie Schwartz' Gesicht sah. Dann griff sie sehr abrupt nach dem gerahmten Bild ihrer Tochter. »Ich habe Ihnen mehr als genug gesagt.«

»Nein«, sagte Schwartz nüchtern, »wir brauchen noch Ihre Alibis.« Sein Smartphone klingelte, er holte es hervor, drückte zwei Knöpfe, lauschte hinein und sagte: »Was, echt? Das geht ja heute wie's Brötchenbacken. Nein, nein, schicken Sie's her.«

Er blickte kurz auf den kleinen Bildschirm.

»Aber das machen die Kollegen«, sagte er dann zu Joschko. »Wir müssen zurück. Ich schicke Ihnen zwei Beamte, die werden Ihre weiteren Aussagen aufnehmen.«

»Schön.« Joschko blickte die schreibende Bettina an. »Was ich eben gesagt habe – werden Sie nicht in ein offizielles Protokoll aufnehmen, oder?«

Bettina schaute zu Schwartz. Der schüttelte den Kopf. »Es wird nicht nötig sein. Wir wissen ja, was Sie gesagt haben. Es war vermutlich auch nicht ganz so wichtig. – Ach übrigens, der Stuhl, auf den ich mich gesetzt habe, was bedeutet der?«

Joschko lächelte, plötzlich sehr charmant. »Dass mehr in Ihnen steckt, als man Ihnen ansieht.«

Schwartz blickte ernst. »Das hoffe ich.«

»Schröckmutter und Halaszy – die Hilli und die Hella«, sagte Schwartz, kaum dass sie auf den Platz vor Maggie Joschkos Büro traten. »Das ist natürlich auch eine mögliche Verbindung. Müssen wir prüfen lassen.«

»Es ging ihr sehr schnell über die Lippen«, sagte Christian.

»Wie meinen Sie das?«

»Maggie Joschko weiß irgendwas«, sagte Christian, »aber das ist es nicht. Wenn ich raten sollte, würde ich sagen: Das war die Verschleierungstaktik.«

»Wofür?«, fragte Schwartz.

»Keine Ahnung«, sagte Christian. »Wobei – sie hat Felix Schröck an den Kollegen Richter weiterempfohlen, hat sie gesagt, oder?«

»Ja«, sagte Bettina. Schwartz fingerte an seinem Smartphone. Es klingelte.

»Der Richter«, sagte Christian, während Schwartz sein Telefon betüdelte, »arbeitet in der Gewaltprävention. Viel mit Straftätern. Die ganz harten Jungs. – Wenn es der Richter ist, den ich kenne.«

»Oh«, machte Bettina, und Schwartz, der stirnrunzelnd auf seinem Minibildschirm herumwischte, sagte: »Da ist es. Super. – Noch mal, hab ich jetzt nicht mitgekriegt, wer arbeitet in der Gewaltprävention?«

»Der Kollege Richter, an den die Joschko unseren Felix Schröck verwiesen hat«, sagte Christian.

Schwartz blickte auf. »Dann passt das ja.« Er hielt den Bildschirm so, dass alle etwas sehen konnten.

»Youtube«, sagte er. »Anonymer Tipp. Kam heute Morgen, aber im Moment ist so viel los, dass sie es mir erst jetzt geschickt haben. Es könnte der Schröck sein. Gucken Sie mal, Frau Boll.«

Auf dem kleinen Bildschirm erschien ein schwarzes, irgendwie bewegtes Bild. Dazu ein ziemlich rauschender Ton. Im Hintergrund sprachen, kaum verständlich, zwei Personen miteinander, vielmehr sie zischten sich »psst« und »Scheiße, was macht der« zu. Dann wanderte der wackelnde Bildausschnitt über einige schemenhafte Karosserien, die im Licht einer Straßenlaterne geparkt waren, vage konnte man ein LU in einem Autokennzeichen erkennen. Schließlich zeigte der Amateurfilm eine schmächtige Gestalt, die sich mit einer Eisenstange an einem Kanaldeckel in der Mitte der Straße zu schaffen machte. Das Bild wackelte sehr, und im Hintergrund wurde weiter geflüstert. Viel erkennen konnte man nicht, und der kleine Film war auch ruck, zuck wieder zu Ende.

»Darf ich noch mal sehen?«, fragte Bettina.

»Bitte.« Schwartz reichte ihr das Smartphone.

Sie sahen den Film zwei weitere Male an. »Das könnte tatsächlich Felix Schröck sein«, erklärte Bettina schließlich und gab Schwartz das Telefon zurück.

»Nix wie heim ins Büro«, sagte er nur.

* * *

Hast du eigentlich zu Lebzeiten gern geputzt, Mandy? Wieso ich frage? Weil fette Menschen im Grab zu Seife werden. Ist das nicht lustig? Lauter große runde Seifenstücke da unten in der Erde. Und eins mit deinem Gesicht.

* * *

Im Großraumbüro des Lautringer K11 war die Stimmung jetzt gedämpfter und nicht mehr so fiebrig-siegesgewiss wie zuvor. Die Schaltzentrale hatte sich aufgelöst, übrig war nur ein einzelner moppeliger Nerd mit Hornbrille an einem Computer. Frau Paulus stand mit einem Stift auf ihr Tablet klopfend neben ihm, außerdem hatten sich noch zwei Kollegen dahinter aufgebaut und versuchten tuschelnd auf den Bildschirm zu blicken.

Als sie die Ankömmlinge sah, wandte Paulus sich von der Gruppe ab und stapfte in ihrem ultrakurzen Star-Trek-Dress direkt auf Schwartz zu.

»Zwei Sachen«, sagte sie und zupfte ihr mehrere Nummern zu enges Lieutenant-Uhura-Shirt über den schwarzen Minirock. »Das Video haben Sie gesehen?«

»Geben Sie es auf den großen Schirm«, sagte Schwartz todernst.

»Aye, sir!«, antwortete Paulus ungerührt. »Aber erst die Neuigkeiten.«

»Gut.«

»Vor einer halben Stunde hat unsere Zeugin Julia Schöne unten in der Befragung ausgesagt, dass sie eventuell einen Beobachtungsposten des Täters kennt. Jetzt ist sie mit jemandem vom Dauerdienst rausgefahren. Die Spusi ist informiert, und dort sind auch nach wie vor die Leute von der Observierungsgruppe, aber wir brauchen noch –«

»Einen aus dem Ermittlerteam.« Schwartz blickte Bettina an.

»Alles klar, ich fahr hin«, sagte die.

»Tja und dann«, Paulus blickte Bettina ziemlich merkwürdig an, »hätten wir noch eine Mail aus Ludwigshafen, die ich mir erlaubt habe zu öffnen, weil sie an die offizielle dienstliche Adresse des Herrn Kollegen Ackermann gesendet wurde, der ja immerhin ein Mitglied dieser Soko ist, und weil ich dachte, dass sie relevante Informationen enthält, was auch zutrifft. Und weil ich die Pflicht habe, solche Mails aufzumachen. Ich bin hier schließlich die Koordinatorin und kriege sowieso alles zu lesen.«

»Und?« Schwartz starrte seine Assistentin an, offenbar vermisste er den Telegrammstil.

»Ich zeig sie Ihnen«, sagte Paulus und tippte mit dem Stift auf ihren Tablet-Computer. Darauf war eine Mail zu lesen, Absender VKaiser@polizeirlp.de. In der Betreffzeile stand: *Hast du vergessen.*

Eine Anrede gab es nicht, dafür stand gleich als Allererstes groß und breit zu lesen:

Just a perfect day
You made me forget myself
I thought I was someone else
Someone good

Oh, it's such a perfect day
I'm glad I spent it with you
Oh, such a perfect day
You just keep me hanging on –

»Lou Reed«, sagte Paulus mit einem fiesen kleinen Funkeln in den Augen.

»Und was ist der Clou an der Sache?«, fragte Bettina kalt.

»Der kommt hier.« Paulus scrollte. Der Text, der folgte, war nicht viel besser.

Bin jetzt erst mal für 'ne Zeit weg, stand dort. *Schließe gerade die Arbeit an der Akte Schröck ab, wie Härting wollte. Habe in Bs Ablage einen Zettel gefunden, den sie von einem Zeugen erhalten einfach ignoriert hat. Der Zeuge heißt Föck, wohnhaft Hainbuchenweg 22, Ludwigshafen. Das ist die Straße, in der die allererste Schachtabdeckung offen gefunden wurde, das sollte einem Ermittler eigentlich zu denken geben. Ersttaten sind maßgeblich, das brauche ich dir nicht zu sagen. Föck hat euch eine Anwohnerliste des Hainbuchenwegs zum Zeitpunkt der Tat zusammengestellt. Die habt ihr nicht gelesen. Tut das! Hier im Anhang die Liste.*

Und in der Liste, die der sorgfältige Nachbar Föck angefertigt hatte, standen tatsächlich zwei Namen, die sie kannten: *Hildegard Schröck, 35, Angestellte bei einer Versicherung, und Felix Schröck, Schüler. Wohnhaft zur Miete im Souterrain Hainbuchenweg 34. Sauber.*

Sauber, dachte Bettina. »Stimmt, die Liste hat mir ein Anwohner aus dem Hainbuchenweg gegeben«, bekannte sie den Gesichtern, die sie ansahen. »Und es ist auch wahr, dass dort der erste Schacht offen gefunden wurde, und noch was stimmt: Ich habe das später nicht weiter überprüft. Diesen Namen habe ich tatsächlich überlesen. Es war ein Fehler, aber zu meiner Verteidigung möchte ich sagen, dass wir diese Liste vor etwa drei Wochen bekommen haben, bevor wir die erste Leiche hatten, und dass mein Chef Härting der Untersuchung selbst eher ablehnend –«

»Egal«, unterbrach Schwartz knapp. »Das ist sehr gut. Sehr gut, Frau Boll.«

Er blickte sie an, voll ehrlichen Lobes, und Bettina fasste es nicht. Ich habe damit nichts zu tun, hätte sie beinahe gesagt. Dann besann sie sich eines Klügeren und sagte einfach: »Danke.«

»Schön. Also jetzt haben wir die Verbindung zum ersten Kanaldeckel, außerdem zur Ersttat, nämlich dieser alten Frau Bräunig, das Video, und –«

»Fremd-DNA von den Körpern der Opfer ist auch sequenziert«, sagte Paulus. »Wir brauchen nur noch die Gegenprobe von Felix Schröck.«

»Wann kann ich mit ihm reden?«, fragte Schwartz.

»Jetzt sofort«, sagte Paulus mit Blick zur Tür. »Er war vor einer halben Stunde zu Hause, ich habe ihn gleich einbestellt. Hab ihm zwei Kollegen geschickt. Sie müssten jeden Moment da sein.« Wieder schaute sie Bettina mit diesem provozierenden Blick an. Und der bedeutete diesmal: Du musst zu der Zeugin Schöne, und hier wirst du was verpassen, auf Wiedersehen.

Zu Julia Schöne also. Bettina verließ das lichtdurchflutete Großraumbüro Richtung dunkle Flure und fühlte sich überreizt und seltsam gelähmt. Sie musste Ackermann anrufen. Aber was sollte sie ihm sagen? Die Mail von Nessa würde er irgendwann selber sehen, und wenn sie ihn darauf stieß, würde sie nur seinen Ärger abkriegen. Oder, was noch schlimmer war, seine fiebrige Berechnung spüren, sein böses inneres Frohlocken über Nessas Fehler, denn ein Fehler war diese Mail in jedem Fall. Sie war unüberlegt, befremdlich und verzweifelt. Sie würde ausreichen, um vor einer höheren Instanz nachzuweisen, dass Nessa diejenige war, die ihr Privates in die Arbeit trug. Sie war das Mittel, das Bettina helfen konnte, ihren Arbeitsplatz zu behalten.

Aber diese Mail war auch ein trauriger Liebesbrief.

Und so etwas benutzte man nicht.

Nicht einmal dann, wenn seine Verfasserin ihr Unglück von sich aus in die Welt hinausschrie.

Nein – nicht einmal dann.

Unten im Freien beschloss Bettina, erst eine zu rauchen. Der Hof war dick betoniert, ordentlich gekehrt und abweisend. Sie blickte das graue Gebäude hoch und zählte von hier unten zehn Stockwerke. Von der Straße aus wirkte es viel niedriger, da verschwanden mindestens drei Geschosse im abgegrabenen Hof. Die Lautringer Kollegen hatten sich einen Burggraben gebaut. Bettina fröstelte plötzlich. Und dann fiel ihr auf, dass sie kein Auto hatte.

»Wenn ich ein Auto brauche, an wen muss ich mich da wenden?«, fragte Bettina, zurück auf der Brücke bei Lieutenant Paulus-Uhura und EHK Schwartz.

»An mich«, sagte Paulus feixend.

»Ich brauche ein Auto«, sagte Bettina.

»Sind alle draußen«, sagte Paulus befriedigt.

»Geben Sie mir das für Notfälle. Von mir aus einen Streifenwagen.«

Paulus hob die Brauen und schaute zu Schwartz hinüber, der ignorierte den Blick und begann ein Gespräch mit dem Computerfuzzi, während er gleichzeitig auf seinem Smartphone herumwischte.

»Wer fährt mit Ihnen?«, fragte Paulus, jetzt etwas angefressen.

»Niemand«, sagte Bettina. »Wissen Sie doch. Ich soll raus zur Frau Schöne. Ein Alleingang.«

Sie sahen sich an. Schließlich nahm Paulus einen Schlüssel aus ihrer Handtasche und warf ihn über den Tisch. »Heute Abend brauch ich ihn wieder«, sagte sie biestig.

»Danke«, sagte Bettina. Das Grinsen hob sie sich für draußen auf.

Paulus' privater Dienstwagen war ein kleiner blauer Fiat, sehr knuffig, sehr gepflegt und sehr voll mit Zeugs. Auf dem Rücksitz lagen zwei gebügelte T-Shirts, im Handschuhfach steckten eine Menge CDs mit schrägen Covern, und in der vorderen Ablage befanden sich mindestens zehn Lippenstifte. Bettina öffnete einen davon versuchsweise: tiefes Dunkelgrau. Der nächste: schwarzrot. Dann: blutiges Orange. Paulus war eine Frau mit vielen Gesichtern. Einen Moment war Bettina fast eifersüchtig auf all den Weiberkram. So ausgeklügelte Outfits wie Lieutenant Uhura würde sie niemals besitzen, allein die Lippenstifte waren Lichtjahre von Bettinas Welt entfernt. Wobei – wie wohl dieses Blutorange an ihr aussehen würde? Bettina klappte die Sonnenblende runter – klar, dort steckte ein Handspiegel. Sie schminkte ihre Lippen und fand, dass das Orange zu ihrem rötlichen Haar passte, ihre Sommersprossen vertiefte und ihre Haut bläulicher und interessanter machte. Nur ihre Augen sahen jetzt seltsam aus, fast grasgrün. Bettina kramte eine alte Serviette aus ihrer Hosentasche und wischte den Lippenstift wieder ab. Grüne Augen, Froschnatur, dachte sie. *Von der Liebe keine Spur.*

Julia Schöne sah müde aus und etwas gereizt, als sie Bettina die Haustür öffnete. Die langen Befragungen machten ihr wohl zu schaffen, und sie wirkte verschwitzt in ihrem Wollpullover. »Wir sind im Garten«, sagte sie zu Bettina, als sei dies eine Party. Dann ging sie durch das kühle Haus voran.

»Sie haben eine verdächtige Person gesehen, die Ihr Haus beobachtet hat?«, fragte Bettina. »Wann war das?«

»Kann ich gar nicht genau sagen«, antwortete Schöne. »Letzte Woche. Oder auch schon davor. Das verdichtet sich bei mir alles erst so langsam. Ich war lange krank, ich hab die ganze Zeit hier im Haus gesessen, ich war praktisch nie draußen, aber ich hab ständig aus dem Fenster geguckt. Wenn ich nicht schon seit heute Morgen drüber reden würde, wäre mir der Typ niemals wieder eingefallen.«

»Was haben Sie denn genau beobachtet?«, fragte Bettina.

»Also erstens mal war da ein Auto.«

»Farbe? Marke?«

»Hab ich nicht erkannt. Oder mir nicht gemerkt. Dieses Auto war da, aber man hat es nicht wirklich gesehen. Es war im Hintergrund. Ich kann mich nur erinnern, dass ich einmal abends aus dem Fenster geguckt habe, und plötzlich sind bei einem parkenden Wagen weiter oben in der Straße die Scheinwerfer angegangen, obwohl niemand eingestiegen ist. Das hätte ich auf jeden Fall bemerkt.«

»Haben Sie das Auto wegfahren sehen?«, fragte Bettina.

»Ich weiß nicht.« Schöne schüttelte den Kopf. »Das ist so ganz am Rande meines Blickfelds passiert. Ich glaube, es ist dann weggefahren, aber in die andere Richtung.«

»Können Sie mir die Stelle zeigen, wo es stand? Und wo Sie waren?«

Schöne, die schon an der Schiebetür zum Garten stand, machte kehrt und brachte Bettina in ein sachlich eingerichtetes Schlafzimmer, an dessen Fenster ein Sessel stand. Sie blickten gemeinsam auf die Straße, und Schöne zeigte Bettina, wo das ominöse Auto gestanden hatte.

»Und außerdem war wieder jemand im alten Raiffeisenhaus«, sagte Schöne. »Letzte Woche hab ich oben an dem einen Fenster so einen Schemen gesehen, ich hatte den Eindruck, das ist ein Mensch, und er guckt in meine Richtung. Das spürt man irgendwie. Gerade vorhin hat da auch wieder was geblitzt. Das geht jetzt schon ein paar Tage. Ich weiß noch, ich hab letzte Woche schon gedacht, dass die Anwohnergemeinschaft mal wieder die Fenster vom Raiffeisenhaus unterrum sichern lassen muss, damit da keine Penner einziehen, die sind nämlich schrecklich lästig.«

»Und woran haben Sie gemerkt, dass da jemand war?«

»Ich zeig es Ihnen.«

Sie gingen in den Garten. Dort warteten zwei Kollegen, ein junger Uniformierter vom Dauerdienst und ein großer vierschrötiger Mann in Zivil, der vermutlich zum Observierungsteam gehörte. Die beiden strahlten Wachsamkeit, aber auch Langeweile aus. Sie grüßten nickend.

»Da ganz oben, zweites Fenster von rechts«, sagte Schöne und wies in die Brache auf das alte rote Backsteinhaus. So im Mittagslicht sah es hoch und abweisend aus, in den dunklen Fensterlöchern standen Reste der Glasscheiben wie spitze Zähne hervor. »Da hintendran ist ein kleines Zimmer, von dem aus man einen guten Rundumblick hat. Wenn sich einer im Raiffeisenhaus einnistet, dann geht der sofort da rein, weil das der beste Platz ist. Ob mal wieder jemand dort wohnt, erkennen wir an diesem Fenster.«

»Und was haben Sie erkannt?«

»Eben diesen Schemen. Das Gefühl, beobachtet zu werden. Dann ein, zwei Mal eine Lichtreflexion. Wie wenn einer unsichtbar weiter hinten im Raum steht, aber eine Uhr oder ein Handy oder so zufällig in die Sonne hält. Und auch mal so ein Glimmen, wie von einer Zigarette, das kann aber auch ein Glühwürmchen gewesen sein. Licht haben wir keins gesehen. Normal machen die dann irgendwann ihr Handy an oder fangen an zu zündeln, das war jetzt nicht.«

»Wie kommt man in dieses Zimmer?«

Schöne wollte sofort losmarschieren, doch der uniformierte Kollege schüttelte den Kopf. »Wir müssen immer noch warten«, sagte er bedauernd. »Spurensicherung muss vor. Wir können nicht ohne die rein.«

Julia Schöne wandte sich an Bettina. »Wie geht's eigentlich Elvira?«

»Sie lebt«, sagte Bettina vage. »Sagen Sie mal, die Frau Graul, wie sieht die eigentlich aus? Ist sie – hübsch?«

»Elvira? Na, sie hat fünfundsechzig. Höchstens.«

»Fünfundsechzig was?«, fragte Bettina, die Schönheit nicht in Zahlen maß.

»Kilo. Und sie ist eins siebzig groß. BMI unter fünfundzwanzig, also ganz okay.«

»Und wie sieht sie aus?«

Jetzt blickte Julia Schöne etwas belustigt. »Graues Haar, Moppfrisur, Brille«, sagte sie kurz. »Läuft wie eine Aufziehpuppe, weil sie irgendwas an den Beinen hat. Und sie trägt immer Rock und

Strumpfhose. Immer. Egal ob es dreißig oder minus zwanzig Grad hat.«

»Also nicht hübsch.«

»Das liegt wohl im Auge des Betrachters«, sagte Schöne weise.

Dann kam endlich die Spusi, und zwar mit Karacho. Der Motor des Busses röhrte, als er Schönes Wohnstraße hochjagte, erstarb röchelnd, dann wurde krachend die Handbremse angezogen. All das machte sofort unmissverständlich klar, mit welchem Eifer diese Truppe ihre Arbeit versah. Ihr Chef, Mackenbacher, war ein kleiner, gedrungener Kollege mit lichtem Haar, breitem Schädel und abschätzigen Augen. Bettina erkannte ihn inzwischen, weil sie sich an den verschiedenen Tatorten über den Weg gelaufen waren, und schätzte ihn als einen Mann ein, der keine Umwege machte. Tatsächlich ignorierte er Haustür und Klingel und marschierte nach einem kurzen Blick über Schönes Gartenzaun einfach am Haus vorbei auf Bettina los. Sein Trupp bestand aus vier weiteren Kollegen, die ihm stumm folgten.

»Sie«, sagte er jetzt mit einem leichten Nicken zu Bettina, »sind die Boll.«

»Frau Boll«, sagte Bettina. »So viel Zeit muss sein.«

Mackenbacher schnaubte. Er wandte sich an Schöne. »Und Sie sind die Zeugin?«

»Ja.«

»Sie haben einen Verdächtigen gesehen?«

»So ungefähr. Schemenhaft.«

Mackenbacher verdrehte die Augen. »Wo müssen wir hin?«

Schöne führte sie zwei Straßen entlang zur Rampe am Eingang des fragwürdigen alten Raiffeisengebäudes. Aus der Nähe wirkte es noch viel riesiger. In der sonst so properen Vorortidylle war es ein echter Fremdkörper, obwohl es vermutlich schon viel länger als all die schmucken Wohnhäuschen an dieser Stelle stand.

»Was war das mal?«, fragte Bettina die Schöne.

»Lagerhaus«, antwortete Mackenbacher an ihrer Stelle. »Für

alles, was in der Landwirtschaft anfällt. Dünger, Saatgut, Baumaterial, solche Sachen.«

»Oh«, sagte Bettina mit einem Blick die Backsteinfassade hoch, »aber es hat doch mehrere Stockwerke. Ist das nicht unpraktisch für ein Lager?«

»So viele Stockwerke hat es gar nicht«, sagte Schöne und wies auf ein offen stehendes Fenster. »Da müssen wir rein.«

Mackenbacher stieg natürlich nicht durch ein Fenster. Er winkte einem Kollegen mit einem Zauberkasten, der die verschlossene Tür neben dem Fenster öffnete, ganz einfach, indem er das Schloss abschraubte. Oder so ähnlich, Bettina kriegte es nicht richtig mit, es ging so schnell. Dann betraten sie das Gebäude und Bettina erkannte, was Schöne gemeint hatte, als sie sagte, da wären gar nicht so viele Stockwerke. Das Haus war von innen ein Labyrinth aus Galerien und Lagerplätzen, in denen zum Teil noch etwas Erde oder Mehlstaub oder sonstiges Schüttgut lag. Viel Schmutz, einige wilde Feuerstellen und Unrat zeugten von diversen Übernachtungsgästen, aber all die Scherben, kaputten Möbel und halbherzigen Versuche, die Wände mit Graffiti zu verschönern, konnten dem alten, dämmrigen Lager nicht seine Würde nehmen. Es war zu solide gebaut und zu hoch, mit ganz abenteuerlichen Raumfluchten und Ausblicken vom Erdgeschoss bis hoch zum Dach.

»Hier entlang«, sagte Schöne, und jetzt folgte ihr sogar Mackenbacher ohne Protest, denn allein den Weg nach oben an eins der Fensterlöcher zu finden schien von hier unten fast ein Ding der Unmöglichkeit. Schöne jedoch kannte den Weg. Sie führte die Gruppe sicher und leichtfüßig über einen Balken, der als provisorische Brücke über einem offenen Keller lag, dann zu einer Wand, hinter der sich überraschend eine Art Wohnung oder Aufenthaltsbereich auftat, und von dort in ein verborgenes Treppenhaus, das mehrere Galerien miteinander verband. Auf der dritten wandte Schöne sich um und sagte: »Vorsicht.« Dann betrat sie ohne ein weiteres Wort den Rand einer eingebrochenen und offenbar teils mutwillig zerstörten Brücke, die zu einem kleinen Kabuff führte, das wie eine hölzerne Raumkapsel an der dunkelroten Backsteinwand hing. »Da drin ist es«, sagte Schöne über die Schulter, schob sich am Geländer der Brücke entlang und verschwand in dem Kabuff.

Mackenbacher blieb stehen, fluchte und rief ihr nach: »Nichts anfassen!«, doch Schöne war schon in dem hölzernen Verschlag verschwunden. Mackenbacher betrachtete das Brückengeländer mit gefurchter Stirn.

»Sollen wir rein?«, fragte einer der Kollegen.

»Kacke, immer dasselbe«, sagte Mackenbacher. »Ja, von mir aus. Müssen wir ja. Ihr nach.«

In dem Räumchen lagen die Reste eines Tischs neben einem altmodischen Bürostuhl mit zerrissenem Polster. Das Zimmerchen war so winzig, dass es kaum die neun Personen fasste, die sie ja waren, und Mackenbacher kriegte Zustände und jagte erst einmal Julia Schönes Bewacher und drei seiner Männer über die Brücke zurück. Dann konnten sie sich halbwegs bewegen und umsehen. Tatsächlich war dieser Raum ein ganz wunderbarer Aussichtspunkt. Er besaß ein großes Fensterloch, durch das eine warme Brise den süßen Grasduft der sonnenbeschienenen Brache hereinwehte. Man sah das Schöne'sche und Graul'sche Doppelhaus, den Raucherplatz hinterm Gartenzaun, den Kanalschacht und die gesamte Nachbarschaft.

»Stimmt«, sagte Bettina nach einem langen Rundumblick und einer Nase voll duftender Wiesenluft. »Das hier ist ein sehr guter Beobachtungsposten, wenn man Ihr Haus ausspionieren will, Frau Schöne.« Sie betrachtete die Zeugin aufmerksam. »Aber auch ein unglaublich versteckter. Wie haben Sie den gefunden?«

»Ich kenne ihn«, sagte Schöne. »Ich wohne hier seit siebzehn Jahren und hab zusammen mit den anderen Anwohnern schon ein, zwei Mal hier im Haus und drum herum aufgeräumt.«

»Hm«, machte Bettina. »Aber das ist schon ein sehr spezielles Wissen. Wenn der Täter hier war, dann kennt er sich erstaunlich gut aus.«

Schöne starrte sie an. »Also eins kann ich Ihnen sagen«, sprach sie dann obenhin, »den Raum hier finden die sofort. Ich sag ja, wenn einer im Raffeisenhaus wohnt, erkennt man es an diesem Fenster.« Sie wies auf die glaslose Laibung, durch die warmes Sonnenlicht hereinflutete. »Und wir achten da auch drauf. Wir wollen nämlich keine Landstreicher haben, denn diese Typen – also eigentlich hab ich nichts gegen sie, aber sie machen alles kaputt, und wenn die Kinder dann auf der Brache spielen, liegen da überall Scherben rum. Wir haben auch schon Nadeln gefunden.«

»Ist das hier ein Treffpunkt für Drogensüchtige?«, fragte Bettina.

Schöne sah entsetzt aus. »Nein. Nicht wirklich.«

»Da war also dieser Schemen«, mischte Mackenbacher sich ungeduldig ein.

»Genau.«

»Wann?«

»Etwa letzte Woche. Außerdem haben wir es vorhin, als wir da unten gestanden und auf die Spurensicherung gewartet haben, hier oben blitzen sehen.«

»Blitzen?«, fragte Mackenbacher.

Gleichzeitig Bettina: »Jetzt gerade?«

»Hab ich doch gesagt.« Schöne verschränkte die Arme.

»Wann war das genau?«, fragte Bettina.

»Etwa vor einer Stunde, als wir angekommen sind. Ich wollte gleich hier hoch, aber der Herr Sievers hat mich nicht gelassen.« Sie blickte anklagend Richtung Tür, wo sie den uniformierten Beamten zurückgelassen hatten.

»Okay«, sagte Bettina. Vor einer Stunde, das konnte man sowieso knicken. Andererseits wollte sie sich gern ein bisschen umgucken. »Frau Schöne, wie viele Ausgänge gibt es hier?«

»Na die Fenster unten. Und natürlich jetzt die Tür, aber die ist normalerweise versperrt.«

Also viele. Bettina blickte Mackenbacher an, der winkte sie schon fort.

»Frau Schöne, führen Sie mich mal rum? Sie kennen sich doch hier aus.«

Schöne brachte sie noch in ein paar andere, nicht ganz so spektakuläre Ecken des alten Raiffeisenhauses, dann betrachteten sie die Fenster im Erdgeschoss, durch die man einsteigen konnte. Alle wurden argwöhnisch von Spurensicherern bewacht. Sie durften sich nicht mal auf drei Meter nähern, weil an den Laibungen noch am ehesten Indizien zu erwarten waren.

»Lassen Sie uns auch mal draußen gucken«, sagte Bettina schließlich. Kurz darauf standen sie in der glühenden, summenden Brache und blickten auf Birken und Gras. Ein guter Ort zum Reden. »Frau Schöne«, sagte Bettina. »Dieser Diätkurs damals – was war das Besondere daran? Wieso haben wir jetzt drei tote Teilnehmerinnen, eine Schwerverletzte und müssen den Rest rund um die Uhr bewachen? Was ist damals passiert?«

Schöne stand da, neigte den Kopf, faltete die Hände und wirkte ein bisschen unpassend in all der Natur, weil ihr Haar bläulich rot gefärbt war und ihr Wollpulli im Licht sehr synthetisch aussah. »Ich weiß es nicht«, sagte sie.

»Die Kursleiterin, Hella Halaszy. Was ist das für eine Person?«

»Sie ist blond«, sagte Schöne, als sei damit alles gesagt.

Bettina dachte an das kirschenumsäumte Aufkleberchen auf Julia Schönes Fernbedienung. Das Ding mit der Kalorienbegrenzung. »Ist sie dünn – ich meine, schlank?«, fragte sie.

Schöne sah auf und lachte. »Kleidergröße vierzig«, sagte sie abschätzig.

»Und so eine gibt Diätkurse?«, sagte Bettina, die keine konkrete Vorstellung von Kleidergrößen hatte und nur aus Schönes Verachtung schloss, dass vierzig total inakzeptabel war.

»Ja.« Schöne klang belustigt. »Genau das hab ich auch gesagt.«

»Sie ist also selbstbewusst«, sinnierte Bettina. »Und wie war sie als Kursleiterin? Streng?«

»Eher routiniert«, sagte Schöne. »Sie wollte an uns verdienen, das hat man gemerkt. Bei Hella ging es ständig ums Geld. Sie hat immer versucht, ein bisschen zu viel zu verkaufen, fand ich.«

»Was denn verkaufen?«

»Ihre Bücher. Und dann hatte sie so Diätriegel und Mixge-

tränke in Kommission, die hat sie jetzt nicht gerade offen angepriesen, aber doch jedem privat irgendwie mal so nebenbei empfohlen.« Schöne zuckte die Schultern. »Diese Verkaufsgespräche
erkennt man immer. Man hört einfach, wenn jemand seinen Satz
schon hundertmal gesagt hat.«

»Und was hat Hella Halaszy Ihrer Meinung nach mit Linda
Joschko zu schaffen gehabt? Auch nach dem Kurs noch?«

»Irgendwas mit Geld«, sagte Julia Schöne sofort.

»Sie glauben also, dass Frau Halaszy an Linda Joschkos Geld
wollte? Hatte die denn so viel? Man hat uns gesagt, sie hätte nur
gejobbt und wäre gerade so über die Runden gekommen.«

»Na, sie hatte wohl reiche Eltern«, sagte Schöne. »Ich hab
Linda nicht richtig gekannt. Sie war auch viel jünger als ich. Aber
irgendwie hatte ich den Eindruck, dass sie wohlhabend ist. Sie ist
ja auch mit diesem schicken Audi rumgefahren.«

»Echt? Was denn für einer?«

»Ein Coupé. TT. Schönes Teil.«

»Linda Joschko? Die im Call-Center gearbeitet hat? Die hatte
einen Audi TT?«

»Ja, dass die den nicht selbst verdient hat, das hat man schon
gesehen«, sagte Schöne trocken.

»Hm. Wie war sie sonst? So als Mensch?«

»Süß«, antwortete Schöne, und das klang echt ätzend.

»Naiv?«, fragte Bettina.

»Eher unraffiniert«, sagte Schöne.

»So ein TT Coupé ist aber nicht gerade schlicht«, sagte Bettina.

»Stimmt, so richtig hat er nicht zu ihr gepasst«, sagte Schöne.
»Deswegen hab ich mich wohl eben erinnert. Eigentlich hab ich
sie nur einmal kurz damit gesehen. In der Stadt, als sie gerade
ausgestiegen ist. Da war unser Kurs schon vorbei, und wir haben uns praktisch nur gegrüßt. Sie hatte irgendwie keine Zeit,
sie wollte – hm.« Schöne stutzte. »Das war – Moment mal, das
war da in der Marxstraße am alten Fritz-Walter-Kino, da hat sie
gesagt, sie geht da jetzt rein, und das war das Haus mit dieser
Eckkneipe unten drin, und da oben drüber ist dieser hippe
Innenarchitekt, kennen Sie den?« Sie blickte Bettina an und

gab sich selbst die Antwort: »Nein. – Sie sind ja nicht von hier«, setzte sie lahm hinzu. »Ich hab eine Freundin – High Society, ihr Mann ist Direktor von der Gasanstalt –, die schwärmt von dem. Der Stielitz.« Schöne blickte Bettina an, selbst überrascht von ihrer Erkenntnis. »Als ich Linda zum letzten Mal gesehen habe, wollte sie zum Stielitz.«

»Wann war das?«, fragte Bettina.

»Das muss kurz vor ihrem Tod gewesen sein, Ende August letzten Jahres.«

»Was für einen Eindruck hat sie gemacht?«

»Weiß nicht. Eher aufgeregt.«

»Positiv oder negativ?«

»Happy«, sagte Schöne. »Ja. Happy.«

Bettina klopfte ihre Taschen nach Papier ab, sie hatte mal wieder nichts mitgenommen. Gut, dann musste die Zeugin eben noch mal aussagen, später. »Hat sie Frau Halaszy erwähnt?«, fragte sie weiter.

Schöne seufzte, machte einen Ausfallschritt und dehnte sich, spontan und grazil wie eine Tänzerin. »Nein«, sagte sie. Sie blickte Bettina offen an, auf eine seltsam direkte Art plötzlich schwesterlich. »Ich hab jetzt praktisch mit allen Ihren Kollegen drüber geredet, und je mehr ich nachgedacht habe und nach-denke, glaube ich, dass Mia und Mandy sich da einfach in was reingesteigert haben. Sie waren die Typen dazu.«

»Was waren sie denn für Typen?«

»Sensationsgeil und naiv«, antwortete Schöne wie aus der Pistole geschossen. Offenbar hatte sie wirklich drüber nachge-dacht.

»Aber sie sind tot«, sagte Bettina.

In dem Moment knackte ganz in der Nähe ein Ast.

»Pst!« Mist, dachte Bettina, nix gesichert, keine Waffe dabei, mitten im unübersichtlichen Gelände, ewig rumgestanden und gequatscht, ohne aufzupassen: voll im Hinterhalt. Sie legte den Finger an die Lippen, sah Schöne kurz warnend an und ver-suchte dann, dem Geräusch nachzulauschen. Plötzlich schien alles viel stiller zu sein, das Insektengesumm wie ausgeblendet.

Es knackte wieder. Kam es von dem Gebüsch dort vorn oder von der Birkengruppe weiter hinten? Bettina war nicht sicher. Sie bewegte sich langsam auf das näher gelegene Gebüsch zu, als – eine Herkules dröhnend über die Brache glitt. Kurz stand Bettina erschrocken und starr, dann bewegte sie sich schneller auf den Busch zu, doch zu hören war bei dem Lärm gar nichts mehr. Schließlich rannte sie auf gut Glück durch die Birken, konnte aber niemanden erspähen. Als das Flugzeug endlich mit all seinem Lärm vorübergezogen war, hörte sie, wie in der Ferne ein Auto angelassen wurde. Keuchend stoppte sie und drehte sich zu Julia Schöne um. Die stand nach wie vor an derselben Stelle, durch das Grünzeug fast verborgen und kaum zu sehen, doch aus purem Zufall war ihr Gesicht zu erkennen. Und das sah seltsam aus: sehr nachdenklich. Und frei von Angst.

»Raucher«, sagte Mackenbacher vorwurfsvoll, als Bettina ihn vor der zerbrochenen Brücke zu dem kleinen Aussichtskabuff wiedertraf. Hinein durfte sie nicht mehr, war ja klar. Mackenbacher bewachte seine Tatorte wie ein eifersüchtiger Liebhaber: Er ließ niemanden ran.

»Woher wissen Sie das?«, fragte Bettina und versuchte, um den Kollegen herum über die Brücke in den kleinen Raum zu spähen.

Mackenbacher hielt eine Plastiktüte hoch, in der sich ein kleines weißes Stück Papier befand.

»Ein Zigarettenpapier«, sagte Bettina.

»Er ist Selbstdreher«, bestätigte Mackenbacher. »Also wenn es vom Täter ist. Das Papier hat unter dem kaputten Tisch gelegen, und noch nicht lange. Ist nicht verfärbt oder wellig. Der Raum ist jetzt gerade trocken, weil's heiß ist, aber normalerweise würde bei dem offenen Fenster das Holz vom Fußboden Feuchtigkeit ziehen, und dann würde das Papier sich verformen. Also kann es eigentlich erst seit Beginn der letzten Wärmeperiode da liegen, ich würde sagen: allerhöchstens vier Wochen.«

»Das heißt, hier hat vielleicht wirklich jemand gestanden und gewartet«, sagte Bettina.

»Vielleicht war sie's selbst«, sagte Mackenbacher mit Blick hinab zum Erdgeschoss des alten Raiffeisenhauses, wo Julia Schöne, ihr Bewacher und ein Spurensicherer standen, redeten und in die Brache hinausschauten.

»Glauben Sie wirklich?«, fragte Bettina interessiert.

»Sie nicht?«, sagte Mackenbacher. »Die ist doch total abgebrüht. Killt ihre Nachbarin und tut so, als wäre sie selbst gemeint. Dann bringt sie uns hierher, in einen Raum, den auf der Welt vielleicht drei Menschen insgesamt kennen, und wir finden ganz klassisch –«

»Zigarettenpapier«, sagte Bettina.

»Wie bei Edgar Wallace, nur 'n bisschen eleganter als der Stummel«, sagte Mackenbacher voll Verachtung.

»Hm«, machte Bettina. »Aber da draußen in der Brache war jemand. Und das war nicht Julia Schöne.«

»Das kann doch jeder gewesen sein«, sagte Mackenbacher und hob die Tüte mit dem Papier. »Ich wette, das ist so sauber wie ein frisch gebadetes Baby.«

»Da halte ich gegen«, sagte Bettina. »Ich könnte mir vorstellen, dass Sie da drauf einen Abdruck finden.«

»Von ihr?«, fragte Mackenbacher mit einem Kopfnicken Richtung Julia Schöne.

Bettina schüttelte den Kopf und spürte in der Tasche etwas vibrieren. »Moment.« Sie holte ihr Handy heraus.

»Von wem denn?«, fragte Mackenbacher.

Doch Bettina lauschte bereits in ihr Telefon: »Felix Schröck?«, sagte sie. »Wirklich, Felix Schröck?«

»Ja«, antwortete Schwartz' blecherne Stimme durch den Äther. »Dr. Lee hat eben die Ergebnisse der Sequenzierung gemailt. Die Spucke auf den Opfern ist von Herrn Schröck. Ganz eindeutig.«

»Wow«, machte Bettina. »Überraschung.«

»Und Sie«, sagte Schwartz. »Sind Sie fertig? Haben Sie was gefunden?«

»Eventuell Spuren vom Täter«, sagte Bettina. »Möchten Sie den Herrn Mackenbacher sprechen?«

»Später«, sagte Schwartz. »Jetzt möchte ich, dass Sie kommen, um mit mir Felix Schröck zu besuchen.«

»Besuchen?«, fragte Bettina. Mit so schlagenden Beweisen in der Hand ging man den Verdächtigen nicht mehr besuchen. Da holte man ihn ab und setzte ihn in eine Zelle.

»Besuchen«, sagte Schwartz grimmig. »Im Krankenhaus. Er hat sich die Pulsadern aufgeschnitten.«

»Das macht er öfter«, sagte achselzuckend der Kollege, der sie am Eingang des Pfalzklinikums empfing. Er war ein schon etwas älterer Uniformierter mit dem phantasielos-ordentlichen Aussehen sehr altgedienter Polizisten. »Die Jugend nennt das Ritzen.« Er blickte die jüngere Bettina an, als sei sie in puncto Selbstverstümmelung voll auf dem Laufenden. »Der Verdächtige ist 'n Ritzer. Der sich zwanghaft mit der Rasierklinge schneidet. Hat man sofort gesehen, seine Arme sind voller Narben.« Der Kollege sah empört aus. »Ich glaube nicht, dass seine Verletzungen lebensbedrohlich sind, aber so blutig, wie er war, mussten wir ihm natürlich Ersthelfer bestellen. Sind unaufgefordert rein, waren ja angekündigt. Er hat nicht aufgemacht. Wir also mechanische Mittel angewendet, um die Tür zu öffnen. Er hat auf der Badewanne gesessen, voll ansprechbar, nicht mal desorientiert. Aber überall Blut. Ein komischer Hund.«

»Danke«, sagte Schwartz. »Sie haben protokolliert, was er gesagt hat?«

»Er hat nicht viel gesagt«, antwortete der Kollege. »Eigentlich nur, dass wir auf keinen Fall seiner Mutter was sagen sollen.«

Irgendwer musste das aber doch getan haben, denn Hilli Schröck war bereits da. Und versuchte die Kontrolle über die Abteilung zu übernehmen. »Er ist mein Sohn«, verkündete sie mit ebenso schneidender wie flehender Stimme nicht etwa am Empfangstresen der Station, sondern auf dem Flur vor einem verschlossenen Krankenzimmer, das von drei Personen bewacht wurde: einem dicken Pfleger, einer gelassenen alten Schwester und einer aufgeregten jungen Ärztin. »Ich habe alles stehen und liegen lassen.

Ich bin augenblicklich aufgebrochen und will gar nicht wissen, wie schnell ich gefahren bin. Ich bin fertig.« Hilli Schröck funkelte die junge Ärztin an. »Wirklich fertig. Sie können mir das nicht verbieten. Ich muss ihn sehen. Er braucht mich.«

»Ich werde in den nächsten vierundzwanzig Stunden niemanden zu ihm lassen«, sagte die Ärztin in einem sturen Ton, der verriet, dass sie diesen Satz wiederholte, und zwar nicht zum ersten Mal.

»Sie haben keine Ahnung!«, sagte Hilli Schröck voll Verachtung. »Sie bringen ihn um! Haben Sie wenigstens seine Therapeutin zurate gezogen? Sie wissen doch gar nicht, was Sie da anrichten!«

EHK Schwartz blickte sich nach Bettina und dem ebenfalls mitgekommenen Christian Theuer um, seufzte, straffte sich und ging auf die Gruppe zu.

Auch die Polizei durfte nicht zu Felix Schröck. Das war auch richtig, wenn nicht einmal seine eigene Mutter vorgelassen wurde. Trotzdem war das Krankenhauspersonal froh, dass sie kamen, denn so konnten sie die lästigen Besucher gegeneinanderhetzen. Die gelassene alte Krankenschwester schaffte das in einem Satz. Sie sagte zu Hilli Schröck: »Ah, gucken Sie mal, das müssen die Offiziellen von der Polizei sein, die wollen sehen, wie es dem jungen Mann geht, den sie hier eingeliefert haben.« Damit wandte sie sich von der Tür ab, während die unerfahrenere Ärztin noch mit kriegerisch verschränkten Armen dastand.

Hilli Schröck drehte sich um. Sie war in weite orangefarbene Leinenlagen gekleidet, die entfernt an die Gewänder buddhistischer Mönche erinnerten. Um ihre Füße hatte sie kunstvolle Ledersandalen geschnürt, in die Locken ein türkisfarbenes Seidentuch gewunden. Trotzdem sah sie momentan sehr irdisch aus: wie eine stinkwütende, zu allem entschlossene Mutter. Und Bettinas Anblick machte sie noch fuchtiger. Sie starrte ihr einen Moment lang sprachlos ins Gesicht, dann stürzte sie sich auf Schwartz: »Mit welchem Recht haben Sie meinen Sohn entführt?«

»Bitte«, sagte Schwartz mit erhobenen Händen.

»Frau Schröck«, sagte Bettina leise. Das war ein Fehler, denn die kleine Frau wirbelte sofort herum und versetzte Bettina eine Ohrfeige, wie sie noch keine gekriegt hatte. Es tat nicht einmal sehr weh, dazu war es zu schnell gegangen, aber die Wucht war enorm. Bettina taumelte zurück, gegen Christian, der sie halbwegs festhielt und dabei selbst in die Knie ging.

»He!«, rief er.

Schwartz stand ungerührt daneben. Er griff erst ein, als Hilli Schröck Anstalten machte, sich erneut auf Bettina zu stürzen. »Na, na«, sagte er nüchtern und schob sich die entscheidenden Zentimeter dazwischen. »Schön, dass Sie sich schon kennen, da werd ich mich auch mal vorstellen: Kriminalhauptkommissar Schwartz. Frau Schröck, würden Sie uns bitte begleiten, wir hätten ein paar Fragen an Sie.« Er blickte kurz zu Bettina und Christian. »Planänderung. Wir nehmen erst mal sie mit, wo wir sie gerade hierhaben.«

»Der einzige Ort, an den ich gehe«, rief Hilli Schröck, »ist dieses Zimmer.«

»Frau Schröck«, erwiderte Schwartz in demselben gelassenen Ton wie zuvor, »ich nehme Sie vorläufig fest wegen Körperverletzung und Widerstands gegen Vollstreckungsbeamte, das müssen wir sowieso jetzt erst mal auf der Dienststelle klären, inwieweit der Paragraf 113 StGB im Fall Ihres tätlichen Angriffs auf die Kollegin Boll greift.«

»Ich will zu meinem Sohn«, sagte Schröck und brach plötzlich in Tränen aus.

»Ich auch«, sagte Schwartz. »Aber wir haben beide schlechte Karten, also ist es besser, Sie kommen mit, dann können wir reden.«

Hilli Schröck wollte nicht reden. Definitiv nicht. Aber irgendetwas in Schwartz' gelassenem Ton ließ ihren Widerstand brechen. Sie schüttelte den gesenkten Kopf, ihre Nase tropfte, vielleicht waren es auch Tränen. Psychologe Christian half mit einem Papiertaschentuch. Hilli Schröck nahm es wortlos, schnäuzte sich, und dann folgte sie wie selbstverständlich dem Ersten Hauptkommissar Schwartz.

Die Vernehmungsräume im Neubau des Lautringer »Präsidiums« waren nicht ganz so lichtdurchflutet wie das Großraumbüro des K11. Sie lagen in einem tieferen, dunkleren Geschoss und sahen aus wie ganz normale Vernehmungsräume: kahl und benutzt. Es roch nach den vielen Menschen, die hier auf soliden Stühlen gesessen und irgendetwas bestritten oder zugegeben hatten. Die Wände waren relativ frisch gestrichen, aber trotzdem vermackelt und abgestoßen wie Bahnhofswände. Es war keine Atmosphäre, in der eine Hilli Schröck sich lange würde festhalten lassen. Die Ohrfeige würde ihr ein Verfahren einbringen, aber einen langfristigen Freiheitsentzug konnten sie damit nicht begründen. Hilli Schröck war nur die Mutter des Verdächtigen, mehr nicht.

»Frau Boll«, sagte Schwartz, nachdem sie sich zu viert installiert hatten und Hilli Schröck voll tiefem Groll auf Bettina starrte. »Auf ein Wort.« Sie ließen Hilli Schröck bei Christian Theuer zurück und schlossen die Tür hinter sich.

»Ich glaube, es ist besser, wenn ich hier nicht dabei bin«, begann Bettina selbst. »Ich rege diese Frau zu sehr auf.«

Schwartz lehnte sich gegen die Wand. »Wieso eigentlich?«

»Keine Ahnung«, sagte Bettina verlegen. »Ich habe sie gemeinsam mit einer Kollegin vor ein paar Tagen befragt, da mochte sie mich auch schon nicht. Ich hab nicht die richtige Aura.«

»Hm«, machte Schwartz, löste sich von der Wand und zeigte mit dem Finger auf Bettina. »Sie bleiben in der Nähe. Sie gehen nicht weg, jedenfalls nicht weit.«

»Okay. Rufen Sie mich an, wenn –«

»Ja.« Schwartz wandte sich zur Tür. »Werden Sie Anzeige erstatten?«

Bettina fasste sich unwillkürlich an die Wange. »Ich glaube ja.«

»Okay.«

Bettina nickte. Schwartz ging.

Dann wanderte sie durchs Haus, schmale Feuertreppen, düstere, fensterlose Gänge mit Türen zu beiden Seiten, aus denen kaum Geräusche drangen. Das Polizeipräsidium wirkte fast ausgestorben. Bettina sah auf die Uhr und erkannte, dass es schon vier vorbei war, Zeit eigentlich, heimzufahren. Doch so eilig sie es sonst damit hatte, jetzt hielt sie etwas zurück.

Da war jemand auf der Brache gewesen. Und derjenige hatte sich auf echt Lautringer Art dünngemacht: Versteckt im Lärm eines Ami-Flugzeugs war er zu seinem Auto gerannt und weggefahren. Oder war das Zufall gewesen? Einfach bloß ein knackender Zweig und völlig unabhängig davon das Geräusch eines Autos? War Julia Schöne in Gefahr oder nicht? Und wie genau hatte sie eigentlich erfahren, dass Mandy Brandtstätter und Mia Löwe einen solch ungeheuerlichen Verdacht gegen die Kursleiterin Halaszy entwickelt hatten, wo sie die beiden Frauen doch nach eigenen Angaben kaum mehr gesehen hatte? Alles nur aus ein paar Mails?

Jetzt betrat sie einen breiteren und helleren Gang, und Bettina erkannte, dass sie vor dem Großraumbüro des K11 stand. Nach kurzem Zögern trat sie ein. Der Raum lag völlig verwaist da. Das hatte etwas Unwirkliches nach den Menschenaufläufen der letzten Male, aber es waren wohl schon alle im Feierabend.

Nein, nicht alle: Die Tür eines kleinen Einzelbüros war nur angelehnt, durch den Spalt drang Summen und ein bläulicher Lichtschein. *IT-Analyse* stand auf dem Türschild. Bettina klopfte an und trat ein.

Abgestandene Rechnerluft, abweisender Blick durch dicke Augengläser, absolut unförmige Figur: Das war der moppelige Computermann mit der Hornbrille in seinem Büro.

Dass er ein wenig rot wurde, nachdem er Bettina fertig gemustert hatte, nahm sie als freundliche Begrüßung. »Herr Radduz?«, sagte sie, der Name hatte am Türschild gestanden.

»Ja.« Er räusperte sich, warf einen Blick durch sein enges, fensterloses, überladenes und staubiges Büro, wurde noch röter und sagte: »Solang ich noch aufgeräumt habe, hat mich hier keine Sau ernst genommen.«

Bettina grinste.

Radduz lächelte vorsichtig. »Wer sind Sie?«, fragte er.

Bettina stellte sich vor. »Sie arbeiten auch in der Soko ›Kaltmamsell‹, oder?«, fragte sie dann.

Radduz nickte, jetzt mit einer Spur Misstrauen im Blick. »Was wollen Sie?«

»Ich habe eine Frage zu diesem Internetding da von unserer Zeugin Schöne.«

»Internetding?«, sagte Radduz, stemmte die Fäuste auf die Oberschenkel und blickte sie hilflos an.

»Ich fürchte, ich kann das nicht richtig ausdrücken«, sagte Bettina, »aber es würde mich trotzdem interessieren, verstehen Sie?«

»Kein Wort«, sagte Radduz.

»Also die Frau Schöne hat Mails bekommen, in denen unsere Opfer Brandtstätter und Löwe eine Person namens Halaszy verdächtigten, Linda Joschko ermordet zu haben.«

»Genau«, sagte Radduz.

»Wieso hat sie diese Mails gekriegt?«

»Oh«, sagte Radduz. »Jetzt weiß ich, was Sie meinen.« Er zauberte etwas an dem schmalen schwarzen Dings, das er vor sich liegen hatte, und – zack – erschien auf einem der Bildschirme, die an der Wand befestigt waren, der Posteingang eines Mailprogramms. »Das gehört Julia Schöne«, erläuterte Radduz. »Sie war Mitglied in einem Forum namens *NoFats*.« Er stockte kurz, blickte an sich hinab und sagte rasch: »Tierisch uncooler Name, echt. Tja, und wer in dem Forum an einem Chat teilnimmt, der bekommt die Beiträge der anderen als Mail geschickt.« Er blickte Bettina treuherzig an. »Ist so 'n Trick, um die User bei der Stange zu halten. Wie bei Facebook, nur kann man die Funktion bei *NoFats* nicht abschalten. Wer einmal in einem Chat mitgemacht hat, bekommt die Beiträge der anderen für alle Zeiten. Es sei denn, er löscht seinen Account für das Forum ganz, und das ist tricky.« Radduz zuckte die runden Schultern. »Tja, die ständigen Mails können natürlich nerven, wenn man nur mal kurz zum Chat beigetragen hat und der jetzt so 'n Dauerbrenner wird und für Jahre weiterläuft, das gibt's. Frau Schöne hatte wohl irgendwann die

Nase voll und hat die Mails als Spam markiert. Ist natürlich keine elegante Lösung.«

»Aber jetzt ist der Chat stillgelegt. Weiß man, wieso?«

»Tja, der Inhalt war natürlich unerfreulich. Aber das war nicht der Grund.« Radduz blickte auf und wurde wieder ein bisschen rot. »Ich habe recherchiert.«

»Und zu welchem Schluss sind Sie gekommen?«, fragte Bettina lächelnd.

»Der Chat wurde auf Wunsch der Angehörigen von Linda Joschko gelöscht. Das hat ein Internetdienst namens *Netzruhe* initiiert. Denn im Netz stirbt man nicht. Man braucht einen, der alles stilllegt – danach. Viele Anwendungen sind kostenlos und laufen einfach weiter, das kann für die Angehörigen ganz schön belastend sein. Sicher hat auch die vierte Teilnehmerin, Frau Joschko, noch Benachrichtigungen aus dem Forum bekommen, obwohl sie ja schon vor längerer Zeit gestorben ist.« Er seufzte. »Und jetzt hab ich die ehrenvolle Aufgabe, den ganzen Thread aus den Computern von Brandtstätter und Löwe zu rekonstruieren. Eine Sauarbeit. Das Opfer Brandtstätter hatte einen Uralt-PC, den man einfach nur anschieben möchte, so langsam ist er. Und das Opfer Löwe hat ihren praktisch gar nicht mehr benutzt, jedenfalls nicht zur Kommunikation. Die hat fast alles über ihr Smartphone gemacht – aber eben nur fast alles. Fünf verschiedene Mailprogramme mit Weiterleitungen und Verknüpfungen, so dass ich alles doppelt und dreifach kriege, wenn überhaupt.«

»Hm«, machte Bettina. »Und als der Chat noch lief, wer könnte den da alles lesen?«

»Er war im halböffentlichen Bereich des Forums, also die vier angemeldeten Mitglieder.«

»Und die Mitglieder treten nicht unter ihren echten Namen auf, oder?«

»Nein.« Radduz wischte über sein Tablet, und wie durch Zauberhand erschien auf einem großen Bildschirm ein Teil einer Akte. Die stand wohl auch auf dem Tablet, denn er las davon ab. »Mia Löwe nannte sich BigKitty, Mandy Brandtstätter hieß«, hier blickte er kurz auf und verdrehte die Augen, »Heißundfettig, und Julia Schöne nannte sich CaloryQueen.«

»Und Linda Joschko?«

»LiJo.«

»Kann man die Namen und Adressen der Forenmitglieder herausbekommen? So als normaler Internetnutzer?«

»Eigentlich nicht«, sagte Radduz. »Das ist ja der Witz am Forum. Aber über ein paar Umwege kommt man schon an viele Infos. Und manchmal kennen sich die Mitglieder auch von draußen.«

»Draußen?«, fragte Bettina verwirrt.

Jetzt wurde Radduz richtig rot. »Aus dem wirklichen Leben«, sagte er.

Draußen vor Radduz' Büro traf Bettina Dr. Lee.

»Ah. Frau Boll. Guten Tag.« Der große Koreaner blickte sich suchend um. »Wo sind denn alle? Ist was passiert?«

»Ich weiß nicht«, sagte Bettina. »Ich bin auch noch nicht lange da.«

»Ich soll zu EHK Schwartz«, sagte Dr. Lee in einem Ton, der besagte, dass er für gewöhnlich nirgendwohin sollte, sondern allerhöchstens wollte.

»Der ist unten bei den Vernehmungsräumen«, sagte Bettina.

Dr. Lee hob eine Braue. »Der Verdächtige?«

»Seine Mutter«, sagte Bettina.

»Ah«, machte Dr. Lee. Ich muss es nicht verstehen, hieß das.

»Kommen Sie, ich bring Sie hin«, sagte Bettina lächelnd. »Ich will sowieso wissen, wie weit die sind.«

»Weg«, sagte Bettina enttäuscht. Der Vernehmungsraum, in dem Schwartz seine Sitzung mit Hilli Schröck begonnen hatte, lag offen und leer.

»Hm«, machte Dr. Lee und blickte den dunklen Gang hinauf.

»Tja«, sagte Bettina.

»Haben Sie eigentlich Hexe drangekriegt?«, fragte Dr. Lee.

»Hexe?«

»Manyeo«, sagte Dr. Lee. »Die Sie – bum! ausgeknockt hat.«

»Ja«, sagte Bettina. »Aber ich war gar nicht richtig dabei. Hab sie noch nicht mal vernommen. Die Rache kommt später. Vielleicht.«

»Sie arbeiten zu viel. Sie müssten nachtragender sein.«

»Oh, ich hatte mit so vielen Hexen zu tun in letzter Zeit, auf eine mehr oder weniger kommt es nicht an.«

Dr. Lee grinste. Etwas weiter vorne öffnete sich eine Tür. Licht fiel auf den Gang, und man hörte ein paar sanfte Geräusche. Es war nicht sehr laut, aber trotzdem drang aus dieser Tür die Atmosphäre einer großen Versammlung, eine atemlose Spannung, die Bettina sofort anzog. Auch Dr. Lee setzte sich automatisch dorthin in Bewegung. Jetzt trat ein Kollege aus dem Raum, sah Bettina und Dr. Lee, lächelte, ging und ließ die Tür offen stehen.

»Wissen Sie, welche die deutscheste aller Hexen ist?«, fragte Dr. Lee.

»Die – was?«

»Die aus *Hänsel und Gretel*«, sagte Dr. Lee. »Es gibt keine, die deutscher ist.«

»Wieso?«

»Lebkuchen«, sagte Dr. Lee. »Gibt es so nur in Deutschland. Und der Wald, in dem sie wohnt. Ein Wald zum Verirren. Einsamkeit. Romantik. Das ist deutsch.«

»Ich denke bei *Hänsel und Gretel* immer nur an die böse Stiefmutter«, sagte Bettina.

»Aber böse Stiefmütter gibt es überall.«

Sie erreichten den hellen Raum. Dort in dem winzigen Zimmer bildeten mindestens fünfzehn eng gedrängte Leute eine atemlose Zuhörerschaft, unter ihnen Frau Paulus und ganz hinten an der Wand sogar Ackermann. Sie alle blickten auf eine große Glasscheibe. Hinter dieser Glasscheibe saßen sich Christian Theuer, EHK Schwartz und Hilli Schröck gegenüber. Wobei Bettina die Zeugin Schröck nicht erkannt hätte, wenn sie nicht nach wie vor das orangefarbene Mönchsgewand getragen hätte.

Diese derbe Unterschichts-Tussi sah vollkommen anders aus als die zierliche Hobby-Esoterikerin, die Bettina vor einer Woche kennengelernt hatte. Hilli Schröck saß mit breit aufgestützten Armen am Tisch, ihre Augen waren verheult, aber zornig, und den türkisfarbenen Schal, den sie sich ins Haar gebunden hatte, musste sie irgendwo verloren haben.

»Was ist denn mit der passiert?« fragte Bettina den nächststehenden Beamten.

»Der Sohn«, war die kryptische Antwort.

»Glaubt sie, dass er's war oder nicht?«, fragte Bettina, doch da machte es von hinten »Pst!«.

Dr. Lee schloss sanft die Tür hinter ihnen. »Das müssen wir auch sehen«, flüsterte er.

»... und das wissen Sie ganz genau«, drang Schwartz' tiefe Stimme blechern über eine Sprechanlage zu ihnen herüber.

»Ich weiß gar nix«, antwortete Hilli Schröck grob. «Wenn Sie sich einbilden, dass ich meinen Sohn Tag und Nacht überwache, dann ist das Ihr Problem.« Sie schnäuzte sich und warf das benutzte Taschentuch auf den Haufen weißer Papierknäule vor sich.

»Frau Schröck«, sagte Schwartz eindringlich, als wiederholte er etwas für eine besonders begriffsstutzige Person, »wir haben Beweise. Ihr Sohn hat die Leichen angespuckt. Auf den Hintern. Das hat die DNA-Analyse zweifelsfrei erwiesen.«

»Wissen Sie was«, sagte Schröck, »DNA-Analyse. Dreck. Dass Sie da nicht ordentlich schaffen, weiß jedes Kind, das stand grade letztens wieder in der Zeitung, DNA-Analysen sind meistens verunreinigt und nicht halb so aussagekräftig, wie man meint.«

»Frau Schröck, Ihr Sohn hat damals in Ludwigshafen diese Kanaldeckel geöffnet, bei welcher Gelegenheit die Leiche von Frau Bräunig entdeckt wurde. Er hat auch hier in Lautringen Kanaldeckel geöffnet. Er wohnt direkt neben einem der zuerst geöffneten Schächte. Und dann hat er die Leichen bespuckt, da gibt es gar kein Vertun.« Schwartz beugte sich vor. »Aufgrund dieser Indizien wird Ihr Sohn verurteilt werden.«

Schröck starrte den EHK wütend an. »Das sagen Sie!«

Schwartz senkte den Kopf noch etwas tiefer. »Sie wollen ihm doch helfen, oder?«

»Und wie sollte ich das tun?«, fragte Schröck, plötzlich schnippisch. Sie tastete mit der Rechten unwillkürlich nach ihrer Tasche, eine typische Raucherbewegung, dachte Bettina, die sofort auch Nikotinlust bekam. »Ist ja eh alles hoffnungslos, wie Sie sagen!«

»Sie könnten seine Beweggründe erhellen«, sagte Schwartz. »Indem Sie erzählen, wie es wirklich gewesen ist, damals mit Frau Bräunig, denn anscheinend ist dieser alte Fall der Schlüssel für die Schwierigkeiten Ihres Sohnes.«

Schröck funkelte Schwartz an, holte ein Päckchen Marlboros aus ihrer Tasche und legte sie auf den Tisch.

Schwartz beugte sich zu Christian und flüsterte ihm etwas ins Ohr. Der stand auf und verließ den Raum.

»Ihr Schweigen schadet Ihrem Sohn«, sagte Schwartz dann zu der verstockten Schröck. »Und zwar nicht erst seit heute.« Er nickte. »Sie könnten jetzt gut Wetter machen und eine Aussage liefern, die drei Mörder der Gerichtsbarkeit zugänglich macht. Das wird bei Gericht mit Sicherheit wohlwollend aufgenommen werden. Und außerdem«, er beugte sich wieder vor, »besteht sehr wohl noch die Möglichkeit, dass Ihre Aussage zu weitergehenden Erkenntnissen führt, die Ihren Sohn vielleicht sogar entlasten.«

Das glaubst du doch selbst nicht, sagte Schröcks trotziger Blick. Sie nahm ihr Zigarettenpäckchen, stieß es einmal hart auf den Tisch und sagte: »Sie wollen meinen Sohn wirklich verhaften.«

»Im Grunde ist er das schon«, sagte Schwartz.

»Sie haben diese DNA-Spuren.«

»Ja.«

»Er kommt in den Bau.«

Schwartz nickte.

»Dort überlebt er nicht ein halbes Jahr«, sagte Schröck so hart, dass einige im Zuschauerraum hörbar nach Luft schnappten.

Schwartz blickte ernst. Schröck holte mit zitternden Fingern eine Zigarette aus dem Päckchen, hielt sie Schwartz vor und sagte derb: »Haste mal Feuer?«

»Moment.« Jetzt sah Schwartz kurz erschrocken aus. Dann blickte er sich suchend um. Bettina, die an der Tür saß, sprang auf und drängte sich raus. Draußen vor der Tür traf sie Christian Theuer. Er trug einen Aschenbecher vor sich her wie einen Abendmahlkelch. Bettina reichte ihm ihr Feuerzeug. »Das brauchen Sie auch«, sagte sie.

»Ach«, sagte Christian. »Gott sei Dank, dann dauert's jetzt wohl nicht mehr lang.«

»Ich würde diese Namen und Gesichter niemals vergessen«, sagte Hilli Schröck mit all der Aufsässigkeit, die nur eine seit Jahren schweigende Zeugin in diesen Satz legen konnte. Es war eine Anklage, ein Vorwurf, und er ging direkt an Schwartz. Schröck paffte an ihrer Zigarette und betrachtete den EHK aus halb geschlossenen Augen.

»Das dachte ich mir«, sagte Schwartz neutral.

»Und wenn meine Aussage nicht reicht?«, fragte Schröck. »Was dann? Diese Typen, der dicke Franzen, der Voigt und der Michalski, die sind immer noch fies.« Sie paffte wieder und blies Schwartz den Rauch direkt ins Gesicht. »Und am fiesesten seid ihr Bullen, denn ihr lasst eure Zeugen hängen.«

»Nein«, sagte Schwartz.

»Doch«, sagte Schröck düster. »Soll ich Ihnen meine Geschichte erzählen, ja? Soll ich Ihnen sagen, wie's war?«

»Ich bitte darum.«

Schröck lächelte bissig. »Es war irgend so 'ne Maiwoche mit Feiertag«, sagte sie hart. »Ich hatte extra getauscht, um den Brückentag frei zu kriegen, weil Felix da keine Schule hatte. Also, Montagmorgen. Ein Polizist kommt ins Löwenplay, sein Name ist Hering. Oder so. Er hatte ein blasses Gesicht und einen grauen Anzug an.«

Dr. Lee und Bettina tauschten Blicke. Gute Beschreibung unseres ollen Härting, dachte sie.

»Er war wichtig, hat man sofort gesehen«, fuhr Schröck fort.

»Und er hat mich gefragt, was ich über den letzten Abend der Frau Bräunig wüsste, das war eine Stammkundin von uns, die war ein halbes Jahr davor nach einem Besuch in der Dürkheimer Spielbank verschwunden.« Schröck drückte ihre Zigarette aus und zündete sich sofort eine neue an. »Ich hab mir nichts dabei gedacht. Und hab ihm treu und brav alles gesagt, was ich wusste. Dass ich an dem Abend Dienst hatte und dass Frau Bräunig mit drei anderen unserer Stammkunden nach Bad Dürkheim aufgebrochen war, um eine Glückssträhne auszureizen. Ich hab ihm die Namen genannt. Dick, Voigt und Michalski. Ich war so naiv.« Wieder blies sie Rauch in Schwartz' Richtung.

»Wieso?«, fragte der.

»Weil das Gespräch öffentlich geführt wurde, klar? Es war zwar nicht brechend voll in der Spielo, aber auch nicht leer. Sie würden sich wundern, was morgens um zehn in einer Spielhalle los ist. Die Stammkunden kommen sofort, wenn geöffnet wird, die sitzen in ihren abgetrennten Kabinen, man sieht sie nicht, aber die können hören, was vor sich geht. Die haben das Gespräch mitbekommen.« Schröck schluckte und zog dann lange an ihrer Zigarette. »Am selben Abend kamen sie. Sie – ich hatte Felix gerade ins Bett gebracht.«

»Was haben sie getan?«

»Ich habe die Tür aufgemacht, mit Kette davor. Die haben sie aufgetreten. Getreten hat der Franz Dick. Der war riesig. Hatte 'nen Blaumann an, und ich hab mich noch gefragt, wieso der einen Blaumann anhat, wo er doch arbeitslos war. Ich hab nicht sehr viel Angst gehabt, denn ich dachte, die Nachbarn müssten alles mitbekommen und würden sofort die Bullen rufen. Darum hab ich den Jungs gesagt, sie sollen sich verpissen.«

»Und dann?«

»Hat der Voigt die Hose runtergezogen und auf meinen Küchentisch gepisst, da standen noch Kartoffelpuffer.« Schröck schloss kurz die Augen und sammelte sich, und als sie dann weitersprach, war irgendwie jeder Ärger und jede Derbheit aus ihrer Stimme verschwunden. Jetzt hörte sie sich nur noch klar und nüchtern an. »Er hat alles vollgepinkelt«, sagte sie. »Da hatte ich dann Angst, aber noch nicht genug, eigentlich nur, dass Felix aus seinem Zimmer kommt. Also hab ich den Michalski, das war eigentlich der harmloseste von den dreien, so klein und knubbelig und hat immer gestottert, weil sein Vater ihn als Junge verprügelt hat, also den hab ich geohrfeigt, damit er rausgeht.«

»Und dann?«

»Dann hat der auch seine Hose runtergezogen. Und hat – hat – ich hatte einen Rock an, den hat er runtergerissen. Zumindest hat er's versucht. Aber der Rock war stabil, und ich hab mich gewehrt und geschrien, und er – er konnte nicht, verstehen Sie? Er war zu schwach. Dafür hat er mich geschlagen. Voll mit der Faust ins Gesicht. Als ich am Boden lag, haben sie mich getreten und alles Geschirr aus dem Schrank rausgeschmissen und rumgebrüllt.«

»Und dann?«

»Dann haben sie gesagt, dass sie wiederkommen, wenn ich die Aussage im Fall Bräunig nicht zurückziehe, und dass sie wissen, dass ich ein Kind habe. Dann sind sie gegangen. Niemand von den Nachbarn hat die Polizei geholt.«

Eine Weile herrschte Stille im Vernehmungsraum, dann sagte Schröck, immer noch in diesem klaren, fast freundlichen Ton, den sie wohl mal als ganz junge Frau besessen hatte: »Und das Verrückte ist: Ich wusste nie, wie viel Felix von alldem mitbekommen hat. Ich habe nicht mit ihm darüber geredet.« Ganz plötzlich begann sie zu weinen. »Er muss es aber doch gesehen haben«, schluchzte sie. »Sonst – sonst – wäre das alles ja nicht passiert!«

Sie legte die Arme auf den Tisch und ließ ihren Kopf darauf sinken. Ihre Schultern zuckten erbarmungswürdig. Christian Theuer beugte sich zu Schwartz hinüber und flüsterte mit ihm. Schwartz nickte und sagte: »Vorläufiges Ende der Befragung der Zeugin Hildegard Schröck, in den Mordsachen Bräunig, Brandtstätter und Löwe sowie der versuchten Tötung von Elvira Graul, und außerdem wegen Nötigung, Erpressung und dem Vergewaltigungsversuch an Frau Schröck. Die Befragung wird ausgesetzt und später weitergeführt, weil die Zeugin emotional stark mitgenommen ist und der psychologische Berater Theuer eine Unterbrechung für angezeigt hält.«

Das Licht im Zuschauerraum ging an. Als die Lautsprechanlage ausgeschaltet wurde, entstand sofort einiger Lärm, denn alle stellten nun fest, dass sie eigentlich etwas ganz anderes zu tun hatten.

Bettina verspürte selbst heftige Unruhe, denn sie hatte plötzlich eine irre Idee. In ihrem Kopf formte sich rasend schnell ein kühner Plan, der vermutlich viel zu riskant und gar nicht durchführbar war. Und doch …

En passant bemerkte sie, dass Ackermann sie von weiter hinten fest ins Visier nahm, sah sein mürrisches Gesicht. Fast automatisch duckte sie sich weg und mischte sich in die Gruppe, die draußen im Gang auf Schwartz wartete. Sie hielt sich erst an Dr. Lees Seite, aber als der EHK dann tatsächlich erschien, drängte sie sich sofort ganz nach vorn zu ihm. Er wirkte fast so ausgelaugt wie Hilli Schröck, die schnell von Christian Theuer fortgeführt wurde.

Bettina packte ihn kurzerhand am Arm. »Herr Schwartz, herzlichen Glückwunsch, das war Wahnsinn. Auf diese Aussage haben wir seit Jahren gewartet. Mein Chef wird platzen vor Neid.« Sie packte noch fester zu und blickte dem EHK tief in die Augen. »Ich brauche eine Kopie der Bandaufnahme von diesem Gespräch.«

Schwartz, der sichtlich mit den Gedanken noch ganz woanders war, schüttelte ihren Griff ab und sagte: »Wieso?«

»Ich brauch sie«, sagte Bettina in ihrem allerbesten, tiefsten Vertrau-mir-Ton.

»Das wird als Protokoll in die Akte aufgenommen«, sprach Schwartz und wollte sich schon den anderen Kollegen zuwenden, doch Bettina stellte sich ihm in den Weg.

»Es ist wirklich wichtig«, sagte sie. »Könnte ich nicht doch vielleicht jetzt gleich …?«

Schwartz betrachtete sie plötzlich argwöhnisch. »Sie haben irgendetwas vor.«

»Es hat nicht direkt was mit dem Fall zu tun«, bekannte Bettina. »Bitte.«

Schwartz sah sehr abweisend aus. »Von mir aus«, sagte er dennoch nach kurzem Zögern. »Es ist ja kein Geheimnis. Reden Sie mit dem IT-Mann, er heißt –«

»Radduz?«

»Genau. Aber, Frau Boll, wenn Sie wieder irgend so einen Alleingang vorhaben, dann –«

»Hab ich nicht«, sagte Bettina. »Ehrlich.«

Schwartz seufzte. »Wieso erinnern Sie mich gerade an meine Tochter, wenn sie mir ein Uhr verspricht und bis drei wegbleiben will?«

»Ich will nicht bis drei wegbleiben«, sagte Bettina treuherzig. »So eine bin ich nicht.«

»Nein«, sagte Schwartz. »Sie, Frau Boll, bleiben die ganze Nacht.«

»Wo warst du?«, sagte eine etwas barsche Stimme hinter ihr.

»Alleingang«, sagte Bettina und drehte sich um.

»Ich führe hiermit eine Meldepflicht für dich ein«, sagte Ackermann. »Jeden Abend Punkt acht Uhr bei deinem diensthabenden Beamten.«

»Ich weiß nicht, ob ich mich daran halten kann«, sagte Bettina ernst.

»Hör mal«, sagte Ackermann. Er fasste Bettina an der Schulter. »Ich hätte da übrigens eine Idee, wie wir im Zweifelsfall deine Stelle im K11 retten können. Nur so, falls alle Stricke reißen.«

Bettina verschränkte die Arme.

»Das wird wahrscheinlich nicht nötig sein, aber –«

»Ich hab die Mail gesehen«, sagte Bettina.

Jetzt sah Ackermann unglücklich aus. »Die wusste haargenau, dass jeder das lesen würde«, sagte er laut.

»Sie wusste, dass du es lesen würdest«, sagte Bettina und entwand sich seinem Griff. »Ich muss los. Warte bitte nicht auf mich, ich fahr allein nach Hause.«

»Wieso?«, sagte Ackermann. »Nein, komm, du hast doch gar kein Auto!«

Bettina überlegte kurz und sagte: »Doch.« Und ging.

Radduz war irgendwie erschrocken, aber auch erfreut, sie so schnell wiederzusehen. Er schwitzte ein wenig hinter seinen teils glänzenden, teils leuchtenden und teils verdreckten Gerätschaften inmitten der dicken Kabelkanäle und vielfältigen Bildschirme.

»Ich bin's nur«, sagte Bettina.

»Wenn Sie jetzt öfter kommen, werd ich mir einen Besucherstuhl beantragen«, sagte Radduz charmant.

Bettina lächelte. »Ich bräuchte bitte eine Audiokopie von dem Gespräch, das EHK Schwartz eben mit der Zeugin Schröck geführt hat. Nur etwa eine halbe Stunde davon. Das Ende.«

»Hm«, machte Radduz mit Blick auf sein Tablet. »Das wird alles abgetippt und als Protokoll in die Akte aufgenommen.«

»Ich brauch es aber jetzt gleich«, sagte Bettina. »Rufen Sie Schwartz an, wenn Sie mir nicht glauben, der hat zugestimmt.«

»Doch, natürlich glaube ich Ihnen«, beeilte Radduz sich zu sagen. »Es scheint mir nur unnötig.«

»Es ist lebensnotwendig«, sagte Bettina.

»Oh«, sagte Radduz ergriffen. »Haben Sie ein Speichermedium?«

»Mein Laptop?« fragte Bettina.

»Das geht auch«, sagte er. Eine Weile war er mit Kabeln und einem Bluetooth-Gerät beschäftigt, dann sagte er: »Wieso?«

»Wieso was?«

»Ist diese Aussage lebensnotwendig?«

»Damit erhalte ich mir meine Freiheit«, sagte Bettina.

Da färbte Radduz sich wieder rosa und blickte ihr so tief in die Augen, wie sie es ihm nie zugetraut hätte. »Die Freiheit«, sagte er dazu mit einem fast unwiderstehlichen, winzigen Funken Hoffnung im Blick, »wird überbewertet. Meine Meinung.«

Kaum zehn Minuten später heizte Bettina mit dem blauen Fiat über die Autobahn, quälte ihn, bis alle Schutzbleche flatterten, und merkte es kaum. Grünstadt flog vorbei, dann Schifferstadt, da war schon Ludwigshafen. Die Dienststelle. Bettina parkte den blauen Fiat auf dem Hof direkt neben ihrem Taunus und blickte raus über die anderen Autos: Das hier war ihr Parkplatz, ihre Laterne, an der sie immer stand, ihr Mauerstück, ihre räudige Pflanze, die sich die Mauer entlangkrallte. Hier stand sie immer, und doch sah aus dem blauen Fiat alles ganz anders aus. Höher. Näher.

Bettina seufzte und packte ihr Laptop. Sie spürte plötzlich ihr Herz in mächtigen Schlägen. Was sie jetzt vorhatte, war nicht schön. Ackermann würde sie hassen. Aber mit ein bisschen Glück würde er es vielleicht nie erfahren.

»Frau Boll!«

Zwei Personen standen in Härtings Büro, eine von ihnen fuhr wie vom Blitz getroffen herum.

»Ich dachte, du bist beurlaubt«, sagte Bettina zu Nessa Kaiser, was kein guter Einstieg war, denn Nessas Urlaube gingen sie überhaupt nichts an.

»Es gibt neue Erkenntnisse im Fall Bräunig«, schnappte Nessa, »da konnte ich nicht einfach wegbleiben.«

»Frau Boll, was wollen Sie?«, fragte Härting kalt. »Was machen Sie überhaupt hier?«

»Ich habe neue Erkenntnisse im Fall Bräunig«, sagte Bettina. »Neue neue. Darüber wollte ich mit Ihnen reden.«

»Bitte«, sagte Härting und setzte sich hinter seinen Schreibtisch.

»Wenn's geht, würde ich das gerne mit Ihnen allein besprechen«, sagte Bettina.

»Die Frau Kaiser arbeitet auch am Fall Bräunig«, sagte Härting. »Sie kann das ruhig hören.«

»Es ist nur für Sie bestimmt«, sagte Bettina. Irgendwie musste sie Nessa loswerden. Die stand nach wie vor entschlossen an Härtings Schreibtisch und blickte Bettina unfreundlich an. Auf dem Grund ihrer Augen flackerte so etwas wie Angst. Du glaubst, dass ich Härting deine Mail petze, dachte Bettina. Selbst schuld, meine Liebe.

»Und was haben Sie, Frau Boll?«, fragte Härting ungeduldig.

»Eine persönliche Nachricht von EHK Schwartz für Sie«, sagte sie. »Die sollten Sie sich anhören. Allein.«

Härtings Augen wurden zu Schlitzen, er roch die Falle sofort, doch ein solches Ansinnen konnte er nicht ablehnen. »Schön«, knurrte er. »Frau Kaiser, für heute ist Feierabend. Morgen ist auch noch ein Tag.«

Nessa schnaubte, nicht sehr deutlich, aber doch hörbar. Dazu drehte sie sich um und verließ grußlos das Zimmer. Bettina folgte ihr bis zur Tür und schloss sie sorgfältig.

»So, Frau Boll«, sagte Härting.

»Okay«, sagte sie, setzte sich und holte ihr Laptop aus der Tasche. Dabei sah sie ihre Hände zittern. Du bist nervös, sagte sie sich. Klar war sie nervös, denn was sie hier tat, war möglicherweise die dümmste Aktion in ihrer ganzen nicht vorhandenen Karriereplanung. Auf ihrem Laptop befand sich nichts Geringeres als Härtings Vernichtung, also genau das, was Ackermann so elektrisierte und ihnen allen vielleicht ein neues und besseres Leben mit vielen kommunikationsintensiven Morgenkonferenzen bescheren würde. Aber, so blöd sich das auch anfühlte, Bettina wollte Härtings Vernichtung nicht. »Ich spiele Ihnen jetzt was vor«, sagte sie und rief die Audiodatei der Vernehmung von Frau Schröck auf.

Härting schwieg mit Reptilienblick. Er weiß, was ich vorhabe, dachte Bettina. Er weiß nur noch nicht genau, was ich in der Hand habe, vielleicht glaubt er, ich wäre eine Abordnung. Die Vorhut. Er glaubt bestimmt, dass Ackermann mit drinhängt. Aber Ackermann hatte das Potenzial von Schröcks Aussage nicht erkannt. Keiner hatte das. Diese Sache gehörte allein Bettina, und darum würde sie sie so nutzen, wie sie es für richtig hielt.

Sie drückte auf den entsprechenden Knopf, und Hilli Schröcks Stimme drang leicht verzerrt durch den Lautsprecher von Bettinas Laptop in Härtings Büro.

»Es war irgend so 'ne Maiwoche mit Feiertag«, sagte Hilli Schröck. »Ich hatte extra getauscht, um den Brückentag frei zu kriegen, weil Felix da keine Schule hatte. Also, Montagmorgen. Ein Polizist kommt ins Löwenplay, sein Name ist Hering. Oder so. Er hatte ein blasses Gesicht und einen grauen Anzug an.«

Härting sah bleich und unbewegt aus, fast wie eine Leiche.

»Er war wichtig, hat man sofort gesehen«, fuhr Schröcks Stimme fort. »Und er hat mich gefragt, was ich über den letzten Abend der Frau Bräunig wüsste, das war eine Stammkundin von uns, die war ein halbes Jahr davor nach einem Besuch in der Dürkheimer Spielbank verschwunden. Ich hab mir nichts dabei gedacht.«

»Was soll das?«, fragte Härting leise und gefährlich. Er wirkte furchteinflößend. Aber Bettina hatte schon schlimmere Männer gesehen. Und klügere. Sie legte den Finger an den Mund.

»Und hab ihm treu und brav alles gesagt, was ich wusste.« Schröcks Stimme klang flach und blechern aus den schwachen Lautsprechern des Laptops. »Dass ich an dem Abend Dienst hatte und dass Frau Bräunig mit drei anderen unserer Stammkunden nach Bad Dürkheim aufgebrochen war, um eine Glückssträhne auszureizen. Ich habe ihm die Namen genannt. Dick, Voigt und Michalski. Ich war so naiv.«

»Wieso?« Dies war Schwartz' Stimme, nüchtern und behutsam.

»Weil das Gespräch öffentlich geführt wurde, klar? Es war zwar nicht brechend voll in der Spielo, aber auch nicht leer. Sie würden sich wundern, was morgens um zehn in einer Spielhalle los ist. Die Stammkunden kommen sofort, wenn geöffnet wird, die sitzen in ihren abgetrennten Kabinen, man sieht sie nicht, aber die können hören, was vor sich geht. Die haben das Gespräch mitbekommen.« Pause. »Am selben Abend kamen sie. Sie – ich hatte Felix gerade ins Bett gebracht.«

»Was haben sie getan?«, fragte wieder Schwartz.

»Ich habe die Tür aufgemacht, mit Kette davor. Die haben sie aufgetreten. Getreten hat der Franz Dick.«

Bettina schaltete die Aufnahme aus und sah Härting an.

»Und?«, sagte der, sichtlich wieder mit Oberwasser. »Was wollen Sie, Frau Boll? Was soll das? Wieso haben Sie mir das vorgespielt?«

»Ich möchte«, sagte Bettina, »meine Stelle hier im K11 behalten.«

Härting lehnte sich zurück. »Was hat das damit zu tun?«

»Diese Aufnahme«, sagte Bettina, »beweist einen groben Verfahrensfehler. Mit schrecklichen Folgen für die Zeugin und ihr Kind. Sie haben eine junge alleinstehende Mutter, die von der Brisanz ihrer Aussage nichts ahnte, in einem ungeschützten Raum vor aller Öffentlichkeit befragt. Irgendwer hat die Antwort mitgehört und den Tätern verraten. Noch am selben Abend sind diese Männer bei der Zeugin aufgetaucht und haben sie bedroht, schikaniert, geschlagen und versucht zu vergewaltigen. Ihr achtjähriger Sohn wurde schwer traumatisiert. Das haben Sie zu verantworten.«

»Ich hab sie nicht geschlagen«, sagte Härting. Seine Augen waren wieder Schlitze, aber seine Stimme klang leiser als vorher.

»Wir alle wissen«, sagte Bettina, »man kann nicht jede Aussage in einem verschlossenen Raum mit Stenotypistin aufnehmen. Diese Geschichte von Frau Schröck haben mindestens zwanzig Kollegen live mitgehört, und vermutlich hat kein Einziger auch nur eine Sekunde über Ihre Rolle in dem Drama nachgedacht.« Nicht einmal Ackermann, setzte sie in Gedanken hinzu.

»Ja genau«, sagte Härting. »Weil meine sogenannte Rolle in dem sogenannten Drama vollkommen untadelig ist!« Er beugte sich vor. »Frau Boll, was Sie hier versuchen, ist ein großer Fehler. *Sie* wollen in meiner Abteilung bleiben?« Härting schnaubte. »Sie werden schneller weg sein, als Sie gucken können!«

»Nein«, sagte Bettina. »Ich will nicht in Ihrer Abteilung bleiben. Ich will im K11 bleiben.«

Sie starrten sich an.

»Hören Sie zu«, sagte Bettina, eine Sekunde bevor Härting loslegen konnte. »Dass ich hier sitze und Ihnen diese Aufnahme vorspiele, ist ein persönlicher Gefallen, den ich Ihnen tue.« Das stimmte sogar. »Ich hätte damit auch einfach zur Dienstaufsichtsbehörde gehen können. Oder den einen oder anderen unzufriedenen Kollegen mit der Nase draufstoßen. Oder, noch besser, der Frau Schröck verklickern, dass nicht sie naiv, sondern der Untersuchungsbeamte nachlässig war. Die Frau Schröck ist heute keine mehr, die sich viel gefallen lässt. Ich glaube, die wäre entzückt, endlich einen Schuldigen für das Unglück ihres Sohnes in die Finger zu kriegen.«

Härting machte unbewusste Kaubewegungen mit seinen Zähnen, man sah es an seinen fahlen Wangen, die zuckten.

»Außerdem: Die Zeiten haben sich geändert«, fuhr Bettina fort. »Die Kommissariate werden jetzt demokratischer geführt. Der Schwerpunkt liegt auf Kommunikation. Und das ist hier nicht gerade unsere Kernkompetenz. Ich nehme an, demnächst wird es auch bei uns einen Führungswechsel geben. Kommt vielleicht nur darauf an, wie schnell die Verantwortlichen einen Grund dazu finden.«

Härting nickte kaum merklich. Die Frau Boll, sagte dieses Nicken. Ich kill sie, bei Gelegenheit. »Was wollen Sie?«, fragte er noch einmal, aber diesmal klang es anders als zu Beginn des Gesprächs. Jetzt klang es so, als könnte Bettina das Gewünschte auch wirklich bekommen. Und als müsste sie eventuell später mit dem Leben dafür zahlen.

»Ich möchte, dass die Frau Kaiser keine Gelegenheit dazu bekommt, hier im K11 einen öffentlichen Rosenkrieg anzuzetteln«, sagte Bettina. »Ich möchte, dass Sie diese Privatsache ignorieren, sosehr die Frau Kaiser auch intrigiert und mir schaden will.«

»Phh«, machte Härting verächtlich. »Sie machen sich ja lächerlich. Das hätte ich sowieso nie geduldet.«

»Vielleicht werde ich Sie noch mal dran erinnern«, sagte Bettina. »Und außerdem möchte ich hierbleiben.« Plötzlich musste sie lächeln. Keine Ahnung, was sie ritt, doch plötzlich fühlte sie sich leicht und froh. »Bei Ihnen.« Mit fast so etwas wie Vergnügen blickte Bettina in Härtings Augen.

Der starrte verdrießlich wie immer zurück, doch die Mordlust von eben war verschwunden. »Frau Boll, ich will Sie nicht loswerden, ich habe nur gesagt –«

»Ja oder nein?«

»Natürlich! Sie bleiben. Vorerst. War das dann alles, Frau Boll?«

»So weit, ja.«

Härting beugte sich vor und fixierte sie streng. »Und wieso jetzt diese Inszenierung? Warum sind Sie nicht einfach gekommen und haben ganz normal mit mir geredet?«

Bettina stand auf, klappte ihr Laptop zu und lächelte. »Schönen Abend noch, Herr Hauptkommissar.«

Unten auf dem Parkplatz überlegte sie kurz, ob sie mit dem Taunus oder Paulus' kleinem blauem Fiat nach Hause fahren sollte. Sie entschied sich für den Fiat, der Taunus konnte gern als beunruhigendes Zeichen ihrer Präsenz hier vor der Dienststelle stehen bleiben, beunruhigend für wen auch immer.

So fuhr sie heim und wurde von einer ganz und gar schwarz gekleideten Sammy an der Tür empfangen. Ihre Tochter wäre glatt als Schatten ihrer selbst durchgegangen. Kein rosa Spängelchen im Haar wie sonst, keine bunten Armbänder, keine Kette, und sie hatte sogar ein Paar alte schwarze Turnschläppchen aufgetrieben, um die düstere Wirkung nicht etwa mit ihren bunten Hausschuhen zu zerstören. »Sammy«, sagte Bettina ziemlich ungeduldig zu ihr, »wieso bist du eigentlich so traurig?«

Da brach Sammy ganz plötzlich in Tränen aus.

»Herrgottnochmal«, sagte Bettina und pfefferte ihre Lederjacke in die Garderobe. Dann schaute sie ihre Tochter an und schämte sich mit einem Mal fürchterlich. Sie kniete sich hin und nahm Sammy in den Arm.

Manchmal war man eben ganz einfach traurig.

Nach dem Abendessen, als die Kinder in ihren Betten lagen, platzierte Bettina ihr Handy auf dem Küchentisch und schaute es an, mindestens eine Viertelstunde lang. Sie fand, dass Ackermann anrufen könnte. Jetzt hätte sie Zeit, jetzt wollte sie reden, und hatte er nicht gesagt, er würde kommen und Reste essen? Außerdem wollte sie feiern. Bettina machte die Flasche Rotwein auf, die noch im Schrank stand, schenkte sich ein Glas voll ein, setzte sich wieder vor das Handy und prostete ihm zu. Ich war gut, dachte sie. Ich hab meinen Arbeitsplatz erhalten, ganz ohne irgendwelche Gefühle zu benutzen. Hörst du, Ackermann, ich bin da. Melde dich.

Doch Ackermann rief nicht an, und Bettina begann sich Gedanken über ihr altmodisches Handy zu machen, es war natürlich keins, mit dem man Filme drehen, Bücher lesen und im Internet surfen konnte, es besaß lediglich eine Fotografierfunktion, die Bettina aber kaum je benutzt hatte. Vielleicht lag es am Handy. Vermutlich brauchte man ein attraktives Smartphone, um interessante Anrufer anzulocken, und ohne Instant-Messenger lebte man praktisch unerreichbar wie auf einer Insel, so dass man vom Leben und der Liebe abgeschnitten blieb.

Ruf doch einfach selbst an, sagte eine Stimme in ihr.

Doch irgendetwas hielt sie ab. Nach einer Weile schaltete sie das Handy ganz aus und setzte sich mit ihrem Laptop auf den Balkon.

Nachdenken.

Diesmal schlief sie nicht dabei ein, aber die monstermäßige Akte der ollen Paulus durchzuackern brachte sie auch nicht fertig, dazu war Bettina zu aufgedreht und nervös. Ihre Gedanken kreisten. *So viele Hexen in letzter Zeit.*

Tante Elfriede. Die alte Engelbrecht. Nessa. Oh ja, Nessa war eine Hexe. Eine üble, rot gefärbte Person, die sich in Bettinas Leben breitgemacht hatte und jetzt Ärger und Unglück heraufbeschwor. Eine Hexe.

Sie lockt die Kinder ins Pfefferkuchenhaus.

Und noch eine: die Mutter von Felix Schröck.

Genau. Wenn man den Schröck in einen Käfig setzte, dann brauchte er kein Knöchelchen zwischen den Gitterstäben durchzustrecken, um irgendwem weiszumachen, dass er noch nicht schlachtreif war, er konnte einfach seine Hand hinhalten, er war definitiv nicht fett genug.

Nicht fett genug wofür?

Bettina stand auf und wäre gern herumgelaufen, doch der Balkon hatte nur drei Quadratmeter insgesamt und stand voll Kram.

Wir wollen ein Haus, Tina.

Warum hungerte Felix Schröck? Weil er Kummer hatte? Weil er traumatisiert war?

Oder weil er nicht gefressen werden wollte?

Hänsel und Gretel ist das deutscheste aller Märchen, Frau Boll. Der Wald, wissen Sie? Die Romantik. Die Einsamkeit. Der Lebkuchen.

Das Essen.

Die Hexe.

Und die böse Stiefmutter.

Bettina stand da, ganz fuchtig vor Bewegungslust, und starrte den Computer an, der auf dem Balkonstuhl lag. Sie musste hier raus. Weg. Laufen. Aber das ging jetzt nicht, dort unten in der Grünanlage war auch nicht viel mehr Platz, sie brauchte Raum.

Ein Haus.

Herrgottnochmal, fluchte Bettina, packte den Computer, setzte sich, zündete sich eine Zigarette an, und dann googelte sie Hexenhäuser. Bilder davon. Zuckrige, unheimliche, naive, niedliche, gruselige, welche für 19,99 Euro zum Bestellen und außerdem Bastelanleitungen, Scherenschnittmuster, esoterische Deutungen, Bachblütenmischungen für Kinder, Weihnachtskrimis. All das wurde mit Bildern von Hexenhäusern angepriesen. Neben dem letzten aber, dem einfachen, ziemlich düsteren kleinen Gemälde einer windschiefen Kuchenkate, stand ein Text, der Bettina zu denken gab. Da hieß es:

In der Urfassung des Märchens gab es keine Stiefmutter. Die leibliche *Mutter setzte gemeinsam mit dem Vater die Kinder im Wald aus. Diese Fassung wurde später von den Brüdern Grimm geändert, vermutlich war eine Stiefmutter in der todwünschenden Rolle für die Leser leichter anzunehmen. (Immerhin wird das Märchen ja hauptsächlich von Müttern weitererzählt.) Tatsächlich aber wurden Hänsel und Gretel ursprünglich von ihrer eigenen Mutter zum Sterben in den Wald gebracht.*

Ha, dachte Bettina, die selbst eine Stiefmutter war, da sieht man's mal wieder. Dann musste sie plötzlich an die Kiste mit den Fotos in Tante Elfriedes Haus denken. Und fühlte sich seltsam verletzt und fast wütend. Was ein Quatsch, dachte sie. Mütter tun so was nicht.

Unsere Mutter hätte das nie getan.

Elf

Am nächsten Morgen war das riesige Büro des K11 noch ungleich voller als beim letzten Mal, jetzt standen die Leute schon gruppenweise vor der Tür und versuchten von dort aus hineinzuspähen und etwas mitzukriegen. Zuordenbare DNA-Spuren auf den Opfern – das war ein echter Durchbruch, praktisch die Lösung des Falls. Dass jetzt nicht gefeiert wurde und die Stimmung eher verhalten angespannt war, lag vermutlich daran, dass sich schon der letzte Tatverdächtige später als unschuldig erwiesen hatte.

Bettina versuchte irgendwie in den Raum zu gelangen, als eine etwas heisere Stimme hinter ihr sagte: »O Gott, ich liebe es, meinen Alabasterkörper in der Menge zu baden.«

Sie drehte sich um und lächelte, als sie Radduz' gequältes Gesicht sah. »Morgen«, sagte sie.

»Ich muss da durch«, antwortete er. »Vielleicht sollte ich vorne anrufen.« Mit einem bekümmerten Blick sah er auf die Uhr, dann auf die Menge, die sich vor ihm drängte. Das Unterfangen schien schwierig bis unmöglich.

»Tja«, sagte Bettina, »ich würde mich ja gemeinsam mit Ihnen durchkämpfen, aber heut sollte ich besser im Hintergrund bleiben, denn wenn ich Pech habe, krieg ich da vorne Ärger.«

»Wieso?«, fragte Radduz so direkt, dass Bettina grinsen musste.

»Ich hab das Auto von Frau Paulus«, antwortete sie. »Ich hab's ihr gestern Abend nicht zurückgegeben, und ich fürchte –«

Radduz nickte mitleidig. »Das gibt Ärger«, bestätigte er.

»Und Sie?«, fragte Bettina, nun ebenfalls direkt. »Warum müssen Sie so dringend nach vorn?«

»Ich habe Neuigkeiten.«

»Echt? Sagen Sie bloß, Felix Schröck war's doch nicht.«

Radduz nickte. »Doch.«

Bettina beugte sich vor und sagte halblaut: »Der Schröck kauft seine Klamotten in der Kinderabteilung und schafft es nur an guten Tagen aus dem Bett.«

»Hab schon gehört.« Radduz blickte sie an. »Trotzdem. Er hat sogar mit den Opfern telefoniert. Ich hab gestern Abend noch die Analyse der Telefonverbindungen reingekriegt. Interessant. Besonders diese Julia Schöne. Die hat nicht nur mit Schröck telefoniert, sondern auch versucht, Mandy Brandtstätter anzurufen.«

Bettina starrte ihn an. »Ehrlich? Schröck *und* Brandtstätter?«

»Ja, bei Brandtstätter hat sie's aber öfter versucht. Von ihrem Handy aus. Letztes Mal vor sieben Tagen, also nach Brandtstätters Tod.«

»Oh.«

Radduz nickte.

»Und wann hat sie mit Schröck telefoniert?«

Radduz schaute auf die Menge, seufzte und sagte: »Kann ich Ihnen zeigen.« Er trat etwas zurück, Richtung Gang. Bettina folgte ihm. Der rundliche IT-Spezialist holte ein Tablet aus seiner Umhängetasche und schaltete es an. »Hier. Am vierzehnten Juli um 20:14 Uhr. Diesmal vom Festnetzanschluss. Außerdem hat auch das Opfer Mia Löwe bei Herrn Schröck angerufen. Nur kurz. Eine Minute. Aber sie haben telefoniert, die Verbindung war da. Am dreizehnten Juli, das war ein Freitag, um 19:28 Uhr. Und dann, keine zehn Sekunden später, ruft sie noch mal an. Wieder eine Minute.«

»Seltsam«, sagte Bettina. »War das bei der Verbindung mit Schöne auch so?«

»Nein, das war nur ein Telefonat. Auch etwa eine Minute.«

»Felix Schröck und Julia Schöne haben miteinander telefoniert. Hammer.«

Radduz hob die Hände. »Ihre Anschlüsse waren miteinander verbunden. Wer da nun den Hörer gehalten hat –«

»Okay«, sagte Bettina. »Das schreib ich mir auf.« Sie kramte ihren Block hervor und tat es. »Tja, ich glaube, Sie müssen wirklich da rein«, sagte sie dann.

Es dauerte zehn Minuten, bis Bettina Ackermann in dem Getümmel ausgemacht hatte (er stand etwa in der Mitte des Saals neben Dr. Lee), und weitere zwanzig, bis die Reihen sich etwas lichteten und sie sich zu den beiden durchkämpfen konnte.

»Morgen«, grüßte sie, als sie die Kollegen endlich erreichte.

»Guten Morgen, Frau Boll«, antwortete Dr. Lee höflich.

Ackermann dagegen schwieg und musterte sie kühl. »Ich hab heute Morgen auf dich gewartet«, ließ er sich dann herbei zu sagen. »Dein Auto stand vor der Dienststelle und ich dachte, wir würden gemeinsam fahren.«

»Wir können heute Abend zusammen heimfahren«, schlug Bettina vor. »Müssen wir sogar«, ergänzte sie dann und duckte sich rasch hinter Ackermann, denn von vorne hielt jetzt eine wütend aussehende Paulus auf sie zu.

»Da kommt Schererei«, sagte Dr. Lee weise und verzog sich aus der Schusslinie.

»Herr Ackermann«, flötete Paulus schon von weitem, während im Raum applaudiert wurde. Bettina hätte nicht sagen können, wieso. Sie hatte von der gesamten Besprechung nicht ein Wort mitbekommen. »Nett, Sie zu sehen, man liest so viel von Ihnen.«

Ackermann grummelte etwas, das Bettina, die sich hinter ihm verbarg, nicht verstand. Jetzt erschien eine offene Hand neben seinem linken Arm, klein, energisch und fordernd.

»Sie haben eine so unglaubliche Ausstrahlung«, sagte Paulus' Stimme währenddessen heiser. Ihrem lüsternen Ton zufolge konnte sie damit nicht Bettina meinen. »Wissen Sie, an wen Sie mich erinnern?«

Bettina kramte Paulus' Autoschlüssel aus der Tasche und legte ihn in die Hand, die jetzt ungeduldig winkte.

»Harrison Ford?«, fragte Ackermann, offenbar nicht ganz unempfänglich für Paulus' offensiven Charme. Er hörte sich tatsächlich geschmeichelt an.

»Harrison Ford?«, sagte Paulus darauf hörbar verblüfft.

Dr. Lee warf Bettina einen Blick von der Seite zu und schien innerlich zu lächeln.

»Ich dachte, der wäre längst tot«, sagte Paulus ratlos.

Das Lächeln auf Dr. Lees Gesicht wurde sichtbar. »Jugend von heute«, sagte er halblaut zu Bettina. »Keine Ahnung, wer der alte Harrison Ford ist.«

»Sicher weiß ich das«, versetzte Paulus schnippisch. »*Star Wars*. Kennt jedes Kind. Und dann war er auch einer von den Bonds, oder?«

»Nein«, sagte Dr. Lee. »Dafür hat er zu sehr – wie sagen junge Leute? – auf Indiana Jones gemacht.«

Paulus funkelte den Doktor an und sagte: »Wir sehen uns.«

Und ob sie damit Bettina meinte, Ackermann oder Dr. Lee, blieb ein Rätsel.

»Wie ist denn das Programm?«, fragte Bettina, als Paulus mit wackelndem Hintern wieder vorne am Rednertisch angekommen war und die Versammlung gerade aufgehoben wurde. »Ich hab nicht richtig aufgepasst.«

»Heute Nachmittag kann Felix Schröck vernommen werden, und Hella Halaszy ist in Deutschland, wie wir jetzt wissen, aber immer noch nicht persönlich erreicht«, antwortete Ackermann.

»Was ist mit dir, hast du wieder Wachdienst?«

Ackermann schüttelte den Kopf. »Ist ausgesetzt worden.«

»Wie, die Frauen aus dem Diätkurs werden nicht mehr geschützt?«

»Wir haben einen Tatverdächtigen«, sagte Ackermann mit Blick nach vorn, wo Schwartz gerade seine Sachen zusammenräumte. Er sah müde aus und nicht besonders glücklich.

»Einen sehr verdächtigen Tatverdächtigen«, ergänzte Dr. Lee. »Mit DNA-Spuren an Opfern, Telefonkontakt, Fixierung auf Schachtabdeckungen, Verstrickung in alten Mordfall um Frau Bräunig, keine Alibis zu den Tatzeiten, Verachtung für Korpulente, also –«

»Alles«, sagte Bettina.

»Genau.«

»Und fünfzehn Frauen rund um die Uhr zu bewachen ist teuer«, sagte Ackermann.

Bettina und Dr. Lee tauschten Blicke.

»Was?«, sagte Ackermann grantig.

»Und was ist mit Frau Schöne? Läuft die jetzt auch ganz allein herum?«, fragte Bettina plötzlich.

Ackermann zuckte die Achseln und sagte irgendwas, doch Bettina hörte es nicht mehr. Sie war schon auf dem Weg nach vorn zu Schwartz.

»Ah, Frau Boll«, sagte der, ohne aufzusehen. »Ich hab Sie schon vermisst.«

»Herr Schwartz«, sagte Bettina und baute sich breit vor dem EHK auf, »darf ich Sie was fragen?«

»Natürlich.« Er packte einen Stift in ein Mäppchen, sein Smartphone in ein Lederetui. Und schaute sie nicht an.

»Glauben Sie, dass Felix Schröck diese Morde begangen hat?«

»Darauf kommt es gar nicht an«, sagte Schwartz. »Wir haben Indizien, die wir nicht ignorieren können.«

»Sie haben die Bewachung der fünfzehn Frauen aus dem Diätkurs ausgesetzt.«

»Die kann ich vor dem Hintergrund der Entwicklungen nicht verantworten«, sagte Schwartz gepresst. Genauer gesagt, er nuschelte es in sich hinein.

»Aber, Herr Schwartz!«

»Ich kriege das nicht finanziert!«, rief er und blickte Bettina kurz an, sehr kurz nur, dann räumte er weiter. »Wissen Sie, was fünfzehn Rund-um-die-Uhr-Observierungen kosten? Wissen Sie, wie viele Leute man dafür braucht? Wo der Tatverdächtige schön brav in seinem Krankenhausbett liegt und sich nicht rührt?«

»Herr Schwartz«, sagte Bettina, doch Schwartz winkte ab.

»Und was ist mit Julia Schöne?«, fragte Bettina. »Wird die auch nicht bewacht?«

Schwartz zögerte. »Doch«, sagte er leise. »Möchten Sie mit zu ihr fahren?« Damit wandte er sich ab und ging davon.

Sie fuhren zu zweit, es war wie ein Geheimunternehmen. Bettina war Schwartz mit etwas Abstand durch die Menschenmenge gefolgt, er hatte sich nicht nach ihr umgesehen, war in sein

Auto gestiegen und hatte es bereits angelassen, als Bettina die Beifahrertür öffnete und sich auf den Soziussitz fallen ließ. Gut, dass wir mal allein sind, dachte sie, da können wir reden. Doch der EHK wirkte so in sich versunken und nachdenklich, dass sie nicht wagte, ihn anzusprechen.

Erst als sie schon in der Innenstadt waren, blickte Schwartz sie plötzlich an und sagte: »Gut, dass wir mal ein paar Gedanken austauschen können, Sie und ich.«

»Wie ich höre«, sagte Bettina sofort, »hat Julia Schöne mit Felix Schröck telefoniert.«

Schwartz nickte. »Und zwar hat sie ihn angerufen«, sagte er, starr in den Verkehr hinausblickend.

»Echt?«

»Ja, auch Mia Löwe hat Felix Schröck angerufen. Sogar zweimal kurz nacheinander. Das ist –« Schwartz holte Luft und schüttelte den Kopf.

»Strange«, sagte Bettina.

»Die Gespräche waren sehr kurz«, sagte Schwartz. »Jeweils kaum eine Minute. Gut, wenn man weiß, was man sagen will, ist eine Minute viel. Aber irgendwie sieht es so aus –«

»Als ob es so aussehen soll«, vervollständigte Bettina. »Alles deutet auf Felix Schröck.«

Schwartz nickte.

»Und aus der Nummer kommt er wahrscheinlich nie wieder raus. Die Indizien sind einfach zu gut.«

»Vielleicht war er's ja wirklich«, sagte Schwartz grimmig. »Alles deutet auf ihn hin, also war er's vermutlich auch. Wieso kompliziert machen, wenn's auch einfach geht.«

Bettina dachte an Nessa und Ackermann. *Wir streiten uns, also mögen wir uns nicht.* »Ich bin mir nicht ganz sicher«, sagte sie langsam, »ob das nicht zu einfach ist.«

Vor Julia Schönes Haus stand gut sichtbar ein gelbes Postauto und, etwas weniger auffällig, aber für Schwartz und Bettina mindestens ebenso präsent, Schönes Bewacher in einem silbergrauen Berlingo mit getönten Heckscheiben. Als sie aus Schwartz'

Limousine ausstiegen, sahen sie undeutlich, wie sich auf der Rückbank des Berlingo etwas bewegte, hier wurde also nach wie vor aufgepasst.

An der Tür zu Schönes und Grauls Haus trafen sie auf den Postboten, einen kleinen, fröhlichen Mann, der irgendeinen alten Schlager vor sich hin pfiff. »Päckchen!«, rief er, als Julia Schöne ihm öffnete, und händigte ihr einen dicken braunen Umschlag aus wie ein Geschenk. »Schönen Tag noch!« Er tänzelte davon, und Schöne starrte Bettina und Schwartz an.

»Guten Tag«, sagte der. »Wir sind's schon wieder.«

»Guten Tag.« Schöne seufzte und betrachtete das Päckchen. »Herein.«

Sie wurden in eine blitzsaubere, fast unheimlich leere Küche geführt, an einen hellen Holztisch gebeten und mit einem seltsam kraftlosen Kaffee bewirtet. Das Gebräu stammte aus einer Thermoskanne, und Bettina fragte sich, ob das ein Muckefuck war oder ob der unangenehme Geschmack an der lauen Temperatur lag. Sie war etwas empfindlich geworden, was fremden Kaffee anging, aber immerhin trank Julia Schöne selbst davon.

»Frau Schöne, wir haben Fragen«, sagte Schwartz freundlich, während er zusah, wie Schöne abwesend den braunen Umschlag öffnete und ein kleines buntes Pappschächtelchen hervorholte. Sie blickte es irritiert an und legte es beiseite. »Sie haben ausgesagt, Sie hätten nur ganz losen Kontakt zu Mandy Brandtstätter gehabt und den schon vor einem halben Jahr einschlafen lassen.«

Schöne sagte nichts.

Er zog eine Telefonliste mit einigen markierten Stellen hervor und legte sie auf den Tisch. »Dabei haben Sie mit Frau Brandtstätter telefoniert. Regelmäßig sogar. Ungefähr alle vierzehn Tage, von Ihrem Handy aus, und das seit einem Jahr.«

Schöne schwieg.

»Worum ging es in diesen Telefonaten?«, fragte Schwartz.

Schöne zuckte die Achseln und sagte: »Diät«, aber das hörte sich nicht halb so lässig an, wie es wahrscheinlich gemeint war.

»Frau Schöne«, sagte Schwartz in einem begütigenden Machen-wir's-kurz-Ton, »ich rate jetzt mal, ja?«

Schöne nickte stumm.

»Die Frau Brandtstätter hatte in ihrer Wohnung eine kleine Apotheke. Sie hat ja im Krankenhaus gearbeitet und offenbar hatte sie da irgendeine Quelle. Wir haben bei ihr Tilidin gefunden, Oxycodon, sogar Morphin.«

Schöne nickte wieder, ihr Gesicht wirkte starr, aber seltsamerweise sah sie fast erleichtert aus.

»Haben Sie der Frau Brandtstätter Medikamente abgekauft?«

Schöne nickte, und dieses Nicken unterschied sich durch nichts von dem vorherigen, sie nickte einfach weiter, die Angelegenheit durch. Dann rollte eine einzelne Träne ihre Wange hinab und sie sagte: »Sie haben ja keine Ahnung.«

»Was hat Frau Brandtstätter Ihnen verkauft?«

»Oxys«, antwortete Schöne.

Schwartz warf Bettina einen kleinen Seitenblick zu. »Oxycodon?«

Nicken.

»Was haben Sie bezahlt?«

»Dreißig Euro für zehn Stück.«

»Und wie ist das abgelaufen?«

»Wir haben telefoniert, dann hab ich das Geld in einem Umschlag in meinen Briefkastendeckel geklebt und Mandy hat die Oxys reingeworfen.«

»Sie haben sich nicht getroffen?«

»Selten. Das war nur Geschäft. Ich wollte auch nicht groß mit ihr drüber sprechen.«

»Hatte Mandy Brandtstätter noch mehr Kunden? In Ihrem Abnehmkurs zum Beispiel?«

Schöne antwortete nicht sofort. »Ich könnte mir vorstellen, dass sie da noch mehr Kundschaft requiriert hat«, sagte sie. »Aber drüber geredet hat sie logischerweise nicht.«

»Könnte ein gewisser Felix Schröck zu ihren Kunden gezählt haben?«

»Weiß ich nicht«, sagte Schöne.

»Frau Schöne, Sie haben bei einem unserer letzten Gespräche angegeben, das Sie Felix Schröck nicht kennen.«

»Stimmt. So jemanden kenne ich tatsächlich nicht.«

»Aber Sie haben ihn angerufen«, sagte Schwartz. »Am vierzehnten Juli, das war ein Samstag, wurde nachweislich um – wie viel Uhr, Frau Boll?«

»20:14 Uhr«, sagte Bettina nach einem Blick auf ihren Notizblock.

»Um Viertel nach acht wurde von Ihrem Festnetzanschluss aus der Festnetzanschluss von Felix Schröck angerufen. Das ist zweifelsfrei dokumentiert, und dafür brauchen wir eine Erklärung.«

Schöne starrte eine Sekunde still vor sich hin, dann erhob sie sich plötzlich. »Samstag, der vierzehnte?,« fragte sie.

»Ja.«

»An dem Wochenende war ich im Krankenhaus. Da ging's mir gerade schrecklich schlecht. Ich glaube, an dem Tag haben sie die Lungenentzündung festgestellt. Aber ich bin schon am Freitag davor ins Krankenhaus gekommen und dort geblieben bis Montagnachmittag.«

Bettina blickte die kleine Schachtel an, die Schöne eben ausgepackt hatte, *DALI* stand darauf, und *30 Stück.*

»Können Sie das nachweisen?«, fragte Schwartz. »Dass Sie die ganze Zeit im Krankenhaus waren?«

Schöne sah ihn an. »Ja.«

»Tun Sie's bitte.«

»Gut.« Schöne verschwand und kam wenige Augenblicke später mit drei aneinandergehefteten DIN-A4-Seiten wieder. »Der Krankenbericht. Bitte.«

Schwartz nahm den Bericht, überflog ihn und reichte ihn an Bettina weiter.

»Wer hatte in der Zeit Ihrer Abwesenheit alles Zugang zu Ihrem Haus?«

»Mein Mann und mein Sohn«, antwortete Schöne prompt.

»Hm«, machte Schwartz. »Können Sie sich einen Grund vorstellen, weshalb einer von den beiden Felix Schröck anrufen sollte?«

»Ich weiß überhaupt nicht, wer das ist«, sagte Julia Schöne ungeduldig.

»Momentan unser Tatverdächtiger«, sagte Schwartz glatt. »Ein junger Mann von dreiundzwanzig, sehr schlank, helles Haar, etwa eins siebzig groß, stammt aus Ludwigshafen und studiert hier Raum- und Umweltplanung.«

Schöne schüttelte den Kopf. »Nie gesehen.«

»Dann müssen wir mit Ihrem Mann und Ihrem Sohn sprechen«, sagte Schwartz. »Am besten sofort. Zur Not per Telefon. Wo ist Ihr Mann jetzt gerade, Frau Schöne?«

»Auf der Arbeit. Beziehungsweise, jetzt gerade wahrscheinlich noch auf dem Weg dahin.«

»Können Sie ihn anrufen, bitte?«

Schöne blickte irritiert, dann sagte sie: »Natürlich.« Sie stand auf und verschwand im Nebenzimmer. Als sie wiederkam, sprach sie in ein Telefon. »Schatz? Weißt du noch, als ich im Krankenhaus war, der Samstag? – Ja, genau. An dem Abend, da warst du mit Luca zu Hause, oder? Habt ihr da jemanden angerufen? – Also hier sitzt ein Polizist, der behauptet, ihr habt doch.« Sie blickte Schwartz anklagend an, der machte ihr Zeichen, das Telefon weiterzugeben.

»Moment. Er will dich selber sprechen.« Julia Schöne reichte Schwartz das Telefon. »Er hat niemanden angerufen«, sagte sie, es klang fast ein wenig triumphierend.

Schwartz hob die Hand und nahm das Telefon. »Herr Schöne? – Erster Hauptkommissar Schwartz hier, hallo. – Ja. Ja, wir waren schon öfter da. – Ja, nur eine kleine Frage. Wir müssen wissen, wieso Sie am Samstag, den vierzehnten, abends gegen Viertel nach acht einen Herrn Felix Schröck angerufen haben. – Doch. Doch, da gab es eine Verbindung, die ist dokumentiert und erwiesen. Bitte denken Sie einen Moment nach, Herr Schöne. – Und was ist mit Ihrem Sohn? – Doch. Doch, Herr Schöne. Also gut. Wenn Ihnen noch etwas einfällt, dann rufen Sie bitte bei mir an.« Schwartz nannte seine Handynummer und unterbrach die Verbindung. »Niemand«, sagte er stirnrunzelnd.

»Kann man das von außen manipulieren?«, fragte Schöne. »Vielleicht übers Internet?«

»Vielleicht«, sagte Schwartz, aber er sah nicht aus, als ob er daran glaubte. »Ich will Ihren Sohn sprechen.«

»Der ist in der Schule.«

»In welcher?«

»Sie können ihn doch da nicht stören.« Jetzt sah Schöne tatsächlich kriegerisch aus.

»Ich muss sogar«, sagte Schwartz. »In welcher?«

»Paul Münch«, sagte Schöne unwillig.

»Wie kommen wir dahin?«

Aber in dem Moment klingelte Schwartz' Handy. Nach einem kurzen Blick darauf sagte er: »Scheint's hat er sich doch an was erinnert. – Hallo?« Dann lauschte er eine Weile in sein Telefon und sagte schließlich: »Alles klar. – Ja, hört sich an, als könnte es so gewesen sein. Vielen Dank.« Damit schaltete er wieder aus und sagte: »Ihr Mann hat an diesem Abend tatsächlich telefoniert. Zweimal.«

»Mit wem?«

Schwartz blickte Schöne ernst an. »Felix Schröck. Er dachte, es wäre ein Pizzadienst. Das war der erste Anruf.«

»Pizzadienst? Ich verstehe nicht.« Schöne sah ratlos aus. »Und dann?«

»Joey's«, sagte Schwartz. »Ihr Mann hat mir gesagt, ich möchte Ihnen ausrichten, dass er wirklich, ganz ehrlich und echt zuerst den gesunden Pizzadienst angerufen hat, von dem der Zettel am Kühlschrank hängt. Joey's war die reine Notlösung.«

Schöne runzelte die Stirn. »Was hat das mit diesem, diesem –«

»… Herrn Schröck zu tun? Der sagte: falsch verbunden.«

Sie sahen sich an.

Da sprang Schöne plötzlich auf und rannte in ein Nebenzimmer, das offensichtlich die Vorratskammer war, und rumorte darin herum. Schließlich kam sie mit einem Zettel wieder. Es war eine Speisekarte, auf der in schnörkeliger Schrift stand: *Pizzeria Venus – Gesundes italienisches Essen, fettarm, mit festen Kalorienwerten, z. T. Weight-Watchers- und low-carb-geeignet.*

Darunter war die Venus von Botticelli abgebildet. Und unter ihr stand eine Telefonnummer.

EHK Schwartz sagte ruhig: »Bitte legen Sie das auf den Tisch und berühren Sie es so wenig wie möglich.«

Schöne eilte zum Tisch und ließ das Blatt fallen.

»Frau Boll, hätten Sie mal die Telefonnummer von Herrn Schröck?«

»Sofort.« Bettina musste erst ihren Computer hochfahren. In der Zeit starrten sie alle stumm den ominösen Zettel an, er war schon ein wenig verknickt und sah aus, als hätte Schöne ihn aus dem Altpapiersack gezogen.

»Okay«, sagte Bettina schließlich und las vor: »0631 696322.«

Bingo. Auf haargenau dieser Nummer balancierte die schönste Frau der Kunstgeschichte als Illustration für nährwertberechnete Pizzen.

»Glauben Sie das?«, fragte Bettina, als sie wieder im Auto saßen. »Dass dieser Zettel einfach nur im Briefkasten gelegen hat?«

»Das war wohl der geeignetste Platz dafür.« Schwartz warf einen missbilligenden Blick auf die Rückbank, wo die falsche Speisekarte hübsch sicher verwahrt in einer Plastiktüte lag. »Vermutlich werden wir Felix Schröcks Fingerabdrücke darauf finden. Und organisches Material von ihm, und dann ist das Ding auch noch auf seinem Drucker gedruckt.«

»Oder auch nicht«, sagte Bettina.

Schwartz startete das Auto. »Bisschen dick aufgetragen, wie? Mal sehen, ob der Richter das glaubt.«

»Ich weiß nicht, ob man vor Gericht zu dick auftragen kann«, sagte Bettina. »Aber warum hätte der kleine Schröck so was machen sollen? Ich meine, wenn er wirklich vorhatte, Frau Schöne zu überfallen und in einen Abwasserschacht zu stopfen. Wieso dieser Zettel? Wieso der Telefonanruf?«

»Er sollte eine Verbindung erzeugen«, sagte Schwartz und schoss viel zu schnell in eine Dreißiger-Zone. »Eine elektronische Spur.«

»Hm«, machte Bettina. »Mal überlegen. Die toten Opfer hätten hinterher nicht mehr sagen können, dass sie den Pizzadienst angerufen haben. Schröck selbst – vielleicht wird er sich an die Anrufe überhaupt nicht erinnern, wenn die wirklich so kurz und nur falsch verbunden waren. Und wenn in Lautringen ein Tatort aufgenommen wird, überprüfen Sie dann jede Telefonnummer, die auf einer Pizzaspeisekarte steht?«

»Haben wir nicht«, sagte Schwartz grimmig. »Sonst wüssten wir ja schon davon.«

»Solche Zettel haben vielleicht bei Mia Löwe und Mandy Brandtstätter ganz offen auf dem Tisch gelegen oder am Kühlschrank gehangen«, sagte Bettina langsam. »Am Ende ist das die erste echte Spur.«

Schwartz drückte einen Knopf an seinem Autotelefon. »Paulus«, sagte er, und darauf hörte man laut das Freizeichen.

»Paulus?«, wiederholte sogleich ihre Stimme aus dem Off.

»Frau Paulus, die Spurensicherung muss noch mal in die Wohnungen der Opfer und nach der Speisekarte von einem Pizzadienst ›Venus‹ suchen. Und bitte lassen Sie auch bei den Frauen, die wir überwacht haben, nach solchen Zetteln suchen. Sofort. Oberste Priorität. Wenn die einen gefunden haben, sollen sie gleich hier anrufen.«

»Okay.«

»Irgendwelche Neuigkeiten? Wann können wir mit Schröck reden?«

»Heute Nachmittag«, sagte Paulus. »Die rücken keine Minute von ihrer Ansage ab.«

»Irgendwelche Spuren in seiner Wohnung? Auf seinem Computer? Dem Handy? Verbindungen zu den Opfern?«

»Bis jetzt noch keine.«

»Und Frau Halaszy?«

»Meldet sich immer noch nicht.«

»Wissen die Kollegen aus der Datensicherung jetzt, weshalb die Opfer ausgerechnet die Halaszy verdächtigt haben, dass sie der kleinen Joschko was angetan haben soll?«

Man hörte ein leises Grummeln im Hintergrund, dann sagte Paulus' Stimme laut: »Herr Radduz lässt ausrichten, dass unsere

Geräte nicht auf dem neuesten Stand der Technik sind, er meint, gegenüber der ›Kundschaft‹ um etwa zehn Jahre benachteiligt zu sein –«

»Soll weitersuchen«, unterbrach Schwartz grob und hob die Hand, um das Telefon auszuschalten.

»Halt, nicht auflegen«, rief Paulus, als hätte sie das gesehen. »Da wär noch das Zigarettenpapier aus dem Raiffeisenhaus, darauf hat die Spusi ein Bruchstück eines Fingerabdrucks gesichert. Die Kuppe, sozusagen.«

»Aussagekräftig?«, fragte Schwartz.

»Nicht gerichtstauglich, aber als Vergleich könnte der Abdruck interessant sein. Außerdem ist jetzt ein großes Stück der Korrespondenz zwischen Brandtstätter, Joschko und Löwe rekonstruiert. Ich hab hier auch irgendwo eine Zusammenfassung – Moment – da ist sie. Soll ich Ihnen die schicken?«

»Lesen Sie vor«, sagte Schwartz ungeduldig.

»Also erst mal wochenlang Diäten, Körperfettanalysen und Ernährungsmethoden. Da ist Joschko voll dabei. Dann hört sie plötzlich auf zu schreiben, für etwa eine Woche. Darauf kommt eine Mail von ihr, ganz aufgeregt, darin kündigt sie eine tolle Überraschung an. Gut. Die anderen wollen wissen, was es ist. Sie darauf: ›Ich hab ganz tollen persönlichen Kontakt zu Hella.‹ Vorher hat sie die nur ›die Halaszy‹ genannt, wie die anderen auch. Dann schreibt sie, dass Hella eine Seelenverwandte ist und sie mit ihr gemeinsam endlich das Projekt gefunden hat, das sie ihr ganzes Leben lang schon immer machen wollte.«

»Klingt verdächtig«, sagte Schwartz trocken.

»Gehirnwäsche«, bestätigte Paulus. »Das haben auch Brandtstätter und Löwe geschrieben. Sie waren misstrauisch und haben Linda vor der Halaszy gewarnt. Und sie wollten wissen, worum es eigentlich geht. Daraufhin hat Linda noch genau eine Mail geschickt, in der stand, dass alles noch nicht spruchreif wäre, aber dass sie bald mehr und ganz Wunderbares berichten könnte. Und dann ist Linda Joschko gestorben.«

»Hat sie was über Geld geschrieben?«, fragte Bettina.

Am anderen Ende der Leitung entstand eine missbilligende kleine Pause, vermutlich weil Paulus Bettinas Stimme nicht erwartet hatte, dann sagte sie: »Nicht direkt, aber sie hat wohl Mittel und Örtlichkeiten erwähnt, die ihr jetzt zur Verfügung stünden. Sie hat sich ein bisschen geschraubt ausgedrückt. Soll ich Ihnen einfach mal die ganze Korrespondenz schicken?«

»Nein!«, sagten Schwartz und Bettina unisono.

»Schön«, sagte Paulus beleidigt. »Also Geld direkt hat sie nicht angesprochen.«

»Dann muss es ziemlich viel gewesen sein«, sagte Bettina.

»Oder gar nicht vorhanden«, sagte Paulus mit hörbarer Widerspruchslust.

»Kriegen Sie raus, ob da welches war«, beendete Schwartz barsch die Diskussion. »Prüfen Sie ihre ehemaligen Konten und berichten Sie mir zeitnah, was die kleine Joschko hatte und woher es kam.«

»Jawohl«, sagte Paulus und unterbrach die Verbindung.

Schwartz pfiff leise durch die Zähne. »Hat die heut eine Laune.«

Bettina ging nicht darauf ein. »Ich glaube, da war Geld.«

»Hören Sie auf zu spekulieren, Frau Boll, das werden wir ganz einfach ermitteln.«

»Und zwar«, fuhr Bettina fort, »weil sie einen neuen Audi und einen Innenarchitekten hatte.«

»Einen Innenarchitekten?«, sagte Schwartz, wie man sagt: Ein Schaf mit zwei Köpfen?

Bettina sah ihn an. »Haben wir noch ein bisschen Zeit?«

* * *

Da war sie doch glatt dem Gartenbewacher entwischt. Es gab zwei: einen vor der Haustür in einem silbergrauen Berlingo und einen uniformierten im Garten. Der im Auto folgte ihr, wenn sie zum Einkaufen fuhr, der im Garten war weniger anonym, er hieß Sievers, und er hatte ihr schon den Mülleimer hinters Haus gefahren und war auch zweimal mit ihr hinterm Zaun auf der Brache gewesen, wenn sie rauchte. Sievers war in Ordnung, sympathisch sogar, aber trotzdem war Julia froh, ihn überlistet zu haben. Sie hatte ganz einfach den Staubsauger im Wohnzimmer angemacht. Das hörte man im Garten. Sievers saß jetzt mit geschlossenen Augen in einem Liegestuhl und ruhte sich aus, und Julia konnte in Ruhe vor den Gartenzaun schlüpfen und allein auf der Brache eine rauchen.

Leicht fiebrig zündete sie die Zigarette an, eine Marlboro, die waren ihr immer die liebsten gewesen. Sie inhalierte tief und genoss den herben Rauchgeschmack. Das Nikotin. Träumerisch blickte sie dann hinaus in das birkenbestandene Gelände zu dem Schacht, der so auffällig aus dem Boden ragte. *Hallo, Mandy,* dachte sie, *weißt du was: Es lässt nach. Es lässt echt nach, dieser schreckliche Hunger nach Oxycodon geht wirklich und wahrhaftig weg. Hätte ich nie geglaubt.*

Ich hatte solche Schmerzen, Mandy. Ich dachte, ich müsste sterben wie du. Aber das musste ich nicht. Ich lebe, Mandy, ich lebe! Und die Oxys sind gar nicht mehr so wichtig für mich, ich denke nur noch so ungefähr zwanzig Mal pro Tag an sie. Lach nicht, das ist gut. Es ist wirklich gut, Mandy, dass du gestorben bist. Sei mir nicht böse, aber wenn du am Leben geblieben wärst, dann wär ich nie davon losgekommen. Ich brauch jetzt gar nichts mehr. Ich steige auf ein rein pflanzliches Naturprodukt um. Unterliegt keinem Betäubungsmittelgesetz. Das deutsche Verkaufsverbot ist lächerlich. Man kann es einfach so im Internet bestellen. DALI. Man hört Wunderdinge davon. Und praktisch keine Nebenwirkungen. Tja. Hoffentlich geht's dir gut da, wo du jetzt bist, Mandy. Ich werd dich bestimmt nicht vergessen. Wär auch schwierig, bei der Masse, die ich da aus meinem Gedächtnis rauswuchten müsste. Hundertdreißig Kilo. Joke.

* * *

Das Atelier des hippen Innenarchitekten Stielitz über der Eckkneipe neben dem alten Fritz-Walter-Kino (von dem übrigens nicht eine Spur zu sehen war) wurde an der Straße lediglich durch eine unspektakuläre, ja geradezu betont bescheidene Metalltafel ausgewiesen.

Sie läuteten, wurden eingelassen und stiegen über eine helle Treppe in einem lichten Treppenhaus in eine blendend weiße Höhle, die Teil eines alten, niedrigen Zwischengeschosses zu sein schien. Es wirkte, als hätte man ein griechisches Ferienhaus auf links gedreht. Mitten in all dem Weiß stand ein unauffälliger Typ um die sechzig. Er war klein und mager, trug ein weißes Hemd zur Anzughose und starrte auf den Bildschirm eines offenen weißen Laptops, das auf einem leicht cremefarben angehauchten Stehpult lag.

»Herr Stielitz?«, sagte Schwartz.

Der Mann blickte auf, und sein faltiges Gesicht verzog sich zu einem Lächeln von der Strahlkraft der Wände. »Sie müssen die Auermanns sein!«

Schwartz schüttelte den Kopf. »Kriminalpolizei.«

»Aha«, sagte der Mann und blickte wieder auf sein Laptop.

»Wenn Sie Herr Stielitz sind, möchten wir mit Ihnen sprechen«, sagte Schwartz ungeduldig.

»Bitte«, sagte Stielitz, ohne aufzusehen.

»Kannten Sie eine Frau namens Linda Joschko?«

Stielitz warf ihnen einen unverschämt kurzen Seitenblick zu. »Kannten? Ist sie tot?«

»Ja.«

»Wurde sie ermordet?«

»Würden Sie bitte meine Frage beantworten, Herr Stielitz.«

»Nein.«

»Wir können Sie auch vorladen —«

»Nein, ich kannte keine Linda Joschko.«

»Sie war aber angeblich Ihre Kundin.«

Stielitz räusperte sich. »Wir pflegen unsere Auftraggeber Klienten zu nennen.«

»Und war sie das?«, fragte Schwartz grantig.

»Nein. Ganz sicher nicht. Ich kenne alle meine Klienten persönlich. Das ist für meine Arbeit unerlässlich.« Er fuhrwerkte weiter an dem Computer herum, und Bettina fragte sich gerade, ob Schwartz sich das noch eine Sekunde länger gefallen lassen würde, als Stielitz aufblickte und sagte: »Vielleicht hatte sie bisher nur einen Termin ausgemacht. Wir haben momentan viele Anfragen und eine kleine Warteliste. Es kann ein Dreivierteljahr dauern, bis wir uns um ein Projekt kümmern können.«

»Könnten Sie mal nachsehen?«, fragte Schwartz mit mühsamer Freundlichkeit.

»Natürlich.« Stielitz tat nichts Erkennbares, doch einen Moment darauf erschien ein junger Mann mit sportlicher Statur und honigblondem Haar. Stielitz räumte sofort den Platz am Computer und sagte: »Tut mir leid, ich hab deine Programme zugemacht, aber ich wollte sehen, ob ich Level achtunddreißig schaffe, und wenn da was im Hintergrund läuft, ist der alte Mac einfach zu lahm.«

»Alles klar.« Der junge Mann blickte in die Runde. »Was ist los?«, fragte er wenig dienstfertig.

»Die Herrschaften sind von der Polizei und suchen eine, eine –«

»Linda Joschko«, half Schwartz.

»In unserer Kartei?«

Stielitz nickte, kam heran, klopfte Schwartz auf die Schulter und sagte fröhlich: »Mein Empfangschef wird sich um Sie kümmern.« Damit verschwand er hinter einer weißen Tür. Schwartz starrte ihm sprachlos nach.

Der junge Blonde seinerseits blickte nun stirnrunzelnd auf den Computerbildschirm. »Linda Joschko. Da ist sie. Mit einer Frau Hella Halaszy. Ja, da war mal eine Terminanfrage. Die wollten ein Vorgespräch, aber der Termin wurde gecancelt.«

»Wieso?«, fragte Schwartz.

Der junge Mann zuckte die Schultern. »Das kann ich nach der langen Zeit nicht mehr sagen.«

»Wann war denn der Termin?«, wollte Bettina wissen.

»Am zwölften September letzten Jahres.«

Schwartz und Bettina sahen sich an. Eine Woche davor war Linda Joschko gestorben.

»Joschko und Halaszy«, sagte Schwartz draußen, als sei das eine völlig neue Erkenntnis.

Bettina sagte nichts.

»Ah, Frau Boll.« Schwartz holte sein Smartphone hervor und sah sich auf der Straße um, vermutlich um zu prüfen, ob er ungebetene Zuhörer hatte. »Sie haben bestimmt wieder einen spontanen Wissensvorsprung. Sie sind so still.« Er wischte auf dem Telefon herum, behielt aber Bettina dabei im Auge. Dann stutze er, blickte genauer auf sein Display und sagte: »Himmel, Arsch, tatsächlich. In Mandy Brandtstätters Wohnung hängt auch so ein Pizzazettel am Kühlschrank. Und bei Mia Löwe in der WG erinnern sie sich dunkel, dass sie mal einen weggeschmissen haben, nachdem unter der angegebenen Nummer falsch verbunden war. Das heißt –«

»… dass die Morde definitiv geplant waren«, vervollständigte Bettina.

»Ja«, sagte Schwartz und sah etwas ratlos dabei aus.

»Mir ist gerade noch was eingefallen«, sagte Bettina.

Schwartz lächelte erleichtert. »Wusst ich's doch.«

»Ich muss noch drüber nachdenken«, winkte Bettina ab.

»Frau Boll!«, sagte Schwartz streng. »Raus damit! Sofort!«

»Na gut«, sagte Bettina, »Ausschlusskriterien.«

»Ja?«

»Das wichtigste Ausschlusskriterium ist, finde ich, die Sache mit der Spucke. Dass Schröck die Opfer angespuckt hat. Oder haben soll. Das ist so –«

»Verächtlich«, sagte Schwartz.

»Das auch.« Bettina blickte ihn nachdenklich an. »Dazu diese Pizzazettel.«

»Irgendwie passen die nicht so richtig zu einem tumben Perversling, der seine Opfer anspuckt«, sinnierte Schwartz.

»Eben. Schröck und spucken – da würde ich glatt mitgehen. Aber Schröck und spucken und Pizzazettel, also –«

»Die hätte er nicht gebraucht«, sagte Schwartz. »Es sei denn, sie gehören zu seiner Perversion dazu.«

Bettina seufzte. »Möglich.«

»Unwahrscheinlich«, sagte Schwartz selbstkritisch.

»Denke ich auch«, sagte Bettina. »Aber wer weiß. Und dann ist da noch das dritte Ausschlusskriterium.«

»Als da wäre?«

»Tja. Gehen wir mal von der abenteuerlichen Hypothese aus, dass Felix Schröck nicht der Täter ist.«

Schwartz nickte ungeduldig.

»Dann muss es jemand anders gewesen sein.«

»Weiter.«

»Zum Beispiel Hella Halaszy.«

»Die werden wir jetzt gleich grillen«, sagte Schwartz tatendurstig und tippte wie zur Bestätigung auf sein Smartphone.

»Zwei Frauen haben die Halaszy beschuldigt, Linda Joschko ermordet zu haben, und diese beiden Frauen sind tot«, sinnierte Bettina. »Eine dritte, die Zugang zu den Mails der beiden hatte, ist nur beinahe nicht ermordet worden. Drei Menschen, die an dieser Internetdiskussion beteiligt waren, wurden als Opfer auserwählt.«

»Seltsam, nicht? Da schreiben welche über einen Mord, kennen die Täterin, nennen sie beim Namen, sind kurz davor, sie auffliegen zu lassen – und werden selbst getötet.« Schwartz nickte erregt. »Und noch dazu *wie*!«

»Weil sie der fiesen Hella Halaszy auf die Spur gekommen sind.«

Schwartz ließ sein Telefon sinken. »Die wollten sie anklagen«, sagte er. »Oder sie zumindest mit den Vorwürfen konfrontieren. Das haben sie vermutlich auch gemacht, und das war leichtsinnig.«

»Aber die Halaszy kann es nicht gewesen sein«, verkündete Bettina.

Schwartz starrte sie an. Prompt begann sein vernachlässigtes Smartphone zu vibrieren. »Und wieso nicht? – Himmel, Arsch und Zwirn!« Er hieb sich das Telefon ans Ohr und rief: »Ja!«

Dann schwieg er lange und blickte Bettina dabei immer drohender an. Schließlich unterbrach er mit einer müden Geste die Verbindung und sagte: »Ist jetzt nicht mehr wichtig, aber nur mal rein spaßeshalber, woher wussten Sie, dass Frau Halaszy nicht die Täterin sein konnte?«

»Konnte?«

Schwartz nickte. »Kanalschacht. Hinter ihrem Haus.«

»Mist.«

»Woher also?«

»Sie hat Julia Schöne gekannt«, sagte Bettina.

Schwartz blickte verständnislos. Er sah aus, als hätte er seit einer Woche nicht geschlafen, und vermutlich war das auch ungefähr so.

»Frau Halaszy hat einen Kurs mit Julia Schöne gemacht. Sie kannte Frau Schöne vielleicht nicht besonders gut, aber sie hätte sie niemals mit ihrer Nachbarin verwechselt.«

Schwartz seufzte. »Frau Boll, Frau Boll«, sagte er. »Nächstes Mal denken Sie solche Sachen ein bisschen schneller, bitte. Damit die Opfer auch eine Chance haben.«

»Ich denke ja« sagte Bettina. »Werden wir jetzt raus zum Tatort fahren? Oder doch erst zu Herrn Schröck?«

Schwartz schaute auf die Uhr und fluchte wieder.

»Seit wann ist die Frau Halaszy denn tot?«, fragte Bettina.

»Ich bitte Sie, glauben Sie, Dr. Lee wird uns das verraten? Ich meine heute?«

»Ist er dort?«, fragte Bettina.

»Das hoffe ich für ihn. – Grobe Schätzung des Einsatzteams am Fundort: über einen Tag. Die Leichenstarre ist schon abgeklungen.«

»Oh«, sagte Bettina.

»Was ist denn jetzt schon wieder?«

»Dafür hat unser armer zerschnittener Herr Schröck ja vielleicht noch gar kein Krankenhaus-Alibi.«

Schwartz holte tief Luft.

»Soll ich mal zu ihm gehen?«, fragte Bettina sanft. »Während Sie den neuen Tatort anschauen? Vielleicht ich mit dem Herrn Theuer zusammen? Er soll mich hier abholen, und wir fahren zusammen ins Krankenhaus?«

»Von mir aus«, sagte Schwartz unwirsch.

»Danke.«

»Aber, Frau Boll?«

»Ja?«

»Ich erwarte Ihren Bericht!«

»In Ordnung«, sagte Bettina. »Ich mach, so schnell ich kann.«

Christian Theuer fuhr einen verbeulten Peugeot, der ein bisschen zu groß und zu schmutzig für den kultivierten Mann war, aber sonst eigentlich gut zu ihm passte. »Ich danke Ihnen verbindlichst«, sagte er zur Begrüßung, »dass ich Ihretwegen nicht zum Tatort muss.«

Bettina ließ sich in seinen schwarzen Beifahrersitz fallen.

Er blickte sie treuherzig an. »Wie haben Sie das wieder gemacht?«

»Mögen Sie auch keine Leichen?«, fragte sie dagegen.

»Nein.« Das kam aus tiefster Seele.

Bettina verstaute ihr Laptop zu ihren Füßen. »Warum sind Sie dann Polizeipsychologe geworden?« Sie schloss die Tür und fächelte sich sofort mit der Hand Luft zu, denn das Auto war die reinste Sauna.

»Wegen dem Geld«, sagte Christian. »Also nicht, weil's so viel wäre, sondern weil es überhaupt welches gibt. In meinem Fach ist das nicht selbstverständlich.«

Bettina grinste und kurbelte ihre Fensterscheibe runter. Fenster mit Kurbel, dachte sie, sympathisch.

»Und Sie?«

»Ich?«

»Warum sind Sie bei der Polizei?«

»Keine Ahnung«, sagte Bettina. »Am Anfang war's so eine Art Beschützergedanke, aber jetzt«, sie dachte kurz nach, »na ja, ist es immer noch der Beschützergedanke. Irgendwie bin ich halt doch Idealistin.«

Jetzt grinste Christian. »Was ist unser Plan bei Felix Schröck?«, fragte er und startete das Auto.

»Also ich für meinen Teil«, sagte Bettina, »hätte eigentlich nur eine einzige Frage an ihn.«

»Ob er den Überfall auf seine Mutter gesehen hat oder nicht«, sagte Christian sofort.

Bettina seufzte und hielt ihr Gesicht in den einsetzenden Fahrtwind. »Dieser Schröck«, sagte sie, »ist eine arme Sau.«

»Alle Hinweise zeigen auf ihn«, sagte Christian.

»Das ist es«, sagte Bettina. »Genau das ist der Punkt.«

Sie kamen etwas früher als geplant im Krankenhaus an und doch gewissermaßen zu spät, denn Hilli Schröck war schneller gewesen. Sie hatte vor der Tür gewartet, die Ärztin beschwatzt, und als die verantwortlichen Mediziner nachgaben, da hatte sie ihrem Sohn augenblicklich einen Besuch abgestattet. Der aber hatte ein völlig neues Krankheitsbild geschaffen.

»Ich weiß nicht, ob ich Sie jetzt noch zu ihm lassen kann«, sagte abweisend die junge Ärztin, die sie schon vom letzten Besuch kannten. »Seit seine Mutter weg ist, geht es ihm sehr schlecht. Er ist lethargisch, wir haben ihm Medikamente gegeben, möglicherweise schläft er schon, und in jedem Fall wäre seine Aussage nicht beweiskräftig.« Sie musterte Bettina hochmütig von oben bis unten. »Falls er tatsächlich ein Mörder ist.«

»Ich habe nur eine einzige Frage«, versicherte Bettina.

Christian Theuer stand neben ihr und blickte bittend und verbindlich. Schließlich nickte die Ärztin unwillig. »Es geht nur einer von Ihnen rein.«

»Das mache ich«, erklärte Bettina sehr bestimmt, was sie in der Wertschätzung der Ärztin vermutlich nicht gerade steigen ließ.

»Und ganz kurz!«

»Keine Angst«, sagte Bettina. »Ich bin keine von denen, die lange reden.«

Das Zimmer war riesig für einen einzelnen Patienten, ein Eckzimmer mit Fenstern an zwei Wänden und Schränken und Stellplätzen für mindestens fünf Betten. Felix Schröck hatte eines in der Mitte des Raumes und starrte bleich und stumm an die Decke.

Die Ärztin ging voran. »Herr Schröck«, rief sie munter und

eine Spur warnend, »hier ist jemand von der Polizei. Man hat eine Frage an Sie.« Widerwillig ließ sie Bettina vor. Die trat näher und sah Schröck tief in die fahlen Augen. Er blinzelte.

Da kniete Bettina sich neben ihn und flüsterte ihm ihre Frage ins Ohr. Schröck sah sie an, sein Gesicht war so nah wie zu einem Kuss, er war ganz blass, seine Haut rein, er hatte winzige Härchen auf den Wangen wie ein Kind. Kein Bartwuchs, dachte Bettina. Kein Mann.

Felix Schröck schloss die Augen.

»Ja oder nein?«, flüsterte Bettina.

»Ja«, sagte Schröck tonlos.

Dann kam die Ärztin und zog sie zurück.

Draußen verfiel Bettina in dumpfes Brüten. Sie ließ sich von Christian zu seinem Auto zurückbringen, ganz ohne ihm zuzuhören, und erst als sie wieder auf dem heißen schwarzen Beifahrersitz seines Peugeot saß, drang eine seiner Fragen zu ihr durch: »Was hat er gesagt?«

»Er hat Ja gesagt«, murmelte Bettina und schüttelte den Kopf.

»Hilft uns das weiter?«

»Tja«, sie wischte sich zerstreut eine Schweißspur aus dem Nacken, »ich glaube schon. Oder ich weiß nicht genau. Er könnte auch lügen.«

Christian blickte sie an. »Was haben Sie jetzt vor?«

»Die Frage ist«, sprach Bettina, ohne auf ihn einzugehen, »kann Felix Schröck, so unglaublich mir das vorkommt, diese Frauen ermordet haben? Ich meine, seine Spuren sind überall. Er hat keine Alibis. Selbst für Hella Halaszy vermutlich nicht. – Aber was könnte sein Grund gewesen sein? Hass auf Dicke?«

»So richtig dick im Sinne von ›Bleibt im Kanalschacht stecken‹ war ja eigentlich nur Mandy Brandtstätter«, gab Christian zu bedenken.

»Eben. Und die Opfer kannten sich. Wenn's der kleine Schröck war, muss auch er sie gekannt haben. Dieser Zufall wäre einfach zu groß.«

»Er könnte auch nur eine persönlich gekannt haben und die anderen vom Hörensagen. Vielleicht war er der kleine süße Freund von Mandy Brandtstätter, und sie hat ihm von ihren Freundinnen erzählt.«

»Hm«, machte Bettina.

Christian erwärmte sich für seine Theorie: »Also ich hab sowieso von Anfang an diese Mandy Brandtstätter für das Hauptopfer gehalten. Über Kopf in den Kanal gestopft und so hängen gelassen – also das ist echt …« Er schüttelte sich.

»Das war fies und arrogant«, sagte Bettina. »Dann Mia Löwe – die war einfach. Bei der ging es leicht. Und Julia Schöne – da hat der Täter schon Oberwasser gehabt. Da war er überheblich und nachlässig und hat sein Opfer verwechselt. – Passt das?«

»Hm«, machte jetzt Christian. »Absolut.« Er zögerte. »Es sei denn, Julia Schöne *sollte* überleben. Sie kann sehr wohl ihre Nachbarin angegriffen und sich selbst zum Opfer stilisiert haben. Das ist der älteste Trick der Welt. «

Bettina seufzte. »Ich glaube, momentan sollten wir uns fragen, weshalb Hella Halaszy gestorben ist. Das würde uns weiterbringen.«

»Also doch zum Tatort?«, fragte Christian ohne große Begeisterung.

Bettina schüttelte den Kopf. »Nein. Da werden wir nur eine Leiche in einem Loch sehen. Wir müssen ins Büro zu Herrn Radduz.«

»Wer ist das denn?«

»Der rekonstruiert den Mailwechsel zwischen Brandtstätter und Löwe. Und diese Mails«, sagte Bettina, »die werden wir lesen müssen.«

Christian blickte sie von der Seite an. »Da wäre ja der Tatort fast noch besser.«

Ganz so schlimm war es dann doch nicht, denn Radduz war – seinem versifften Nerd-Arbeitsplatz zum Trotz – ein Mensch mit einem natürlichen Sinn für Ordnung. Er hatte den endlosen Mailwechsel in Themenbereiche zusammengefasst und ihnen hübsche Überschriften gegeben. Außerdem hatte er alles ausgedruckt, so dass man es auf Papier lesen konnte.

»Das ist Ihnen doch lieber«, sagte er mit einem reizenden verlegen-kurzsichtigen Blick zu Bettina, und irgendwie klang es so, als hätte er den Ausdruck ganz für sie allein gemacht und schön in seiner Schublade aufbewahrt, um ihn ihr persönlich zu überreichen. »Wir sind gerade damit durch.«

Also doch keine Schublade, aber immerhin persönlich. Bettina fragte sich, wer wohl der Rest des »wir« sein mochte, vermutlich in irgendwelche Keller gepferchte IT-Sklaven aus Billiglohnländern, die sich nur online an der Arbeit beteiligten, denn in dem winzigen stickigen Computerzimmer saß Radduz und sonst niemand. »Super«, sagte sie laut. »Irgendwelche neuen Erkenntnisse? Interessantes?«

Radduz zuckte die Achseln. »Also man merkt dem Chat an, dass die Teilnehmerinnen sich persönlich kennen, aber nicht gut«, sagte er. »Wir haben auch eine Online-Vorstellungsrunde in einem anderen Thread gefunden, daran beteiligen sich viel mehr Leute, der ganze Kurs. Mit guten Wünschen und Statusmeldungen von wegen habe heute hundertdreiundzwanzig Gramm abgenommen. Dieser Thread schläft nach einem Vierteljahr ein, vermutlich, als der eigentliche Diätkurs zu Ende ist. Unser Chat dagegen ist erst mal so eine Art privates Lästerforum. Hast du gehört, die Soundso will sieben Pfund abgenommen haben, das glaubt sie ja selbst nicht, und ihrer eingebildeten Freundin hängt doch das Winkfleisch bis runter zur Hüfte.«

»Winkfleisch?«, fragte Christian Theuer, der im Türrahmen von Radduz' kleinem Büro lehnte.

Radduz hob die Linke und klopfte sich vielsagend auf die Unterseite des Oberarms. Sie schwabbelte.

»Oh«, machte Christian.

»Ja«, sagte Radduz und nahm wieder diesen hübschen Rosaton an, »Wissen, das die Welt nicht braucht. – Gut, und dann ist der Kurs zu Ende, da fehlt den Frauen der Stoff. Das öffentliche Wiegen ist rum, die Diätpillen haben nicht gewirkt, folglich wird das Lästern schwieriger. Sie zackern also noch ein bisschen rum, tauschen sich über ihre Sehnsüchte aus, machen Bestellungen beim Universum, aber sie hätten sich bald nichts mehr zu sagen gehabt, wenn nicht LiJo, also Linda Joschko, mit ihrer plötzlichen Freundschaft zu HH, also Hella Halaszy, gekommen wäre. Und dann stirbt sie auch noch. Da ist dann erst mal zwei Monate Funkstille, Schock, aber nach diesen zwei Monaten nimmt Heißundfettig – also Mandy Brandtstätter – den Kontakt wieder auf und schreibt Nachrufe auf die tote Linda. Schrecklich traurig, plötzlicher Tod, eine von uns, Schwester im Geiste, ist jetzt im ewigen Schlaraffenland und so weiter. Das macht sie eine Zeitlang, gemeinsam mit BigKitty und CaloryQueen, also Mia Löwe und Julia Schöne. Wobei BigKitty ehrlich traurig klingt, während CaloryQueen versucht, über die Tote zu lästern. Das ignorieren die anderen beiden aber total. Daraufhin klinkt CaloryQueen sich aus –«

»Sie versucht, über die Tote zu lästern?«, fragte Christian Theuer interessiert.

»Ja, na ja, sie schreibt so Sachen wie: Die gute Linda, jetzt hat sie, was sie wollte, nie mehr Zucker messen, und alles geht seinen natürlichen Gang – mit Hilfe ökologisch völlig unbedenklicher Bodenwürmer.«

»Oh«, machte Christian.

»Das ist ihr Ton«, sagte Radduz. »Den fanden die anderen beiden davor bei der Lästerrunde echt lustig, aber jetzt gehen sie gar nicht drauf ein. CaloryQueen schreibt also immer weniger und hört bald ganz damit auf. Wohingegen Heißundfettig und BigKitty einander langsam, aber sicher davon überzeugen, dass Linda Joschkos Tod zu plötzlich war.«

»Und dann?«, fragte Bettina.

»Dann überlegen sie, woran das gelegen haben könnte«, antwortete Radduz. »Zuerst glauben sie an einen Unfall. Ganz vernünftig eigentlich, denn ein Zuckerschock *ist* ein Unfall. Da hat der Diabetiker das Falsche gegessen oder zu wenig Insulin gespritzt. Oder ist sehr, sehr im Stress, da geht der Zucker auch hoch. Meine Mutter hat das.« Er blickte Bettina an und seufzte.

»Ist eine ziemlich nervige Krankheit, die Patientin kann nie spontan was essen, muss immer rechnen. Meine Mutter kommt gut damit klar, aber wenn man keine zwanghafte Persönlichkeit ist –« Er unterbrach sich und wurde wieder rot. »Jedenfalls, zuerst haben Brandstätter und Löwe sich gefragt, was den Unfall ausgelöst haben könnte. Sie dachten, es wäre Lindas Aufregung wegen ihres neuen Projekts und dann vielleicht zusätzlich ein üppiges Essen mit Alkohol und zu wenig Insulin, weil sie einfach vergessen hat zu spritzen. Das wäre das ›Normale‹.«

»Und das nicht ›Normale‹?«, fragte Christian.

»Da müsste man was einnehmen, das den Zucker künstlich hochtreibt.«

»Zucker zum Beispiel?«, fragte Bettina.

»Zum Beispiel«, bestätigte Radduz. »Aber wenn wirklich jemand den Zuckerschock von außen herbeiführen wollte, dann hat der bestimmt keinen normalen Zucker genommen, denn eine Diabetikerin vom Typ 1, die das schon ihr Leben lang hat, die weiß, was zu viel ist, selbst wenn sie noch so alternativ drauf ist. Die isst nicht einfach mehr, als ihr guttut. Außerdem kann sie danach entsprechend viel Insulin spritzen.«

»Dann müsste man das Insulin verstecken.«

»Das wäre eine Möglichkeit, aber auch das würde dem Opfer zu denken geben. In dem Moment ist es ja handlungsfähig, da kann es noch ein Testament schreiben, seinen Mörder beim Namen nennen und selbst die Ambulanz rufen.«

»Was also dann?«, fragte Bettina.

»Na ja, die Frau Brandstätter, die Krankenhausköchin«, sagte Radduz, »die hat geschrieben, dass es Medikamente gibt, die den Zucker künstlich hochtreiben. Cortison zum Beispiel. Wenn man folglich hingeht und das Insulin der Patientin *vertauscht* –«

»Dann spritzt sie sich Cortison statt Insulin, hat vielleicht gerade sehr viel gegessen und getrunken und ist noch aufgeregt dazu«, fiel Bettina ein.

»Genau.« Radduz strahlte, als hätte ihm dieses Wissen ganz persönlich neue Möglichkeiten eröffnet. »Das war die Theorie von Heißundfettig«, setzte er sofort etwas lahm hinzu. »Und da könnte tatsächlich was dran sein, denn Heißundfettig hat auch noch gewusst, dass Linda wegen ihres Misstrauens gegen die Pharmaindustrie auf die standardisierten vorgefüllten Spritzen verzichtet hat, weil da eine ganz bestimmte Menge Insulin drin ist, und das hat sie als Bevormundung und Geldmacherei empfunden. Linda wollte sich individuell medikamentieren. Sie hat das Insulin in Flaschen gekauft. Die man eben auch viel leichter manipulieren kann.«

Sie sahen sich an.

Christian nickte.

»Hört sich gar nicht so dumm an«, fasste Bettina zusammen. »Und dann? Wie geht es in dem Chat weiter?«

»Also, die Cortisontheorie stand, die haben die Frauen nie verändert. Bei dem Täter waren sie nicht sicher, da hatten sie eine Zeitlang einen jungen Mann im Visier, mit dem sie Linda mal gesehen haben, aber der war wohl eine Niete. Dann ist Mia Löwe ein bisschen abgefahren, weil sie böse Sachen über den Bayer-Konzern gehört hat, bei dem Linda ihr Insulin gekauft hat, von wegen Verschwörung gegen Individualspritzer und so, aber irgendwann sind beide auf Hella Halaszy eingeschwenkt und bei dem Verdacht geblieben. – Der sich ja nun doch als falsch erwiesen hat.« Radduz sah ein wenig geknickt aus – mit Halaszy als Mörderin wäre sein Status im Ermittlerteam jetzt vermutlich ein etwas anderer.

»Was war eigentlich der Anlass für diesen Verdacht?«, fragte Christian. »Hatten die Frauen einen plausiblen Grund, Frau Halaszy zu beschuldigen?«

Radduz schüttelte den Kopf. »Nein, da haben wir nichts gefunden. Ich glaube, das war einfach ein Gefühl. Sie fanden die Verbindung zwischen Linda und ihrer ollen Kursleiterin total verdächtig. Ist ja auch seltsam, dass die Monate nach dem Kurs wieder auftaucht und dann plötzlich soooo wichtig ist.«

»Warum sie wichtig war, steht da nicht?« Bettina betrachtete zweifelnd den dicken Packen Papier, den Radduz ihr offeriert hatte.

»Nein.«

»Das ist aber schade! Kann man da nicht noch mal gucken?«

Radduz schüttelte kategorisch den Kopf. »Nein. Das ist alles. Wir haben die Untersuchung abgeschlossen. Alles wurde doppelt geprüft. Mehr gibt es nicht.«

»Hella Halaszy«, sagte Bettina und verspürte plötzlich so einen Laufdrang, dass sie sich an Christian vorbei aus dem Zimmerchen drängte und draußen vor der Tür auf und ab wanderte. »Die wäre der Schlüssel gewesen.«

»Sie ist als Letzte gestorben«, wandte Christian ein. »Das ist untypisch für eine Schlüsselfigur.«

»Wenn wir nur wüssten, ob es eine Verbindung zwischen der Mutter von Felix Schröck und dieser Halaszy gab«, sagte Bettina. »Dann –«

»Die gab es«, unterbrach Christian, der Bettinas Wanderung im Großraumbüro stirnrunzelnd verfolgte.

Bettina blieb stehen. »Bitte?«

»Ja, wir haben gestern beim Verhör danach gefragt. Frau Schröck hat angegeben, dass sie Frau Halaszy kannte, beziehungsweise dass sie von ihr gehört hat. Frau Schröck gibt auch Volkshochschulkurse, Shiatsu, das ist eine japanische Fingerdruckmassage. Die Kurse hat sie auch schon hier in Lautringen gegeben. Sie hat gesagt, sie hat jetzt kein echtes Bild im Kopf, aber es kann sein, dass Halaszy ihr mal über den Weg gelaufen ist.«

Bettina starrte den Psychologen an, der immer noch im Türrahmen lehnte, lässig konnte man ihn nicht nennen, das war er vermutlich nie, aber doch momentan relativ entspannt. »Das ist keine wirkliche Verbindung.«

»Immerhin kannten sie sich. Ist das so sehr von Bedeutung?«, fragte Christian und löste sich vom Türrahmen.

»Ich weiß nicht«, sagte Bettina.

»Ist Frau Schröck verdächtig?«, fragte Christian.

»Na ja«, sagte Bettina. »Sie hätte Julia Schöne verwechseln und organisches Material von ihrem Sohn Felix beschaffen können. Das sind die beiden Grundvoraussetzungen für die Morde.« Sie stieß bei ihrer Wanderung an einen Tisch, erschrak und rieb sich das schmerzende Bein. Dann drehte sie sich zu Christian um. »Wissen Sie was?«

»Nein.«

»Alle Indizien weisen auf Schröck.«

»Ja.«

»Wir müssen noch mal mit ihm reden«, sagte Bettina.

Christian nickte und seufzte. »Das sag ich doch«, sagte er.

»Sie haben studiert«, sprach Bettina, »Sie halten die Ärztin zurück.«

»Was hat denn das eine mit dem andern zu tun?«, beschwerte sich Christian, der Mühe hatte, der eiligen Bettina durch die Gänge des Lautringer Krankenhauses zu folgen.

»Na, Sie haben doch bestimmt Gesprächsstoff, Akademiker unter sich.«

»Können Sie mit allen Sicherheitsleuten reden?«, keuchte Christian.

Bettina blieb abrupt stehen. »Sie müssen mir die Ärztin vom Leib halten«, befahl sie.

Christian, der fast über sie geflogen wäre, lächelte genervt. »Was wollen Sie Schröck denn fragen?«

»Ob er Mut hat und sein Leben retten will.«

»Und wenn er Nein sagt?«

»Dann ist das auch eine Antwort.«

»Herr Schröck«, sagte Bettina zehn Minuten später in das fahle Gesicht des jungen Mannes, während Christian Theuer – mal wieder im Türrahmen – mit der Ärztin ein lautes Palaver über Einkommensunterschiede zwischen Klinikärztinnen und Polizeipsychologen führte. Polizeipsychologen lagen leicht vorne, hatten aber schlechtere Bedingungen bei der Bereitschaft.

»Herr Schröck, Sie sind so gut wie erledigt«, sagte Bettina indessen leise.

Schröck rührte sich nicht, der Zustand war ihm offenbar bekannt.

»Sie werden es im Gefängnis sehr schwer haben«, drohte Bettina. »Und dorthin werden Sie gehen.«

»Was wollen Sie?«, fragte Schröck so plötzlich und so klar, dass Bettina leicht zusammenzuckte.

»Ich will Sie fragen, wie mutig Sie sind.«

»Nicht sehr.« Das klang ironisch, was Bettina unangenehm berührte.

»Sie müssten nur einen Brief schreiben.«

»Und dann?«

»Hier liegen bleiben und abwarten, was passiert.«

»Das würde ich eventuell hinkriegen«, sagte Schröck und versuchte so etwas wie ein Lächeln, es sah ein wenig verzerrt aus, und die Haut um seinen Mund zog sich in viele trockene kleine Fältchen. Aber immerhin.

»Es wäre ein gefährlicher Brief«, warnte Bettina.

»Das Wort ist mächtiger denn das Schwert«, sagte der schmächtige Schröck und blickte über seine Decke zu seinen verbundenen Händen und über den ausgezehrten Körper hinweg.

»So ungefähr«, sagte Bettina. »Also was ist? Sind Sie dabei?«

Schröck nickte. Langsam und wortlos, als wollte er sich doch nicht ganz festlegen. Aber er nickte.

»Gut«, sagte Bettina. »Wir werden Sie bewachen. Es wird Ihnen nichts geschehen.«

Schröck blickte sie groß und seltsam an, seine Augen wirkten plötzlich dunkel. »Ein Brief nach draußen?«, fragte er. »Wie sollte ich den denn rausbekommen, schließlich werde ich hier als Tatverdächtiger festgehalten.«

»Das lassen Sie meine Sorge sein«, sprach Bettina. »Sie konzentrieren sich aufs Schreiben. – Können Sie das mit Ihren verletzten Armen?«

»Na klar. Was soll in dem Brief stehen?«

»Eine Einladung.«

»An –?« Er sprach den Namen nicht aus, wirkte aber sehr gefasst. Erstaunlich gefasst.

»Ja.«

»Sind Sie sich ganz sicher?«

»Nicht ganz. Es gibt noch eine andere Möglichkeit. Aber die ist sehr viel unwahrscheinlicher.« Bettina schaute ernst in Schröcks seltsame Augen.

Er fragte nicht, was die andere Möglichkeit war. Stattdessen wollte er wissen: »Worauf schreibe ich?«

Bettina blickte sich um. »Da müssen wir improvisieren.«

»Das klappt nicht«, sagte eine halbe Stunde später Schwartz am Telefon. »Das ist hirnrissig.« Aber irgendwie hörte er sich doch an, als gefiele ihm der Plan.

»Wir müssen die Türen ganz weit aufmachen und brauchen gleichzeitig eine supergründliche Rund-um-die-Uhr-Bewachung für Schröck«, sagte Bettina.

»Frau Boll, wir haben eine Rund-um-die-Uhr-Bewachung, und gründlicher kriegen Sie die nicht«, wandte Schwartz ein. »Ein Krankenhaus ist kein Haufen anonymer Fremder, die sich alle nicht kennen. Von wegen Türen ganz weit aufmachen. Ein Unbekannter fällt auf, egal wie unpersönlich die Abläufe dort auf Außenstehende wirken.«

»Wo es Uniformen gibt, kann man sich auch hinter ihnen verstecken«, widersprach Bettina.

Am anderen Ende der Leitung knurrte Schwartz etwas. »Ja, selbstverständlich brauchen wir ihren Computer«, sagte er ungehalten, dann seufzte er. »Diese Hella Halaszy«, sagte er gepresst, »die wollte nicht sterben. Die hat sich gewehrt.«

»Aha«, sagte Bettina. »Das bedeutet Spuren!«

»Weiß nicht«, sagte Schwartz, »es bedeutet erst mal, dass sie furchtbar aussieht. Überall Brandmale, die ist in den Elektroschocker praktisch reingelaufen, immer wieder. Dann ist sie geschlagen worden – auf den Kopf – mit einem Holzprügel, den haben wir gefunden, also eigentlich eine Zaunlatte. Auch das hat sie ein paarmal mitgemacht. Ist quasi zu dem Schacht hingeschlagen worden, und dort wurde sie dann erwürgt. Mit einem Seidenschal. Unter heftigster Gegenwehr. Hat sich die Fingernägel an ihrem eigenen Hals abgebrochen. Das muss ein echter Kampf gewesen sein.«

»Haben die Nachbarn was gehört?«

»Fragen wir noch, aber viel Hoffnung haben wir nicht, denn das Grundstück ist groß und die Nachbarhäuser weit weg.«

»Es kann doch nicht sein, dass es da gar keine Spuren gibt.«

»Doch, eine Spur haben wir«, sagte Schwartz in seltsamem Ton. »Eine wirklich deutliche Spur.«

»Spucke? Die können Sie doch jetzt noch nicht –«

»Nein, nein. Hinter Halaszys Haus ist so 'ne Art Feldweg, da haben Spaziergänger ein Auto beobachtet. Scheint's ist dem Fahrer was rausgefallen.«

»Was denn?«

»Eine Jacke.«

»Was für eine Jacke?«

»Kindergröße«, sagte Schwartz ätzend. »Mit Jungsmotiv. Nicht gewaschen, da werden wir DNA finden ohne Ende.«

Bettina spitzte die Lippen und stieß Luft aus.

»Hören Sie, Frau Boll«, sagte Schwartz, »ich finde Ihren Plan irre, aber wahrscheinlich haben Sie recht. Wir haben so viele Spuren von Schröck, dass wir damit eine eigene Asservaten-kammer füllen könnten. Wenn er es wirklich nicht war, dann brauchen wir mehr – viel mehr! – als nur eine andere DNA-Spur, die wir ja auch erst mal finden müssten, oder eine vage Beschrei-bung von einer unheimlichen Gestalt, die irgendwo auf einem Beobachtungsposten gelauert hat. Wir brauchen ein Motiv und ein Geständnis und am besten einen in flagranti beobachteten Mordversuch.«

»Sag ich doch«, sagte Bettina.

»Gut«, sagte Schwartz. »Wir lassen Herrn Schröck noch genau drei Tage im Krankenhaus. Sie dürfen Ihren Freund dabeihaben, den Großen –«

»Ackermann?«

»Genau. Und Sie selbst dürfen Herrn Schröck auch bewachen. Das wären dann zwei zusätzliche Beamte, mehr geht nicht. Sie schicken Ihr Brieflein ab – wie wollen Sie das überhaupt unauf-fällig zustellen?«

»Ich stecke es in die Krankenhauspost. Nicht ganz unmöglich

für Herrn Schröck, den Brief dorthin zu schmuggeln, ist ja nur bis zum Schwesternzimmer, da wird die Post abgeholt.«

»Okay, dann werden wir sehen, was passiert.«

»Gut.«

»Aber, Frau Boll?«

»Ja?«

»Sie checken jede Lücke. Sie versichern sich, dass alles hundertprozentig sicher ist. Sie werden alle Abläufe im Krankenhaus genau kennen, bevor Sie Herrn Schröck in Gefahr bringen, denn Sie sind persönlich für seine Sicherheit verantwortlich, ist das klar?«

»Ja.«

»Und ich möchte Berichte. Jede volle Stunde.«

Bettina seufzte.

»Es wird nicht klappen«, sagte Schwartz zum Abschied. Und das hörte sich trotz allem ziemlich hoffnungsvoll an.

»Du spinnst«, sagte Ackermann direkter als Schwartz, mit dem zusätzlichen Unterschied, dass er echt genervt klang. »Tina, das ist ein irrer Plan, und dass du damit was bewirkst, glaube ich nicht. Ich glaube, dass Schröck der Täter ist. Jetzt mal ganz ehrlich: Wer soll es sonst gewesen sein? Alle Spuren weisen auf ihn – da könnte es doch möglicherweise sein, dass er es auch tatsächlich war!«

»Du bist gemeinsam mit mir abgestellt, um Schröck zu bewachen«, sagte Bettina kühl.

»Hör mal, du weiß genau, wie unglaublich gern ich Leute observiere. Außerdem dachte ich, ich hätte gegen Wochenende mal Glück und einfach frei, weil Kati da einen großen Lauf hat und dann eben auch noch ihre Trainings, da muss ich mal dabei sein, verstehst du? Übrigens ist da noch die Sache mit Nessa, das können wir ja auch nicht ewig aufschieben, und ehrlich, ich glaube nicht –«

»Ich übernehme die Nachtschichten«, sagte Bettina.

»Wenn du meinst«, sagte Ackermann ohne Begeisterung.

»Ablösung ist morgen früh um acht.«

»Können wir nicht neun –«

»Acht Uhr.«

Ackermann grummelte etwas und legte grußlos auf.

Den Rest des Tages verbrachte Bettina damit, den Einbau einer Überwachungskamera über Felix Schröcks Bett zu beaufsichtigen und die Abläufe im Krankenhaus zu analysieren. Sie okkupierte das Schwesternzimmer und stellte mit Christian Theuers Hilfe Untersuchungen an. Wer brachte das Essen? Wann wurde es von wem verteilt? Was passierte dann? Wer putzte? Kannte man die Reinigungskräfte alle? Was passierte, wenn sich eine Neue dazuschlich? Wann kamen die Ärzte? Konnte sich da ein Fremder in die Visite schmuggeln? Als Schwester oder Therapeut auftreten? Was war mit Besuchern? Oder gar Sicherheitskräften? Patientenvertretern? Dem freiwilligen Besuchsdienst der Grünen Damen?

Als dann schließlich alle befragt waren, stand Bettina kurz davor, Ackermann innerlich recht zu geben: Der Plan war verrückt. Er würde nicht funktionieren. Die Angestellten im Krankenhaus kannten sich eben doch. Gut, ein Arzt würde eine neue Putzfrau nicht hinterfragen und umgekehrt, aber die Schwestern kannten einfach jeden – und die Schwestern waren immer und überall. Mit Ausnahme vielleicht der Zeit der Patientenübergabe am Ende der Schicht, wenn alle zusammen im Büro des Oberarztes saßen. Weitere Lücken im Netz ergaben sich eventuell noch während der Visite, weil da viele verschiedene Leute unterwegs waren. Oder bei einem Notfall, der ja auch inszeniert werden konnte. Aber all das klang so unwahrscheinlich und war mit so vielen Schwierigkeiten verbunden, dass man sich eigentlich nicht vorstellen konnte, wie es ein Fremder schaffen sollte, zu Schröck hineinzukommen, der ja immerhin in einem verschlossenen Zimmer lag, vor dem ein Polizist wachte.

Am Ende saß Bettina allein am Schwesterntisch, bettete ihr Kinn auf die verschränkten Arme und fragte den – natürlich im Türrahmen lehnenden – Christian Theuer: »Glauben Sie, das hier bringt irgendwas?«

Christian setzte sich neben sie. »Vielleicht nicht so, wie Sie denken«, sagte er vorsichtig.

»Wenn jetzt hier nichts passiert, dann glaube ich tatsächlich bald, dass Schröck es war«, sagte Bettina müde.

»Alle Indizien weisen auf ihn«, wiederholte Christian das Mantra des Tages.

»Ich weiß«, sagte Bettina. Dann erhob sie sich und sagte leicht zusammenhanglos: »Ich glaube, ich fahre heute mal mit der S-Bahn nach Hause.«

»Soll ich Sie zum Bahnhof bringen?«

»Oh, danke, gern.« Wenn sie mit der S-Bahn fuhr, musste sie Ackermann nicht beichten, dass seine Schicht morgen früh die erste überhaupt war. Aber andererseits – wieso jetzt schon mit der Bewachung beginnen, wo der »gefährliche« Brief doch allerfrühestens morgen Vormittag zugestellt werden konnte?

Zwölf

Observierungen: graue Zeiten voller Warten. Man fokussierte auf ein einziges Gesicht, man wurde grantig, wenn anderes – das Leben – diese Konzentration störte, und je länger es dauerte, desto schwieriger war es, dabeizubleiben. Man aß zu viel, denn Rauchen ging nicht, wenn man im Krankenhausbadezimmer eines magersüchtigen Ritzers an einen Bildschirm gefesselt saß. Man spürte Gefühlen nach, war allein mit den Geistern der Nacht, und das machte einen wahnsinnig.

Ich hätte Radduz bitten müssen, mir ein Smartphone zu besorgen und eine Weiterleitung von der Überwachungskamera zu installieren, dachte Bettina schon gegen halb zwei Uhr ihrer ersten Nachtschicht, als sie fast die Wände hochging vor Ungeduld, unterdrückter Schläfrigkeit und Nikotinhunger. Einmal raus, eine rauchen! Den Tag hatte sie mit ihren Kindern verbracht, eigentlich hätte sie schlafen müssen, aber das war natürlich von allen Seiten vereitelt worden, und jetzt saß sie nervös und geladen in dem engen gefliesten Kabuff praktisch auf dem Klo und verfluchte sich für ihre glorreiche Idee, Felix Schröck zum Köder zu machen.

In Ackermanns Blick hatte schierer Hass gelegen, als sie ihn ablöste, er war ja auch doppelt so breit wie Bettina und passte folglich nur halb so gut wie sie in dieses Loch. »Keine Vorkommnisse«, hatte er lapidar gesagt, und vermutlich würde die Nacht auch keine mehr bringen. Sie blickte den schlafenden Schröck an und versuchte sich vorzustellen, wie er die dicke Mandy Brandtstätter in einen Schacht stopfte, wie er Mia Löwe erwürgte, mit Hella Halaszy kämpfte. Musste er da nicht Verletzungen davongetragen haben?

Aber genau die hatte er ja.

Seine Hände und Arme waren nach wie vor verbunden. Hatte

überhaupt irgendwer untersucht, ob die Schnitte, die er sich selbst zugefügt hatte, nicht vielleicht Kampfspuren verbargen? Bettina nahm sich vor, genau das morgen zu prüfen, und dann dämmerte sie doch kurz weg.

Als sie aufwachte, mit einem Schreck, meinte sie, einen Schatten über den Bildschirm gleiten zu sehen. Sie sprang auf, starrte den Bildschirm an – nichts. Schröck schlief, die Ecken des Raumes lagen im Dunkeln. Bettina klappte ihren Bildschirm runter, so dass es im Raum ganz dunkel wurde, dann bewegte sie sich so leise sie konnte zur Tür. Öffnete sie.

Vor ihr lag ein friedliches, dunkles Krankenzimmer, der Patient lebte noch, sie hörte es an seinen regelmäßigen Atemzügen. Trotzdem durchsuchte Bettina das gesamte Zimmer und sah sogar nach, ob Felix wirklich er selber war. War er. Der Schatten auf dem Bildschirm hatte sie genarrt.

Am nächsten Morgen musste sie es sich gefallen lassen, von Ackermann geweckt zu werden. Er packte sie an der Schulter. »Eh! Tina!« Sein Ton war nicht ganz so unfreundlich wie am Abend zuvor, aber dafür wedelte er ihr mit einem Becher Kaffee vor der Nase herum, an dem er dann demonstrativ selber nippte.

»Und?«, sagte er. »Besondere Vorkommnisse?«

Das klang so gemein, dass Bettina ihm den Stinkefinger zeigte.

»He«, sagte Ackermann und baute sich vor ihr auf. »Sag mal, was hast du bei Härting gemacht?«

»Bei Härting?«, wiederholte Bettina.

»Herrgott, Tina, tu nicht so unschuldig, du warst bei ihm, Nessa hat's mir erzählt.«

»Aha.«

»Was hast du gemacht?«

»Gearbeitet.«

»Nein, du hast irgendwas Fieses gedreht.«

»Hör mal«, sagte Bettina begütigend. »Was ist denn los mit dir? Ich hab mit Härting über den Fall geredet, sonst nichts.«

»Du hast mit ihm über Nessa geredet.«

»Nein.«

»Doch. Nessa sagt, er ist komplett verändert. Total gegen sie. Die hat jetzt ein echtes Problem.«

»Ach ja, wieso denn?«

»Sie hat um ihre Versetzung gebeten.«

»Und?«

»Er hat sie angenommen.«

Bettina begann zu lachen, doch irgendetwas in ihrem Herzen tat schrecklich weh dabei. »Dann hat sie ja jetzt, was sie wollte.«

»Du weißt haargenau, dass sie eben das nicht wollte!«

»Dann soll sie nicht darum bitten. – Wieso regst du dich darüber so auf?«

»Ich reg mich nicht drüber auf, dass sie versetzt wird, ich reg mich drüber auf, dass du mit Härting um Posten schacherst, ohne, ohne –«

»… dich um Erlaubnis zu fragen?«

»Ach, das ist mir zu dumm«, fauchte Ackermann. Er wandte sich ab und setzte sich auf das geschlossene Klo, die einzige Sitzgelegenheit im Raum.

Bettina ging.

Lustig irgendwie, dass Nessa sich jetzt auf diese Art selbst rausgekickt hatte. Aber nach Lachen war Bettina trotzdem nicht mehr zumute. Sie fühlte sich schrecklich. Als hätte sie in diesem Moment einen Freund verloren.

Nach Hause zu fahren schaffte sie nicht. Sie rief die Kinder an, dann drehte sie den Sitz runter und legte sich schlafen, noch im Klinikparkhaus. Zusammengekrümmt, wie sie war, träumte sie von einem krummen Haus unter alten Bäumen, in das sie einen großen, freundlichen Mann einlud. Er folgte ihr in das Gebäude, und dort drin wuchs er plötzlich besorgniserregend, wurde schwarz und riesig und verschmolz schließlich mit den Wänden des Hauses, das sich nun seinerseits auszudehnen begann. Als Bettina erkannte, dass die schwarzen Wände sich auf sie zubewegten, erwachte sie mit einem Ruck. Ihr T-Shirt war schweißgetränkt, ihr rechter Arm eingeschlafen. Sie sah auf die Uhr: zwölf Uhr dreißig. Sie öffnete die Tür, stieg aus, lüftete und streckte sich. Dann zündete sie sich eine Zigarette an, obwohl das hier im Parkhaus natürlich nicht erlaubt war. Sie paffte schnell und ohne Genuss, dann setzte sie sich in den Taunus zurück und fuhr heim. Nein, erst mal zu Aldi. Gemüse kaufen. Sie brauchte heute Gemüse. Was Nahrhaftes mit Vitaminen. Damit sie bei Kräften blieb.

An diesem Abend wischte Ackermann demonstrativ auf einem Smartphone herum, das Bettina noch nie zuvor bei ihm gesehen hatte. Offenbar war das, was er darauf sah, überaus faszinierend, denn er blickte kaum auf, als sie zur Tür hereinkam. Aber vielleicht wollte er sie damit auch nur darauf hinweisen, dass er den ganzen Tag nicht wirklich auf Schröck aufgepasst hatte und anderweitig beschäftigt gewesen war.

»Ist was passiert?«, fragte Bettina, so freundlich sie konnte.

Ackermann schnaubte. »Was hast du da?«

»Vegetariersandwich«, sagte Bettina.

»Ih«, sagte Ackermann und erhob sich. »Ich geh jetzt Pizza essen.«

Bettina fragte nicht, mit wem. »Besucher?«

»Keine«, sagte Ackermann obenhin und ging. Sie hörte ihn von draußen pfeifen.

Wieder so eine Nacht. Und das mit Schröcks Verletzungen hatte sie auch vergessen.

Acht Uhr dreißig, Schröck schlief noch nicht, sondern starrte zur Decke. Das Zimmer war dämmrig, die Vorhänge vorgezogen. Heute hielt es Bettina schon nach der knappen halben Stunde, die sie da war, nicht mehr aus in dem schrecklichen Kabuff. Sie stand auf und ging raus. Zu Schröck.

Er schaute sie an, als hätte er sie erwartet. »Dieser Brief«, sagte er. »Wie haben Sie den denn aus dem Krankenhaus gekriegt?«

»Ich hab ihn im Schwesternzimmer in die Post gegeben«, sagte Bettina. »Das hätten Sie zur Not bewerkstelligen können.«

»Ich hätte ihn auch einfach meiner Mutter geben können«, sagte Schröck.

Bettina schüttelte den Kopf. »Ich glaube, so war es besser.«

»Hat sie – mit Ihnen geredet?«

Bettina nickte. »Sie hat uns gesagt, was damals passiert ist.«

Schröck begann zu zittern. »Na endlich«, sagte er.

Bettina blickte ihn verblüfft an.

»Sie hat immer so eine Angst um mich gehabt«, sagte er tonlos. »Viel zu viel Angst.«

»Haben Sie denn niemals versucht, mit Ihrer Mutter über alles zu sprechen?«

Schröck neigte den Kopf zur Seite. »Ich rede nicht mit Mutti«, sagte er. »Sie redet mit mir.«

»Und von sich aus hat sie es nicht angesprochen«, sagte Bettina, mehr zu sich selbst.

Schröck nickte. Ein seltsames Gesicht, dachte Bettina. Kindliche Züge, intensive Augen, Haut wie ein ganz alter Mensch. »Ich hab von dem Überfall damals nicht viel mitgekriegt«, sagte er nüchtern. »Ich bin aufgewacht, im Nebenzimmer hat wer rumgebrüllt und dann hat es gepoltert und geklirrt. So fürchterliche Angst hatte ich dabei gar nicht, denn es war – so laut.« Er hob die verbundenen Hände. »Ich weiß nicht, ob Sie das verstehen? Es hat sich einfach so angehört, als könnte es gar nicht wahr sein. Und dann auch wieder so – also dieses Geklirr, das war eben Geschirr, und Geschirr ist nicht schlimm.« Er zuckte die Achseln. »Ich wär da nicht rausgegangen, aber so richtig in Panik war ich nicht. Das, was wirklich schlimm war, das ist erst später gekommen.«

»Und was war das?«, fragte Bettina.

»Alles«, sagte Schröck. »Mutti war –« Er seufzte tief. »Sie hatte Angst«, sagte er dann.

»Und Sie?«

»Ich, na ja, da waren dann plötzlich immer diese Männer auf der Straße, die hatte ich vorher nicht bemerkt, aber von dem Zeitpunkt an haben sie mich angestarrt und über mich geredet, das hab ich gesehn. Einer von denen ist mal gekommen und hat mich gefragt, ob ich der kleine Schröck wäre. Da bin ich weggerannt.« Schröcks Blick richtete sich in die Ferne hinter den Patientenschränken. »Danach bin *ich* diesen Männern nachgeschlichen und hab sie belauscht.«

Ach was, dachte Bettina. Sieh an. Doch ein mutiger Junge. »Oft?«, fragte sie.

»Ein paarmal. Es hat sich so angehört, als ob sie über meine Mutter reden. Eigentlich immer. Und irgendwann haben sie gesagt, dass die Alte im Kanal liegt und dass sie niemand jemals finden wird. Da hab ich furchtbar Angst gekriegt, dass Mutti tot ist, bin nach Hause gerannt und hab gewartet, aber sie war nur bei der Arbeit. Da war ich erst mal total froh, und dann hab ich gemerkt, dass sie eine andere gemeint haben müssen.«

»Und die haben Sie gefunden.«

»Das war aber viel später«, sagte Schröck. »Da stand so ein Artikel in der Zeitung. Ungelöste Mordfälle in der Metropolregion, da war ein Beitrag über die verschwundene Frau Bräunig dabei. Ich war damals neunzehn, und als ich das gelesen hab, sind mir ganz viele Sachen wieder eingefallen, und – ich weiß nicht, ich hatte gerade eine stabile Phase, genauer gesagt dachte ich, meine Magersucht wäre geheilt, ich hab viel Sport getrieben und so, und die Männer hatte ich schon Ewigkeiten nicht mehr gesehen –«

»Und da sind Sie hin und haben in allen Kanälen nachgeguckt«, sagte Bettina. Genau wie Härting vermutet hat, setzte sie im Geiste hinzu. »Aber warum haben Sie damals nicht einfach gesagt, dass Sie die Schachtabdeckungen geöffnet haben?«, fragte sie weiter.

Schröck verdrehte die Augen, es war eine rührend jugendliche und normale Anwandlung. »Meine Mutter«, seufzte er.

Bettina lächelte. »Verstehe«, sagte sie. »Hören Sie, Sie können Ihre Mutter nicht immer schützen.«

»Sie ist viel verletzlicher, als sie denkt«, sagte Schröck, sofort wieder mit diesem angespannten Ernst. »Sie ist alles für mich.« Er blickte zu Bettina auf und sah gleichzeitig komplett durch sie hindurch, vermutlich, weil er wirklich an seine Mutti dachte.

Bettina war wider Willen ergriffen, denn wenn es auch irre war, mit dreiundzwanzig so von seiner Mutter zu reden, ging es eben doch ans Herz. Sie betrachtete den jungen Mann nachdenklich, überlegte, ob ihm zu helfen war. Aber die Lebensberatung musste sie dann doch hintanstellen, denn in dem Moment passierten zwei Sachen gleichzeitig: Ihr Handy vibrierte, und es klopfte an der Tür.

Zack, stand Bettina kerzengerade in dem dämmrigen Zimmer. Sie legte den Finger an den Mund und verschwand so schnell und leise wie möglich ins Bad. Derweil öffnete sich schon die Tür.

»Nachtschwester«, sagte eine freundliche Stimme. »Ist alles in Ordnung, Herr Schröck? Soll ich Ihnen noch was bringen?«

»Nein danke«, sagte Schröck.

Bettina wagte einen Blick auf ihr Handy: Schwartz. Sie drückte ihn weg.

Die Schwester schüttelte jetzt Kissen auf.

Bettina fragte sich, ob sie die Frau schon gesehen hatte. Aus irgendeinem Grund hatte sie plötzlich das Gefühl von großer Gefahr. Doch die Nachtschwester ging wieder.

»Geht's Ihnen gut?«, fragte Bettina halblaut von der Badezimmertür aus.

»Ja«, sagte Schröck ernst.

»Gut.« Damit zog sie die Tür zu, um Schwartz zurückzurufen.

»Ah, Frau Boll«, sagte der. »Und, lebt Ihr Lockvogel noch?«

»Ja«, sagte Bettina.

»Irgendwie«, sagte Schwartz leicht verlegen, »hab ich das Gefühl, ich müsste mal nachhorchen, ob alles in Ordnung ist.«

»Komisch«, sagte Bettina. »Ich bin auch unruhig. Hier war eben eine Nachtschwester drin, die ich nicht kannte.«

»Hm«, machte Schwartz. »Ich habe vorhin einen komischen Anruf gekriegt von Frau Schröck, ihr Festnetz auf mein Handy, ich hatte ihr die Nummer gegeben, sie hat es dreimal klingeln lassen und dann aufgelegt. Danach hab ich sie angerufen, aber sie geht nicht dran. Ich hab ihr einen Streifenwagen vorbeigeschickt – Mordstheater, wenn Sie so was in Mannheim versuchen – jedenfalls, angeblich ist bei ihr alles ruhig.«

»Hier ist auch alles ruhig«, sagte Bettina. Sie spähte durch einen Türspalt in Schröcks Krankenzimmer – alles war ruhig. Schröck atmete gleichmäßig, sie konnte ihn hören.

Ich hätte ihn auch einfach meiner Mutter geben können.

»Verdammt«, sagte sie da.

»Was?«

»VERDAMMT!«, wiederholte sie lauter.

»Was? Was?«

»Schröcks Mutter geht nicht ans Telefon?«

»Ich sag doch, ich hab einen Streifenwagen –«

»Herr Schwartz, schicken Sie noch einen. Schicken Sie ein Einsatzkommando.« Bettina zog die Tür zu ihrem Kabuff mit einem Ruck wieder ganz zu.

»Wieso?«, fragte Schwartz alarmiert.

»Hören Sie, der kleine Schröck erzählt alles seiner Mutter. Alles. – War ich doof! – Wenn er einen wichtigen Brief schreibt, dann bespricht er den ganz bestimmt mit ihr, ganz, ganz bestimmt! – Vielleicht würde er sie sogar drum bitten, ihn aus dem Krankenhaus zu schmuggeln, denn die Schwester bequatschen oder die Putzfrau bestechen fällt ihm viel schwerer als –«

»… eine Bitte an Mama«, sagte Schwartz grimmig. »Himmel, Arsch und Zwirn!«

»Und jeder, der den Schröck kennt, weiß das«, sagte Bettina. »Das ist sein Wesen.«

»Okay, Einsatzkommando«, sagte Schwartz.

»Ich komme«, erwiderte Bettina.

Sekunden später stand sie an der verschlossenen Krankenzimmertür und klopfte ungeduldig. Schröck saß aufrecht im Bett und starrte sie mit riesigen Augen an. Im Dämmerlicht glänzten sie wie Rasierklingen.

»Ja?«, fragte schläfrig der Kollege von draußen.

»Boll, aufmachen!« Bettina hämmerte an die Tür. Dahinter klirrte aufreizend gemütlich ein Schlüsselbund. »Wird's bald!«

»Jajaja«, bummte der Kollege von der anderen Seite der Tür. »Ihr Vorderpfälzer seid viel zu hektisch.«

»Sie lassen niemanden hier rein!«, herrschte Bettina den Kollegen an, kaum dass der Ausgang frei war. »Niemanden. Nicht die Nachtschwester, nicht den Chefarzt und nicht den lieben Gott! Ist das klar?«

»Ja«, brummte der Kollege, ein älterer Uniformierter mit Halbglatze, der sie missfällig beäugte.

»Niemanden!«

»Hab ich gehört!«

Na also, die Hinterpfälzer konnten auch Temperament. Bettina sah sich zu Schröck um. »Ich tue, was ich kann«, sagte sie abbittend. Vermutlich beunruhigte ihn das eher, denn er wusste ja nicht, wovon Bettina sprach, trotzdem nickte er fügsam.

Sie drehte sich um, herrschte den Kollegen an, er möge abschließen, und stapfte in den hellen Abend hinaus. Den Taunus holen. Auf nach Mannheim.

»Schläft«, war das Erste, was Schwartz durchgab, nachdem der Zugriff auf Hilli Schröcks Wohnung erfolgt war. Es war erstaunlich schnell gegangen, Bettina hatte es gerade von Lautringen aus auf die Autobahn geschafft.

»Schläft tief«, war die zweite Meldung, etwa fünf Minuten später auf Höhe Enkenbach, als Bettina selbst anrief, um sich nach dem Stand der Dinge zu erkundigen. »Sie hatten recht, Frau Boll, die ist hinüber. Narkotisiert. Instabiler Zustand. Aber wir haben Hoffnung. Das war knapp, Frau Boll.« Und das hörte sich wie ein dickes, fettes Schulterklopfen an.

Als sie dann endlich drinstand in Hilli Schröcks dämmriger und luftiger Altbauwohnung mit Blick auf den Sonnenuntergang im Park, da waren mal wieder so viele fremde Kollegen unterwegs, dass sie kaum durchkam. »In der Küche«, sagte ihr ein schnauzbärtiger Uniformierter, den sie nach Schwartz fragte, doch die

Küche war unerreichbar, ab der Tür abgesperrt und davor eng umstanden.

»Kommen Sie mit mir«, sagte da eine Stimme aus dem Gewühl, und Bettina erkannte Dr. Lee.

»Hallo!«, sagte sie.

»Frau Boll, das war gute Arbeit. Opfer lebt noch. Wirklich gut.« Dr. Lee blickte sie ernst an, und Bettina wuchs um mindestens drei Zentimeter.

»Also eigentlich hat ja der Schwartz zuerst eine Streife vorbeigeschickt«, wehrte sie schwach ab.

»Punkt geht an Sie«, widersprach Dr. Lee. »Muss man erst mal drauf kommen, dass Frau Schröck angegriffen wird und nicht der Sohn.«

»Tja«, sagte Bettina. »Eigentlich hätte ich das gleich wissen müssen. Felix Schröck teilt alles mit seiner Mutter. Wenn er einen Verdacht hat, dann kennt sie den. Und sie ist die wesentlich gefährlichere Zeugin, denn ihre Spucke klebte nicht am Hintern der Opfer. Felix Schröck kann man mit der Beweislage demontieren, seine Mutter dagegen –« Bettina schüttelte den Kopf. »Wo ist sie jetzt eigentlich?«

»Eben in die Klinik gebracht. Ich gehe ihr gleich nach.«

»Was hat sie genommen?«

»Ein Opiat, wir vermuten: nicht genommen, sondern Spritze. Aber das kann sie uns selber sagen, die wird es überstehen.«

»Echt?«

»Ja.«

»Phantastisch!« Bettina strahlte Dr. Lee an. »Wir haben eine Zeugin!«

»Und diesmal wird sie aussagen, nehme ich an«, sagte Dr. Lee.

Als sie es geschafft hatte, sich einen Weg in die Küche zu bahnen, was natürlich nur im weißen Overall möglich war, erhielt Bettina noch einmal Applaus. »Das war«, sagte Schwartz, »das war ein Ding.«

»Ach wo«, wehrte Bettina halbherzig ab. »Eine Zeitlang dachte ich sogar, dass sie die Mörderin sein könnte, aber das war wirklich zu unwahrscheinlich. Die Opfer waren ihr unbekannt und noch dazu aus einer anderen Stadt. Das Einzige, was sie mit Lautringen verbindet, ist ihr Sohn. Der alles mit ihr teilt. Ich hätte das gleich bedenken müssen, denn der Schröck ist ja wirklich mehr als Mamas Liebling.«

»Apropos Liebling«, sagte Schwartz, »wollen Sie Hilli Schröcks Abschiedsbrief sehen?«

»Oh, es gibt sogar einen Abschiedsbrief?«

»Ja. Wo ist er –« Schwartz drehte sich um die eigene Achse. »Da war er doch –«

»Schon asserviert«, sagte ein ungeduldig aussehender Spusi-Mann mit Blick auf einen silbernen Koffer. Er zuckte sichtlich zusammen, als Schwartz einfach so hinging und darin herumkramte, und er wandte sich ab, als der EHK mit einer Plastiktüte in der Hand zurückkam.

»Hier.« Schwartz hielt Bettina den Brief vor. Auf dem weißen, dicken Bogen stand:

Mein lieber Felix!
Ich liebe dich, aber dein Weg geht jetzt ohne mich weiter. Ich kann nicht mehr. Ich muss gehen. Es tut mir so leid. Das Schlimmste ist, dass ich dich benutzt habe, um meine Fehler zu verstecken. Die Dicken mussten sterben, aber dass du jetzt dafür büßen sollst, damit kann ich nicht leben. Ich habe alles falsch gemacht, zu viel ist zerstört, ich kann nicht mehr zurück. Darum gehe ich. Nimm es mir bitte nicht so übel. Ich liebe dich.
Mama

»Hm«, machte Bettina. »Da fällt mir ein, ich glaube, er sagt Mutti zu ihr. So hat Suki Sanvalee übrigens die Frau genannt, die er für die Mörderin hielt.«

Schwartz zog die Brauen hoch. »Das wird alles analysiert. – Aber jetzt was Wichtigeres: Wollen Sie bei der Verhaftung dabei sein?«

»Natürlich«, sagte Bettina. »Hoffentlich können wir sie überraschen und zum Geständnis bringen.«

»Überraschen werden wir die wohl nicht«, sagte Schwartz. »Aber vielleicht gesteht sie trotzdem, denn seit heute Nachmittag haben wir noch einen echten Trumpf im Ärmel.«

»Was denn?«

»Das Motiv. – Dann los«, sagte Schwartz. »Wir haben gerade die Meldung reingekriegt, dass sie jetzt zu Hause ist. Die entkommt uns nicht mehr.«

Dein Wort in Gottes Ohr, dachte Bettina. Laut sagte sie: »Super. Aber wir müssen getrennt fahren, damit ich danach heimkomme.«

In Mannheim lag noch ein schwacher Widerschein von Tageslicht über dem Himmel, als sie losfuhren, in Lautringen herrschte Nacht.

»Fahren Sie dicht hinter mir«, wies Schwartz Bettina telefonisch an, als sie den Barbarossa-Grill erreichten. »Wir haben oben alles umstellt, aber da ist noch kein Licht, und ich will, dass es ganz geordnet und sicher abläuft.«

»Gut«, sagte Bettina. Ihr Herz klopfte.

Hinter dem Barbarossa-Grill bogen sie in die kleine Waldstraße hoch zu den Sportplätzen und Freizeitgeländen ein. Ein paar Straßenlaternen brannten, aber Menschen waren keine unterwegs. Es war Donnerstag, halb zwölf, und der Wald stand schwarz und stumm wie in einem Schlaflied. Bettina fuhr so dicht hinter Schwartz, dass sie ihm draufgefahren wäre, hätte er plötzlich gebremst. Dieser Weg, dieser Wald, die hohen Zäune der Hundevereine, das alles war unheimlich in der Nacht.

Um das Freihaus herum lag alles in Dunkelheit, von innen glomm ein schwaches Licht durch ein paar Fenster, einige waren auch mit Rollläden verschlossen. Es wirkte verlassen und abweisend. Zwei unauffällige schwarze Schatten mit Waffenarsenalen am Gürtel schlossen sich Bettina und Schwartz an.

»Möchten Sie vorgehen?«, fragte der EHK, und seine Stimme klang laut und angespannt in der Finsternis.

Bettina atmete durch. »Okay.«

»Wir haben hier zwanzig Mann stehen, jeder Ausgang ist bewacht, und solange Sie rechts von der Tür stehen, haben Sie volle Deckung«, sagte einer der Bewacher und das klang, als sei die auch nötig.

»Okay«, wiederholte Bettina. Sie holte noch mal tief Luft und schritt die Stufen zur Eingangstür hinauf. Und klingelte.

Eine volle Minute geschah gar nichts, und eine Minute ist lang in der Dunkelheit. Doch schließlich hörte man ein Schlurfen. Die Tür öffnete sich. Eine Rothaarige mit kaltem Zigarettenstummel im Mundwinkel blinzelte sie an, als sei es draußen heller als drinnen. »Ja?«

»Wir möchten zu Maggie Joschko«, sagte Bettina.

»Och?« Die Rothaarige grinste. »Ist in ihrem Zimmer.«

»Und wo ist das?«

»Oben«, sagte die Rothaarige kryptisch und verschwand.

Bettina folgte ihr, wurde jedoch von den schwarz gekleideten Kollegen sofort energisch zur Seite geschoben. Die beiden sicherten in Sekunden den gesamten Eingangsbereich. Theoretisch wusste Bettina genau, was sie taten, aber sie hätte zehnmal so lange dafür gebraucht. Dann winkten sie: Hoch. Schwartz und Bettina folgten ihnen schweigend. So arbeiteten sie sich die ganze Treppe des Freihauses nach oben, mal hörte man eine Tür klappen, ein anderes Mal schnelle Schritte. Sonst blieb alles ruhig. Die Flure waren von einem Notlicht schwach beleuchtet, die Wände bemalt, der Boden gefegt, aber nicht übermäßig sauber. Vor einzelnen Zimmertüren standen Schuhe und hingen Kleidungsstücke an Wandhaken. Angesichts dieser Lebenszeichen war es im Haus geradezu unheimlich still. Kein Radio lief, nur aus einem Zimmer drang eine leise Unterhaltung wie von einem Fernseher. Von unten rückten unauffällig mehr Beamte vom SEK nach, vermutlich waren die vielen Bewohner, auch wenn sie sich hinter ihren Zimmertüren verschanzten und mucksmäuschenstill blieben, eben doch ein zu großes Sicherheitsrisiko.

Auf der dritten Ebene erreichten sie eine Tür, die grasgrün gestrichen war und den Zugang ins Dachgeschoss versperrte.

Maggie stand in weißen, fröhlich gemalten Buchstaben darauf. Darunter hatte jemand mit Bleistift *Mutti* gekritzelt.

Bettina klopfte.

»Komme«, rief eine muntere Stimme sofort. Fast beschwingt polterte jemand eine Treppe hinunter, dann wurde die Tür mit einem energischen Ruck geöffnet und die grauhaarige, vitale, hübsche Maggie Joschko stand vor ihnen. »Willkommen«, sagte sie heiter, doch ihre Augen blickten abwägend, und ihr Gesicht war bleich und verzerrt. Ein langer roter Kratzer zog sich über ihre linke Wange.

»Frau Joschko, ich verhafte Sie im Namen des Gesetzes«, begann Bettina, doch die Show wurde ihr sofort von den schwarzen Männern vermasselt, die gar kein Risiko eingehen wollten, nach vorne stürmten und der Verdächtigen Handschellen anlegten.

»Weswegen?«, fragte Joschko kühl, als sie zwei Sekunden später in Handfesseln dastand.

»Wegen der Tötungsdelikte an Mandy Brandtstätter, Mia Löwe und Hella Halaszy sowie der versuchten Tötung von Elvira Graul und Hildegard Schröck«, sprach jetzt Schwartz.

»Ich bin unschuldig«, sagte Maggie Joschko, wie man sagt: Der Papst ist ein Mann.

»Ach so«, sagte Schwartz darauf grimmig. »Und fast hätt ich's vergessen: Sie haben auch Ihre Tochter Linda getötet.«

Joschko lächelte ihm ungerührt zu. »Das müssen Sie beweisen«, sagte sie.

»Werden wir«, sagte Schwartz. »Abführen.« Und das hörte sich doch sehr nach einem guten, altmodischen Befehl von einem autoritären Abteilungschef an, der auch eine gewisse Lust an seinem Beruf hat.

Während Maggie Joschko hoch erhobenen Hauptes an ihm vorbei und die Treppe ihres Hauses hinunterschritt, zeigte Bettina auf den Bleistiftzug an der Tür. »Schauen Sie mal«, sagte sie. »*Mutti.*«

Schwartz nickte.

»Wir hätten nur einmal hierherkommen und das sehen müssen«, sagte Bettina.

»So ist das oft«, sagte Schwartz. »Wär man bei dem Mord dabei gewesen, wüsste man, wer's war.«

»Eigentlich war es ja sowieso ziemlich klar«, sagte Bettina.

»Ihnen vielleicht.« Schwartz verschränkte die Arme.

»Doch. Es musste jemand gewesen sein, der an organisches Material von Felix Schröck kommen konnte. Also er selbst, seine Mutter oder seine Ärztin.«

»Jetzt, wo Sie's sagen.« Schwartz seufzte. »Kommen Sie mit? Wir verhören sie gleich.«

»Wer fragt?«, fragte Bettina.

»Natürlich ich«, sagte Schwartz.

»Sie wird gar nichts sagen«, sagte Bettina. »Sie wird ihren Anwalt bestellen und uns anschweigen.«

»Das glaub ich nicht«, sagte Schwartz. »Denken Sie nur an die dicke Mandy Brandtstätter. Kopfüber im Schacht. Das fand die Joschko witzig. Darüber wird sie reden wollen. Denn sie ist arrogant und eitel.«

»Vielleicht nicht so sehr.«

»Doch. So sehr.«

Auf dem Rückweg nach unten schien das Haus heller und viel belebter zu sein. Die schwerbewaffneten Kollegen vom Sondereinsatzkommando standen jetzt gut sichtbar auf den beleuchteten Fluren. Vereinzelt waren Türen zu den Zimmern der Bewohner geöffnet, irgendwo dudelte Musik, doch richtig raus traute sich keiner, vermutlich wegen der Herren vom SEK. So bildeten nicht die Bewohner, sondern Polizisten ein Spalier für Maggie Joschko, als sie ihr Freihaus verließ.

»Das war einmal ein Gefängnis«, sagte Schwartz halblaut, während sie hinter der von Beamten umgebenen Täterin die Treppe hinunterstiegen.

»Echt?«, sagte Bettina.

»Ja, ist für nur zwei Gefangene extra gebaut worden. Grashof, glaub ich, und noch irgendein Kumpan von ihm von der RAF.

Die beiden sind in Lautrigen interniert worden. Da gab es Verbindungen. Irgendwo in der Stadt hatten die eine Wohnung, und dann ist ja auch mal eine Bank hier überfallen worden.« Er holte sein Smartphone aus der Tasche und blickte prüfend darauf. »Geheime Hochsicherheitsanlage«, sprach er weiter. »Mit einer Mauer und drei Zäunen außenrum. Raum für zwanzig Bewacher und ein eigener Gerichtssaal. Hübsch mit Fenstern nach außen, damit es niemand für das hält, was es ist, trotz der Zäune.« Damit drückte er einen Knopf seines Telefons und hielt es sich ans Ohr.

Trotz der Zäune. Bettina fiel ein wenig zurück und fuhr mit dem Finger über das Stahlgeländer der Treppe. Maggie Joschko, die Supertherapeutin, hatte in dem Gefängnis ein freies Haus gesehen. Sie hatte Zimmer für mindestens zwanzig Bewohner eingerichtet, dazu Werkstatt, Küche und Kleiderkammer. Die Mauer und die Einfriedungen hatte sie eingerissen. Wie kam eine Frau, die die Freiheit so deutlich sehen konnte, dazu, Menschen zu töten?

Bettina trat vor die Tür. Der Wald im Hintergrund duftete herb und strahlte Kühle aus, davor beschienen jetzt Flutlichter die Wiese am Haus. Weiße Plastikmöbel leuchteten grell wie Tiefseequallen im Kunstlicht. Und über den kleinen Menschengruppen in der Zufahrt blitzten die Edelstahlstacheln am hohen Zaun des Dackelvereins.

Ganz losgeworden ist Maggie Joschko die Zäune dann doch nicht, dachte sie. Die eigenen hat sie eingerissen, aber dafür hatten andere Leute ganz in der Nähe neue errichtet. Praktisch an derselben Stelle. Sogar der Kneippverein, sah Bettina, hatte sein Gelände mit Maschendraht umsäumt, und die Kleingärtner weiter unten waren hinter Brettern und hohen Hecken verschanzt. Die Grenze zum Freihaus wurde offenbar dringend gebraucht. Und während Bettina über die moosige Wiese auf ihren Taunus zustapfte, fragte sie sich, auf welcher Seite des Zauns man nun eigentlich frei war.

Obwohl inzwischen ein Uhr vorbei war, hielten sich noch eine Menge Kollegen im Präsidium auf. Bettina sah mit halbem Auge, dass der kleine Zuschauerraum vor dem großen Verhörzimmer knallvoll war. Doch heute brauchte sie sich darin keinen Platz zu suchen. Heute durfte sie mit in den Hauptraum. Fragen stellen.

Eigentlich waren es dann mehr Anschuldigungen, die sie vorbrachten, denn Schwartz und Bettina behielten gleichermaßen recht: Joschko redete zwar, aber sie sagte nichts. Einen Anwalt hatte sie um die Uhrzeit nicht auftreiben können, trotzdem war sie, wie Schwartz prophezeit hatte, zur Vernehmung bereit.

»Die Frage ist doch«, begann Maggie Joschko selbstbewusst das Gespräch, »weshalb ich meine Tochter hätte umbringen sollen. Das ist Irrsinn. Ich habe meine Tochter nicht umgebracht.«

Schwartz blickte kurz von seinen Unterlagen auf und sagte: »Wir fangen mit Felix Schröck an.«

Joschko verschränkte die Arme. Sie sah ernst und aufrecht aus wie eine Statue. Nur der lange Kratzer in ihrem Gesicht störte das ebenmäßige Bild ein wenig.

»Felix Schröck«, begann Bettina, »wurde von Ihnen um ein Becherchen Spucke gebeten. Angeblich für medizinische Untersuchungen, aber bei Schröcks Krankheitsbild gibt es keine medizinische Untersuchung, für die man so viel Spucke braucht. Es gibt eigentlich überhaupt keine Untersuchung, für die man einen Becher Spucke braucht.«

»Oh doch«, sagte Joschko sofort. »Das ist gar nicht ungewöhnlich. Man kann sogar Krebs mit Hilfe des Speichels diagnostizieren.«

»Schröck hat keinen Krebs«, sagte Bettina. »Sie haben organisches Material von ihm gebraucht, das ist alles. Und er hat es Ihnen gegeben. Ich bin extra ins Krankenhaus gefahren und habe ihn gefragt.«

Joschko saß so gerade und blickte so offen, dass sie wirkte wie die heimliche Vorgesetzte aller Anwesenden, die graue Eminenz. Sie schwieg.

»Sie kannten Felix Schröcks Geschichte, Sie haben ihn benutzt«, feuerte Schwartz aus der anderen Richtung.

»Nein.«

»Doch. Sie wussten, dass er in einen alten Kriminalfall verwickelt war. Er muss Ihnen erzählt haben, dass er in Ludwigshafen ein paar Kanaldeckel aufgemacht hat, um eine Leiche zu finden, ohne dabei selbst als der große Entdecker aufzutreten. Er war nur als kleiner, unwichtiger Zeuge in die entsprechende Fallakte aufgenommen worden. Aber das reichte schon. Es war sogar eine Steilvorlage für Sie. Denn natürlich musste eine neue Kanalleiche in Felix Schröcks Umfeld uns Ermittler misstrauisch machen. Für jeden aktenkundigen Beamten wäre das der eine Zufall zu viel gewesen. Und um eine wirklich deutliche Parallele zu dem alten Fall Bräunig herzustellen, haben Sie selbst in Lautringen noch ein paar Schächte geöffnet. Einen davon direkt vor Felix Schröcks Wohnhaus.«

Joschko schüttelte fast gelangweilt den Kopf.

Schwartz fuhr streng fort: »Während der Therapie waren Sie Felix Schröcks wichtigste Bezugsperson, vielleicht noch wichtiger als seine Mutter. Es war klar: Wenn Sie ihn scheinbar grundlos aus der Therapie entlassen, schürt allein das schon den Verdacht gegen den jungen Mann. Und ihn selbst wird es umhauen. Er wird sich auffällig benehmen, wenn nicht sogar durchdrehen. Für ihn war die Falle damit praktisch schon zugeschnappt. Egal was er tat, er musste sich selbst damit schaden.«

»Das ist bei überraschend vielen Menschen so«, versetzte Joschko.

Schwartz blickte sie lange an. Maggie Joschko zuckte nicht mit der Wimper. »Mandy Brandtstätter«, sagte der EHK dann. »Die hat Ihnen Spaß gemacht.«

Die Therapeutin schüttelte ihr grauflaumiges Haupt, jetzt lag eine Spur Mitleid in ihrer Miene. Er hat recht, dachte Bettina. Es hat ihr Spaß gemacht und macht es noch.

»Sie haben Mandy Brandtstätter auf ihrem Weg von der Krankenhausküche zum Parkplatz aufgelauert und sie mit einem Elektroschocker in einen offenen Schacht gezwungen. Das fanden Sie – lustig.« Das Wort hing wie ein Fremdkörper im

Raum, es passte so wenig zu den lauernden Gesichtern wie eine Clownsnase. Aber Schwartz ließ es sacken.

Schließlich sagte Joschko kühl: »Ich warte nach wie vor auf Beweise.«

»In diesem Fall muss ein Indiz reichen«, versetzte Schwartz. »Nämlich die Tatsache, dass außer Ärzten und Folterknechten niemand weiß, wie schädlich es ist, jemanden überkopf hängen zu lassen. Ein Täter mit weniger Wissen und Selbstvertrauen hätte sicher eine andere Tötungsart gewählt.«

»Das ist alles?«, fragte Joschko.

»Wir fangen gerade an«, erklärte Schwartz. »Das nächste Opfer war Mia Löwe, eine Studentin. Sie hat am Wochenende immer einen Club am Bahnhof besucht. Von dort ist sie mit ihrem Auto nach Hause gefahren und hat auf dem großen Parkplatz unterhalb des Kotten geparkt. Dann musste sie noch etwa vierhundert Meter durch enge Gässchen laufen. Dabei haben Sie«, er blickte Joschko an, »ihr aufgelauert. Mit Mia Löwe hatten Sie leichtes Spiel. Die ist Ihnen wahrscheinlich ganz arglos bis zu dem offenen Schacht gefolgt, dort haben Sie die junge Frau mit ihrem eigenen Schal erwürgt.«

»Klingt phantastisch«, sagte Joschko wegwerfend.

»Um Mia Löwe abzupassen, mussten Sie sich eine Weile in der Gegend aufhalten. Sie sind gesehen worden, Frau Joschko. Von einem jungen Mann, der Sie kannte. Oder zumindest wusste, wer Sie sind. Er sagte gegenüber Frau Boll, er hätte *Mutti* gesehen.«

»Mutti, das sind Sie«, fügte Bettina an. »Das steht sogar auf Ihrer Etagentür.«

»Ich bitte Sie.« Joschko klang jetzt eine Spur fiebrig. »Er kann irgendeine Mutter gemeint haben. Seine, zum Beispiel.« Der Kratzer auf ihrer Wange begann sich zu röten. »Wer soll das überhaupt gewesen sein, der mich da erkannt hat?«

»Suki Paul Sanvalee, ein kleiner Dealer und Freund von Mia Löwe.«

»Nie gehört.«

»Er ist tot«, sagte Schwartz.

Joschko hob das Kinn, nach dem Motto: Den können Sie mir aber nicht anlasten.

»Er hatte einen Unfall«, sagte Schwartz knapp. »Kommen wir zum dritten Opfer, Elvira Graul beziehungsweise Julia Schöne.«

»Das sind zwei«, sagte Joschko.

»Genau«, sprach Schwartz. »An dem Punkt wurde es interessant, denn da haben Sie einen Fehler gemacht, Frau Joschko. Sie wollten Julia Schöne töten. Dazu haben Sie Frau Schönes Haus observiert, von dem alten Raiffeisengebäude aus, das Sie vermutlich kennen, weil es zeitweise ein Treffpunkt für Obdachlose und Fixer ist. Sie haben Ihr Opfer ausgemacht.« Der EHK sah auf. »Und dabei übrigens ein Zigarettenpapier verloren, auf dem tatsächlich ein bruchstückhafter Fingerabdruck ist, den wir sorgfältig mit Ihren Abdrücken vergleichen werden. Aber, um auf Julia Schöne zurückzukommen, die war krank, und in Wahrheit, Frau Joschko, haben Sie die Nachbarin erwischt.«

Joschko schüttelte den Kopf.

»Das ist sehr ungewöhnlich, denn normalerweise werden Mordopfer nicht verwechselt.« Schwartz blickte Joschko ruhig an. »Es sei denn, man hat es mit einem außerordentlich arroganten und selbstverliebten Täter zu tun. Mit einem, der sich auch mal Fehler leistet. Der vielleicht sogar erwischt werden will. Damit er seine Taten dereinst vor Publikum berichten kann.«

Jetzt lächelte Joschko, und ob unbewusst oder nicht, es sah tatsächlich sehr arrogant aus.

»Folglich hatten wir erst mal Frau Schöne selbst in Verdacht, weil sie mit den anderen Opfern bekannt war und den Mordanschlag so völlig unversehrt überlebt hat. Aber sie konnte nicht die Täterin sein, denn zwischen ihr und Felix Schröck gab es keine Verbindung außer einem kleinen Telefonanruf, der, wie wir wissen, fingiert war. Julia Schöne hätte sich als völlig Fremde auch niemals organisches Material von Herrn Schröck beschaffen können. Damit schied sie als Verdächtige wieder aus. Und wurde eine umso wichtigere Zeugin, denn wenn sie als Opfer vorgesehen war, dann musste sie irgendetwas wissen.«

Joschko richtete sich, wenn das irgend ging, noch etwas gerader auf, setzte die Ellenbogen auf den Tisch und legte die Fingerspitzen zusammen. Sie sah aus, als führte sie ein Therapiegespräch. Ihr Verhalten war aufreizend und seltsam, denn sie war überführt und konnte von zwei Zeugen belastet werden.

Vielleicht ist ihr das einfach noch nicht klar, überlegte Bettina. Und dann dachte sie: Vielleicht glaubt sie, dass Hilli Schröck noch stirbt. Der Gedanke beunruhigte sie ein wenig.

»Julia Schöne kannte die Verbindung zwischen den Opfern«, fuhr Schwartz indessen fort. »Sie hatten denselben Diätkurs besucht. Schöne war außerdem Teil einer privaten Mailingrunde, bestehend aus ihr, Brandstätter, Löwe und Linda Joschko, Ihrer Tochter.«

Joschko schniefte kurz, vermutlich nicht aus Trauer und Bedauern.

»Ihre Tochter Linda«, sprach Schwartz, »war an einem Zuckerschock gestorben, und Brandstätter und Löwe vermuteten dahinter einen Mord. Sie überlegten, wie so ein Schock herbeigeführt werden kann, und kamen darauf, dass man das zuckersenkende Insulin durch ein zuckersteigerndes Medikament vertauschen könnte. So ist es wohl gewesen, Frau Joschko?«

Joschko ließ sich tatsächlich zu einer Äußerung herbei. »Linda hat nie das genommen, was sie sollte«, antwortete sie von oben herab. »Sie hat den unglaublichsten Schwachsinn geschluckt. In jedem Sinne.«

»Jedenfalls«, sprach Schwartz nüchtern weiter, »hatten Löwe und Brandstätter das Internet-Forum nicht gewechselt. Sie entwickelten ihre Theorie in demselben Chat, in dem sie auch über ihre Diätgruppe gelästert hatten. Sie benutzten ein System, das bei jedem Neueintrag eine Mail an alle Teilnehmer schickt. Also in diesem Fall an Julia Schöne, die die Nachrichten einfach gespamt hat – aber auch an Ihre Tochter Linda, deren Mailadressen und Internetpräsenzen nach ihrem Tod ja nicht einfach weg waren. Und da Sie Linda getötet hatten, Frau Joschko, hatten Sie auch großes Interesse daran, zu erfahren, was Lindas Freunde so dachten. Sie haben Lindas Handy und Computer mit allen Präsenzen erhalten, und Sie haben aus Lindas Notizen und Briefen die Identitäten dieser Freunde recherchiert.«

»Das ist nicht wahr«, widersprach Joschko. »Im Gegenteil. Ich habe sogar einen von diesen Diensten beauftragt, alle Präsenzen zu löschen. Ist gar nicht so einfach, im Internet lebt man ewig.«

»Den Löschdienst haben Sie erst vor vierzehn Tagen beauftragt. Hauptsächlich, um den verräterischen Chat in *NoFats* zu löschen. Wir haben nachgefragt. Diese Mailingrunde haben Sie beim Auftrag extra erwähnt.«

»Ich fand sie geschmacklos, und vorher hab ich da nicht drüber nachgedacht«, sagte Joschko obenhin.

»Vorher haben Sie vermutlich jede Nacht am Computer gehangen und verfolgt, was Brandtstätter und Löwe über den Tod Ihrer Tochter schrieben. Die haben geglaubt, dass Linda ermordet wurde. Und weil sie ein Geheimnis mit Hella Halaszy, der Diätdozentin, hatte, hielten die beiden Frauen Hella Halaszy für die Mörderin. Sie wollten zur Polizei gehen. Oder aber zu Hella Halaszy selber.«

»Und?«, fragte Joschko.

»Und wir von der Polizei wären diesem Hinweis nachgegangen. Oder schlimmer noch, Frau Halaszy hätte das getan. Sie muss zwar entgegen all dem, was wir über sie gehört haben, eine eher gutgläubige Person gewesen sein, denn offenbar hat sie Lindas Tod einfach als Unfall hingenommen. Aber wenn jemand sie persönlich angeschuldigt hätte, dann hätte Hella Halaszy den Vorwurf sehr leicht widerlegen können und eine andere bezichtigt.«

Schwartz musterte Joschko, nicht halb so überheblich wie diese ihn, aber doppelt so ernst. Und das war wirkungsvoller. Joschkos Augen flackerten.

»Sie.«

Joschko schwieg.

»Ihre Tochter Linda«, sagte Schwartz, »war das, was die meisten Leute eine ganz normale junge Frau nennen würden.« Er lehnte sich zurück.

Aus irgendeinem Grund schien die Anspannung jetzt endgültig die Fronten zu wechseln. Der EHK saß locker und friedlich auf seinem Stuhl, während Maggie Joschkos übertrieben gerade Haltung nur noch aufgesetzt wirkte.

»Generation Lebe deinen Traum«, fügte Schwartz in leichtem Ton an. »Linda war kein Mädchen mehr, keine Ehefrau und Mutter, sie war auch nicht besonders intellektuell oder kämpferisch veranlagt. Aber irgendwo tief drin hatte sie wohl doch das dumpfe Gefühl, dass man im Leben eine Vision braucht.«

Joschko verzog spöttisch den Mund, und Bettina hätte schwören können, dass es daraufhin in Schwartz' Augen verräterisch blitzte. Sein Köder war ausgeworfen, und die Beute spielte schon damit.

»Aber Linda«, fuhr der EHK fort, »hatte nicht genug Ideen, Mut und Persönlichkeit, um wirklich aus der Menge hervorzustechen. Sie wollte nur das, was alle Frauen wollen.« Er legte den Kopf schräg und betrachtete Joschko mit einer Spur männlicher Arroganz. »Dünner werden.«

»Also zu behaupten, es wäre der Normalfall, dass Frauen sich freiwillig den restriktiven männlichen Schönheitsnormen anpassen und selbst zur Ware machen, halte ich für übertrieben«, sagte Joschko kalt. »Das passiert viel zu oft, keine Frage, aber dass es die Regel ist, möchte ich entschieden abstreiten.«

»Mein Eindruck ist«, sagte Schwartz mit einem fast treuherzigen Augenaufschlag, »dass die Frauen heute viel rosaner sind als früher. Gucken Sie sich nur die kleinen Mädchen an. Alles pink und geblümt, Prinzessin Lillifee, wo man hinschaut. Früher, als wir klein waren, da haben mein Bruder und ich noch die Sachen von meiner Schwester aufgetragen. Da hat man den Kindern bewusst geschlechtsneutrale Kleidung angezogen. Heute dagegen …« Er hob die Achseln.

Joschko schien sich innerlich zum Schweigen zu ermahnen. Dann brach es doch aus ihr heraus: »Ja, eine traurige Entwicklung.«

»Ich weiß nicht«, sagte Schwartz munter, »irgendwie hat es auch was. Die Mädchen sind hübscher, finden Sie nicht?« Das war wohl eine Spur zu dick aufgetragen, denn jetzt schwieg Joschko tatsächlich. Netter Versuch, sagte ihr missfälliger Blick.

»Genauso, wie wir froh sein können, dass nicht mehr jeder Stadtteil irgendein seltsames alternatives Projekt mit durchbringen muss, so wie früher«, sagte Schwartz. »Verstehen Sie mich nicht falsch, wenn es sich um eine karitative Einrichtung handelt, mit religiösem Hintergrund –«

»… und sich somit im Würgegriff des Patriarchats befindet«, warf Joschko ein.

Gut so, dachte Bettina. Gleich hast du sie am Haken.

»Genau.« Schwartz lächelte gemütlich. »Da hat sich auch viel getan, finde ich. Diese ganzen linken Projekte waren doch nur Anlaufstellen für Kriminelle und Sozialschmarotzer. Und wie man sieht, haben sie sich selbst überholt. All diese Kommunen, Kinderläden, alternativen Kulturzentren, die haben doch eins nach dem anderen zugemacht. Ihr Freihaus, Frau Joschko, ist ein Anachronismus.«

Joschko lächelte, aber mit viel Gebiss. »Das ist nicht Ihr Ernst. Wir, das Freihaus, sind der Beweis für eine funktionierende Demokratie! Mit den Alternativen stirbt die Freiheit, das weiß jedes Kind.«

»Ihr freies Haus«, sagte Schwartz gedehnt, »hält sich nur deshalb noch bis heute, weil es außerhalb liegt, die Nachbarn sich nicht allzu oft beschweren – und weil Sie keine Miete dafür zahlen müssen.«

»Es hält sich, weil es das ist, was Sie vorhin eine Vision genannt haben«, widersprach Joschko ärgerlich. »Weil es Leute anzieht, die sozial denken, und weil es Menschen eine Heimat bietet. Weil –«

»– Sie finanziell nicht auf den guten Willen der Stadt angewiesen sind«, unterbrach Schwartz. »Weil das Haus, in dem Sie arbeiten, Privatbesitz ist.« Er nickte und sah Bettina kurz an, vermutlich kam jetzt der Trumpf, von dem er vorhin gesprochen hatte. »Alle kennen es als Ihr Haus, Frau Joschko, aber eigentlich befand es sich im Besitz Ihres Exmannes.«

Joschko zuckte die Achseln.

»Er hat es vor Jahren gekauft, als er mit Ihnen gemeinsam das Freihausprojekt gründete. Dann haben Sie sich getrennt, er ging Geld verdienen, Sie haben das Haus weitergeführt. Das hat er Ihnen bei der Trennung samt Wohnrecht mietfrei zur Nutzung überlassen. Aber im Grundbuch stand er als Besitzer. Und vor einem Jahr ist er gestorben.«

Joschko fixierte Schwartz mit dunklem Blick.

»Und hat sein Vermögen seiner Tochter vermacht.«

»Geld«, sagte Joschko verächtlich.

»Und das Haus.«

Schweigen trat ein. Joschko biss sich auf die Lippen, man sah, dass sie jetzt gerade gerne etwas sagen wollte und sich heftig zurückhalten musste. Nur ihre Augen, die funkelten dunkel und gefährlich.

»Wir wissen nicht, was Linda mit dem Freihaus vorhatte«, sagte Schwartz schließlich sanft. »Aber sie war eine labile Person, sie hatte Kontakt zu einer höchst geschäftstüchtigen Diätgurutante aufgenommen und mit der gemeinsam einen Termin beim Innenarchitekten ausgemacht. Ich vermute mal, sie wollte das Freihaus – Ihr Lebenswerk, Frau Joschko – umnutzen.«

Joschko atmete schwer. Und schwieg.

Schwartz wartete eine Weile, dann sagte er leise: »Ich nehme an, die Begegnungen mit Ihrer Tochter waren sehr unerfreulich. Schwache Menschen neigen ja dazu, sich urplötzlich an üble Typen zu klammern, wenn sie erst einmal Vertrauen gefasst haben. Die sind dann rationalen Argumenten einfach nicht mehr zugänglich.«

Joschko nickte erbittert.

»Ein hübsches Diätzentrum«, sagte Schwartz ohne eine Spur von Bosheit in der Stimme, »mit Wellnessbereichen und Margeriten vor der Tür.«

Joschko schnaubte.

Bettina dachte an den Edelstahlzaun des Dackelzüchtervereins. Ob der noch nötig wäre, wenn gegenüber ein Wellnesstempel aufmachte?

»Fitnesskurse«, fuhr Schwartz fort. »Ein Aerobicsaal, oder heute heißt das Zumba, nicht? Frauen, die dünner werden, sich rosa verpacken und dann raus in die Welt ziehen, um dort ihren Marktwert zu testen. – Und Sie mittendrin, Frau Joschko, denn Sie haben da ja auch Ihre Wohnung.« Er seufzte. »Das wäre Ihr Lebensabend gewesen.«

»Lebensabend«, zischte Joschko, so dass einem das Wort unglaublich spießig und lähmend erschien, obwohl Joschko mit ihren knapp sechzig da natürlich ziemlich nah dran war, egal wie man es nannte.

»Träume nicht dein Leben«, fuhr Schwartz in sinnendem Ton fort. »Tja. Sie mussten wohl erkennen, dass Ihre Tochter fest entschlossen war, mit Hella Halaszy ihr Ding durchzuziehen – und sich auch ein wenig von Ihnen zu emanzipieren, nicht wahr? Es Ihnen mal so richtig zu zeigen, Frau Joschko. Dass auch in ihr eine Therapeutin und Unternehmerin steckte. Dass sie eine Vision hatte.«

Joschko sagte nicht: *Die wären nach spätestens einem Jahr pleitegegangen.* Aber sie hätte gern. Das sah man ihrem Gesicht so deutlich an, als hätte sie es wirklich gesagt.

»Und dann«, sagte Schwartz, »als klar war, dass Linda Ernst machen würde mit ihrem rosa Zuckerguss, als sie schon den Termin beim Innenarchitekten hatte, da haben Sie das Zuckerthema selbst aufgegriffen, Frau Joschko. Sie haben Ihrer Tochter Linda einen Schock verpasst. Wahrscheinlich haargenau so, wie Löwe und Brandtstätter es rekonstruiert haben. Linda benutzte Insulin aus Flaschen, und Sie mussten nur den Inhalt einer Flasche gegen etwas Zuckersteigerndes vertauschen.«

Joschko seufzte tief. Das war die einzige Regung von Bedauern, die sie bislang gezeigt hatte. Vermutlich würde es auch die einzige bleiben, denn als sie Bettinas Blick bemerkte, wurden ihre Augen so groß und drohend, dass Bettina fortschaute. Sie musste sich mit Joschko nicht messen. Schwartz führte das Verhör.

Jetzt sagte er: »Mandy Brandtstätter und Mia Löwe haben Sie dann sehr sorgfältig ausspioniert. Sie haben Lindas Kontakte zurückverfolgt und die beiden Frauen gefunden. Die mussten Sie unbedingt sterben lassen, die waren hochgefährlich. Julia

Schöne dagegen war nur ein kleines Risiko, dafür aber unkalkulierbar. Vermutlich hatten Sie selbst das Gefühl, dass Schöne harmlos war und ihr Tod mehr Scherereien bringen als beseitigen würde. Darum haben Sie da auch schlampig recherchiert und widerwillig gehandelt. Frau Graul ist ja tatsächlich nicht gestorben.« Schwartz sah plötzlich ziemlich grimmig aus. »Wir haben Ihnen das praktisch noch erzählt. Himmel, Arsch und Zwirn, wir waren bei Ihnen und haben Sie gefragt, ob Sie Elvira Graul kennen!«

Joschko sagte nichts.

»Gut«, fuhr Schwartz fort. »In dem Moment wussten Sie, dass die Nachrichten zwischen den Frauen mit Sicherheit von uns ermittelt und gelesen werden würden. Möglicherweise haben Sie sogar noch schnell versucht, an Julia Schöne heranzukommen, aber die wurde schon bewacht und war unerreichbar. Da mussten Sie sich an Hella Halaszy halten.«

Joschko nickte, es sah fast aus, als wollte sie sich endlich zu den Vorwürfen äußern. Doch sie sagte nur: »Und für all das haben Sie nicht den kleinsten Beweis.«

»Wir haben organische Spuren unter Hella Halaszys Fingernägeln gesichert«, sagte Schwartz mit Blick auf die inzwischen leuchtend rote Kratzspur in Joschkos Gesicht. Woraufhin die Verdächtige erbleichte, was den Kratzer augenblicklich fast unsichtbar machte.

»Und«, fügte jetzt Bettina fasziniert an, »wir haben Felix Schröck, der Ihnen einen von mir diktierten Erpresserbrief geschickt hat. Darin stand, dass Sie die Mörderin sind, weil Sie seine Geschichte und seine Spucke gestohlen haben. Und wir haben seine Mutter, bei der Sie daraufhin aufgekreuzt sind und die Sie versucht haben zu vergiften, weil Sie dachten, Frau Schröck hätte den Brief gelesen oder sogar mitverfasst und sei die gefährlichere der beiden.«

»Aber diese Aussagen haben Sie noch nicht«, sagte Joschko mit einer unglaublich arroganten Härte, und in diesem Moment musste Bettina ganz unwillkürlich an die Nachtschwester denken, die sie nicht gekannt hatte.

»Was ist, Frau Boll, brauchen Sie eine Pause?«, fragte Schwartz.

Bettina merkte, dass sie aufgestanden war. »Ja bitte. Ich muss an die Luft.«

»Gut, fünf Minuten Unterbrechung«, sagte Schwartz und erhob sich ebenfalls. Sofort erschien in der Tür ein Uniformierter, der Joschko streng fixierte.

Sie lächelte ihm offen zu.

Schwartz zog Bettina nach draußen. »Was ist?«, fragte er auf dem Gang.

Bettina sah auf die Uhr. Halb zwei. »Ich muss jetzt eine rauchen«, sagte sie und bewegte sich Richtung Fahrstuhl.

Schwartz folgte ihr. »Geständnis«, sagte er, »können wir vergessen. Kein Schuldbewusstsein, keine Zweifel.«

»Die ist viel zu siegesgewiss«, sagte Bettina und drückte auf den Fahrstuhlknopf. »Irgendwie high. Die meint immer noch, sie könnte davonkommen.«

»Kann sie nicht«, sagte Schwartz.

Der Aufzug öffnete sich mit einem leisen Quietschen, und sie stiegen ein. Die Tür schloss sich. In der Kabine war es stickig und eng.

Schwartz holte tief Luft und sah demonstrativ auf die Uhr. »Gut, die beiden Schröcks sind jetzt nicht die Traumzeugen, er ein aktenkundiger, tja, Irrer – und sie ist halt seine Mutter. Die auch schon unangenehm aufgefallen ist, als sie damals ihre total wichtige Zeugenaussage zurückgezogen hat. Dann ist seine DNA überall und Joschkos nirgendwo –«

»Bis jetzt«, sagte Bettina.

»Genau«, sagte Schwartz. »Die Fingernägel von der Halaszy. Da wird noch sequenziert. Da werden wir was finden.«

Bettina schüttelte den Kopf. »Und selbst wenn nicht, haben wir die beiden Schröcks«, sagte sie. »Wenn die vor Gericht erscheinen und aussagen, ist alles gut.«

Der Aufzug hielt an, ging auf und sie stiegen aus. Schweigend passierten sie mehrere schwere Glastüren und standen schließlich draußen in einer seltsam warmen, samtigen Nacht.

»Folglich«, sagte Bettina, nachdem sie sich eine Zigarette angezündet und zweimal tief inhaliert hatte, während Schwartz, der offenbar Nichtraucher war, leicht verlegen daneben stand, »folglich hat die Joschko irgendwas in petto, damit die beiden nicht erscheinen. Oder zumindest einer von ihnen. Ein Schröck allein wird vor Gericht vielleicht wirklich nicht bestehen.«

»Aber was sollte das sein?«, sagte Schwartz und begann zu wandern, immer rund um Bettina herum.

»Also ich«, sagte die, »hatte den Eindruck, dass die Joschko pokert.« Sie drehte ihr Haar im Nacken zusammen und gähnte unwillkürlich. »Herrje, vielleicht liegt's an der Uhrzeit – vielleicht seh ich Gespenster – aber finden Sie nicht auch?«

»Was?«, fragte Schwartz.

»Dass die Joschko eigentlich reden wollte. Sie hatten sie so schön am Haken mit der Politik und dieser Frauen-als-Ware-Sache und dann noch der Zuckerschock. Spätestens da wäre das Geständnis fällig gewesen.«

»Finde ich auch«, sagte Schwartz mit einem tiefen Seufzer.

Bettina sah ihn an. »Aber sie hat sich's verbissen. Sie hat kerzengerade gesessen und nichts zugegeben. Nicht einmal Linda.«

»Na wenn sie Linda zugibt, gibt sie alles zu«, sagte Schwartz.

»Könnte sie doch«, sagte Bettina. »Sie ist überführt. Wenn unsere Zeugen funktionieren. Wenn allerdings nicht –« Sie blickte die Zigarette an, die sie in der Rechten hielt, und war plötzlich fast erstaunt darüber, dass die da brannte und glomm. Mit einer jähen Bewegung schleuderte sie die Kippe weg, in Richtung ihres Taunus, der auf dem Parkplatz direkt am Tor stand. Und dann rannte sie plötzlich.

»Frau Boll! Wo wollen Sie hin?«, rief Schwartz.

»Ins Krankenhaus«, antwortete Bettina über die Schulter. »Nur um ganz sicherzugehen.«

Im Krankenhaus war alles so grau, gleichmäßig notausgeleuchtet und normal, dass Bettina sich richtig albern vorkam. In Felix Schröcks Abteilung schaute sie die diensthabende Nachtschwester genau an, konnte sich aber nicht wirklich erinnern, ob die

Frau, die Schröcks Kissen aufgeschüttelt hatte, ihr ähnlich sah. Es war zu dunkel gewesen und sie zu aufgeregt.

»Zu Herrn Schröck«, sagte sie und wies sich aus.

Die Schwester nickte.

»Waren Sie heute Nacht schon drin bei Herrn Schröck?«, fragte Bettina.

»Nein«, sagte die Schwester. »Der Wachhabende hat mich nicht eingelassen.«

Bingo.

»Hatten Sie Besuch aus einer anderen Abteilung? War eine Kollegin da?«

»Ja«, sagte die Schwester.

»Wer?«

»Sie wollte die Krankenakte einer Frau Schuster, die jetzt in der Inneren ist, aber vorher bei uns lag. Die Akte war nicht da.«

»Haben Sie die Kollegin allein gelassen?«

»Ja, ich musste ins Büro von Dr. Luba, weil die Sache dringend war. Die Patientin brauchte starke Medikamente, da wollte der Nachtarzt erst die Akte sehen.«

»Wie lange war sie allein?«

»Höchstens fünf, sechs Minuten.«

»Wo ist das Büro von Dr. Luba?«

Die Schwester wies auf einen winzigen Gang mit zwei abgehenden Türen ganz am Anfang des Flurs. Felix Schröck lag auf dem anderen Flur ganz hinten.

»Kennen Sie diese Kollegin?«

»Nein.«

»Hat sie sich ausgewiesen?«

Die Nachtschwester wurde langsam nervös. »Ist irgendwas passiert?«, fragte sie.

Bettina dachte über die kurze Visite der falschen Schwester nach. Sie hatte im Bad auf dem Bildschirm der Überwachungskamera alles beobachtet. Die Frau hatte nichts Ungewöhnliches getan. »Kommen Sie mit«, sagte sie.

»Herr Kollege«, rief Bettina dem Wachhabenden vor Schröcks Tür zu.

»Frau Inspektor«, gab der brummig zurück, was eine echte Frechheit war, denn Inspektoren gab es bei der deutschen Polizei nicht. Inspektoren waren Märchenfiguren aus englischen Krimis.

»Diese Schwester hier«, sagte Bettina, ungeduldig den Affront übergehend, »ist das die, die vorhin drin bei Herrn Schröck war?«

Der Wachmann starrte die Schwester an, eine dunkelhaarige Mittdreißigerin mit einem schmalen, ernsten Gesicht. Sie fand es sichtlich unangenehm, so vorgeführt und betrachtet zu werden.

»Nein«, sagte der Wachmann schließlich.

»Aufmachen«, befahl Bettina.

Der Wächter schloss die Tür auf. Alle drei spähten gemeinsam in Schröcks Zimmer. Es herrschte Ruhe. Schröck lag in seinem Bett, ganz still. Bettina fühlte ihr Herz kurz aussetzen, dann erkannte sie ein schwaches Glänzen in der Dunkelheit: Schröcks Augen waren geöffnet. Er lebte. Und blickte sie an.

»Licht«, sagte Bettina. Die Schwester drückte einen Schalter. Mattes Energiesparlicht flammte auf und wurde greller. Felix Schröck rührte sich nicht. Er beobachtete Bettina. Seine Augen wirkten riesig. Und berechnend.

»Die Nachtschwester vorhin«, sagte Bettina zu ihm, »war falsch.«

Da tat sich etwas in Schröcks Gesicht. Bettina hätte nicht sagen können, was sich änderte, aber plötzlich sah es menschlich aus, ein bisschen müde, ein bisschen ängstlich und sehr entschlossen. »Ich weiß«, sagte er.

»Was hat sie gemacht? Ich habe nichts gesehen«, rief Bettina.

Schröck zögerte. Dann gab er sich einen Ruck. »Sie hat mir etwas gegeben«, sagte er.

»Und was?«

Er zog seine rechte Hand unter der Bettdecke hervor. Sie war immer noch mit einem Mullstreifen umwickelt, der den Verband um sein Handgelenk hielt, und fest zur Faust geballt. Ein kleiner Blutstropfen quoll daraus hervor.

»Mein Gott«, sagte die Schwester. »Was ist das?«

Bettina verzog schmerzlich ihr Gesicht. »Machen Sie langsam auf«, bat sie.

Schnell wäre es wahrscheinlich auch gar nicht gegangen, so sehr zitterten Schröcks verkrampfte Finger. Doch schließlich war die Hand geöffnet. Darin lag eine große, altmodische Rasierklinge.

Und obwohl jetzt sofort alles volllief und plötzlich das gesamte Bett besudelt war, so als läge der junge Mann schon Stunden hier in seinem Blut, zwang Bettina sich, Schröck anerkennend und offen anzusehen. »Nehmen Sie die Klinge, bitte«, sagte sie ruhig zu der Schwester. Und zu Schröck: »Es ist vorbei. Jetzt sind Sie sicher.« Dann schenkte sie ihm einen tieferen Blick und sagte: »Aber Sie können auch ganz gut auf sich selbst aufpassen, stimmt's?«

Am nächsten Morgen Punkt elf Uhr war Tante Elfriedes Beerdigung. Zum Schlafen war Bettina gar nicht erst gekommen, sie packte nur einfach die Amy-Winehouse-CD und die Kinder und fuhr mit ihnen nach Grünstadt.

Die Sonne knallte aufs Auto, und die träge Hitze des Sommertags kam Bettina seltsam vor nach der durchgepowerten Nacht. Alles war so heiter draußen, so strahlend, duftend und grün. Am Friedhof blühten die Linden und verbreiteten wehmütige Stimmung wie in einem Heimatfilm. Und in der Aussegnungshalle saß bereits die überraschende Anzahl von sieben Trauergästen. Einen kurzen Moment zögerte Bettina, ihre CD wirklich auszupacken, dann sah sie in das ernste Gesicht der kleinen Sammy, die hier soeben ihren tiefschwarzen Auftritt hinlegte, und dachte: Sei's drum, das sind nur Betschwestern aus Hausfrauenbeschäftigungskomitees, die halten das hier für ihre Pflicht, die müssen da jetzt durch.

Dann saßen sie in der ersten Bank, hörten die kurze Ansprache des Pfarrers (treues Gemeindemitglied! Pfeiler des Kirchenbasars!), hörten *Back to Black* und machten Trauergesichter. Anschließend wanderten sie hinter der Urne und dem Kranz her durch den blühenden Friedhof.

Auf halbem Weg zum Urnenfeld vibrierte Bettinas Handy. Sie zog es unauffällig aus der Tasche: Schwartz. Sie drückte ihn weg und schritt weiter.

Eine Minute später: Härting. Dann am Urnenfeld angekommen eine SMS von Christian Theuer. Er schrieb: *Falsche Schwester gefasst, ist eine junge Internistin und Patientin von J., hat selbst Drogenprobleme.* Und weiter: *Hilli S. hat schwere Krise, vermutlich unbekanntes Medikament zusätzlich zum Schlafmittel. Durchkommen ungewiss, Dr. Lees Team ist dran. Aber: Elvira G.*

aufgewacht. Hat J. identifiziert. Absolut glaubwürdige Zeugenaus-
sage. Und: Pizzaspeisekarte wurde auf Drucker v. Freihaus gedruckt.
Glückwunsch.

Glückwunsch, dachte Bettina und fühlte sich seltsam leer.

Hierher zum offenen Urnenfeld hatte Amy Winehouse ihnen nicht folgen können. So sangen sie wie Generationen vor ihnen *Großer Gott, wir loben dich.* Das gefiel Sammy, Bettina sah es an ihrem eifrigen Gesicht. Und während die Urne unter den duftenden Linden im Sonnenschein beigesetzt wurde, spähte Bettina noch drei Mal auf ihr Handy. Der Einzige, der bisher nicht angerufen hatte, war Ackermann.

Aber ob sie bei dem drangehen würde, wusste sie momentan selber nicht.

Danke

Roman, Valentin und Paul für ihre Geduld

Ulrike, Jürgen, Karl und Lili für ihre Gastfreundschaft

Franz Geier, Elisabeth Geier und Hannelore Münder
für ihre liebevolle Rundumversorgung

Kriminalhauptkommissar Schnully H. Walter

Unhoe Mihm für die Manyeo

Dr. Dong-Hoon Lee für seine unvergleichliche Präsenz

Ariadne für Kopenhagen

den Lektorinnen
Else Laudan
Dr. Iris Konopik

und der Anwältin aller Figuren
Ulrike Wand

Liebe Ulrike, liebe Freunde, danke dafür, dass ihr mir immer
wieder zugehört habt. Und dass ihr mir danach den Stift
hingehalten habt, den Computer angeschaltet habt, dass
ihr mich gezwungen habt zu schreiben, jeden einzelnen Tag.
Danke, dass ihr mir Vorträge gehalten habt, mich auf Reisen
geschickt habt, mich bekocht und meine Kinder gehütet habt.
Ihr seid wunderbar. Vielen Dank.

Monika Geier bei Ariadne

Wie könnt ihr schlafen

Ariadne Krimi 1110 · ISBN 978-3-88619-840-5

Leichenfund in Kreimheim: Bettina Boll wird in die Pampa geschickt. In letzter Sekunde informiert man sie, dass die fragliche Babyleiche seit 25 Jahren da liegt. Viel Glück beim Ermitteln, Frau Boll!

Neapel sehen

Ariadne Krimi 1136 · ISBN 978-3-88619-866-5

Die Lehrerin Aurelie betreute Sorgenkinder der Gemeinde – nun liegt sie tot im Steinbruch. Kommissarin Boll ermittelt in brütender Hitze und stößt auf menschliche Abgründe …

Stein sei ewig

Ariadne Krimi 1150 · ISBN 978-3-88619-880-1

Boll soll die Provinzvariante eines Kunstraubes aufklären. Dann gibt es eine böse Überraschung: Ein eiskalt inszenierter Mord erschüttert die Architekturfakultät Lautringens!

Schwarzwild

Ariadne Krimi 1174 · ISBN 978-3-86754-174-9

Verdächtige Knochen im Wildschweingehege. Eine spurlos verschwundene Wandersfrau. Kriminalkommissarin Bettina Boll forscht nach.

Die Herzen aller Mädchen

Ariadne Krimi 1184 · ISBN 978-3-86754-184-8

Bettina Boll begibt sich in die Welt der Bücherwürmer und Mittelalterforscher, stellt ihre Kombinationsgabe unter Beweis und lässt sich mit einem Verdächtigen ein.

Und (fast) ohne Bettina Boll:
Müllers Morde

Ariadne Krimi 1200 · ISBN 978-3-86754-200-5

Dagmar Scharsich bei Ariadne

Der grüne Chinese
Ariadne Krimi 1180 · ISBN 978-3-86754-180-0

Marie Baer ist Antiquarin in Berlin Mitte. Kiezbewohner gehen bei ihr ein und aus; sie kauft, verkauft und unterhält Touristen mit Anekdoten. Eines Tages bekommt sie ein paar uralte Romanhefte angeboten: Wanda von Brannburg, Deutschlands Meisterdetectivin. Eine weibliche Heldin in einer Groschenheft-Serie aus der Kaiserzeit? Da gab es doch noch gar keine Detektivinnen! Aber das Manuskript, das Marie dann in die Hände fällt, ist von 1909 und anscheinend das Tagebuch einer jungen Baronesse, die in einen hochdramatischen Polit-Thriller verstrickt wird. Ist Wanda eine literarische Figur, oder hat sie wirklich gelebt?

In Dagmar Scharsichs filigranem Zwei-Zeiten-Roman sieht man förmlich, wie der erste Zeppelin über der Hauptstadt kreist: ein kriminell-berauschendes Sittenbild des alten und neuen Berlin.

Die gefrorene Charlotte
ariadne classic 011 · ISBN 978-3-86754-011-7

Berlin, August 1989, die letzten Wochen der DDR. Die stille Cora bekommt zum 30. Geburtstag sechs Gefrorene Charlotten, zarte Porzellanwesen aus Tantes kostbarer Puppensammlung. Dann plötzlich droht Pfändung, Cora trifft einen Antiquitätenexperten – ein Mord geschieht! Zugleich spitzt sich ringsum die Atmosphäre zu: In Berlin wächst der politische Unmut, bürokratischer Stellungskrieg und Verdächtigungen blühen. Wem kann Cora jetzt noch trauen?

»Ein ›Wendekrimi‹ über Antiquitäten, Stasi, Flucht, DDR-Alltag. Intensive Spannung!« *Sender Freies Berlin*

Anne Goldmann bei Ariadne

Das Leben ist schmutzig
Ariadne Krimi 1194 · ISBN 978-3-86754-194-7

»Anne Goldmann beweist gleich mit ihrem Erstling, dass sich auf dem weiten Feld des Kriminalromans immer noch ein neues Pflänzchen ziehen lässt. *Das Leben ist schmutzig* ist ein vielstimmiges Porträt eines Mietshauses. Anne Goldmann malt ihr Bild von den Rändern her, langsam füllt sie die Umrisse aus. Kriminell wird es erst spät, aber gern ist man auch vorher schon stiller Mitbewohner in diesem Wiener Haus.« Sylvia Staude, *Frankfurter Rundschau*

»Ein Krimi für Krimiverweigerer: die Nase reinstecken in den liebevoll beschriebenen Makrokosmos der vom Leben gebeutelten Kleinbürger. Gut!« *Wienerin*

»Sehr präzise, sehr liebevoll und mit einer ganz eigenwilligen Spannung, die nicht aus der erzählten Geschichte, sondern aus den Eigentümlichkeiten des Lebens selber zu stammen scheint. Anne Goldmann gelingt mit ihrem lustvoll im Behäbigen wühlenden Ton ein paradoxes Meisterstück – ein Provinzroman aus der voll entschleunigten Metropole Wien.« Günther Grosser, *Berliner Zeitung*

»Melancholisch und kriminell: Mief, Hader, Spitzeleien, Schikanen, Kleinkriege und üble Nachrede gehören zu einem ordentlichen Mietshaus wie die Leiche in den Krimi. Anne Goldmann schildert verständnisvoll, wenn auch spitzzüngig, Einsamkeit und Überforderung, Widersprüche und Brüche … Ein Roman über das Verstreichen des Lebens in den kleinen Wohnwaben der Stadt.« Thomas Klingenmaier, *Tages-Anzeiger*

»Es gibt in diesem Buch keine tragende Ermittlergestalt, keine kunstvoll aufgebaute Kulisse der Bedrohung, keine ausgiebigen Schilderungen von Gewaltexzessen. *Das Leben ist schmutzig* spielt in einer Welt, die von deutschsprachigen Schriftstellern in den vergangenen Jahren fast völlig ausgeblendet wurde. Kaleidoskopartig und in mitunter an Trägheit grenzender Ruhe schildert Goldmann das Leben ihrer Figuren. Ihr Blick ist warmherzig, menschenfreundlich, geradezu sensationell unzynisch.« Sebastian Hammelehle auf *Spiegel online*